D1832548

ओस का फूल

बेरोजगारी से मुठभेड़ के दौर में
हिंदू लड़के और मुस्लिम लड़की के
अबोध प्रेम की यात्रा...

जस का फूल

भालचन्द्र जोशी

राजकमल प्रकाशन

ISBN : 978-93-87462-67-0

मूल्य : ₹599

© भालचन्द्र जोशी

पहला संस्करण : 2019

प्रकाशक : राजकमल प्रकाशन प्रा.लि.
1-बी, नेताजी सुभाष मार्ग, दरियागंज
नयी दिल्ली-110 002

शाखाएँ : अशोक राजपथ, साइंस कॉलेज के सामने, पटना-800 006
पहली मंजिल, दरबारी बिल्डिंग, महात्मा गांधी मार्ग, इलाहाबाद-211 001
36 ए, शेक्सपियर सरणी, कोलकाता-700 017

वेबसाइट : www.rajkamalprakashan.com
ई-मेल : info@rajkamalprakashan.com

मुद्रक : बी.के. ऑफसेट
नवीन शाहदरा, दिल्ली-110 032

JAS KA PHOOL
Novel by Bhalchandra Joshi

इस पुस्तक के सर्वाधिकार सुरक्षित हैं। प्रकाशक की लिखित अनुमति के बिना इसके किसी भी अंश की, फोटोकॉपी एवं रिकॉर्डिंग सहित इलेक्ट्रॉनिक अथवा मशीनी, किसी भी माध्यम से अथवा ज्ञान के संग्रहण एवं पुनःप्रयोग की प्रणाली द्वारा, किसी भी रूप में, पुनरुत्पादित अथवा संचारित-प्रसारित नहीं किया जा सकता।

प्रिय मित्र सुभाष मिश्र
दोस्तों के दुःख और तकली
हमेशा आत्मीय और मज़बूत सहारे
मौजू

बाहरी और आन्तरिक दबावों की परिणति

इस उपन्यास को लिखते समय एक तरह से बचपन और किशोर दिनों से गुज़रने के रोमांच को फिर से जीना था। इन दिनों के बड़े हिस्सों का भागीदार या उन यथार्थ के दृश्यों का अबोध, लाचार और लाचारी को निरस्त करने के लिए प्रयत्नशील द्रष्टा भी था।

मुझे प्राय: यह लगता रहा कि हिन्दी लेखन में ख़ासकर उपन्यासों में साम्प्रदायिकता के इतने जीवन्त दृश्य मौजूद हैं कि वे दृश्य उत्तरकाल में अक़सर लेखकों को उसकी पुनर्रचना के लिए उकसाते रहे हैं। मेरी समझ से, मेरे लिए यह ज़रूरी हो गया था कि एक हिन्दू लड़के और मुस्लिम लड़की की प्रेम कहानी रचने के बावजूद उस प्रचलित और ललचाने वाले वर्णनों में न जाऊँ जहाँ साम्प्रदायिकता के भीषण और भयावह दृश्यों की गुंजाइश पैदा की जा सकती है। मुझे लगता था कि इससे मुस्लिम पात्रों के रचाव की सहजता खंडित होगी। साथ ही इस प्रचलित धारणा का भी कोई औचित्य नहीं लगता था कि यदि मुस्लिम पात्र हैं तो उन्हें साम्प्रदायिक दंगों और उसके सद्‌भावना दृश्यों से गुज़रना ही होगा।

मुस्लिम चरित्रों की स्थापित प्रतिमा को इस सावधानी से खंडित करना था कि इस सोच को भी जगह मिले कि अच्छे-बुरे लोग जीवन और समाज में सभी दूर हैं। इस कारण मैंने कोशिश की है कि साम्प्रदायिक दंगों की वर्णनात्मकता में न जाकर साम्प्रदायिकता के उस डर को बयान कर सकूँ जो भारतीय समाज में अनिवार्य उपस्थिति बनता जा रहा है। हिन्दू लड़के और मुस्लिम लड़की के अबोध प्रेम की यात्रा में परोक्ष में यह भय भी एक डरावनी लय के साथ यात्रा करता है। एक नवीनता जो इस उपन्यास में ही नहीं मुझे जीवन यथार्थ का हिस्सा भी लगती है कि अनजाने और अनचाहे ही कौतूहल, परिहास और उम्र विशेष के खिलन्दड़पन में हिन्दू लड़का मुस्लिम नाम शाहरुख से पुकारा जाने लगता है और मुस्लिम लड़की हिन्दू नाम काजोल के नाम से। यह महज हिन्दू लड़के और मुस्लिम लड़की की प्रेम कहानी होती तो सम्भवत: यह उपन्यास मैं नहीं लिखता, लेकिन इस कहानी के साथ जीवन

यथार्थ के ऐसे हिस्से भी जुड़ गए जिसे इस उपन्यास के अलावा कहीं और शरण नहीं मिलती। तेज़ी से बदलते समय, सूचना एवं संचार क्रान्ति का नवीन जयघोष, बाज़ार का आगमन और इसी बीच लगभग अशिक्षित और शिक्षित युवाओं का बेरोज़गारी से सामना, जहाँ स्वतः ही प्रेम से ज़्यादा ज़रूरी उन तकलीफ़ों का हल पाने की दूसरी तकलीफ़ जुड़ जाती है। यहाँ सफलता-असफलता के बीच जीवन के नये सन्दर्भ और सच खुलते हैं। मासूमियत का टूटना भी एक दुर्घटना होती है। हर दुर्घटना तकलीफ़देह होती है। जिस समाज में बेकारी और ग़रीबी का बोझ ढोते युवा एकाएक ख़ुद को एक ऐसे बदले हुए समय में हासिल करते हैं जिसके बारे में उन्हें पता ही नहीं कि यह भूमंडलीकरण का समय है। जहाँ पहुँचकर प्रेम, प्यार, दोस्ती और तमाम रिश्तों का ताप पहले जैसा नहीं पाते तो उनके लिए यह एक दूसरी दुनिया का पीड़ादायक अनुभव होता है। दोस्तों और प्रियजनों के बीच जगदीश शर्मा भी शाहरुख ख़ान के नाम से स्थापित हैं तो नरगिस भी काजोल के नाम से। लेकिन कह भर देने से धर्म और जाति की पहचान नहीं मिटती। वे समाज की आत्मा की त्वचा का अभिन्न हिस्सा हैं।

इस उपन्यास के पात्र कोई महानायक नहीं हैं। आदर्श के शिखर पर निर्णायक युद्ध के विजेता नहीं हैं। ये पात्र निम्न वर्ग और निम्न-मध्यवर्ग के हैं। इनमें भी सामान्य जन की भाँति सुख-दुःख जीवन ज़रूरत की छोटी-मोटी इच्छाएँ, हार, प्रतिकार और भटकाव के रास्तों पर जाने की स्वाभाविक हरकते हैं, लेकिन इन हारे हुए और भटके हुए पात्रों में भी एक बेहतर जीवन की उम्मीद बाक़ी है।

—भालचन्द्र जोशी

—मैंने देखा है, और जानता हूँ कि पृथ्वी पर जीने की अपनी क्षमता बनाए रखते हुए लोग बहुत अच्छे और सुखी-सौभाग्यशाली हो सकते हैं। मैं इस बात पर विश्वास नहीं करना चाहता और कर भी नहीं सकता कि बुराई लोगों के जीवन की सामान्य स्थिति है।

—फ़्योदोर दोस्तोयेव्स्की

भारत भवन से निकलकर शाहरुख सड़क पर पैदल ही चलने लगा। ऐसा वह तय करके आया था। रिक्शा वह न्यू मार्केट से लेगा। वहाँ तक पैदल चलने से देह में थकान भर जाएगी तो नींद ठीक से आएगी। नींद का भय उस पर भारी था। नींद भय की भाँति साथ थी।

मुख्यमंत्री आवास वाली सड़क से बाएँ मुड़कर शाहरुख चौराहे तक आ गया। भारत भवन में नाटक था। नाटक कोई ख़ास नहीं था, लेकिन अँधेरे हॉल में समय धीरे-धीरे कटता है, तो पता नहीं चलता है।

वह सड़क के किनारे फुटपाथ पर रेलिंग के सहारे रुक गया। वाहनों के आने-जाने से थोड़ी रोशनी होती थी। फिर रास्ते पर अँधेरा हो जाता। स्ट्रीटलाइट या तो बन्द है या तोड़ दी गई है। अँधेरे के बीच वाहनों की हेड-लाइट्स की रोशनी किसी तेज़ चीख की भाँति रास्ते पर उतरती और अँधेरे को काटती हुई निकल जाती। शाहरुख सड़क पर सँभलकर चल रहा था कहीं ठोकर न लग जाए। वह सोचने लगा, साफ़-सुथरी सड़क पर ठोकर भी सिर्फ़ अँधेरे से लग सकती है। अँधेरे में ठोकर लगी तो वह अँधेरे का ही सहारा लेगा। तब उसे लगा कि वह रेलिंग को नहीं अँधेरे को पकड़कर चल रहा है।

अपने घर, अपने शहर से लौटे आज तीन दिन हो गए हैं। वह कॉलेज भी नहीं गया। एक अजीब-सी उदासी मन में घर कर गई है। अपने घर, शहर से दूर रहना जैसे उसकी नियति हो गई है। पिछले कुछ दिनों तक शाहरुख दोस्तों के साथ रहा तो जैसे स्वर्ग में रहने की सौगात मिल गई, लेकिन शायद स्वर्ग में स्थायी निवास नहीं बनते हैं। पिछले तमाम दिन बेहद हँसी और ठहाकों के बीच बीते, लेकिन कहीं कोई एक कमी थी जिसे वह कोई नाम नहीं दे पा रहा है। तमाम ख़ुशी और ठहाकों के बीच कोई एक सुकून के लिए खुली जगह नहीं थी। सारे दोस्त जैसे हर क्षण को पकड़ने के लिए अधीर थे, लेकिन ख़ुशी जैसे फिसल-फिसल जा रही थी। हर कोई अपने वर्तमान के ज़िक्र से बच रहा था। वे सब स्मृतियों के बीच बने रहना चाहते थे। स्मृतियाँ तो जैसे पंछी की भाँति उस समय के जंगल में उड़ रही थीं। उनमें से हर एक उसे दौड़-भागकर पकड़ना चाहता था। आज वहाँ से लौटकर वह सोचता है कि सबसे कठिन काम है स्मृतियों को पुनर्जीवित करना। समय को ठेलकर वापस

उस जगह ले जाना, जहाँ ख़ुशी और सुख के दिन छोड़ आए हैं। वह सुख की स्मृतियों के साथ अँधेरे में खड़ा हो गया। रोशनी सोच को विचलित करती है। क्या सारे दोस्त उसी की भाँति सोचते हैं? उसे लगता है कि हर कोई अपने वर्तमान से भाग रहा है। भागते हुए हर किसी को लगातार यही लगता है कि वह भागते हुए अतीत में पहुँच सकता है जो उसकी शरणस्थली है। क्या वर्तमान प्रत्येक दोस्त के लिए इतना डरावना है?

क्या चीज़ है जो उसके निरन्तर जीवित रहने में मददगार है? तमाम नाकामियों और उदासी के अम्बार के बावजूद! उम्मीद की एक महीन डोर है जो उसे वर्तमान से बाँधे हुए है। कहाँ होगी काजोल? दिल्ली में? या फिर उत्तर प्रदेश के किसी मुस्लिम-बहुल शहर में जहाँ के बारे में लोग बातें करते थे, शादी कर ली होगी?

वह यहाँ इस शहर में कितने दिन रह पाएगा? पिताजी को साथ ले आया है। अब कहीं तो एक स्थायी ठिकाना बनाना होगा। अपने शाप की सज़ा में पिता को क्यों शामिल करे? उम्र के इस पड़ाव पर पिता को एक स्थायी ठौर चाहिए? अब जब वह ज़िम्मेदारियों को समझने लगा है तो उसे यह भी समझना पड़ेगा। मन को समझाना पड़ेगा। दुबारा अपने शहर लौटा और इतने दिनों तक पिताजी के साथ रहा तब भी और अब जब उन्हें साथ लेकर आया है तब भी इन दिनों में पिताजी ने एक बार भी उसके विवाह को लेकर कोई ज़िक्र नहीं किया। कोई पूछताछ नहीं, कोई आग्रह नहीं। कोई जिज्ञासा नहीं। उसके पिता कितना ख़याल रखते हैं उसका। दोनों के बीच बहुत कम बातें होती हैं, लेकिन फिर भी पिताजी उसके मन की बात समझते हैं। समझते भी हैं और उस बात का आदर भी करते हैं। उनकी चुप्पी ही आदर है। शिक्षक हैं, उसने सोचा, कोई तो सबक़ सन्तान को देना ही था। अपने पिता का यह सबक़ उसने याद कर लिया।

वह धीरे-धीरे चलने लगा। बाणगंगा चौराहा आ गया था। न्यू मार्केट जाने वाली चढ़ाई शुरू हो गई थी। कैसा शहर है यह? इतने सालों में भी एक-दो व्यक्तियों को छोड़कर कोई उसका मित्र नहीं बन पाया। शायद उसने ही अपने आसपास ऐसी चहारदीवारी खड़ी कर ली है, जिसे फलाँग कर कोई उसके पास नहीं आ पाता है। एकाएक कोई ज़रूरत आ पड़े, कोई संकट आ जाए तो वह किसी के पास दौड़कर नहीं जा सकता है? कोई ऐसा कन्धा नहीं जहाँ सिर टिकाकर वह अपने दुःख भूल सके। कल वह याद करके डॉ. करुणा शास्त्री और नकुल से मिलेगा। सम्भव हुआ तो उन्हें घर बुलाकर पिताजी से परिचय करा देगा। पिताजी को थोड़ा भला लगेगा और उसे भी।

न्यू मार्केट से उसने रिक्शा लिया। घर पहुँचा तो देखा पिताजी जाग रहे थे। शायद उसकी प्रतीक्षा कर रहे थे। पूछने पर झिझक गए और नींद न आने का बहाना करने लगे। ऐसा बहाना जिसका बनावटीपन उनके चेहरे पर स्पष्ट था। जो लोग

जीवन में कभी झूठ नहीं बोलते हैं और मौक़ा पड़ता है तो ऐसी ही कठिनाई सामने आती है। उसे दु:ख तो तब हुआ जब पिताजी ने बताया कि उन्होंने खाना नहीं खाया है। साथ में खाने की इच्छा लेकर वे भूख और रात को टालते रहे। उसकी खाने की इच्छा नहीं थी। वह शाम को बाहर खाना खा चुका था, लेकिन पिताजी को ऐसा कह नहीं पाया। उनके साथ दुबारा खाना खाने बैठ गया।

खाना खाकर पिताजी सोने चले गए तो वह भी उठकर अपने कमरे में आ गया। बिस्तर के हवाले होकर सोचा आज पैदल चलकर नींद के लिए जो थकान एकत्र की है वह मदद करेगी, लेकिन ऐसा नहीं हुआ। धीरे-धीरे स्मृतियाँ कमरे में जमा होने लगीं। शायद पहले से मौजूद हों! उसने सिर पीछे पलंग से टिकाया तो स्मृतियाँ उसका हाथ पकड़कर पीछे ले जाने लगीं।

—"क्या सोचा तुमने?" काजोल ने ठीक यही सवाल पूछा था। वह सवाल को समझ नहीं पाया था।

—"मतलब?" उसने अपनी नासमझी प्रकट की थी।

—"कोई एक दिन तय करो।" काजोल ने कहा था।

—"किसलिए!" उसका अचरज उसे आज भी याद है।

—"कोई एक दिन आख़िरी मुलाक़ात तय करके हम अलग हो जाएँ!" दूर कहीं बीते दिनों की गुफाओं से गीली आवाज़ आई। इतने सालों के जर्जर समय ने उन गुफाओं में ऐसी नमी पैदा कर दी थी जहाँ से अब कैसी भी आवाज़ हो वह गीली सुनाई देगी।

—"मुझसे दूर मत जाओ! मुझसे शादी कर लो!" उसे अपना स्वर भी सुनाई दिया। उतना ही गीला और याचना से भरा।

—"तुम जानते नहीं क्या? यह मुमकिन नहीं है!"

—"मैं मुसलमान हो जाऊँगा! मैं धरम बदल लूँगा!" उसके स्वर में गीलापन बढ़ गया था।

—"बात सिर्फ़ इतनी-सी होती तो मैं मज़हब बदल लेती। मैं हिन्दू हो जाती लेकिन बात सिर्फ़ इतनी-सी नहीं है।" काजोल की गीली आवाज़ में थोड़ी तल्खी आ गई थी।

—"तो?" वह सिर्फ़ इतना ही बोल पाया था।

—"इन सबकी जड़ें बहुत गहरी और बहुत पीछे हैं...बहुत पीछे इतिहास में। यूँ समझो कि हमें मज़हब ने नहीं, इतिहास ने परास्त किया है।" काजोल की आवाज़ की तल्खी बढ़ गई थी।

—"मैं नहीं समझता कुछ!" उसने कहा था। उसने सोचा, तब वह इस बात को समझ नहीं पाया था। आज बात को समझता है, लेकिन जवाब आज भी नहीं है। वह कितना भोला भ्रम पालकर बैठा था कि एक दिन लोग बाबरी मस्जिद के

दंगे भूल जाएँगे। हालात एकदम सामान्य हो जाएँगे। लेकिन बाबरी मस्जिद टूटने के बाद हुए दंगों की आग ठंडी भी नहीं हुई थी कि गोधरा कांड हो गया। इस आग से उसका शहर भी झुलसा। ऐसा झुलसा कि असलम जैसा उसका दोस्त उसके भाई को डाँटने-डपटने में डरने लगा। उसे लगा अब तो शायद वह भी असलम को उस बेतक़ल्लुफ़ी से गाली देकर बात नहीं कर सकता है। उस समय रिश्तों की बढ़ती आत्मीयता गाली से भी प्रकट होती थी, लेकिन अब सम्बोधन में धर्म और जाति के अपमान तलाशे जाने लगे हैं। अब उसे सिर्फ़ टूटे रिश्ते का ही बोझ लेकर नहीं जीना है बल्कि राजनीति के षड्यंत्र का शिकार होने का बोझ लेकर भी जीना है।

देर रात तक वह इन स्मृतियों में भटकता रहा। सम्भवतः सुबह-सुबह नींद लगी थी। वह सोकर उठा तो देखा पिताजी जाग चुके थे। नहा-धोकर अपनी चाय ख़ुद बनाकर प्याला लिए अख़बार पढ़ रहे थे। उसे अचरज हुआ कि पिताजी ने हमेशा की भाँति ज़ोर-ज़ोर से श्लोक नहीं पढ़े। उसने पूछा तो पिताजी संकोच से भर गए।

—"तुम्हारी नींद खुल जाती। आस-पड़ोस में भी आपत्ति होती।" कहकर वे चुपचाप अख़बार पढ़ने लगे।

उसे पिताजी की यह बात दुःखी कर गई। आज से कुछ बरस पहले का वक़्त होता तो उसके देर तक सोने को लेकर वे उस पर चिल्लाते, ग़ुस्सा करते, लेकिन आज वे अपने बेटे की नींद की फ़िक्र करते हैं। शायद इसलिए कि वे उसके आश्रित हैं। या सम्भवतः इसलिए कि बेटा बड़ा हो चुका है। कई बार समय भी आदमी को उदार बना देता है।

—"आप अपने हिसाब से, जैसा आपको पसन्द हो, भजन-पूजन कर सकते हैं। मेरी नींद की फ़िक्र न करें। मुझे तो शोर में भी नींद आ जाती है और आस-पड़ोस में कोई रोकने-टोकने वाला नहीं है।" उसने पिताजी को आश्वस्त किया। पिताजी के चेहरे पर सन्तोष की एक क्षीण रेखा आई और लुप्त हो गई। जैसे उन्हें इस आश्वासन से कोई ज़्यादा फ़र्क़ नहीं पड़ा हो। पिता की ऐसी निरीहता उसे आहत कर गई। उसने तय किया कि आज ही बाज़ार जाकर पिताजी के लिए कुछ देवी-देवताओं की मूर्तियाँ या तस्वीरें ख़रीदकर लाएगा। पिता के लिए तो जीवन-भर ईश्वर ही अन्तिम शरणस्थली रहा है और अब उम्र के इस पड़ाव पर उनकी शरणस्थली से बेदख़ल करना उचित नहीं होगा। ईश्वर पिता के लिए भरोसे का नाम है। अपने दुःख ईश्वर को सौंपकर याचना करते हुए वे चिन्ता से मुक्त हो जाते हैं। जिसने ईश्वर पैदा किया होगा वह कोई बड़ा मनोवैज्ञानिक रहा होगा। एक नास्तिक आदमी दुःख के अतिरेक में कहाँ जाए ? किससे अपने दुःख दूर करने की याचना करे ? इतना बड़ा भरोसा कहाँ खोजे ? पिता को देखकर उसे लगता है, यही ठीक है। ईश्वर के सामने हाथ जोड़कर खड़े हो गए और दुःख दूर करने की याचना करने लगते हैं। एक बड़े भरोसे के सहारे वे तनावमुक्त हो जाते हैं। तनाव से मुक्त होने का इससे बड़ा उपचार किसी डॉक्टर के

पास नहीं होगा। सबसे अद्‌भुत बात तो यह है कि दुःख दूर न होने पर भी व्यक्ति ईश्वर को दोष नहीं देता है। उसका भरोसा क़ायम रहता है। अगले दिन, अगले अवसर पर फिर याचना की मुद्रा में खड़ा हो जाता है। यानी जीवन में दुःख है तो ईश्वर है। उसने एक लम्बी साँस ली और कुर्सी पर ढेर हो गया।

नहाकर उसने कॉलेज जाने का सोचा, लेकिन फिर कोचिंग सेंटर से सन्देश लेकर चपरासी आ गया। वह सेंटर चला गया। दोपहर को सारे काम निपटाकर वापस लौटा तो थक गया था। लेकिन लौटते समय वह पिताजी के लिए देवी-देवता ख़रीदना नहीं भूला बल्कि अच्छी क़िस्म के थोड़े महँगे देवी-देवता लेकर आया। पिताजी देखकर ख़ुश बाद में हुए पहले अचरज में पड़ गए। देर बाद जैसे कोशिश की हो, मुस्कराए। पिताजी के चेहरे पर ख़ुशी देखकर उसे बहुत तसल्ली हुई।

—"अगरबत्ती भी ले आते तो कितना अच्छा होता?" पिताजी ने सहसा पूछा। वह अफ़सोस करने लगा। याद नहीं रहा, लेकिन अगरबत्ती के लिए दूर बाज़ार में नहीं जाना पड़ेगा। यहीं पास की किसी दुकान पर मिल जाएगी। बस, देवी-देवता की चिन्ता थी। वे हर दुकान पर नहीं मिलते। सोचकर वह अपने कमरे में आ गया।

एक बात की तकलीफ़ और आ सकती है, उसने सोचा। अब घर में शराब पीना कठिन है। हालाँकि वह शराब का आदी भी नहीं था, लेकिन अब पिताजी के रहते हुए यह काम नामुमकिन हो गया था। कभी-कभार वाली बात भी ख़त्म हो गई थी। ऐसा कुछ सोचते हुए एक अचरज हुआ। विचारों की ऐसी किसी शृंखला में उसे नींद आ गई। काफ़ी देर तक वह सोता रहा। लगभग शाम हो गई। वह तब भी नहीं उठ पाता यदि नकुल नहीं आता। नकुल ने आकर उसे उठाया। उसने उठकर हाथ-मुँह धोए। चाय बनाई और नकुल को एक प्याला थमाकर ख़ुद भी कुर्सी पर बैठ गया।

उसने नकुल को पिताजी से मिलवाया। नकुल ने पिताजी से मिलकर कुछ इतनी ज़्यादा प्रसन्नता प्रकट की तो उसे अचरज भी हुआ और सन्देह भी। कहीं यह ख़ुशी बनावटी तो नहीं? हालाँकि नकुल इस तरह का व्यक्ति नहीं है। उसे इस तरह के बनावटीपन की ज़रूरत भी नहीं है। नकुल ने पिताजी से वादा लिया कि उसके घर ज़रूर आएँगे। उसके बाद नकुल ज़िद पर अड़ गया कि पास ही मन्दिर है जहाँ प्रियंका को छोड़कर इधर आया है। नकुल की ज़िद उसे रास नहीं आ रही थी। मन्दिर में नकुल किस तरह से प्रियंका को पिताजी से मिलाएगा? लेकिन नकुल को जैसे इन बातों की परवाह नहीं थी। नकुल का सोच था कि वह अपने अकेलेपन की सज़ा में पिता को अकारण भागीदार बना रहा है। वे अकेले कहीं जा नहीं सकते हैं तो हम उन्हें ले चलते हैं। मन्दिर से ज़्यादा कौन-सी अच्छी जगह होगी, जहाँ जाकर वे ख़ुश हो जाएँगे।

नकुल की ज़िद के आगे उसकी नहीं चली। वे सभी मन्दिर पहुँचे। नकुल उस नयी पीढ़ी की सन्तान था जहाँ चालू होना विशेष योग्यता मानी जाती है।

नकुल ने बेझिझक प्रियंका को अपनी पत्नी की तरह पिताजी से मिलाया। प्रियंका ने पिताजी के पैर छुए। पिताजी ने आशीर्वाद दिया। पिताजी को एक बात खटकी कि प्रियंका ने मंगलसूत्र नहीं पहना था। पैर में बिछिया नहीं थी, लेकिन बोले कुछ नहीं। वह समझ गया, लेकिन पिताजी की चुप्पी में अपनी भी भलाई समझ चुप रहा।

पिताजी मन्दिर की भव्यता देखकर अभिभूत हो गए। बड़े शहर का बड़ा मन्दिर। बड़े ईश्वर। बड़े ठाठ–बाट।

पिताजी को एक बात का अचरज और दुःख था कि मन्दिर में जाने के लिए तयशुदा दुकान से फूल और प्रसाद लेना था। पुजारी का व्यवहार अशालीन और अभद्र था। महँगी कारों में आए अफ़सरों और बड़े बिजनेसमैन के लिए क़तार में शामिल होना अनिवार्य नहीं था। पुजारी उन्हें पृथक द्वार से सीधे मन्दिर में ईश्वर के रू–ब–रू खड़ा कर देता था। यह पिताजी के लिए नया और कटु अनुभव था। फिर भी वे मन्दिर आकर प्रसन्न थे।

—''जल्दी दर्शन कर भी लेते तो क्या करते? हमारे पास समय की कौन–सी कमी है?'' पिताजी ने उसे कहा, लेकिन यथार्थ में वे ख़ुद को तसल्ली दे रहे थे। लौटते हुए नकुल ने प्रस्ताव रखा कि खाना किसी रेस्टोरेंट में खा लिया जाए! उसने मना कर दिया कि पिताजी मानेंगे नहीं। वे बाहर का खाना नहीं खाते।

—''अरे! मैं जिस रेस्त्राँ का बता रहा हूँ वहाँ खाना मिनरल वाटर में बनता है।'' नकुल ने उसे समझाया।

—''बात पानी या वस्तुओं की शुद्धता को लेकर नहीं है।'' उसने धैर्य से कहा।

--''तो फिर प्रॉब्लम क्या है?'' नकुल को अचरज हुआ।

—''बात सोच की शुद्धता की है, जो धर्म, जाति, आदमी, औरत से होती हुई दूर तक गई है। समझ ले उसकी जड़ पाताल में है। तू खोज नहीं पाएगा।''

उसने कहा तो नकुल चुप हो गया। उसने नकुल के कन्धे पर हाथ धरा—''हम लोग दुनिया के श्रेष्ठ ब्राह्मण हैं। ऐसा पिताजी मानते हैं। उनका ब्राह्मणत्व एक किस्म की पवित्रताबोध पर टिका है। और मज़ेदार बात यह है कि ब्राह्मणों की अनेक उपजातियाँ हैं, हर प्रान्त, हर ज़िले, हर गाँव में अलग–अलग। हर उपजाति के प्रत्येक ब्राह्मण को यही लगता है कि वह दुनिया की श्रेष्ठ ब्राह्मण जाति का है। हर ब्राह्मण अपने को दूसरे ब्राह्मण से श्रेष्ठ मानता है। फिर तू दूसरी जातियों की तो बात ही छोड़ दे।''

नकुल आँखें फाड़कर उसे देखता रहा। फिर धीरे–से मुस्कराकर बोला—''तो फिर तो हमारे साथ पिताजी मन्दिर तक आ गए, समझो हम पर उपकार हुआ।''

—''बिल्कुल!'' उसने भी मुस्कराकर जवाब दिया।

—''तू उनसे सहमत है?'' नकुल ने उसे देखा।

—''नहीं, लेकिन अपनी असहमति उन पर प्रकट भी नहीं करता हूँ। जिस सोच को इतने बरस उन्होंने सँभालकर रखा उसे छीन लूँगा तो वे अकेले हो जाएँगे, लगभग

अनाथ। और मैं उन्हें अब दुःखी नहीं करना चाहता हूँ। मैं चाहता हूँ उनकी उम्र का शेष हिस्सा सुख से बीते।'' उसने जिस तरह से नकुल को समझाया उसमें उसका अपराधबोध भी झलक रहा था, लेकिन उसने छिपाने की कोई कोशिश नहीं की।

घर लौटकर उसने पिताजी के लिए खाना बनाया और पिताजी को खिलाकर वह बाद में खाने का तय करके अपने कमरे में आ गया। पिताजी सोने चले गए। उसने सोचा, कल कोई ब्राह्मण लड़का या औरत खाना बनाने के लिए तलाश करेगा। रोज़-रोज़ तो उसके लिए भी खाना बनाना कठिन काम है। कुछ देर तक वह टीवी पर कार्यक्रम टटोलता रहा फिर टी.वी. बन्द करके खाना खा लिया। फिर टहलता हुआ छत पर आ गया।

कितने अजीब और ठंडे तरीक़े से दिन बीत रहे हैं। सोचकर वह उदास हो गया। इस समय उसके दोस्त क्या कर रहे होंगे ? मन हुआ, उड़कर उनके पास पहुँच जाए, लेकिन अब यह मुमकिन नहीं है। एक बार यह तो मुमकिन है कि वह उड़ने लगे लेकिन उड़कर वापस अपने शहर, दोस्तों के बीच पहुँचना नामुमकिन है। चीज़ें और स्थितियाँ हाथ से धीरे-धीरे निकल चुकी हैं। वे दिन सोने-चाँदी के थे, ख़र्च हो चुके हैं। उन दिनों को लेकर तो वह अब ग़रीब है। सम्पन्नता है तो बस स्मृतियों की। स्मृतियों की बड़ी पूँजी है उसके पास। उसने सोचा, दुःख क्यों उसकी पूँजी हो गया है ? जब कि उसे स्मृतियों की सम्पन्नता और उसके वैभव में ख़ुश रहना चाहिए।

उसने मन ही मन निश्चय किया कि कल कॉलेज ज़रूर जाएगा। सुबह याद करके वह मोबाइल का चार्जर तलाश करके मोबाइल की बैटरी चार्ज करेगा। जब से वह अपने शहर गया था, दोस्तों के बीच पहुँचकर उसने अपना मोबाइल बैग में रख दिया था। वहाँ पहुँचने पर एक दिन तो पूरे समय डॉ. करुणा शास्त्री का फ़ोन आता रहा, लेकिन उसने उठाया नहीं था। बाद में उसने मोबाइल घर पर बैग में छोड़ दिया था। लेकिन ऐसी हरकतों से संवाद टूटता है रिश्ता नहीं। उसने यह भी तय किया कि कल कॉलेज जाकर सबसे पहले डॉ. करुणा शास्त्री से माफ़ी माँगेगा। उसे उम्मीद है थोड़ी-सी नाराज़गी के बाद वह उसे माफ़ कर देंगी।

सम्भवतः कॉलेज में फर्स्ट सेमेस्टर का रिजल्ट भी आ गया होगा। वह छात्रों की ख़ुशी देखना चाहता था। उनकी ख़ुशी में शामिल होना चाहता था। अब उसे समझ में आया कि उसके पिता शिक्षक होकर ग़रीबी में भी इतने ख़ुश कैसे थे! स्कूल के बच्चों की पवित्र और मासूम-सी ख़ुशी के बीच रहने का अवसर था उनके पास। अबोध ख़ुशी में शामिल होने का सुख दुर्लभ होता है।

वह छत पर नंगे पाँव आ गया था। पैरों में छत पर टाइल्स की हल्की-सी चुभन थी। उसे अच्छा लगा। उसने आसमान की ओर सिर उठाकर देखा। रात के सन्नाटे में सितारों की चमक थी। वह बचपन के उस खेल को दुहराने लगा जिसमें एक जगह से दूसरी जगह तक चलने पर लगता था कि सितारे भी उसके साथ चलकर

दूसरी जगह तक आ गए हैं। वह छत के एक कोने से दूसरे कोने तक टहलने लगा। जल्दी ही उसे एहसास हो गया कि कोई साथ नहीं होता सिर्फ़ साथ होने का भ्रम होता है। लोग कहते हैं हर जगह आसमान एक जैसा होता है, लेकिन ऐसा नहीं है। इस शहर का आसमान उसे कभी अपना नहीं लगा। लेकिन अब इसी शहर में रहना है। लौटकर अपने शहर जाने की सम्भावना ख़त्म हो गई है। वह सोचता है कि कोई रोक-टोक नहीं है। कोई बाधा नहीं है, लेकिन फिर भी अपने शहर नहीं जा सकता है। शहर बदल गया है। दोस्तों में बदलाव आ गया है, बस दोस्ती में बदलाव नहीं आया है। पुराना शहर, पुराना दोस्त, पुराना प्रेम उसकी स्मृतियों में सुरक्षित है। कुछ इस तरह से गोया कभी भी वापस पा लेगा। सब कुछ जानते हुए भी कि यह सम्भव नहीं है, अकारण एक महीन उम्मीद शेष है। महज स्मृतियों के सहारे। शहर वापस लौटकर बसने जाएगा तो सबसे पहले इन स्मृतियों की पूँजी ही क़ीमत की तरह चुकानी होगी। स्मृतियाँ उसके लिए बड़ी और अनमोल पूँजी की भाँति हैं। वह इसे खोना नहीं चाहता है। लौटने पर इसके खो देने का भय इतना बड़ा है कि वह एक बिराने शहर में पूरा जीवन अकेले और दुःख में बिताने को तैयार है।

जाने कितनी देर तक वह छत पर टहलता रहा। लौटकर वापस कमरे में आया तो रात आधी से ज़्यादा बीत चुकी थी। मोबाइल का चार्जर सुबह तलाश करेगा। कल डॉ. करुणा शास्त्री से भी मिलना है। उसके जीवन में भले लोग हैं ही कितने? सोचते हुए उसने सोने की कोशिश की लेकिन सफल नहीं हुआ। फिर धीरे-धीरे उसे अपना शहर याद आया फिर दोस्त याद आए। घर याद आया। माँ याद आई। वह सीढ़ी-दर-सीढ़ी स्मृतियों के महल में उतरता चला गया।

फिर वह एक द्रष्टा की भाँति, एक अजनबी की तरह उसे उसी की कहानी सुनाने लगा।

शाहरुख ने उसे टोककर पूछा—"तुम मेरे अतीत के बारे में सारी बातें कैसे जानते हो?"

—"मैं सब कुछ जानता हूँ। सब के बारे में सब कुछ जानता हूँ। मैं हर घड़ी तुम्हारे साथ था। आज भी हर घड़ी तुम्हारे साथ हूँ।" अजनबी बोला।

—"तुम बिल्कुल मेरी शक्ल के हो। बिल्कुल मेरे जैसे? क्या तुम मेरी छाया हो? मेरा प्रतिबिम्ब?" शाहरुख ने पूछा—"लेकिन ऐसा तो फ़िल्मों में होता है?"

—"तुम्हें तो फ़िल्में बहुत पसन्द थीं। फ़िल्मी जीवन पसन्द था।" अजनबी मुस्कराया।

—"वह सब पुरानी बातें हैं। अब मैं बदल गया हूँ।" शाहरुख ने कहा।

—"लेकिन मैं तो नहीं बदल सकता हूँ। मैं तुम्हारा अतीत हूँ।" वह मुस्कराया।

शाहरुख कुछ नहीं बोला। वह अजनबी उसे कहानी ऐसे सुनाने लगा, जैसे किसी अपरिचित के बारे में बता रहा हो। अब उस अजनबी की आवाज़ दृश्य में

बदल रही थी। वह देख रहा था गुज़रा हुआ कल। कमरे में रोशनी नहीं थी। ट्यूबलाइट बन्द थी। काले-गाढ़े अँधेरे में वह ख़ामोश बैठा था। जैसे अँधेरे में चुप्पी ही सहारा हो। उस गहरे अँधेरे में वह अजनबी आवाज़ जैसे अँधेरे की आवाज़ थी। लेकिन उसे भय नहीं लगा। उसे लगा जैसे वह अँधेरे की सीढ़ियाँ उतर रहा है। अँधेरे में उसे हमेशा राहत मिलती है।

मुहल्ले का यह ऐसा चौराहा था, जहाँ अमूमन कोई भीड़-भड़क्का नहीं रहता था और न ज़्यादा कोई दुकानें वग़ैरह थीं। चौराहे के कोने पर एक बड़ा-सा ओटला था, चबूतरेनुमा। लड़कों के इस दल के इकट्ठे होने के लिए और मिलने के लिए, यही ओटला प्रमुख केन्द्र था। यह ओटला उनका कॉफ़ी हाउस था। यह ओटला उनका पार्लियामेंट था। विधानसभा था। इस ओटले पर ये लोग घर से ज़्यादा समय बिताते थे। इस दल में कुल संख्या तो दस से ऊपर थी, लेकिन प्रमुख रूप से पाँच-छह लड़के थे। ये सभी बग़ैर किसी हाजिरी रजिस्टर की अनिवार्यता के इस ओटले पर अनिवार्य रूप से हाजिरी बजाते थे। कभी भी आने और कभी भी चले जाने की छूट थी, लेकिन सारे लड़के सुबह दस से ग्यारह बजे के बीच अनिवार्य रूप से आते थे, क्योंकि यही समय निकट के गर्ल्स स्कूल में लड़कियों के जाने का था। और इसी तरह शाम पाँच बजे कहीं से भी दौड़ भागकर ओटले पर आना पड़ता था। तमाम ज़रूरी और ग़ैरज़रूरी काम छोड़कर, क्योंकि इसी समय लड़कियाँ स्कूल से वापस लौटती थीं। लड़कियों को स्कूल जाने और लौटने में इस चौराहे को पार करके जाना पड़ता था। यही एकमात्र रास्ता था। लड़के ज़्यादा पढ़े-लिखे नहीं थे। हरि ही था जो कॉलेज में पढ़ा था वर्ना अधिकांश तो माध्यमिक और हायरसेकेंडरी स्कूलों की हदें बड़ी मुश्किल से तोड़ पाए थे। हरि ख़ुद बी.एस-सी. करके फँस गया था। नौकरी मिलती नहीं और इसी कारण वह अपने इन निठल्ले दोस्तों के बीच उदाहरण पुरुष की भाँति स्थापित था जो लड़के पढ़ना छोड़ चुके थे या छोड़ने का मन बना चुके थे, वे अपने बाप से पढ़ाई के नाम पर लतियाते हुए हरि का उदाहरण ही देते थे, कि हरि ने पढ़-लिखकर कौन-सा तीर मार लिया? इस निराधार और धृष्ट तर्क और उदाहरण के बाद बाप कोई एक काम छोड़ देता। अर्थात् गालियाँ देना छोड़कर सिर्फ़ लतियाता रहता या लतियाना छोड़कर गालियाँ देता रहता। लगभग रोज़ की इस दिनचर्या से निपटकर जब ये ओटले पर एक दूसरे को साभिनय संस्मरण सुनाते तो लगभग हर कोई एक दूसरे के मन में दबी टीस को ठहाके के बीच भी पकड़ लेता।

इन्हीं में से एक वह ख़ुद है, शाहरुख खान। रंग शाहरुख ख़ान से थोड़ा कमजोर तो शक्ल बेहतर। रही-सही कसर ज़ुल्फ़ों के जमाव से पूरी हो जाती है। कुछ उस तरह के कपड़े-चाल-ढाल। इसी कारण उसे शाहरुख ख़ान कहा जाने लगा। वैसे

नाम तो उसका जगदीशचन्द्र शर्मा है जिसे किसी समय उसके दोस्त जे.सी. कहते थे, लेकिन यह ज़्यादा समय तक चल नहीं पाया। शहर के तहसील कार्यालय में तबादले पर अमीन बाबू इसी मोहल्ले में रहने को आए जिनके सुपुत्र कैलाशचन्द्र मारू ने जे.सी. को परेशान करके रख दिया। कैलाशचन्द्र तो मुहल्ले में आते ही के.सी. हो गया, लेकिन कुछ ही दिनों में लड़कों को एक नया शगल मिल गया। सड़क के एक किनारे पर लड़कियों के स्कूल जाने के समय कुछ लड़के खड़े हो जाते और शेष दूसरे किनारे पर। हाथ में एक बॉल रहती फिर इस किनारे से एक दल चिल्लाकर पूछता 'के.सी. मारू?' तो तत्काल सड़क के दूसरे किनारे से लड़के चिल्लाकर जवाब देते, 'शर्मा जे.सी.!'

शाहरुख को इस खेल से कोई एतराज नहीं था, और न वह इसमें किसी प्रकार की अश्लीलता देखता था या समझता था। इसी बीच एक घटना घट गई। घटना जैसी कोई बात नहीं थी, लेकिन शाहरुख तो इसे घटना ही मानता है और इस घटना के बाद उसे इस खेल में, इन फ़िक़रों में अश्लीलता नज़र आने लगी। जैसे एक सेब खाकर हव्वा को मालूम पड़ गया था कि वह 'हव्वा' है और शील-अश्लील का एहसास होने लगा था, मामला शाहरुख के साथ भी कुछ ऐसा ही हुआ। इन्हीं दिनों चौराहे से स्कूल जाने के लिए एक लड़की निकलती थी। लड़कियाँ तो यूँ कई निकलती थीं, लेकिन शाहरुख जिस पर आशिक़ हुआ वह लड़की उसके लिए सबसे जुदा है। हालाँकि लड़की में और लड़कियों से जुदा होने जैसी कोई विशेष बात नहीं है यह महज हर आशिक़ की भाँति शाहरुख की ख़ामख़याली है। शाहरुख तो उस दिन भी दिनचर्या के मुताबिक़ लड़कियों को ताड़ रहा था कि सहसा चौराहे से यह लड़की निकली और शाहरुख धक्क से रह गया। अब धक्क से कैसे रहा जाता है यह तो वह किसी को समझा नहीं पाया, लेकिन सार यही निकला कि वह लड़की पर मर मिटा। किसी के लिए भी यह कोई नयी बात नहीं थी। हर किसी ने सोचा, आज यह है तो कल किसी और पर मर मिटेगा, लेकिन दूसरे दिन भी शाहरुख उसी लड़की पर मरा भी और मिटा भी। या मिटते-मिटते बचा। यानी नौबत पिटाई तक आ गई। शाहरुख बहुत नाजुक़ तरीक़े से और उन दिनों के प्रचलन के मुताबिक़ सीटी बजाकर एअर-इंडिया के महाराजा की तरह थोड़ा झुककर खड़ा हो गया। अमूमन ऐसी हरकतों पर लड़कियाँ बग़ैर कुछ बोले निकल जाती हैं। कुछेक मुँह बिचका देती हैं। जिस पर स्वाभाविक रूप से ओटले पर तालियाँ बजती हैं, लेकिन यह लड़की तमककर खड़ी हो गई। उधर चौंककर सारे लड़के ओटले पर खड़े हो गए। लड़की ग़ुस्से में तमतमा गई जिसका कि शाहरुख ख़ान को कोई ख़ास कारण समझ में आया नहीं।

—"ज़्यादा हीरोगिरी मत दिखाना समझे! दो बार नाटकों में झाँसी की रानी बन चुकी हूँ। और ये चप्पल देखे, अभी कल ही ख़रीदे हैं...।" उसने अपने एक पैर को उठाकर चप्पल का सार्वजनिक प्रदर्शन किया।

नयी चप्पलों की सूचना जो वह दे रही थी उससे तो कोई प्रभावित नहीं हुआ सिवा इतना समझने के कि लड़की की हैसियत अच्छी चप्पल ख़रीदने की है। उनमें से एक रमेश का तो कहना था, चप्पलों से भला क्या डरना? ऐसी चप्पलों से डरने लगे तो हो गई फिर आशिक़ी! वे और होते होंगे जो चप्पलों से डर जाते हैं। हम आज भी सलामत हैं और सिर भी सलामत है। ऐसी कितनी ही लड़कियाँ आईं और चप्पलें दिखाकर चली गईं, और ऐसी कितनी ही चप्पलें रहीं जो सिर पर टूटकर मिट गईं।

लड़की जब चलने को हुई थी, तो शाहरुख ख़ान ने आगे बढ़कर कुछ बोलना चाहा तो घबराहट में हकला गया। लड़की उसकी हकलाहट को बनावटी समझकर और भड़क गई—''अपने आपको शाहरुख ख़ान समझता है? मेरे भाई को जानता है? पहलवान है वह।'' कौन भाई? यह तो उसने बताया नहीं। भाई के नाम का रहस्य छोड़कर धमकाती हुई चली गई वह।

धमकी में तो उसकी कोई आया नहीं। मुहल्ले में यूँ पचासों पहलवान हैं। हर किसी के नाम के पीछे पहलवान शब्द जोड़ देना फैशन भी है और आदर भाव या आत्मीयता मानी जाती है। यथा, रामू पहलवान, जगन पहलवान आदि, जब कि इनमें से किसी के परिवार में पिछली पाँच पुश्तों में से किसी ने भी अखाड़े का मुँह नहीं देखा था।

इस घटना से, उस दिन इतना भर हुआ कि अपना जे.सी., क़ायदे से शाहरुख ख़ान घोषित हो गया और उस झाँसी की रानी का नामकरण काजोल हुआ।

इस घटना से किसी को किसी भी बात से एतराज नहीं था। किसी का भी ध्यान घटना की गम्भीरता की ओर नहीं गया। शाहरुख की बढ़ती हुई उदासी को भी मामला 'शुद्ध ओटलेबाजी' वाला ही समझा गया। ओटले पर जो कुछ होता है वह सिर्फ़ हुड़दंग या मज़ाक़ भर होता है। गम्भीरता की वहाँ गुंजाइश नहीं होती है। मामले ने तूल तो बाद में पकड़ा और सभी को स्थिति की गम्भीरता का एहसास हुआ।

एक दिन शाहरुख ख़ान ओटले पर देर से आया। इसी बीच दल के दूसरे सदस्य लच्छू, जो कभी लक्ष्मीनारायण हुआ करता था, ने शाहरुख की काजोल को छेड़ दिया। लड़की इस बार न तो ग़ुस्से में पलटकर वापस आई, न गालियाँ दीं। बस जाते हुए क्षण-भर रुकी फिर पलटकर भी नहीं देखा और चली गई। कुछ देर बाद शाहरुख ख़ान आया। उसे जब पता चला कि लच्छू ने काजोल को छेड़ा था तो वह भड़क गया।

—''तूने क्यों छेड़ा उसे?'' शाहरुख एक पैर ओटले पर और एक सड़क पर टिकाकर बोला।

—''क्यों न छेड़ता, तू तो था नहीं, बल्कि कोई भी नहीं था, लड़की बग़ैर छेड़े, कोरी-की-कोरी निकली जा रही थी। मैंने छेड़ दिया।'' लच्छू ने सफ़ाई दी।

फिर उसे सहसा इस बात का एहसास भी हुआ कि इसमें सफ़ाई देने जैसी कोई बात नहीं है तो वह तनिक रोश में बोला—"और फिर तूने क्या उसकी रजिस्ट्री करा ली है?"

—"हाँ वह सिर्फ़ मेरी है। सिर्फ़ मेरी!" शाहरुख सहसा ओटले पर चढ़ गया और पारसी थिएटरों के नायकों के अन्दाज़ में दोनों हाथ उठाकर ज़ोर-ज़ोर से चिल्लाने लगा—"अब ख़बरदार जो किसी ने उसकी तरफ़ आँख उठाकर भी देखा तो...!"

—"आँख दबाकर देखें तो?" रमेश ने आँख मारकर प्रश्न किया।

—"तो आँख फोड़ दूँगा तेरी..." शाहरुख पलटकर बोला।

सभी लोग आश्चर्य से शाहरुख को देखने लगे। ऐसा ओटले पर आज तक हुआ नहीं, कोई भी किसी लड़की को छेड़े, कोई कॉपीराइट क़ानून आड़े नहीं आता था।

लच्छू को ग़ुस्सा आ गया। बोला—"ऐसा कहीं होता है। स्साली अपने ओटले पर भी वो है जो देस में है..." कहकर आगे के शब्द याद न आ पाने पर उसने गरदन घुमाकर हरि से पूछा जो ओटले का सबसे काबिल आदमी समझा जाता है।

—"क्यों रे हरि...कनी क्या तो कहते हैं उसे...?"

—"डेमोक्रेसी!" हरिराम ने लच्छू का जिज्ञासा-भरा वाक्य पूरा किया और फिर अनुवाद भी कर दिया।

—"डेमोक्रेसी...प्रजातंत्र!"

—"हाँ, वही..." लच्छू मुँह में अटके शब्द को सुनकर सहमति में मुंडी हिलाकर बोला—"वही वाला प्रजातंत्र तो स्साला हमारे ओटले पर भी है...! फिर कोई किसी को भी छेड़े, एतराज की भला क्या बात होनी चाहिए!"

लेकिन शाहरुख ख़ान अब प्रजातंत्र के ख़िलाफ़ हो गया था। हरि उसे चुपचाप देख रहा था, उसने सोचा, मैं शाहरुख की जगह होता तो कहता कि—"डेमोक्रेसी में अराजकता मिलायी जा रही है। प्रजातंत्र की आड़ में उसका दुरुपयोग हो रहा है। या शायद प्रजातंत्र का एक भारतीय अर्थ यही है!"

जैसा कि जाहिर था कि झगड़ा ज़्यादा देर चलना नहीं था, लड़कियों की आवाजाही चौराहे पर बढ़ी तो झगड़ा बीच में ही टूट गया। नीले सलवार-कुर्ता में निकली एक लड़की के पीछे लच्छू उठकर चल दिया। नीला रंग उसका प्रिय रंग है। इस तरह प्रजातंत्र के प्रति अपनी आस्था का समर्थन करता हुआ और कल पूरे रिजल्ट बताने का आश्वासन देता हुआ चला गया। शाहरुख यह जताते हुए कि वह ग़ुस्से में है और अभी कुछ देर ग़ुस्से में रहना चाहता है, उठकर ओटले के कोने में जाकर बैठ गया। वह आकर बैठा था ग़ुस्से में लेकिन कुछ देर बाद लगभग सभी साथी वहाँ से चले गए तो उसे लगा कि दरअस्ल, वह ग़ुस्से में नहीं बल्कि उदास बैठा है।

उदासी में उसे काजोल याद आई और लगा उसकी एक तस्वीर उसके सामने खड़ी हो गई है। आश्चर्य तो यह कि तस्वीर में वह कपड़े पहने हुए खड़ी है। आमतौर

पर इस तरह के ख़याल कई लड़कियों को लेकर कई बार आए हैं, लेकिन कभी भी ख़यालों में उसने लड़कियों को कपड़े पहनने की इजाज़त नहीं दी थी। इस बार काजोल के कारण उसे दो परिवर्तन ख़ुद में साफ़ नज़र आ रहे हैं, एक तो काजोल उसके ख़यालों में भी कपड़े पहने हुए है और दूसरी बात कि वह काजोल के बारे में सोचकर उदास है। ऐसा आज तक नहीं हुआ है।

क्या यही प्यार है?

लेकिन इसकी तस्दीक़ कौन करे? इस वक़्त ओटले पर कोई नहीं है। चम्पू माटसाब से पूछा जाए? नहीं, ख़ुद ही अपने प्रश्न और प्रस्ताव को रद्द कर दिया। चम्पू माटसाब का घर दूर है और फ़िलहाल वह ओटले को छोड़कर कहीं जाना नहीं चाहता है। फिर क्या पता चम्पू माटसाब अपनी आदत और शौक़ के कारण बात बाद में पूछें और हाथ में पकड़ी रहने वाली स्थायी छड़ी पीठ पर पहले पड़ जाए। चम्पू माटसाब को बात-बात में छड़ी से मारने की आदत है। शौक़ है। उनका नामकरण भी चम्पू माटसाब इसीलिए हुआ है। किसी ज़माने में, नौकरी की शुरुआत में वह पंडित बिहारी प्रसाद हुआ करते थे। जैसे कि गाँव के अधिकांश अध्यापकों का विश्वास है, वैसे ही पंडित बिहारी प्रसाद का भी विश्वास है कि बग़ैर मार खाए विद्या नहीं आती। इसके लिए वे एक छन्द भी सुनाया करते हैं। 'छड़ी पड़े छम-छम, विद्या आए घम-घम।' छड़ी तो छम-छम पड़ती है यह तो सभी लड़के समझते हैं, लेकिन विद्या कैसे घम-घम आती है, कब और कहाँ घम-घम करती है? पीठ पर? यह आज तक कोई समझ नहीं पाया और पंडित बिहारी प्रसाद ने किसी को समझाया भी नहीं। उनकी यह आदत फिर शौक़ में बदल गई, बल्कि रोग में। उनका कहना था कि मैं लड़कों को मारता नहीं हूँ, चम्पी करता हूँ। उसके बाद से पंडित बिहारी प्रसाद का नामकरण चम्पू माटसाब हुआ और ऐसा हुआ कि उनके सहकर्मी तक इसी नाम से पुकारने लगे। शुरुआत में कुछ एतराज के बाद चम्पू माटसाब इस नाम को लेकर सहज हो गए।

शाहरुख सोचता रहा और उसका सिर पीछे दीवार से टिक गया। तभी उसे महसूस हुआ जैसे चौराहे पर आख़िरी दुकान के पास काजोल खड़ी है और फिर उसने धीरे-धीरे चलना शुरू किया और उसकी ओर बढ़ने लगी। निकट आई और ओटले के पास खड़ी हो गई और मुस्कराने लगी। वह भी मुस्कराने लगा। फिर काजोल ने धीरे-से अपनी बाँहें फैलाईं। वह हाथ फैलाए कुछ बोल रही थी। तभी उसे लगा जैसे काजोल की आवाज़ एक तीखे शोर में बदल रही है, फिर उसे लगा जैसे वह ज़ोर से कुछ कह रही है। उसने आँखें खोलीं तो अचरज हुआ कि सचमुच काजोल सामने खड़ी है। उसके साथ स्कूटर से टिककर एक पहलवाननुमा लड़का भी खड़ा है। उसे अचरज हुआ। यह लड़का सपने के दृश्य में कहाँ से आ गया। उसने सिर को झटका तो लगा, लड़का सपने के दृश्य में नहीं, सचमुच सामने खड़ा था।

और काजोल बाँहें फैलाए नहीं खड़ी है बल्कि उसकी तरफ़ उँगली उठाकर उस पहलवाननुमा लड़के को कुछ इशारा कर रही है।

काजोल ने ओटले की तरफ़ हाथ उठाकर इशारा करते हुए लड़के से कुछ कहा। लड़के ने सहमति में गरदन हिलाई और स्कूटर से हटकर तेज़ी से ओटले पर आया। बस, न राम-राम और न दुआ-सलाम उसने शाहरुख की पिटाई शुरू कर दी। शाहरुख को न सोचने का अवसर मिला और न समझने का। सम्भवत: वह कुछ कर पाने की स्थिति में था भी नहीं। लड़का उससे ज़्यादा स्वस्थ और ताक़तवर था। पिटाई का क्रम ज़्यादा चलने लगा तो राह चलते लोग रुक गए। कुछ को आश्चर्य हुआ कि आज गुंडा ख़ुद पिट रहा है। कुछ को प्रसन्नता हुई कि चलो अच्छा हुआ जो हम नहीं कर पाए इस युवक ने कर दिया। ये स्साले लड़के इसी लायक हैं। काजोल तब तक दौड़कर ओटले पर आ गई थी। उसने युवक को रोका और कुछ कहा तो घायल पड़े शाहरुख की समझ में भी आ गया कि यह युवक काजोल का भाई है। उसे कुछ तसल्ली हुई। वर्ना वह तो पिटते हुए इसलिए भी दु:खी था कि यह पहलवान काजोल का कोई प्रेमी या मंगेतर होगा, काजोल ने भाई का हाथ पकड़कर रोकते हुए कहा—

—"ये वो लड़का नहीं है जिसने मुझे आज सुबह छेड़ा था।"

पहलवान को ग़ुस्सा आ गया। ग़ुस्से में अफ़सोस जताते हुए बोला—

—"तो पहले क्यों नहीं बोला? ख़ामख़ाँ लौंडा पिट रहा था और तू देख रही थी!"

—"मैं क्या करती? मैंने तो तुम्हें डाँटने-डपटने के लिए कहा था। तुम तो मारपीट पर उतारू हो गए!" काजोल तमककर बोली। तब शाहरुख की समझ में आया कि वह लच्छू के हिस्से की मार खा रहा था।

—"यह भी एक तरह का डाँटना-डपटना ही हुआ। ऐसे मामलों में इसी तरह डाँटा-डपटा जाता है।" पहलवान ने अपने अनुभव के आधार पर समझदारी की बात कही, फिर बोला—

—"लेकिन तूने इसे व्यर्थ में मार खिला दी।" पहलवान के चेहरे पर एक औपचारिक अफ़सोस था।

—"लेकिन इसने भी तो कल मुझे छेड़ा था।" काजोल ने शाहरुख की तरफ़ उँगली उठाकर सफ़ाई दी, गोया कि अफ़सोस मत करो, जो हुआ ठीक ही हुआ।

—"ऐसा क्या?" पहलवान ने अचरज से पूछा और शाहरुख की तरफ़ बढ़ने लगा। फिर, सम्भवत: शाहरुख की पस्त हालत देखकर रहम खाकर पलट गया। और बोला—

—"चलो तो फिर ठीक हुआ। समय और मेहनत बेकार नहीं गई। और फिर इसकी हालत देखकर दूसरे भी सबक़ लेंगे।" कहकर वह बहन का हाथ पकड़कर चल दिया। अब उसके चेहरे से अफ़सोस नदारद था और वहाँ तसल्ली थी।

घटनाक्रम सारा कुछ फ़िल्मी था। कसर जो बाक़ी रह गई वह तब पूरी हुई कि हिन्दी फ़िल्मों की भाँति घटना के बाद ओटले पर सारे दोस्त सहसा आ गए। शाहरुख की हालत देखकर सभी घबरा गए। घबराहट से ज़्यादा आश्चर्य हुआ। पिटाई तो यहाँ लड़कों की पहले भी हुई है, लेकिन ऐसी अस्पताल जाने जैसी नौबत कभी नहीं आई थी। लड़कों ने शाहरुख को उठाया और एक रिक्शे में लादकर अस्पताल ले गए। कोहनी, माथे और घुटने पर पट्टी बाँधते हुए डॉक्टर को फिर तो देह पर ऐसी अनेक खरोंचें और घाव नज़र आए जहाँ पट्टी बाँधना ज़रूरी समझा गया।

शाहरुख कहना चाहता था, लेकिन चुप रहा कि, दिल भी घायल है यारों! लेकिन ऐसे समय वह चुप रह गया। लड़कों का दल डॉक्टर की कारीगरी देखते हुए बदला लेने की घोषणाएँ करने लगा। क्या किया जाएगा और क्या छोड़ दिया जाएगा—जैसी ओजस्वी और वीरता-भरी घोषणाएँ की जाने लगीं। शाहरुख ने फिर बोलना चाहा कि उस युवक को मत पीटना। आख़िरकार वह मेरा होने वाला साला है। लेकिन उसे लगा कि उसके ऐसा कहते ही लड़के उसकी पिटाई शुरू कर देंगे और देह के बचे हुए हिस्से भी तोड़ देंगे। मामला ओटले की प्रतिष्ठा का बन गया था।

लड़की ने भी कोरी धमकी नहीं दी थी, सचमुच उसका भाई पहलवान निकला।

डॉक्टर बहुत काबिल था। बहुत धैर्य और कुशलता से उसने शाहरुख को पट्टियों से पाट दिया। उसके चले जाने के बाद जब शाहरुख ने करवट लेनी चाही तो देह के अनेक हिस्सों में दर्द हुआ तब शाहरुख को मालूम हुआ कि डॉक्टर की काबिलियत और खोजी निगाहों से ये हिस्से बच गए थे। डॉक्टर से ज़्यादा वह पहलवान कुशल था जो उसने चुन-चुनकर देह के हर हिस्से की पिटाई की थी। शाहरुख को यह भी महसूस हुआ कि देह के बाएँ हिस्से में पसलियों के थोड़े ऊपर दिल नाम का एक मांस का टुकड़ा धड़क रहा है, वहाँ कुछ ज़्यादा ही दर्द हो रहा है, जिसे वह किसे बताए? उसे लगा, यह समय चुप रहने का ही है।

इसी बीच ख़बर पाकर शाहरुख के माँ-बाप आ गए। पिता के चेहरे पर तो दुःख था, लेकिन जुबान से गालियाँ निकल रही थीं कि इन मुहल्ले के गुंडों के साथ रहकर पूरा गुंडा हो गया है। अब तो बात मार-पीट तक आ गई। कल से कोर्ट-कचहरी की पैड़ी भी चढ़ना पड़े तो कम बात नहीं। नाक कटा के रख दी है। ऐसी औलाद से तो बेऔलाद रहना अच्छा...वग़ैरह-वग़ैरह।

ऐसा भी नहीं कि बाप की गालियों के प्रवाह के बीच माँ सिर्फ़ ख़ामोश श्रोता रही। वह बाप से भिड़ गई—

हर वक़्त छोरे को डाँटते रहते हो। अभी उमर ही क्या है? जाने किसने ऐसी बेरहमी से मारा...उसका सत्यानाश हो। कुल का नाश हो। निरवंशिया रहे...वग़ैरह वग़ैरह! यह कलगी-तुर्रा का कार्यक्रम ज़्यादा चल नहीं पाया। नर्स ने आकर सब को वार्ड से बाहर कर दिया।

वार्ड में शोर ख़त्म हुआ तो शाहरुख अकेला रह गया। अकेला होते ही शाहरुख उदास हो गया। उदास होने में अब उसे मज़ा आने लगा है। फिर उसे महसूस हो गया कि दरअस्ल यह उसके बस की बात नहीं कि उदास हो जाए या ख़ुश हो जाए। अकेला होते ही वह ख़ुद उदास हो जाता है। उदासी में उसे काजोल याद आई। इतनी मार-पीट के लिए ज़िम्मेदार होने के बावजूद मन उसी निर्दय लड़की को याद कर रहा है। उसे ख़ुद पर आश्चर्य भी हुआ कि क़ायदे से उसे काजोल पर ग़ुस्सा आना चाहिए, लेकिन ऐसा हो नहीं पा रहा है।

—''बेचारी ने लच्छू की ग़लतफ़हमी में उसे पिटवा दिया। दूर से वह देख नहीं पाई।'' उसने अपनी पिटाई के अपराध से लड़की को बरी करते हुए सोचा।

—''जब पास आकर देखा तो फिर रोका क्यों नहीं?'' भीतर से तर्क भी आया।

—''रोका तो था। बोली थी कि, अरे, यह वह लड़का नहीं है!'' उसके चेहरे पर अफ़सोस भी था। मन ने काजोल का पक्ष लिया।

—''साथ में तत्काल यह भी बोली थी कि, इसने भी कल मुझे छेड़ा था।''
''शिकायत क्यों की?'' फिर तर्क।

''बेचारी जल्दी में घबरा गई। भाई कमबख़्त पहलवान जो ठहरा। आख़िर में बोली भी तो थी कि मैंने तो सिर्फ़ डाँटने-डपटने के लिए कहा था। मारपीट के लिए नहीं।'' आशिक़ मन ने फिर पक्ष लिया। फिर उसने तत्काल काजोल के ख़िलाफ़ जा रहे विचारों को झटक दिया। ख़ुद को तुरन्त कोसने लगा कि वह व्यर्थ में एक मासूम के ख़िलाफ़ न जाने क्या-क्या ऊलजलूल सोचने लगा है। धिक्कार है ऐसे मन पर। धिक्कार है ऐसी देह पर भी जो प्यार की खातिर थोड़ी-सी मार भी नहीं सहन कर सकती है।

तभी पसलियों में दर्द की लहर उठी। वह कराहकर रह गया। उसने सोचा करवट लेकर मुँह दूसरी तरफ़ कर ले, लेकिन ऐसी कोशिश में दूसरी तरफ़ की पसलियों का दर्द उठा तो उसने करवट लेने का विचार भी छोड़ दिया। देह के दर्द के बीच उसे दिल के दर्द ने राहत दी। वह फिर काजोल के बारे में सोचने लगा। नींद की गोली का असर भी था। वह नींद में, सपने में काजोल के पीछे भाग रहा है। और काजोल कभी उसके हाथ आ जाती है, कभी छूट जाती है।

काफ़ी रात गए उसकी नींद खुली तो देखा लड़कों की भीड़ वार्ड में जमा है। कोई नहीं सोया था। किसी बात पर बहस चल रही थी।

लच्छू ने बताया, लड़के शाम से उस पहलवान भाई को खोज रहे थे। कई मुहल्लों में घूमे और लड़कियों के पहलवाननुमा भाई के बारे में पूछताछ की। कुछेक से तो झगड़े भी हो गए। उसको पीटा भी गया, लेकिन नतीजा कुछ भी नहीं निकला। अब भला, यूँ तो कई लड़कियों के भाई तन्दुरुस्त हैं, तो किस-किस को पीटा जाए। जिस लड़की और जिस पहलवान भाई की तलाश थी, वे

नहीं मिले। सारी भागदौड़ और मारपीट व्यर्थ गई। फिर एकाएक लच्छू तैश में आ गया। बोला—

—"सब तेरी वजह से हुआ। लड़कियों को छेड़ने का काम कोई पहली बार हुआ है? अरे, जब से होश सँभाला तब से लड़कियों को छेड़ रहे हैं। लड़कियों से पिटे हैं। लड़कियों के माँ-बाप से पिटे हैं, लेकिन स्साले...ये अस्पताल जाने जैसी नौबत कभी नहीं आई।" कहकर वह हिकारत से शाहरुख को देखने लगा। शाहरुख उसकी इस अदा से ज़रा भी प्रभावित नहीं हुआ। बोला—

—"जब मैंने उसके भाई को मुआफ़ कर दिया तो तुम क्यों अब उठा-पठक कर रहे हो?"

—"अबे ओ, राँझे की औलाद!" लच्छू पलंग के क़रीब खिसककर बोला—"तू कौन होता है माफ़ करने वाला? अब स्साले, उस पहलवान ने, उस छोकरी ने, ओटले की इज़्ज़त पर लात मारी है। तू तो अब कुछ बोले ही मत। तेरा रोल ख़त्म हो गया। मार खाने पुरता था तेरा रोल। समझा?" कहकर लच्छू टहलने लगा। उसके टहलने में बेचैनी और रोष था।

इन दोनों की बातें सुनकर दूसरे लड़के भी पलंग के क़रीब आ गए। असलम भंगार कुछ ज़्यादा ही उत्तेजित था। बोला—"यार, कुछ जल्दी ही करना होगा। जैसे भी हो उस छोकरी और उसके पहलवान भाई को खोजा जाए। एक बार बात उड़ी कि ओटले का छोकरा पिट गया है तो समझो नाक कटी। किसी को मुँह दिखाने काबिल नहीं बचेंगे। फिर तो हर ऐरा-गैरा हाथ उठाने की हिम्मत करेगा। समझो ताला पड़ जाएगा ओटले पर।"

सभी ने इसका समर्थन किया। बात गम्भीर थी, इसलिए किसी का ध्यान इस ओर नहीं गया कि खुले चबूतरे पर जब कोई दरवाज़ा ही नहीं है तो कैसा ताला? सम्भवतः सभी ने इसका सांकेतिक अर्थ पकड़कर समर्थन किया था।

पहले से बेचैनी में टहल रहे लच्छू के साथ असलम भंगार भी उठकर टहलने लगा। दोनों मंच पर महाराणा प्रताप का अभिनय करने वाले पात्रों की तरह टहल रहे थे। असलम भंगार मूलतः असलम ख़ान वल्द नादिर ख़ान जो ओटले पर आकर असलम हुआ फिर नीली फ़िल्मों के उसके शौक़ के कारण जब तन्दुरुस्ती गिरने लगी तो वह 'गुप्त रोगों के बादशाह' या 'गुप्त रोगों का शानदार इलाज' जैसे विज्ञापनों की चपेट में आकर जो इलाज कराया उसमें उसकी रही-सही तन्दुरुस्ती भी चली गई तो घर पर किसी ने कहा कि देह तो भंगार हो गई। बस उसी दिन से असलम ख़ान, असलम भंगार हो गया।

असलम भंगार और राजू उस्ताद, दो ऐसे लोग थे जो काम की तलाश में मुम्बई गए थे और लम्बे समय तक मुम्बई में किसी गैराज पर काम किया था। ढेर सारे रुपये कमाने का ख़्वाब लेकर मुम्बई पहुँचे असलम भंगार और राजू उस्ताद को

मुम्बई जाकर मालूम हुआ था कि कार सुधारने के जिस काम में वे ख़ुद को उस्ताद समझते थे और यह सोचकर मुम्बई गए थे कि मुम्बई उनको हाथों-हाथ लेगी, जाकर पता लगा कि ऐसे कई उस्ताद वहाँ सैकड़ों की तादाद में हैं। ढेर सारा रुपया तो नहीं, लेकिन ढेर सारी बीमारियाँ, मुम्बइया ज़ुबान और ढेर सारे उल्टे-सीधे अनुभव लेकर वे वापस लौटे थे। ओटले पर दिन-रात बैठे उन दोनों ने अपने अनुभव सुनाए और बाक़ी के लड़कों को मुम्बइया भाषा सिखा दी। परिणामस्वरूप ओटले पर एक अजीब-सी खिचड़ी भाषा और घालमेल की संस्कृति पनपने लगी। यूँ तो ओटले पर ही क्या, पूरे हिन्दुस्तान में भाषा के फ़जीहते हो रहे हैं। एक साफ़-सुथरी भाषा और संस्कृति के लाले पड़ रहे हैं। इसलिए इन लोगों ने भी भाषा की बाँह मरोड़ने के इस पुण्य कार्य में अपना योगदान किया। अब जिस तरह की बोली और भाषा ये लोग बोलने लगे, उसे देख-सुनकर जिन लोगों को भरोसा नहीं था, उन्हें भी भरोसा हो गया कि कलयुग आ गया है।

—"यहीं पे...यहीं पे...इसी जगह! इसी वार्ड में अपने शाहरुख की बगल में उस पहलवान का पलंग डलेगा। तब जाकर मुझे चैन मिलेगा। समझो उसी दिन अन्न का निवाला मुँह में डालूँगा।" वार्ड के ख़ाली पलंग की तरफ़ उँगली के इशारे से बताते हुए लच्छू चहलक़दमी करता हुआ नाटकीय ढंग से ठिठककर बोला।

शाहरुख को ये हिंसा की बातें पसन्द नहीं आ रही थीं, लेकिन चुप है। क्या करे? और फिर यदि जैसा लच्छू ने कहा है उस तरह से तो यदि पहलवान भी पिटकर उसी के बगल के पलंग पर आ जाता है तो काजोल के दर्शन तो होंगे! वह अपने भाई को देखने तो आएगी ही। भीतर मन में ऐसी व्यर्थ की कल्पना करके वह ख़ुश होने लगा। पेट में अजीब-सी गुदगुदी हुई। इसी बीच नर्स आई और उसे कुछ गोलियाँ खिलाकर और इन लड़कों को चुप करने की एक असफल कोशिश करती हुई चली गई। गोलियाँ खाने के कुछ देर बाद उसे लगा वह नींद की तरफ़ बढ़ रहा है। लड़कों का शोर उसे दूर से आता सुनाई दिया। कुछ देर बाद उसे फ़िल्मों के उन दृश्यों की तरह लगा जिसमें संवाद की आवाज़ ख़त्म कर दी जाती है और सिर्फ़ दृश्य भर रह जाते हैं। होंठ हिलते हुए दिखाई देने लगे। आवाज़ चली गई। सम्भवतः लड़कों में बहस देर तक चली। भाषण वग़ैरह भी हुए। फिर सभी अपने अपने घर चले गए।

सुबह लड़के जल्दी नहीं आए। शाहरुख को अचरज भी नहीं हुआ। देर रात को सोना और सुबह देर से उठना, सभी के लिए सामान्य दिनचर्या है। लेकिन देर कुछ ज़्यादा ही हुई। लगभग दोपहर के कुछ पहले लड़के आए और उत्साह और ख़ुशी के मारे फुदकने लगे। सभी प्रसन्नचित्त लगे।

असलम भंगार ने बताया। पहलवान मिल गया। हिसाब भी हो गया। हिसाब बराबरी पर तो नहीं उतरा। पहलवान था आख़िर, झूमा-झटकी करके भाग गया,

लेकिन भड़ास निकल गई। अभी अस्पताल आ रहे थे तो साथ में मुहल्ले का मांगीलाल काका भी था जिसकी ओटले के पास पान-दुकान है। उसी ने शाहरुख को पिटते देखा था। पहलवान को बाज़ार में देखकर उसी ने पहचाना। यह सुनकर माँगीलाल काका ने इस तरह शाहरुख की ओर देखा जैसे कह रहा हो कि यह तो उसका फ़र्ज़ था। वह इस तरह सिर थोड़ा झुकाकर खड़ा था जैसे सामूहिक धन्यवादज्ञापन स्वीकार रहा हो। हालाँकि ऐसी कोशिश किसी ने नहीं की।

शाहरुख को लगा कि उसके साथी इतने ख़ुश हैं कि थोड़ी ही देर में कहीं उड़ने न लग जाएँ! लच्छू ख़ुशी के मारे कमरे में फुदक रहा था। फिर सहसा रुककर शाहरुख की तरफ़ देखते हुए बोला—"एक रैपट पड़ा तो पट्ठा भें बोल गया। वह तो भागकर जान बचा ली वर्ना यहाँ तेरे पलंग के बगल में भी नहीं होता। इधर अस्पताल आता तो ज़रूर पण पी.एम. के वास्ते।"

कहकर उसने हरि के गले में बाँहें डाल दीं। हरि मुस्करा दिया। असलम कुर्सी पर दो पैरों के बल उकड़ू बैठा था। नीचे कूदकर बोला—

—"पहलवान स्साला भागने में भी तेज़ निकला...!"

—"तुम लोग उसको स्साला-वाला मत बोलो।" शाहरुख एतराज जताते हुए बीच में बोला।

—"चल भई, तेरा स्साला सही! अब तो ठीक?" असलम बोला तो सभी हँस पड़े।

—"उसका कुछ पता चला?" शाहरुख ने हरि से पूछा, तो लच्छू बोला—"कौन? वो तेरी उड़नतश्तरी? उसका तो पता ही नहीं चला। जाने किस लोक में जाके उतर गई?" कहकर वह आश्चर्य की बनावटी मुद्रा बनाकर खड़ा हो गया तो सभी हँस पड़े!

—"इधर उतरी है वह, इधर!" शाहरुख दिल के पास उँगली से ठकठकाकर बोला।

—"धीरे ठोक भाई धीरे...! पट्टियाँ ढीली पड़ जाएँगी।" हरि उसके जिस्म पर बँधी पट्टियों की तरफ़ इशारा करके बोला तो एक बार फिर सभी हँस पड़े। फिर लच्छू मासूमियत की मुद्रा बनाकर बोला—"शाहरुख प्यारे! ग़लतफैमिली हुई है। इधर तेरी उड़नतश्तरी नहीं...उस पहलवान का राकेट उतरा है।" कहकर वह ज़ोर-ज़ोर से हँसने लगा।

राजू उस्ताद जो प्रायः चुप रहते हैं और लड़कियों के मामले में काफ़ी अनुभवी माने जाते हैं और चबूतरे पर इसी कारण बहुत सम्मान से देखे जाते हैं। उम्र में भी इन्हीं लड़कों के आसपास हैं, लेकिन उम्र से ज़्यादा अनुभव हासिल करके वे उस्ताद के पद पर आ गए हैं। लड़की की चाल देखकर बता दें कि लड़की चालू है या नहीं। लड़की के देखने-भर से बता दें कि पटेगी या नहीं। देश का शायद ही ऐसा कोई

रेडलाइट एरिया बचा हो जहाँ से राजू उस्ताद ने ज्ञान प्राप्त न किया हो। ज्ञान-प्राप्ति के लिए राजू उस्ताद ने दूर-दूर तक की यात्राएँ की हैं। हरि के शब्दों में, 'ज्यों-ज्यों ज्ञान प्राप्त होता जाता है, राजू उस्ताद की ज्ञान-प्राप्ति की प्यास बढ़ती जाती है। आज उड़नतश्तरियों के मामले में राजू उस्ताद अपने इलाक़े के विशेषज्ञ माने जाते हैं। एक बड़े साइंटिस्ट। ज्ञान-प्राप्ति की इस अबूझ प्यास के चलते हुए उनकी तन्दुरुस्ती के भी वही हाल हुए हैं जो असलम भंगार के हैं। लेकिन इसमें उनको मिलने वाले सम्मान में इजाफ़ा ही हुआ है। तन्दुरुस्ती ज्यों-ज्यों गिरती गई, नाम ऊपर उठता चला गया। आज बड़े-बड़े मजनूँ और इश्क़ के मारे हुए उनसे मशविरा लेने आते हैं। राजू उस्ताद अपने शहर के अघोषित विशेषज्ञ कंसल्टेंट हैं।'

'यूज़ एंड थ्रो' के जीवन-दर्शन पर चलने वाले राजू उस्ताद को शाहरुख की हाय-हाय रास नहीं आ रही है।

लच्छू ने राजू उस्ताद के कन्धे पर हाथ धरकर कहा—"उस्ताद इस को तुम्हारे वाली सफ़ी पिलाओ तभी समझेगा!" कहकर इस बार वह हँसा नहीं, गम्भीर मुद्रा बना ली, वह भी इस तरह कि सभी समझ जाएँ कि यह मुद्रा बनावटी है।

—"कौन-सी सफ़ी?" पूछना तो राजू उस्ताद को था, लेकिन उससे पहले रमेश ने पूछा।

—"अरे, वही फ़िलासफ़ी...! उस्ताद, ऐसी पिलाओ कि स्साले अपने शाहरुख की सारी आशिक़ी झड़ जाए!" लच्छू ने अपनी गम्भीरता नहीं तोड़ी, लेकिन फिर भी राजू उस्ताद मुस्करा दिए। अपनी कोमल काया के पृष्ठ भाग का संक्षिप्त हिस्सा पलंग के एक किनारे से टिकाकर वह शाहरुख से बोले—

—"देखो शाहरुख प्यारे, तुझमें और तुम्हारे जैसे आशिक़ों में, मालूम कौन-सी कमी है? तुम लोग लड़कियों को या औरतों को आगे से देखते हो और ख़ासकर धड़ से ऊपर। गरदन के ऊपर से पीछे से देखो, सारी औरतें एक जैसी ही होती हैं।" इतना कहकर उसने रुककर देखा, शाहरुख तो कम बाक़ी लड़के बहुत ध्यान से प्रवचन सुन रहे हैं तो वह आगे बोला—"औरतें धड़ के ऊपर और ख़ासकर गरदन के ऊपर तो देखने लायक होती ही नहीं हैं। मर्द को दो ही काम में महारत हासिल होना चाहिए। एक तो बिलाउज के बटन फटाफट खोलना, दूसरे घाघरे का नाड़ा खोलना। यही काम होशियारी और कारीगरी के हैं। औरतें भी यही काम पसन्द करती हैं। हाय-हाय करना छक्कों का काम। समझा! तू सुन रहा है या यूँ ही मुण्डी हिला रहा है?" राजू उस्ताद अपने लेक्चर को बीच में रोककर डपटते हैं।

—"सुन रहा हूँ।" शाहरुख गम्भीरता से बोला—"लेकिन मुझे ये बातें पसन्द नहीं। मैं उससे सच्चा प्यार करता हूँ। एकदम सच्चा।"

—"तो सच्चा ही प्यार कर भैया!" राजू उस्ताद बीच में बात काटकर बोले—"हम भी तो वही कह रहे हैं। हमने पचासों बार प्यार किया। एकदम सच्चा। झूठे

प्यार में मज़ा भी क्या? देख हमको, देह क्या यूँ ही झूठे प्यार में भंगार हुई है? क्यों भाई लोगों, ठीक बोला?"

—"बिल्कुल ठीक!" समवेत स्वर में लड़के चिल्लाए तो वार्ड में ज़ोर का शोर उठा। बग़ैर किसी के टोके ही लड़के अपने आप एक दूसरे को होंठों पर उँगली रखकर चुप रहने का इशारा करने लगे।

राजू उस्ताद ने फिर शाहरुख के पट्टी बँधे हाथ पर प्यार से हाथ रखा और कहा—

—"तो शाहरुख प्यारे, जब तू भी सच्चे प्यार की बात करता है। मैं भी सच्चे प्यार की बात करता हूँ तो फिर झंझट किस बात का? तू ऐसा कर, चल मेरे साथ, पूणे या फिर मुम्बई चल। तेरे को उधर सच्चा प्यार कराता हूँ। दिन में चार-चार बार सच्चा प्यार कर। कोई रोकने वाला नहीं। बस, तेरे महाराजजी में ज़ोर होना चाहिए।" कहकर 'महाराजजी' शब्द पर ज़ोर देते हुए पुरुष के अंग-विशेष के अर्थ से जोड़कर शाहरुख के काम-सामर्थ्य पर प्रश्न-सा खड़ा किया। फिर श्रोताओं पर निगाह डाली और तिक्त स्वर में शाहरुख से बोले—"एक ऐसी लड़की के लिए राँड-सा हो रहा है जिसको बस एक बार देखा है। न बात न चीत। अरे भाई मेरे, बात करता। फिर मौक़ा देखकर चित्त कर देता।"

राजू उस्ताद अभी आगे भी बोलता, लेकिन शाहरुख ने वितृष्णा से आँखें बन्द कर लीं। लड़के हार मानने वाले नहीं थे। लच्छू ने शाहरुख को हिलाया और कहा—

—"एक्टिंग मत कर। उस्ताद जो ज्ञान-ध्यान की बातें कह रहे हैं ध्यान से सुन।" कहकर उसने रमेश को आँख मारी तो सारे लड़के खिलखिला पड़े।

राजू उस्ताद ने बनावटी रोष से लड़कों को घूरा तो वे भी बनावटी भय जताते हुए सहम गए। राजू उस्ताद फिर शाहरुख की तरफ़ पलटे और बोले—

—"देख प्यारे, बातें तो तेरे को सुननी पड़ेंगी। अपनी आँखों के सामने चबूतरे के छोरों को बिगड़ते नहीं देख सकता हूँ।"

—"वस्ताद! अपना शाहरुख इस पिटाई से नहीं, उस छोकरी के मारे मर जाएगा।" रमेश पोपली सहानुभूति जताते हुए भड़कने की प्रत्याषा में राजू को देखने लगा। वही हुआ।

—"अरे, क्या मर जाएगा?" राजू उस्ताद भड़ककर बोले—"एक ज़रा-सी छोकरी के लिए मरने की बात करता है। देखा था मैंने भी छोकरी को उस दिन। किलो-भर का गोस भी नहीं उसमें।" राजू उस्ताद बोलते-बोलते क्रोध से उतरकर निराशा की तरफ़ चले गए।

—"क्या बात करते हो उस्ताद! इत्ती बड़ी छोकरी और तुमको किलो-भर गोश्त भी नज़र नहीं आया?" रमेश ने प्रसन्नता में राजू उस्ताद को उत्साहित करते हुए बोला।

—"अबे, फुल बॉडी की बात नहीं कर रहा हूँ। उधर ऊपर की तरफ़।" राजू उस्ताद रमेश की नासमझी पर उसे घूरने लगे, फिर तत्काल चेहरे पर सहानुभूति का

भाव लाकर शाहरुख की तरफ़ पलट गए और बोले—"देखा था मैंने भी उस दिन। छिपकली की तरह है वो तेरी उड़नतश्तरी! भैया मेरे, किसी भी बाई में, किसी भी छोकरी में ज़रूरी-ज़रूरी जगहों पर हिसाब से गोस होना चाहिए कि नहीं? अरे, ऊपर पहाड़ियों पर दो किलो तक तो गोस हो और इधर नीचे, जाँघों में, पाँच-दस किलो तक तो हो। गद्दा डनलप जैसा न हो तो मज़ा ही नहीं आएगा भैया मेरे। सभी जगह पर गोस का वजन बरोबर होना चाहिए। तभी तराजू बरोबर रहेगा। तेरी उड़नतश्तरी से ज़्यादा गोस तो अपने भंगार के घर बँधे मेमने में है।" इतना कहकर राजू उस्ताद ने फिर समर्थन के लिए असलम भंगार की तरफ़ देखना चाहा, लेकिन उसके पहले ही सारे लड़के चिल्ला पड़े।

—"बिल्कुल ठीक!"

राजू उस्ताद फिर एक विशेषज्ञ की तटस्थता छोड़कर बुजुर्गों वाली आत्मीयता के साथ बोले—

—"बात को समझो मेरी। मोहब्बत कोई आम बीमारी नहीं। ये बहुत डेंजर बीमारी है। आदमी खाने-पीने से गया। उठने-बैठने और सोने से गया। होश-हवास चले जाते हैं। ये समझो कि बीमारी बिगड़ी तो आदमी जान से गया।" कहकर राजू उस्ताद चिन्ता में सिर हिलाने लगे।

—"कुछ और माँगता तो बन्दोबस हो जाता...!" रमेश बोला तो उसकी बात को काटकर सहसा असलम भंगार बोला—

—"स्साली कोई बाज़ार में मिलने वाली चीज़ होती, फिर चाहे कितनी भी महँगी होती, हम लोग ख़रीद लाते। भीख माँग लेते। चोरी करते। ख़ुद को बेचकर लाते। पण लाते तेरे वास्ते। पण स्साली...ये छोकरी वाली बात पर हाथ टिक जाते हैं।" कहकर वह वार्ड में पलंग के दूसरे किनारे पर चला गया।

—"बरोबर बोला।" राजू उस्ताद सहमति जताते हुए बोले, "देख शाहरुख, अबी तेरे को बी बीमारी की डेंजरता के बारे में नहीं मालूम। तू एकदम सीधा-सादा है।" इतना कहकर राजू उस्ताद ने अपने आसपास निगाहें घुमाईं गोया कि समर्थन चाहते हों और फिर बोले—"एकदम मासूम। क्यों हरि, ठीक?"

—"बिल्कुल ठीक।" हरि बोला—"अपना शाहरुख प्यार के मामले में एकदम इनोसेंट है।"

—"इनोसेंट बोले तो?" लच्छू ने जिज्ञासा प्रकट की।

—"इनोसेंट बोले तो चूतिया!" हरि ने रोष और खिन्नता के मिश्रण में जवाब दिया तो सब हँस पड़े।

—"और नहीं तो क्या?" राजू उस्ताद निराश हो चले थे। एक ठंडी साँस छोड़कर समर्थन के स्वर में बोले—"अब क्या कहें, कुछ ढंग से छेड़ता। किस-विस कर लेता तो ठीक था। चूमा-चाटी, झूमा-झटकी के बाद इतनी मार-ठुकाई पुरती

है। हिसाब बराबरी का लगता।'' इतना कहकर वह उलाहने के स्वर में सिर उठाकर दोस्तों से बोले—''अरे, इसने तो उसको छुआ तक नहीं। समझो, खाया-पिया कुछ नहीं, गिलास फोड़े दो रुपया। और ऊपर से ये रोग लगा बैठा।''

राजू उस्ताद आगे बोलते-बोलते रुक गए। देखा, शाहरुख की आँखों में ग़ुस्सा था। बेचैनी थी। साथ ही लाचारी का पानी था। राजू उस्ताद चुप हो गए। शाहरुख ने राजू के हाथ पर हाथ धरते हुए कहा—

—''इस तरह की बातें मत करो।''

—''क्यों?''

—''मुझे बुरा लगता है। मैंने कहा तो है, मैं उससे सच्चा प्यार करता हूँ। तुम्हारे वाला सच्चा प्यार नहीं। वो आत्मा वाला। यह आत्मा का प्यार है।'' कहकर शाहरुख चुप हुआ तो इस बार राजू उस्ताद भड़के नहीं। कुछ देर चुप रहे फिर बोले—

—''जो लोग आत्मा वाला प्यार करते हैं क्या वो लोग 'वो' नहीं करते हैं? ज़रा सोच के बताना!''

—''करते हैं उस्ताद, करते हैं, लेकिन शादी के बाद।'' शाहरुख बहुत ही गीली आवाज़ में बोला। उसकी आँखें छलछला आई थीं।

राजू उस्ताद स्तब्ध!

तो नौबत शादी तक चली गई है!

शाहरुख फिर उसी तरह धीमे स्वर में बोला—

—''तुम काजोल के बारे में ऐसा बोलते हो। मुझे बहुत तकलीफ़ होती है। वह तो एक तरह से तुम्हारी भाभी ही हुई। और एक तरह से क्यों? वह तो है ही तुम्हारी भाभी। क्या तुम्हें अपनी भाभी के बारे में ऐसा बोलना चाहिए? बोलो?''

शाहरुख की आवाज़ में इतनी करुणा थी कि सारे लड़के सन्न रह गए। शाहरुख चुप हो गया था, लेकिन करुणा उसके स्वर से जगह बदलकर उसकी आँखों में ठहर गई। अब किसी की हिम्मत ठहाका लगाने की नहीं हुई। सब एक दूसरे को हैरत से देखने लगे। बात इतनी गम्भीर हो जाएगी किसी को अनुमान नहीं था। अपनी तमाम वाचालता के बावजूद राजू उस्ताद भी चारों खाने चित हो गए। ऐसी गम्भीरता से इन सबका पहला साबिका है। एक-एक करके सभी उठकर वार्ड से बाहर आने लगे। फिर अस्पताल से बाहर आकर परिसर में बने बग़ीचे में इकट्ठे हो गए। काफ़ी देर ख़ामोशी रही, फिर आख़िर रमेश बोला—

—''ये तो स्याला ग़ज़ब हो गया।'' इतना कहकर रमेश चुप हो गया। इसके आगे वह भी नहीं बोल पाया। किसी ने कोई प्रतिप्रश्न भी नहीं किया। फिर राजू उस्ताद घास पर अधलेटे हो गए और लड़कों को घूरते हुए बोले—

—"स्साला जो कभी सोचा नहीं, वो हो गया। और फिर ताज़्ज़ुब कित्ता कि एक बार... ख़ाली एक बार छोरी को देखा और फिलैट हो गया।"

राजू उस्ताद बोलकर इस तरह निराशा में गरदन हिलाने लगे जैसे कोई अनहोनी हो गई हो!

सारे लड़के चुपचाप हो गए। हरि तो घास पर चित्त लेट गया।

दोपहर ढलने लगी है। बग़ीचे में कोई ख़ास भीड़ भी नहीं है। दूर एक कोने में गाँव से आए कोई दो आदमी एक औरत के साथ बैठे पोटली से रोटी निकालकर खा रहे हैं। निश्चित ही कोई रिश्तेदार अस्पताल में बीमार होगा। औरत के चेहरे पर भी उदासी है। दोनों पुरुषों के चेहरे पर भी तनाव और दुःख है। अस्पताल परिसर में यह आम दृश्य है। इन लोगों ने भी देखा और अनदेखा कर दिया। बग़ीचे के गेट के पास सीमेंट कंक्रीट की बेंच पर बैठा कोई अधेड़ रेडियो पर बहुत ध्यान से समाचार सुन रहा है। अमेरिकी राष्ट्रपति बिल क्लिंटन की झल्लायी आवाज़ आ रही है जो सख़्त कार्रवाई के लिए धमकी-सी जान पड़ रही है।

हरि खड़ा था। बैठने के लिए वह रूमाल नहीं बिछाना चाहता है। हवा में वहीं एक अख़बार फड़फड़ा रहा है, जिसे कोई पढ़कर वहीं लावारिस छोड़ गया है। हरि ने उसे खींचकर खोला और पढ़ने लगा। उसमें भी अमेरिकी राष्ट्रपति बिल क्लिंटन के भाषण और धमकियाँ भरी पड़ी हैं। एक बड़ा-सा चित्र भी छपा है जिसमें अमेरिकी राष्ट्रपति का तमतमाया चेहरा नज़र आ रहा है। कुछ देर तक पढ़ने के बाद हरि ने अपने कूल्हों को उठाया और अख़बार को नीचे बिछाकर वापस कूल्हे टिका दिए। अब बिल क्लिंटन हरि के कूल्हों के नीचे दबे हैं। तमतमाए हुए। कुछ देर बाद राजू उस्ताद ने तनाव कम करने के लिए मौन तोड़ा और बोले—

—"मैंने तो सोचा है, अभी मामले को ऐसा ही पड़ा रहने दें। फिर सोचेंगे। शाहरुख को ठीक तो होने दो।" कहकर वह चुप हुए फिर एकाएक विषय-परिवर्तन करके बोले—"इधर वार्ड में रात को कौन रुकेगा?"

—"मैं और हरि रुकेंगे!" लच्छू बोला। फिर उसने हरि की तरफ़ देखा तो हरि ने उसकी तरफ़ देखा और मुंडी हिला दी।

राजू उस्ताद उठ खड़े हुए। बोले—

—"तो फिर मैं चलता हूँ। मौक़ा मिला तो रात को एक रौंड लगा दूँगा।" जैसे कोई सीनियर डॉक्टर अपने मातहत से कह रहा हो। हिदायत देते हुए सहसा राजू उस्ताद को कुछ याद आ गया, बोले—"इधर वार्ड तो बिल्कुल सूना है? जो हैं तो आदमी-ही-आदमी। लेडिज़ एक भी बीमार नहीं क्या शहर में?"

—"नहीं उस्ताद, हैं!" लच्छू ने शंका का समाधान किया और कहा—"शाहरुख वाला वार्ड जेन्ट्सों का वार्ड है। लेडिजों का वार्ड अलग है। गलियारे के आख़िरी कोने पर।"

—"ओह!" राजू उस्ताद ने यूँ कहा जैसे किसी बड़ी परेशानी का निराकरण हो गया हो! फिर संजीदगी से गरदन हिलाते हुए बोले—"देखेंगे। उसको बी देखेंगे।"

फिर सभी खाना खाने अपने-अपने घर चले गए।

शाहरुख वार्ड में अकेला रह गया। माँ को उसने जबरदस्ती घर भेज दिया कि रात को लड़कों में से कोई तो यहाँ रहेगा ही। अकेला होते ही उसे अच्छा लगा। दिल में एक अजीब-सी लहर उठी। काजोल की यादें जैसे आसपास ही कहीं दुबकी हुई थीं। अकेला देख, मौक़ा पाते ही आ गईं।

क्या कर रही होगी इस वक़्त वह?

कम-से-कम मेरी तरह याद में आहें तो नहीं भर रही होगी। तय है। उसे तो उसकी याद भी नहीं होगी। उसकी ख़बर भी नहीं होगी। हाय रे, इश्क़, जिसकी याद में तड़प रहा हूँ उसे ही ख़बर नहीं? राजू उस्ताद ठीक ही कह रहा था, प्यार में जान पे बन आती है।

एक बार उसको ख़बर तो लगे कि वह अस्पताल में है।

तो क्या होगा? मन में प्रश्न उठा।

तो यही कि औरत जात है, पिघल जाएगी। औरत का मन कोमल होता है। जब उसे लगेगा कि उसके कारण मैं यहाँ पड़ा हूँ तो कुछ तो सोचेगी। उसने मन को समझाया।

पता नहीं इस वक़्त क्या कर रही होगी? टेप सुन रही होगी। टी.वी. देख रही होगी या फिर खाना खा रही होगी। खाना बना रही होगी। कुछ भी कर रही होगी, लेकिन उसको याद नहीं कर रही होगी। उसका तो ख़याल भी उसके मन में नहीं होगा।

यह सोचकर शाहरुख फिर उदास हो गया।

शाम वार्ड में झाँकने लगी थी। पास का पलंग ख़ाली था। कुल जमा चार पलंग की जगह है। वार्ड में दूसरे दो पलंग पर मरीज सोये पड़े हैं। एक के पैर में प्लास्टर है। कोई एक्सीडेंट हो गया था। दूसरा एक आठ-दस बरस का बच्चा है जो कहीं सीढ़ियों से गिर गया था। बच्चे का पिता तो चुपचाप स्टूल पर बैठा रहता है, अलबत्ता माँ ज़रूर बच्चे के सिरहाने बैठी बच्चे से बातें करती रहती है। बच्चा अक़सर रूठ जाता है, ख़ासकर नर्स जब दवाइयाँ लेकर आती है, तब। शाहरुख चुपचाप पलंग से बच्चे का मचलना देखता रहता है। माँ उस पर झुकी हुई उसे मनाती रहती है। शाहरुख को पता नहीं क्यों यह दृश्य अच्छा लगता है। हालाँकि उसकी माँ उसके पास बैठकर ऐसा करे तो निश्चित ही उसे अच्छा नहीं लगेगा। लेकिन देखने पर यह दृश्य उसे अच्छा लगता है।

उसे अब ख़ुद पर अचरज भी होता है। कई ऐसी बातें उसकी पसन्द और नापसन्द में शामिल हो रही हैं, जिनका पहले उसके जीवन में कोई स्थान नहीं

था। उसे अब अकेले रहना अच्छा लगता है। उसने महसूस किया कि शाम का समय उदास होने के लिए सबसे ज़्यादा मददगार है बल्कि उदास होने के लिए उकसाता है।

वार्ड के शीशे चढ़ी खिड़की के पार उसने देखना चाहा, लेकिन सिर्फ़ धुँधलका नज़र आया। वह जानता था धुँधलके के पार शहर है। दौड़ता–भागता शहर। अपने काम में मसरूफ़ शहर। और इसी शहर में कहीं किसी कोने में काजोल है।

सोचता हुआ वह चित लेट गया फिर उसे माँ की हिदायत याद आई कि 'सरी–संझा' सोना नहीं चाहिए। लेटना नहीं चाहिए। यह शुभ नहीं है। उसने कोशिश की लेकिन बैठ नहीं पाया, अधलेटा होकर रह गया। वह नहीं चाहता कि कुछ अशुभ हो। ख़ासकर काजोल को लेकर। शाम को लेटने से कुछ अशुभ होगा, इसे वह अब अपनी सेहत से नहीं जोड़ता है बल्कि काजोल से अपने इकतरफ़ा प्रेम से जोड़कर देखता है। अब इस मामले में कुछ अशुभ नहीं होना चाहिए।

किस मामले में?

अरे, पहले कुछ मामला तो बने। उसने ख़ुद को समझाया। अपनी तरफ़ का रबर इतना खींचता रहा है। दूसरी तरफ़, दूसरे को तो कुछ ख़बर भी नहीं है। क्या यही प्रेम है?

पागलपन का नाम प्रेम होता है? पागलपन प्रेम की अनिवार्य शर्त है। जो पागल नहीं हुआ, प्रेम नहीं कर सकता है। बग़ैर पागलपन के किया गया प्रेम झूठा है। नक़ली है, उसने सोचा। बल्कि प्रेम पहले सभी गणित फेल करता है। सारे अंक, सारे जोड़–घटावो वहाँ कम पड़ते हैं। झूठे साबित हो जाते हैं। कितनी भी बड़ी संख्या से बड़ा है प्रेम। सोचता हुआ वह फिर लेट गया। उसे ख़बर भी नहीं हुई कि कब पसलियों का दर्द उसकी शुभ–अशुभ की आशंका पर विजय पाकर उसे पसरने के लिए विवश कर चुका है।

तमाम अनिच्छा के बावजूद उसे झपकी लग गई। नींद टूटी तो वार्ड में रात थी और लड़के थे। शाहरुख को आश्चर्य हुआ अपनी नींद पर। वह तो शाम को लेटने तक के ख़िलाफ़ था। तकियों के सहारे सरककर वह अधलेटा हो गया। उसने महसूस किया कि अब लड़कों के चेहरों पर रोष या शरारत नहीं है। गम्भीर होने की कोशिश में वे अजीब–सी शक्ल बनाए बैठे हैं। उसके चेहरे पर मुस्कराहट आ गई। लड़के भी मुस्करा दिए।

—"कैसा है, अपना शाहरुख?" लच्छू कुछ भी बोलने की अनिवार्यता में आत्मीयता से बोला।

—"अच्छा हूँ।" वह मुस्कराकर बोला।

बातें इसी हल्के–फुल्के ढंग से हो रही थीं कि सहसा बन्दर की तरह लच्छू पलंग से कूद पड़ा और आश्चर्य से आँखें फाड़–फाड़कर दरवाज़े की तरफ़ देखने लगा।

उसकी नज़रों के पीछे चलकर बाक़ी लड़कों की नज़रें भी दरवाज़े पर पहुँचीं तो सभी अचरज से जड़ हो गए।

दरवाज़े पर काजोल खड़ी थी।

किसी ने अपनी उँगली चबाई। किसी ने दूसरे को चिकोटी काटी। लेकिन दृश्य नहीं बदला। काजोल सचमुच दरवाज़े पर खड़ी है। हाथ में एक बुके था। पारदर्शी रैपर के नीचे अनेक रंग के गुलाब मुस्करा रहे थे।

वह धैर्य और विशेष अन्दाज़ में चलती हुई वार्ड में दाख़िल हुई। पलंग के क़रीब आकर वह ठिठक गई। रमेश ने उठकर स्टूल उसकी तरफ़ बढ़ा दिया। उसने धीरे-से शुक्रिया बोला और स्टूल को पलंग से थोड़ी दूर खींचकर बहुत धीरे, शालीनता के साथ बैठ गई।

अब ऐसे समय अक़्ल आ ही जाती है या ख़ुदा की मेहरबानी रही, जो भी हो, लड़कों को एक-एक करके ज़रूरी काम याद आने लगे और वे वार्ड से बाहर आ गए।

काजोल ने बुके को पलंग के किनारे रखा, फिर जाने क्या सोचकर उसे वहाँ से हटाकर निकट मरीज की दवाइयों के रखने के लिए आरक्षित छोटी अलमारीनुमा टेबल पर रख दिया। फिर अपनी बड़ी-बड़ी आँखों से उसे देखते हुए बोली—

—"मुझे अभी सुबह मालूम हुआ। आप अस्पताल में दाख़िल हैं। मेरे भाई ने जो भी किया, अच्छा नहीं किया। फिर ग़लती मेरी भी थी।" कहते हुए कुछ क्षण वह रुकी। यह देखने के लिए कि शाहरुख उसकी बात सुन भी रहा है या नहीं। शाहरुख एकटक उसे ही देख रहा था। वह आँखें झुकाकर धीरे-से बोली—"सचमुच मेरी ग़लती थी। मैं माफ़ी माँगने आई हूँ। बात इतनी बड़ी नहीं थी कि यह इतनी बड़ी घटना हो गई।"

—"सच पूछो तो मुझे अब कोई तकलीफ़ नहीं। कोई शिकायत नहीं।" शाहरुख ने बहुत आत्मीयता से कहा। उसकी इच्छा काजोल के माथे पर झूल आई लट को उँगली से हटाने की हुई फिर अपनी इच्छा को दबाकर कहा—"दरअस्ल अब तो मेरी इच्छा है कि रोज़ तुम्हारा भाई मेरी पिटाई करे और तुम रोज़ मुझे देखने अस्पताल आओ!"

काजोल हँस पड़ी। बोली—

—"इतनी-सी बात के लिए मार खाने की ज़रूरत नहीं है। मैं वैसे ही आपको देखने, हाल-चाल जानने अस्पताल आ जाया करूँगी।"

—"मुझे क्या बोलना चाहिए? धन्यवाद?" शाहरुख ने असमंजस में पूछा। दरअस्ल वह काजोल के आगमन की ख़ुशी से असहज हो गया। उसे समझ में नहीं आ रहा था कि वह उसका किस तरह स्वागत करे और किस तरह धन्यवाद कहे।

—"धन्यवाद किसलिए?" काजोल मुस्कराकर बोली।

—"तुम्हारे आने का!" शाहरुख संकोच से बोला।

—"वो तो मुझे आना ही था। मेरे कारण ही आपको इतनी चोट पहुँची।" वह औपचारिक स्वर में बोली।

—"ग़लती तो मेरी भी थी, मैंने भी तो तुमको छेड़ा था।" शाहरुख शहीद होता हुआ बोला।

—"ग़लती इतनी बड़ी नहीं थी, जितनी बड़ी सज़ा मिल गई।" कहकर काजोल खिलखिला पड़ी। फिर सहसा चुप होकर वार्ड में इधर-उधर देखने लगी कि उसकी हँसी की अभद्रता पर कोई एतराज उठाने वाला तो नहीं!

हँसी, जिसे काजोल अभद्रता समझ रही थी, शाहरुख के लिए एक बड़ी उपलब्धि की तरह थी। हँसी उसके लिए घटित हो रही थी।

शाहरुख ने मौन तोड़ने के लिए बल्कि बातचीत आगे बढ़ाने की गरज से यूँ ही पूछा—

—"तुम उधर पढ़ने जाती हो। कौन-से स्कूल में आती हो?"

—"स्कूल में नहीं। कॉलिज में। बी.ए. कर रही हूँ। सेकेंड इयर में हूँ।" कहकर वह फिर हँस पड़ी। हँसी जैसे उसके होंठों पर निरन्तर आती रहती है और बाहर गिरती रहती है। हँसी जैसे उसके बस में नहीं है। उसके रूप की तरह। उसके सौन्दर्य की भाँति। शाहरुख ने सोचा। फिर अगली हँसी की प्रतीक्षा में काजोल की तरफ़ देखने लगा। जिसका चेहरा हँसी रोकने की कोशिश में रक्ताभ हो गया था।

—"आप क्या कर रहे हैं?" काजोल के स्वर में एक औपचारिक जिज्ञासा थी।

शाहरुख चुप हो गया। इतने अरसे बाद पहली बार अपनी पढ़ाई छोड़ने पर उसे शर्म महसूस हुई। धीरे-से बोला—

—"मैंने पढ़ना छोड़ दिया है। बारहवीं के बाद कॉलिज में एडमिशन लिया था। फिर पिछले तीन साल में परीक्षा नहीं दी। मन नहीं लगता।"

—"क्यों? पढ़ने के लिए इच्छा क्यों मर गई?" वह अचरज से बोली।

—"क्या करता पढ़कर? ये स्साला अपना हरि...!"

—"प्लीज...गाली नहीं!" वह उसकी बात काटकर बहुत ही विनय के साथ बोली, तो शाहरुख शर्मिन्दा हो गया। बोला—

—"सॉरी! जुबान फिसल गई। माफ़ी चाहता हूँ।" कहकर वह बिस्तर पर थोड़ा तकिये के सहारे ऊपर सरक गया।

—"कोई बात नहीं!" कहकर वह हँसने की कोशिश दबाकर सिर्फ़ मुस्करा दी।

—"दरअस्ल अपना हरि है ना! बी.एससी. किया उसने। फर्स्ट डिविजन। दो साल हो गए। बेकार घूमता है। कोई काम नहीं। ज़माने-भर के दफ़्तरों में अर्जी दी

लेकिन स्साला...नतीजा फिर भी सिफ़र!'' बोलते-बोलते शाहरुख को फिर ख़याल आया कि न चाहते हुए भी उसके मुँह से फिर गाली निकली है तो वह आँखों में क्षमा-भाव लिये धीरे-से बोला—

—''माफ़ी चाहता हूँ, लेकिन क्या करूँ? जुबान फिसल जाती है।''

—''कोई बात नहीं। लेकिन आपकी बात मेरी समझ में नहीं आई। नौकरी नहीं मिलती तो इसका तालीम से क्या लेना-देना।''

इतना कहकर उसने शाहरुख की ओर देखा तो शाहरुख ने देखा कि अब काजोल की आँखों में शोखी नहीं, अचरज है।

—''नौकरी न मिले तो पढ़ाई करके क्या करना? पैसा बर्बाद। समय बर्बाद।'' शाहरुख बेकारी के प्रति अपने रोष को जताने के लिए कम्बल से धागा खींचने लगा। अकारण।

—''एक अकेले आपके दोस्त की नाकामी सारी तालीम की नाकामी है क्या?'' कहकर काजोल कुछ क्षण चुप रही, फिर बोली—''छोड़ो ये बातें। आप अपनी सेहत का ध्यान रखें। मैं दुआ करूँगी, आप जल्दी चंगे हो जाएँ।'' इतना कहकर वह खिलखिला पड़ी। जैसे बहुत देर से होंठों में दबी हँसी को रोकना उसके लिए कठिन हो गया था। वह हँसती हुई उठ खड़ी हुई। शाहरुख घबरा गया। बेचैन हो गया।

—''तुम कहाँ चली?'' एकाएक उसके मुँह से निकला।

—''अपने घर!'' वह फिर हँस पड़ी। बोली—''मुझे ख़बर मिली। आपके मुहल्ले की लड़की से। रश्मि है ना? उसने बताया तो मुझे लगा, मुझे सॉरी बोलने जाना चाहिए। अब मेरा भाई तो सॉरी बोलने से रहा। तो मैं दो बार सॉरी बोल देती हूँ।'' कहकर वह खिलखिला पड़ी।

शाहरुख पूछना चाहता था, फिर कब आओगी? लेकिन चाहकर भी मुँह से ऐसा प्रश्न नहीं निकला। प्रसन्नता, उत्साह और अचरज ने जैसे उसे जड़ कर दिया।

काजोल चलते-चलते थोड़ा रुकी। शायद उसके पट्टी बँधे हाथ को थपथपाना चाहती थी फिर जाने क्या सोचकर रुक गई और टेबल पर पड़े बुके को अकारण उठाकर एक ओर रख दिया और चल दी। दरवाज़े पर जाकर उसने पलटकर देखा। शाहरुख के आगे खड़ी हुई काजोल सिर्फ़ एक धुँधली परछाईं की भाँति लगी। शायद उसने दरवाज़े पर ठिठककर हाथ हिलाया था। शाहरुख कुछ और देख पाता तब तक वह वार्ड से बाहर हो गई।

उसके जाते ही लड़के जो अस्पताल के बाहर ही कहीं छुपे थे। भीड़ की शक्ल में वार्ड में उसके पलंग के पास इकट्ठे हो गए। सभी के चेहरे पर मुस्कान, प्रसन्नता और विस्मय था। शाहरुख के चेहरे पर विजयभाव।

शाहरुख को तफ़सील में पूरे वार्तालाप का वर्णन करना पड़ा, जिसे खुले मुँह और फटी आँखों से अचरज में डूबे लड़के कथा की तरह सुनते रहे।

—"...तो रसमी का कमाल था यह!" अन्त में लच्छू बोला तो शाहरुख के चेहरे पर कृतज्ञता आ गई।

रश्मि उनके ही मुहल्ले में रहती है। रमेश की बहन है तो यह तय हुआ कि रश्मि का नागरिक अभिनन्दन या सम्मान तो कम-से-कम सारे लड़के करें या फिर, कम-से-कम शाहरुख तो उसके पाँव धो-धोकर पिए। धन्यवाद अदा करे। रमेश वहीं बैठा था, बोला—"रश्मि को धन्यवाद की ज़रूरत नहीं। कोई अपने ही घर, भाई-बहनों पर अहसान करता है। अहसान माना जाता है?"

बात ठीक थी, लेकिन शाहरुख तो उपकार और विनम्रता के बोझ से दबा जा रहा था।

अब क्या किया जाए?

अभी तो सिर्फ़ साधारण बातचीत हुई है। उसे दिल की बात कैसे बताई जाए?

तय यह हुआ कि अभी जल्दी नहीं की जाए। अभी उसको एकाध बार और अस्पताल आने दिया जाए।

रश्मि से अनुनय-विनय करके काजोल को फिर बुलाया जाए, बल्कि इस बार रक्षा-बन्धन पर रश्मि को इस काम की रिश्वत में दो साड़ी देने का प्रस्ताव भी दिया जाए। अस्पताल से जल्दी छुट्टी न हो इसका इन्तज़ाम भी किया जाए। क्या किया जाए?

फिर से शाहरुख की पिटाई की जाए! लच्छू के इस प्रस्ताव को किसी ने गम्भीरता से नहीं लिया, अलबत्ता शाहरुख तो इसके लिए भी सहर्ष तैयार हो गया। हरि ने कहा, वह सारा इन्तज़ाम कर देगा। अस्पताल स्साला सरकारी। सरकार स्साली अपनी, तो फिर अपने घर में कितने ही दिन रहा जाए, किसी को क्या एतराज? यदि एतराज होगा भी तो उस डॉक्टर का एतराज ठीक कर दिया जाएगा।

सारे लोग आश्वस्त हो गए।

रमेश पर ज़िम्मा रहा, रश्मि से बात करके काजोल को दुबारा बुलाने का।

कल तक जो लड़के शाहरुख पर भड़क रहे थे। ग़ुस्सा कर रहे थे। मज़ाक़ उड़ा रहे थे। आज सब कुछ भूलकर किसी मिशन की भाँति इस कार्य में जुट गए।

रमेश ने जब रश्मि से इस बारे में बात की तो वह भड़क गई। ओटले के लड़कों की जो छवि स्थापित थी उसके चलते कोई कैसे मान जाता कि यह गुंडागर्दी नहीं है! बमुश्किल उसे समझाया गया। रक्षाबन्धन पर दो साड़ी की रिश्वत ने तो काम नहीं किया, अलबत्ता कॉलिज टूर में मुम्बई जाने का, पैसों का इन्तज़ाम और फिर सलवार सूट अलग से। लड़कों ने मानी बात। मरते क्या न करते। लच्छू की इस बात से सभी को सहमत होना पड़ा कि स्साला इसका वक़्तखाऊ काम तो है ही, महँगा भी बहुत है। अब रश्मि कॉलिज की लड़कियों के साथ मुम्बई घूमने जाएगी तो पैसों का इन्तज़ाम करना पड़ेगा। सलवार-सूट ख़रीदने के लिए पैसों का इन्तज़ाम करना

पड़ेगा। दुबली गाय और दो असाढ़। एक तो पहले ही हाथ तंग। निकम्मे, बेरोज़गार। ऊपर से ये ख़र्चा!

शाम को रश्मि ने जो ख़बर लाकर सुनाई तो सबके चेहरे उतर गए। काजोल ने रश्मि को दुबारा अस्पताल आने से इनकार कर दिया है। एक बार इंसानियत का तकाज़ा था, चली गई। दुबारा क्यों?

अब इस क्यों का तो कोई जवाब एकाएक उसे दिया नहीं जा सकता था।

—"लेकिन वह तो ख़ुद बोली थी कि मैं हाल-चाल पूछने अस्पताल आया करूँगी?" शाहरुख ने काजोल के इनकार पर एतराज जताया। बोला—"ये तो बोल के मुकरना हो गया!"

—"अबे ओ मजनूँ... !" हरि उसे झिड़कते हुए बोला—"वो तो उसने तक़ल्लुफ़ में बोल दिया था। ऐसी बातें आम बोली जाती हैं। छोकरियों के वादे और नेताओं के वादों में कोई ज़्यादा फ़र्क़ नहीं होता है।"

—"काजोल ऐसी नहीं है!" शाहरुख इतने विश्वास से बोला जैसे कि वह काजोल को बरसों से जानता हो।

—"क्यों नहीं है? ऊपर से उतरी है क्या?" हरि थोड़ा रुष्ट होकर बोला।

—"हाँ, बल्कि उसे स्पेशली बनाया गया है। और वो भी मेरे लिए।" कहकर अपनी आदतानुसार शाहरुख ने थोड़ा गरदन झुका दी, फिर वापस सिर उठाकर मायूसी से बोला—"अब ये बताओ कि करें क्या? कैसे आएगी वह?"

—"करते हैं कुछ।" हरि सोचता हुआ बोला—"सारे लोग इसी काम में लगे हैं।"

लच्छू कुछ देर तक सोचता रहा, फिर बहुत गम्भीरता और दुःख के साथ बोला—

—"सारे लोग इसी एक काम में लगे हैं। ओटले पर तो फ़िलहाल जाना ही छोड़ दिया है। रोज़ दर्जनों लड़कियाँ निकलती होंगी। लेकिन कोई छेड़ने वाला नहीं। हाय री किस्मत! क्या सोचती होंगी वो हम लोगों के बारे में?"

शाहरुख कुछ देर तक लच्छू को घूरता रहा, लेकिन फिर भी समझ नहीं पाया कि यह मज़ाक़ था या सचमुच चिन्ता की बात। रमेश जो चुप था, बोला—

—"क्या सोचती होंगी? यही कि एक ही मार में कस के बल निकल गए!" कहकर उसने चिन्ता के साथ हरि को देखा।

हरि विचारपूर्ण मुद्रा में सिर हिलाता रहा, फिर जैसे किसी निष्कर्ष पर पहुँच गया हो। रमेश की तरफ़ देखता हुआ बोला—

—"कल से उधर ओटले पर दो लड़कों की ड्यूटी लगाओ। ऐसे में तो हर ऐरा-ग़ैरा भाई अपनी बहन के लिए लड़कों को पीटने की हिम्मत कर लेगा। फिर ओटला भी तो सूना नहीं रहना चाहिए। लड़कियाँ बग़ैर छेड़े गुज़रती होंगी तो बुरा मानती होंगी। लड़कियों को छेड़ा जाना अच्छा लगता है कि वो भी छेड़े जाने लायक हैं।"

शाहरुख कुछ देर तक ये चोंचले देखता रहा, फिर झल्ला गया—

—"ये ठिलवई छोड़ो। मुद्दे की बात सोचो।"

—"तेरी बात भी सोच ली है यार!" हरि निर्णायक स्वर में बोला—"रश्मि फिर ट्राइ करेगी, नहीं तो उठा लाएँगे उसको। ठीक?"

शाहरुख को रश्मि के द्वारा एक बार और ट्राइ करने वाली बात तो ठीक लगी, लेकिन काजोल को उठा लाने वाली बात महज जोश की लगी, फिर भी बोला कुछ नहीं।

कुछ देर तक सारे लड़के वार्ड में शोर-शराबा करते रहे, फिर एक-एक करके चले गए।

शाम को सभी फिर अस्पताल में इकट्ठे हुए। रमेश रश्मि का सन्देश लाया था। रश्मि ने ख़बर भेजी थी। आज तो काजोल नहीं आ पाएगी। हो सका तो कल सुबह आएगी। बड़ी मुश्किल से मनाया है। आज शाम तो ट्यूशन जाएगी। इकनॉमिक्स उसके लिए ज़रूरी है।

इकनॉमिक्स की ज़रूरत और अनिवार्यता पर लच्छू ने कुछ पूछने के लिए मुँह खोला ही था कि हरि बोल पड़ा—

—"इकनॉमिक्स बोले तो अर्थशास्त्र! अब अर्थशास्त्र क्या होता है, तू न पूछे तो बेहतर! सरकार की यह माली हालत इसी शास्त्र के कारण बिगड़ी है!"

—"अच्छा? जैसे अपने असलम भंगार की हालत कोकशास्त्र के कारण बिगड़ी है?" लच्छू ने प्रतिप्रश्न में समाधान खोजा।

—"बरोबर बोला," हरि उसकी जाँघ पर हाथ मारकर बोला—"जैसे कोकशास्त्र को असलम ने पढ़ा और फिर उस पर अमल किया अपने मनमाफ़िक़। अपनी सुविधा के अनुसार। भंगार होके रह गया। वैसे ही सरकार ने अर्थशास्त्र पढ़कर अमल अपने हिसाब से किया। देश की अर्थव्यवस्था भंगार होके रह गई। घर में अनाज का दाना नहीं है, लेकिन पेस्ट्री सस्ती हो गई है। केल्क्यूलेटर सुधरवाने के पैसे नहीं घर में, लेकिन कम्प्यूटर ने दरवाज़े पर दस्तक दे दी है। नदी-नाले सूखे पड़े हैं, लेकिन मिनरल वाटर तो हर दुकान पर है और...!"

हरि आगे कुछ और भी बोलता, लेकिन शाहरुख ने बीच में रोक दिया।

—"बस कर यार, बात बहुत ऊँची खींच दी।"

हरि हँस पड़ा। फिर बोला—"एक आख़िरी बात और...इधर जो अर्थशास्त्र की किताब है न? उसको पढ़ने वाले तो इधर ही अपनी सरकार में, लेकिन उसको समझाने वाले उधर बैठे हैं अमेरिका में। इस अर्थशास्त्र का वो लोग जो अर्थ बता दें, सो ठीक।" कहकर हरि फिर हँसने लगा।

शाहरुख कुछ नहीं बोला। समझ गया कि हरि को दौरा पड़ा है। ग़ुस्सा ख़तम होगा तभी चुप होगा।

लच्छू हक्का-बक्का हरि को देख रहा है। रमेश पलंग के पाँयताने बैठा, कोने वाले पलंग के मरीज को देख रहा है।

फिर वह उठकर हरि के पास आया और बोला—"स्साला, ये सरकार वाले अर्थशास्त्र में भी बोले तो चौरासी आसन हैं?"

—"हैं बरोबर हैं!" हरि उसके कन्धे पर हाथ धरकर बोला—"चौरासी नहीं, चौरासी हज़ार आसन हैं।"

—"और ये सारे आसन सरकार करती है?" लच्छू उसी अचरज में डूबा हुआ बोला।

—"करती है। सभी आसन करती है।" हरि बोला तो लच्छू को भरोसा नहीं हुआ। आँखें फाड़-फाड़कर देखते हुए बोला—

—"किसके साथ?"

हरि ने उसे घूरकर कहा—"तेरे-मेरे साथ! हम सबके साथ!"

—"ओ तेरी माँ की रे!" असलम भंगार उछलकर बोला—"स्साला, हमारे साथ कर रही है और हमको ही ख़बर नहीं? किदर कर रही है?"

लच्छू स्टूल से उतरकर उसके पास फ़र्श पर घुटने के बल बैठ गया और हरि को सन्देह से देखते हुए बोला—"स्साला, ये कोई भूत-परेत का मामला तो नई? वो तू कौन-सी फिलिम बोला था एनिटिटी जिसमें वो बाई के साथ भूत करता था?"

—"एंटिटी!" हरि ने संशोधन किया और बोला—"बिल्कुल वैसा ही मामला है। तूने अख़बार में नहीं पढ़ा कि हमारे वित्तमंत्री ने कहा है कि वे सारे दरवाज़े खोल रहे हैं!"

—"क्या बात कर रहा है?" रमेश जो अभी तक चुप बैठा सुन रहा था। अचानक उसकी डिक्की फूटी। वित्तमंत्री क्या होता है यह तो वह समझ नहीं पाया, लेकिन अपना अचरज नहीं रोक पाया। बोला—"स्साले, सभी दरवाज़े खोल देंगे तो भब्बड़ मच जाएगा। और फिर सरकार क्या, बाज़ार खोल के बैठेगी?"

—"बाज़ार खोल के बैठेगी का क्या मतलब?" हरि ने उसे समझाया —"बाज़ार खुल गया है। बड़े-बड़े लोग बाज़ार लगा रहे हैं। देश-विदेश से आ रहे हैं। अब पूरी दुनिया में सब दूर बाज़ार ही बाज़ार। घर के भीतर रसोईघर तक।" बोलते-बोलते हरि के चेहरे पर वितृष्णा उतर आई।

—"टट्टीघर तक भी?" रमेश ने पूछा तो हरि ने देखा उसके चेहरे पर परिहास तो नहीं था, लेकिन चेहरा संजीदा भी नहीं था।

—"मेरे को फ़िकर नहीं। मैं तो टामलोट लेकर मैदान में जाता हूँ!" असलम भंगार हँसता हुआ बोला। सभी हँसने लगे।

—"अब तो भाई, चड्ढी पहनने के अलावा, टेप चिपका कर भी घूमना पड़ेगा। पता नहीं, सरकार का कब किस पर दिल आ जाए! सरकार भी अपनी किसन काका जैसी हो गई है क्या?"

सभी फिर से ठहाका लगाकर हँसने लगे। किसन काका मुहल्ले में ही रहते हैं और मुहल्ले के छोटे बच्चों को या किशोर उम्र के लड़कों को बहला-फुसलाकर अक़सर अपने सूने घर में बुलाते रहते हैं। उनकी यह ख्याति अब फैलने लगी है। किसन काका के ज़िक्र ने माहौल का तनाव और अचरज ख़त्म किया।

शाहरुख जो इसी इन्तज़ार में था, खीझकर बोला—"अब तुम लोगों की बक़वास भरा यह डिरामा ख़तम हो गया हो तो ज़रा बाहर जाकर मरो। यहाँ मुझे और दूसरे मरीजों को सोने दो।" लड़कों को दया आ गई। वे बाहर मरने के लिए तो नहीं लेकिन उठकर चाय पीने चले गए। वार्ड में एकाएक सन्नाटा हो गया।

शाहरुख ने फिर तकिए से सिर टिकाया और आँखें बन्द कर लीं। मन फिर सोच के जंगल में भटकने लगा।

यह बात उसे पसन्द नहीं आई कि कल भी वक़्त मिला तो आएगी! अरे, वक़्त तो निकालना पड़ता है। अब शाहरुख को कौन बताए कि ये तो लड़कियों की प्रिय अदा है। पड़ा रहे अस्पताल में अकेला शाहरुख। कुढ़ता रहे। रोता रहे। किसे परवाह? परपीड़ा में लड़कियों को ख़ास आनन्द आता है। ये बात तो ख़ास तसल्ली देती है कि कोई उसके लिए तड़प रहा है। हालाँकि अभी शाहरुख के मामले में नौबत यहाँ तक नहीं आई है। काजोल को शाहरुख की हालत का अभी अनुमान भी नहीं है।

शाहरुख वापस पलंग पर लेट गया। लड़के पास के ख़ाली पलंग पर बैठकर ताश की 'तीन पत्ती' खेलने लगे। शाहरुख को इस बात का भी सन्तोष था कि लड़के अस्पताल आने पर अब नर्स को नहीं छेड़ते हैं। मरीजों के फल उठाकर नहीं खाते हैं। सिर्फ़ शोर करते हैं, लेकिन अब एक ही दिन में पूरा सुधर जाने की उम्मीद करना भी बेकार है।

वह पलंग पर लेटे हुए काजोल के बारे में सोचने के अपने प्रिय शगल में मसरूफ़ हो गया। सुबह से शाम का इन्तज़ार था। अब वापस सुबह का इन्तज़ार शुरू हो गया। शाहरुख सोचने लगा, जाने किस कमबख़्त को इन्तज़ार में मज़ा आता था? सबसे तकलीफ़देह काम इन्तज़ार है।

रात को माँ खाना लेकर आई तो उसकी इच्छा नहीं हुई रोटी खाने की। उसे लगा, भूख मर गई है। टिफिन एक तरफ़ रख दिया और माँ को वापस भेज कर कह दिया कि बाद में खा लेगा। लड़के टिफिन खोलकर बैठ गए और बग़ैर किसी मुरव्वत के सारा खाना खा गए।

शाहरुख वो सारे संवाद मन में दोहराने लगा जो उसे कल सुबह काजोल के आने के बाद बोलने हैं। एक बार तो उसकी इच्छा हुई कि रमेश को सामने बैठाकर सारे संवादों की रिहर्सल कर ले लेकिन फिर सोचा, व्यर्थ में ये लोग मज़ाक़ उड़ाएँगे।

शाहरुख पलंग पर उठकर बैठ गया। उसने कल्पना की, सामने काजोल बैठी है। फिर उसने वार्तालाप की रिहर्सल शुरू की।

—"तुम आयीं तो मुझे अच्छा लगा।"

—"जी, धन्यवाद।"

—"इसमें धन्यवाद की क्या बात है। प्यार में तो लोग कच्चे धागे से बँधे चले आते हैं।"

फिर शाहरुख का सिर इनकार में हिलने लगा। बातचीत के शुरू में एकदम से प्यार वाली बात कहना ठीक नहीं होगा। यह तो जल्दबाजी होगी। प्यार और धागे से बँधे चले आने वाली बात कैंसल। उसने मन-ही-मन कहा। फिर क्या कहूँ? वह सोच में पड़ गया।

—"घर में कौन-कौन हैं?" यह ठीक रहेगा पर ऐसा कहने में उसके पहलवान भाई का ज़िक्र भी आएगा। फिर? फिर क्या, ज़िक्र आए तो आए। मैंने तो उसको माफ़ कर दिया है।

—"तुम्हारे भाई की कोई ग़लती नहीं थी। जो हुआ—सो हुआ, उसे भूल जाओ। मैं भी भूल गया। मैंने तो उसे माफ़ कर दिया है। वर्ना तो तुम जानती हो, मेरे साथ के लौंडे-लपाटी कित्ते बदमास हैं।"

शाहरुख ने देखा, वह डर गई। बन्द आँखों से उसे इस तरह डरा हुआ देखकर उसे अच्छा लगा।

—"डरने की कोई बात नहीं। इनमें से कोई स्साला चूँ नहीं करेगा। नहीं तो फोड़ के रख दूँगा।"

वह आश्वस्त हुई तो उसे अच्छा लगा।

—"तुम्हारा दिल बहुत बड़ा है। बहुत अच्छे लड़के हो तुम।" काजोल ने ऐसा कहा तो वह ख़ुश हो गया। उसने सोचा क्या प्यार वाली बात अब कह दूँ? उसे लगा, एक बार हिम्मत टूट गई है, अब हिम्मत जुटाना कठिन काम है। वह कहते-कहते रह गया। उसने कहा—

—"तुमको यहाँ दवाख़ाने तक आने की दुबारा तकलीफ़ उठानी पड़ी।"

—"नहीं, यह तो मेरा फ़र्ज़ है। उस दिन जब तुम्हें घायल देखा तो तभी से दिल घबरा रहा था कि कब जाकर दुबारा हाल-चाल लूँ?"

वह ख़ुश हो गया। दिल में बग़ैर प्यार हुए कोई ऐसी बात कह नहीं सकता। उसे पक्का भरोसा हो गया कि वह उस पर दिलोजान से मरती है। वह मन-ही-मन मुस्करा दिया और थोड़ा पसरकर अधलेटा-सा हो गया।

—"तुम आराम से सो जाओ। बीमार आदमी को ज़्यादा बैठना नहीं चाहिए।" वह बहुत भरे मन से बोली।

—"नहीं...नहीं! मैं अब ठीक हूँ।" फिर उसने सोचा कि 'तुम्हारे आने से अच्छा हो गया हूँ।' ऐसा कहने में तो एकदम से बुरा मान जाने वाली कोई बात नहीं है। फिर उसने बहुत हिम्मत करके कहा—"तुम्हारे आने से अच्छा हो गया हूँ।" वह एकदम शरमा गई।

—"आप ऐसी बातों से ही मेरा दिल जीत लेते हैं।"

पर ऐसा कैसे कहेगी? उसने ऐसी बातें पहले कब कहीं? उसने काजोल की तरफ़ का यह संवाद भी कैंसल कर दिया।

—"मैं कोई डॉक्टर हूँ जो तुम मेरे आने से अच्छे हो गए!" वह बोली।

हाँ, यह ठीक है, काजोल ऐसा बोल सकती है, लेकिन इसमें मन ख़ुश हो जाए, ऐसी बात नहीं, उसने सोचा। तभी उसे हरि की बात याद आई। लड़कियाँ तारीफ़ से ख़ुश हो जाती हैं।

—"अभी बोले तो...तुम्हारी ड्रेस एकदम फस्टकिलास है। तुम एकदम टॉप की लग रही हो!"

छोकरी शरमा गई। फिर बोली—"धन्यवाद!"

—"तुम मुझसे कल भी मिलने आओगी?"

—"सिरफ़ कल क्यों, रोज़ मिलने आऊँगी!" शाहरुख ने काजोल से यह तत्काल कहलवाया। उसे लगा कि उसके ख़ुद के संकोच में काजोल को अच्छी बातें तो वह ख़ुद कहने से टोक देता है। उसने सोचा, इतना तो कह सकती है। वह न भी कहे तो कम-से-कम अभी तो कह सकती है। ऐसा वह सोच तो सकता है। यदि सोचने पर भी वह ऐसा नहीं बोलेगी तो फिर ऐसी कल्पना करने से क्या मतलब? वह प्यार भरे जवाब देगी, ऐसा सोचकर कितना अच्छा लगता है। ऐसा सोचने पर कोई पाबन्दी भी नहीं है। काजोल के जवाब तो अभी उसके हाथ में हैं। वह जैसा चाहे वैसा उससे कहला सकता है। जब एक बार मन ने स्वीकृति दी तो फिर तो उसने मनचाही बातें कीं। और काजोल ने भी उसके मनचाहे जवाब दिए। ख़ुशी के इसी अतिरेक में उसे रात को बहुत देर बाद नींद आई।

लड़के खाना खाकर वापस ताश खेलने बैठ गए। नर्स आई और शाहरुख को दवाइयाँ देकर चली गई।

रात को लच्छू और रमेश वहीं, उसी ख़ाली पलंग पर सो गए। असलम घर चला गया।

* * *

सुबह उठकर लच्छू और रमेश घर जाने लगे कि अभी नहा-धोकर तैयार होकर वापिस आते हैं तो शाहरुख ने कहा—"कोई जल्दी नहीं। आराम से आना।" कहकर उसने हवा में हाथ उठाकर यूँ हिलाकर दिखाए जैसे वह बेहद तन्दुरुस्त हो गया है ओर उसे सुबह और ख़ासकर काजोल के आने के दौरान दोस्तों की मदद की ज़रूरत नहीं है, लेकिन दोस्त भी ताड़ रहे थे कि यह ख़ास समय भगाना चाहता है। लच्छू बोला—

—"तुझे अकेला छोड़कर जाना ठीक नहीं। हम लोग अभी गए और अभी वापस आए। पता नहीं, कब क्या ज़रूरत पड़ जाए?"

शाहरुख उन्हें उठकर वार्ड में चल-फिरकर दिखाना चाहता था तथा जताना चाहता था कि वह पहले से बेहतर है। वे देर से आएँ बल्कि न भी आएँ तो कोई फ़र्क़ नहीं पड़ेगा, लेकिन वे नहीं माने बल्कि धमका गए कि वे बाक़ी के दोस्तों को भी साथ लेकर आएँगे।

वे चले गए। और शाहरुख कुढ़ता-कलपता अकेला रह गया। काजोल के आने पर ये लोग कुछ भी हरकत कर सकते हैं। कुछ भी बोल सकते हैं। बेलगाम घोड़े हैं। किसी के रोके रुकेंगे नहीं। शाहरुख ने हार मान ली। इन दोनों के जाने के बाद वह नर्स से प्रार्थना करने लगा कि उसकी देह के उस हिस्से को नहला दिया जाए जो पट्टियों से नहीं बँधा है। टेलकम पाउडर तो रमेश लेकर आएगा ही।

वह तैयार हुआ और शुरू हुआ इन्तज़ार। नौ बजे। फिर दस बजे। जाहिर है कि उसके बाद ग्यारह भी बजे। काजोल नहीं आई। रश्मि भी नहीं आई। आया रमेश और वह भी मनहूस ख़बर के साथ कि काजोल नहीं आएगी।

क्यों?

पता नहीं। इतनी भर ख़बर मिली है कि नहीं आ पाएगी।

शाहरुख पहले तो भड़का। चीखा। चिल्लाया। फिर रूठकर पलंग के कोने में जाकर बैठ गया। कौन मनाता? जिससे रूठा है, उसे मालूम नहीं। रूठने का नाता भी इकतरफ़ा। लड़के पहले तो मुँह फुलाए बन्दरनुमा शाहरुख को देखते रहे। समझाते रहे। फिर ख़ाली पलंग पर जाकर बैठ गए और हमेशा की भाँति ताश खेलने लगे।

कुछ देर बाद रमेश ने देखा कि शाहरुख अभी भी रूठा हुआ बैठा है तो वह पुचकार कर बोला—

—"राजा बेटा, वह नहीं आई तो भला कोई क्या कर सकता है? वह मर्जी की मालिक। उस पर किसी का कोई ज़ोर है नहीं। यह तक मालूम नहीं कि वह रहती कहाँ है?"

शाहरुख पर इस तर्क का कोई असर नहीं हुआ। उसका दुःख और रोष तर्क से परे जा चुके थे। वह बेचैन हो गया। यह तो जुबान देकर वादे से फिर जाना हुआ। कल बोला, शाम को, शाम को बोला कि सुबह आऊँगी और सुबह गायब। कहला दिया कि नहीं आऊँगी। यह तो बेईमानी है! कोई कारण तो होगा?

खुद बीमार होगी? अचानक इस ख़याल ने उसे काजोल के प्रति अपने ग़ुस्से को कम करने में मदद की। लेकिन शाम तक तो ठीक थी। रात-भर में ऐसा क्या हो गया? अरे, रात-भर क्या, बीमार ही पड़ना हो आदमी को तो घंटे-भर में पड़ जाए। उसने ख़ुद को समझाया। लेकिन यह बात है तो ऐसा कहला दिया होता।

क्यों ? उसे सफ़ाई देने की क्या ज़रूरत। कारण बताना क्यों ज़रूरी ? उसके मन में कहीं प्रश्न उठा। बात ठीक है। उसने ख़ुद को समझाया। प्रेम का आवेग तो इधर ही है उधर तो मामला जीरो बटे सन्नाटा है।

इस बार आएगी तो साफ़-साफ़ कह दूँगा! उसने तय किया। तमक गई, ग़ुस्सा हो गई तो ?

डर गया वह। ऐसे में तो वह कभी मिलेगी ही नहीं। लेकिन अभी भी तो पहले झगड़े के बाद आख़िर मिलने आई थी। प्रेम की शुरुआत नफ़रत से होती है। फ़िल्मों में सुना हुआ यह अमर संवाद उसे याद आया और वह निश्चिन्त हो गया।

कुछ देर बाद रमेश उठकर उसके लिए खाना लाने चला गया। हरि वहीं पलंग पर लेट गया और उसे झपकी लग गई। लच्छू उठकर बाहर निकलते हुए बोला—"इधर अस्पताल में लेडिजों के वार्ड में बहुत माल हैं। ज़रा एक चक्कर मार के आता हूँ। तेरे चक्कर में तो शिकार की आदत जाती रही।" कहकर वह बेशर्मी से हँसता हुआ चला गया।

शाहरुख अकेला बिस्तर पर लेटा रहा। दोपहर को रमेश आया और टिफिन रखकर वह भी बाहर चला गया। शाहरुख आँखें बन्द किए पड़ा रहा। नींद में उसे लगा, जैसे किसी ने धीमे-से उसे पुकारा हो, बल्कि उसके पट्टियों से बँधे हाथ को किसी ने छुआ। नींद के हल्के से प्रभाव में उसे यह एहसास अच्छा लगा। फिर नींद में ही वह मुस्कराया। इस बार उसे हँसी की हल्की-सी आवाज़ भी सुनाई दी। उसने हौले से आँखें खोलकर देखा तो एक दुबली-पतली छाया उसके नज़दीक खड़ी है। वह चौंककर उठ बैठा। सपना नहीं, वह सचमुच उसके निकट खड़ी है। धीमे-से मुस्करा रही है।

—"मैं समझी आप सो रहे हैं। मैं वापस लौट जाने का सोच रही थी। मैंने आपके आराम में खलल तो नहीं दिया ?" वह मुस्कराते हुए बोली।

उसकी बड़ी-बड़ी आँखों में संकोच था। होंठ सम्भवत: हँसी रोकने के कारण थरथरा रहे हैं। माथे पर भटकी हुई लापरवाह लट फिर झूल आई है।

—"बताइए किसलिए बुलाया है ? रश्मि बता रही थी कोई ज़रूरी बात करना चाहते हैं।"

कहकर वह स्टूल खींचकर बैठ गई। शाहरुख ने मार्क किया, इस बार वह स्टूल को पलंग से दूर खींचकर बैठने की अपेक्षा पलंग के क़रीब खींचकर बैठ गई। ऐसा काजोल ने जान-बूझकर किया या अनजाने में हुआ, शाहरुख समझ नहीं पाया, लेकिन उसे अच्छा लगा।

—"बताता हूँ। तुम जैसे पठान की तरह आई हो। बात सुनना है या वसूलना है ?" कहकर शाहरुख मुस्कराने लगा।

वह सोचने लगा, रश्मि ने इसे ऐसा क्यों कहा ? अब क्या बताऊँ इसे ? जितनी बातें शाहरुख ने सोचकर रखी थीं सब भूल गया। ज़ुबान तालू से चिपक गई। कुछ

देर तक यूँ ही देखता रहा फिर सहसा जैसे कुछ याद आया हो। लगभग उलाहने के स्वर में बोला—

—"कल शाम मेरी इकनामिक्स की क्लास थी। मैं मिस नहीं करना चाहती थी।" वह खिड़की के पार कुछ देखते हुए बोली। जैसे उसे जवाब नहीं दे रही है बल्कि कोई किताब पढ़ रही है।

—"कल शाम जो क्लास थी। वो किसी कारण हो नहीं पाई। ख़बर मिली कि आज सुबह होगी। तो फिर आज सुबह जाना पड़ा।" बोलते-बोलते वह एक क्षण रुकी फिर उसकी ओर देखते हुए उत्सुकता से पूछा—"कोई बहुत ही ज़रूरी काम है?"

—"नहीं ऐसी कोई बात नहीं।" शाहरुख एकदम सिटपिटा गया।

—"बोले तो...तुम्हारे आने से मुझे अच्छा लगता है।" एकाएक शाहरुख के मुँह से निकला, फिर वह हड़बड़ाकर बोले गए पर लीपा-पोती करने लगा—"मेरा मतलब है, कोई मिलने आ जाता है तो तबिअत थोड़ी ठीक होने लगती है, नहीं?"

वह कुछ क्षण उसे देखती रही फिर उसकी आँखों में शरारत उतर आई। वह नक़ल उतारते हुए बोली—"बोले तो...इतने सारे दोस्त हैं यहाँ। इतने लोग मिलने आते हैं आपसे। इस हिसाब से तो, आपको इतना स्वस्थ हो जाना चाहिए कि आप दौड़ने लगें।"

शाहरुख चुप हो गया। वह क्या बोलता!

उसने महसूस किया कि सम्भवतः वह सब कुछ समझ रही है, लेकिन उसकी अभिव्यक्ति की असमर्थता का आनन्द ले रही है।

—"यूँ तो सब है, लेकिन उस दिन तुम्हारे आने से विशेष फ़र्क़ पड़ा।" शाहरुख कहकर गम्भीर हो गया ताकि उसकी बात मज़ाक़ के दायरे में न चली जाए लेकिन उसकी कोशिश व्यर्थ गई। काजोल बात को मज़ाक़ के दायरे में खींच ले गई।

—"अच्छा?" वह अपनी बड़ी-बड़ी आँखों को बनावटी अचरज में फैलाकर बोली—"मुझे तो पता ही नहीं था कि मैं कोई चलती-फिरती एंटीबायोटिक हूँ।" कहकर फिर गम्भीर मुद्रा बनाकर उसे देखने लगी।

शाहरुख 'एंटीबायोटिक बोले तो... ?' कहते-कहते रुक गया। लेकिन इतना तो वह काजोल की गम्भीर मुख-मुद्रा के बावजूद समझ गया कि वह मज़ाक़ कर रही है। और ये गम्भीरता बनावटी है। उसका सोचना बिल्कुल ठीक था। काजोल सहसा ज़ोर से हँस पड़ी। हँसी की आवाज़ से पास के पलंग पर सोया हरि उठ बैठा। काजोल संकोच और शर्म के मारे एकाएक चुप हो गई। तीनों चुपचाप एक-दूसरे को देखते रहे। हरि को तो भरोसा ही नहीं हो रहा था कि स्टूल पर काजोल

बैठी है। इसी बीच बाहर से टहलता हुआ रमेश भी भीतर आ गया। वह भी अचरज से काजोल को देखने लगा। फिर हरि आँखें मलता हुआ पलंग से नीचे उतरा।

—"मैं तुम लोगों के लिए कुछ भिजवाता हूँ। चाय-कॉफ़ी या ज्यूस... !" हरि पैरों में चप्पल डालता हुआ बोला।

—"नहीं, आप कुछ मत लाइये। यह अस्पताल है कोई घर नहीं। तक़ल्लुफ़ की ज़रूरत नहीं है।" वह एकाएक हरि को रोकते हुए बोली।

—"नहीं, वैसे भी कुछ बुलाना ही था। हम लोगों को भी पीना है। अस्पताल के केंटीन में ज्यूस बहुत अच्छा मिलता है। या कहें तो चाय। मैं अभी भिजवाता हूँ।" कहकर जवाब सुने बग़ैर हरि वार्ड से बाहर निकलते हुए रमेश को भी साथ ले गया।

काजोल वार्ड से बाहर जाते हुए हरि और रमेश को देखती रही। शाहरुख चुपचाप काजोल को देखता रहा। दो लम्बी चोटियाँ उसके कन्धे से उतर कर स्टूल पर गिर रही हैं। कुर्ते से उसकी गरदन का पृष्ठ भाग बल्कि पीठ का कुछ हिस्सा दिखाई दे रहा है। शाहरुख ने वहाँ से नज़रें हटा लीं। काजोल ने भी गरदन वापस घुमाई और शाहरुख को घूरते हुए बोली—

—"एक बात बड़ी अजीब है। मैं उस दिन आई थी तब भी। आज भी, मेरे आते ही तुम्हारे दोस्त वार्ड से बाहर चले जाते हैं। ऐसा जान-बूझकर करते हैं या सचमुच इन्हें कोई बाहर काम याद आता है?"

—"जान-बूझकर क्यों करेंगे?" शाहरुख ने सफ़ाई देते हुए उल्टे प्रश्न किया।

कुछ देर तक काजोल चुप रही फिर पूर्ववत उसकी तरफ़ घूरते हुए बोली—

—"शायद तुम्हें मेरे साथ अकेले में वक़्त देने की गरज से!" शाहरुख ऐसे प्रश्न के लिए तैयार नहीं था। उसे लगा, सम्भवतः नाराज़ हो रही है। उसने तत्काल सफ़ाई दी—

—"नहीं, ऐसी कोई बात नहीं। उन्हें सचमुच बाहर कोई काम है।"

कहकर वह अकारण हथेली को पलंग पर रगड़ने लगा। वह बहुत असहज हो गया था।

काजोल कुछ क्षण चुप रही फिर धीरे-से इतना-भर बोली—"ओह!" फिर वह वापस खिड़की की तरफ़ देखने लगी।

इस 'ओह' ने शाहरुख को बहुत उलझन में डाल दिया। जैसा वह सोच रही थी कि उसके दोस्त अकेले में बातें करने का मौक़ा उसे दे रहे हैं, ऐसा न होने का अफ़सोस है उसे या इस ओह में एक तसल्ली प्रकट हुई कि चलो, जैसा मैं सोच रही थी वैसा नहीं है। एक अकेला 'ओह' उसे बहुत रहस्यात्मक लगा। काजोल की चुप्पी भी उसे अखरने लगी। उसे लगा, निश्चित रूप से इस 'ओह' में अपेक्षित स्वीकृति न मिलने की उदासी है। वर्ना इतनी चुप क्यों है?

तभी कैंटीन का लड़का चाय से आधे भरे दो छोटे गिलास लेकर आया, शाहरुख को बड़ा ग़ुस्सा आया हरि पर। स्साले ने बोला था ज्यूस भेजने का और भेजी चाय और वह भी कट। आधा गिलास!''

काजोल ने चुपचाप चाय का गिलास उठा लिया फिर पर्स से सफ़ेद रूमाल में लपेटकर चाय पीने लगी। गिलास निश्चित ही गरम लग रहा होगा उसे। अब हरि में इतनी अकल ही नहीं कि साथ में एक प्लेट भेज देता। कुढ़कर रह गया शाहरुख।

—''अस्पताल से कब छुट्टी मिलेगी?'' सहसा वह चाय का गिलास होंठों से परे ले जाकर बोली—

—''जब डॉक्टर कह दें।'' कुछ क्षण वह चुप रहा फिर सिर उठाकर धीरे-से बोला—''मेरा इधर से जाने का मन नहीं करता। तुम यहाँ आती हो। सपना लगता है। अस्पताल से चला जाऊँगा तो लगता है, सपना टूट जाएगा। मुझे लगता है काजोल, मैं अस्पताल में हूँ तो तू आती है। तू आती रहेगी मैं अक्खी जिनगी इधर ही रहूँगा।'' कहते-कहते शाहरुख के स्वर इतने आर्द्र हो गए कि काजोल को लगा जैसे शाहरुख की आँखें नहीं, होंठों पर यह शब्द छलछला आए हों। कुछ नहीं बोली वह। बहुत इत्मीनान से चाय का गिलास ख़ाली किया और उसे टेबल पर रखकर अपनी बड़ी-बड़ी पलकें उठाकर उसे देखने लगी। शाहरुख को ख़बर भी नहीं हुई कि मामूली-सी आत्मीयता के आभास के कारण कब वह काजोल को तुम से तू पुकारने लगा। आत्मीयता की तीव्रता प्रेम के आवेग से ज़्यादा थी। शाहरुख को काजोल की उस ख़ामोशी से बेचैनी होने लगी। उसने तकिया उठाकर गोद में रख लिया और बोला—

—''काजोल! मैं कुछ ग़लत बोला या ज़्यादा बोल गया?'' उसके स्वर के गीलेपन में याचना भी उतर आई।

वह कुछ देर चुप रही फिर बोली—''ये काजोल मत कहो मुझे!''

—''क्यों?'' शाहरुख ने कप टेबल पर रखते हुए पूछा।

—''मैं काजोल नहीं हूँ।'' वह टेबल पर रखे उसके चाय के ख़ाली गिलास को घूरते हुए बोली।

—''तो क्या हुआ? यूँ तो मैं भी शाहरुख ख़ान नहीं हूँ।'' वह कन्धे झटकने की नाकाम कोशिश करता हुआ बोला।

—''तो क्या हो?'' इतनी देर बाद वह दुबारा मुस्करायी।

—''मैं...'' अचानक बोलते हुए वह रुककर सोचने लगा। कौन हूँ मैं? फिर वह भी मुस्कराकर बोला—

—''मैं तो मजनूँ हूँ, कैस हूँ! और तू,'' अन्तिम शब्द कहते हुए उसकी मुस्कान फिर आशंकित हो गई।

—''मैं काजोल नहीं हूँ।'' काजोल ने दुहराया—''मेरा नाम काजोल नहीं, नरगिस है!'' अब उसके होंठों पर फिर से मुस्कान थी।

काफ़ी देर चुप रहने के बाद धीरे-से बोला—

—"तू मुसलमानिन है?"

—"मुसलमानिन क्या होता है?" काजोल ने प्रश्न किया।

—"जैसे ठाकुर की ठकुराइन!" शाहरुख ने समझाया।

—"यानी आदमी है तो मुसलमान और औरत है तो मुसलमानिन!" उसके स्वर में हल्का-सा उपहास था।

—"और क्या!" वह सिर हिलाते हुए बोला।

—"नहीं, ऐसा नहीं।" वह समझाते हुए बोली—"अरे, आदमी हो या औरत दोनों के लिए एक ही शब्द है, मुसलमान!" कहकर वह अपनी उँगली की अँगूठी से खेलने लगी।

—"अब तू मुझे भासा तो मत पढ़ा।" शाहरुख तनिक झल्ला गया। काजोल मुस्करा दी, फिर बोली—

—"चोट आई क्या?"

—"मतलब?" शाहरुख ने असमंजस में पूछा।

—"मेरा नाम नरगिस सुनते ही आसमान से गिरे हो। चोट तो आई होगी।" कहकर वह ज़ोर से खिलखिला पड़ी। इतनी देर से होंठों में बन्द उसकी हँसी झरने-सी फूट पड़ी।

शाहरुख उसकी बात के जवाब में बोलना ही चाहता था कि उसे दरवाज़े के पार दूर हरि आता हुआ दिखाई दिया तो वह चुप हो गया। काजोल ने हरि को आते देखा तो हँसते हुए उठ खड़ी हुई।

—"तू जा रही है?" शाहरुख मायूसी से बोला।

—"हाँ, जाना तो पड़ेगा ही। लेकिन एक बात और कहूँगी। कल आपने एकाएक मुझे आप की अपेक्षा तुम कहा था तो आश्चर्य हुआ था। आज तू कहा तो अच्छा लगा। कितनी अजीब बात है कि सम्बोधन में इतना फास्ट लेकिन मन की बात कहने में इतना स्लो? कितने इनोसेंट हो!" वह फिर खिलखिलाकर हँस पड़ी।

—"कब आएगी तू?" शाहरुख बेचैनी में पलंग पर उठ बैठा।

—"मेरे भाई की दी हुई चोटें गहरी हैं या आसमान से गिरने पर गहरी चोट आई है, बताना मुझे।" कहकर वह हँस पड़ी। तब तक हरि भी क़रीब आ गया था। अन्तिम बात उसने भी सुनी लेकिन समझ नहीं पाया कि पलंग पर बैठे-बैठे शाहरुख आसमान से कब गिर पड़ा?

काजोल मुस्कराई और पलटकर चल दी। वह दरवाज़े तक पहुँचकर क्षण-भर ठिठकी फिर पलटकर खड़ी हो गई। उसे कुछ देर तक देखती रही और फिर मुस्करा कर बोली—

—''कल मैंने कहा था, नौकरी और तालीम दोनों जुदा बातें हैं। इसी तरह इश्क़ और मज़हब दोनों बिल्कुल जुदा मसले हैं।'' कहकर वह क्षण-भर रुकी फिर बहुत इत्मीनान से पलटकर वार्ड से दूर होती चली गई।

शाहरुख कुछ बोल नहीं पाया। वह तो काजोल की बोली गई बात को एकाएक समझ भी नहीं पाया। जब तक समझता, तब तक वह जा चुकी थी। हरि ख़ाली पलंग के पास खड़ा अचरज से यह सब देखता रहा। बात उसे भी समझ में नहीं आई। काजोल के जाते ही एक-एक करके सभी वार्ड में वापस आ गए।

रमेश आ गया। लच्छू आ गया। अचरज की तरह राजू उस्ताद भी प्रकट हो गए। जाहिर है कि अपने चेले असलम भंगार के साथ।

—''क्या हुआ?''

यही एक सवाल सबकी ज़ुबान पर था। शाहरुख की अजीब हालत थी। क़ायदे से उसे काजोल के आने से ख़ुश होना चाहिए था, लेकिन वह ख़ुश नहीं था। उदास भी नहीं था। वह अजीब-सी मुद्रा में असमंजस में बैठा है।

सहसा उसे कुछ याद आया। हरि की तरफ़ रोष से देखता हुआ बोला—

—''बोलकर गया था, ज्यूस भेजता हूँ और भेजी चाय वह भी कट!''

—''भोले भंडारी, ज्यूस पन्द्रह रुपये का एक गिलास आता है। दो गिलास भेजता तो तीस रुपये। कहाँ से लाता? चाय के चार रुपये थे मेरे पास।'' वह शाहरुख को समझाता हुआ बोला—''बोलने को तो कुछ भी बोला जा सकता है। ख़रीदना वही पड़ता है ज़ेब जितना साथ दे। और एक बात तू भी सुन ले, तू इश्क़ कितना भी ऊँचा कर, स्साला वो आत्मा से भी आगे कुछ हो। कैसा भी। लेकिन इश्क़ को महँगा मत कर। तेरे इश्क़ पर ख़र्चा बहुत आ रहा है।''

—''मेरी ख़ुशी तुमसे देखी नहीं ज़ा रही?'' शाहरुख इस बार बोला तो उसकी आवाज़ में तल्खी नहीं, उदास उलाहना था।

हरि घबरा गया। बोला—''तू रोना मत यार! मेरा यह आशय नहीं था।''

शाहरुख की उदासी नहीं टूटी तो सभी लोग हरि को लताड़ने लगे। फिर शाहरुख को समझाया कि हरि पढ़ा-लिखा है इसलिए कभी-कभी ऐसी बेवकूफ़ी की बात कर बैठता है। माफ़ कर दे उसे। शाहरुख ने तत्काल माफ़ कर दिया। सभी हँस पड़े। अब शाहरुख ख़ुश हो गया, बोला—

—''आज की मुलाक़ात की ख़ुशी में सभी को मेरी ओर से आइसक्रीम।'' कहकर उसने लच्छू की ओर देखा तो लच्छू मुस्कराया, फिर बोला—''मेरी तरफ़ देखा तो मैं समझ गया। इतना पैसा है मेरे पास। पण तू बात को ज़रा सुधारकर बोल कि आज की मुलाक़ात की ख़ुशी में लच्छू की तरफ़ से आइसक्रीम। पैसा तो तू मुझे लौटाने से रहा।''

इस बात पर फिर सम्मिलित ठहाका लगा। लच्छू उठकर कैंटीन की तरफ़ चल दिया।

—"बातें क्या हुईं?" रमेश उत्सुकता में उसके पैर दबाता हुआ बोला।

—"बहुत बातें हुईं।" शाहरुख ख़ुश होकर बोला—"कह रही थी दो दिन में ही बड़ा अपनापा हो गया है।" कहते-कहते सहसा शाहरुख सोच में पड़ गया फिर बोला—"यार, वो गाली भी दे रही थी।"

—"क्या?" रमेश आश्चर्य में बोला।

—"हाँ यार, चूतिया कह रही थी।"

—"क्या बात कर रहा है?" आश्चर्य से रमेश उसके क़रीब खिसक आया।

—"सच्ची कह रहा हूँ। तेरी सौगन्ध!" शाहरुख उसके सिर पर हाथ रखते हुए बोला—"कह रही थी, बहुत इनोसेंट हो!"

इन दोनों की बातें ध्यान से सुन रहा हरि ज़ोर से ठहाका लगाकर हँस पड़ा।

तभी आइसक्रीम के साथ लच्छू वापस आया।

—"बात कहाँ तक पहुँची?" आइसक्रीम का कप उठाते हुए राजू उस्तांद ने शाहरुख से पूछा।

—"बात लगभग फाइनल है। हाँ समझो!" शाहरुख ख़ुश होकर बोला।

—"लगभग क्या होता है? समझे क्यों? मतलब पक्की बात अभी भी नहीं हुई।" राजू उस्ताद ने शाहरुख को घूरते हुए पूछा।

—"बोल तो रहा हूँ पक्की ही समझो! क्यों हरि...?" वह हरि की ओर पलटकर बोला—"तू बता जाते हुए क्या बोलकर गई कि इश्क़ और मज़हब दोनों अलग-अलग बातें हैं, नहीं?" वह उत्साहित हो गया था।

—"हाँ, बोला था।" हरि आइसक्रीम ख़त्म करके कप एक तरफ़ फेंकता हुआ बोला—"लेकिन यह तो जुमला-भर हुआ। साथ में यह भी तो बोली कि तालीम और नौकरी अलग-अलग मामले हैं। अब बात इतनी उलझी हुई है कि जितने चाहो मतलब निकालो?" कहकर हरि रूमाल से हाथ पोंछने लगा।

राजू उस्ताद को तो इन जुमलों का कोई सिर-पैर ही समझ में नहीं आया। फिर जब उन्हें बताया गया कि काजोल मुसलमानिन है तो वह भी शाहरुख की भाँति आसमान से गिरे।

—"क्यों रे भई, दंगे करवाएगा शहर में?" राजू उस्ताद शाहरुख को झिड़कते हुए बोले—"तूने इश्क़ किया हमने रोका? नहीं। तूने कहा मिलवा दो। मिलवाया कि नहीं? तू रोया, गाया। हमने रोका? नहीं। पण बात तू अब ज़्यादा डेंजर कर रहा है।" कहकर राजू उस्ताद समर्थन के लिए दोस्तों को देखने लगे।

लच्छू ने तत्काल समर्थन किया, बोला—"बात मार-कुटाई तक तो ठीक थी। सोचा अपने शाहरुख के लिए मार खा लेंगे। पण ये तो स्साला मरवाने पर उतारू हो गया। जान लेगा भैया हमारी? गरदन कटवाएगा?" लच्छू भाषण देने के अन्दाज़ में खड़ा हो गया।

शाहरुख रुआँसा हो गया। बोला—

—''अब कोई मेरे बस में तो था नहीं। हो गया इश्क़। क्या करूँ मैं?'' वह बारी-बारी सबको देखते हुए बोला।

—''इश्क़ करना तेरे बस का नहीं था। छोड़ना तो बस में है। छोड़ उसे।'' असलम भंगार जो इतनी देर से चुप था, बोला।

—''वह भी मेरे बस का नहीं अब तो छोड़ने के ख़याल से ही जान निकलने को करती है।'' कहकर शाहरुख ने हथेली पर चेहरा टिका लिया।

जिस बात का डर था वही हुआ। वह उदास हो गया। दोस्तों से रूठ गया। मरते क्या न करते। फिर मनाया उसे।

शाहरुख उन लोगों को कैसे बताता कि काजोल के मुसलमान होने से उसको भी धक्का लगा है। बहुत दुःख हुआ है, लेकिन अब क्या कर सकते हैं? इश्क़ की बेचैनी काजोल के मुसलमान होने के दुःख से ज़्यादा बड़ी है। उसने एक बार सभी को देखा फिर एक निराकरण सबको बताया—''हम तो उसे काजोल कहते हैं, उसका मुसलमान नाम हम बोलेंगे ही नहीं। बस, बात ख़तम।''

रमेश ने उसे घूरकर देखा और बोला—''सिर्फ़ नाम बदल देने से उसका धरम बदल जाएगा? घर में जूते पड़ेंगे।''

—''घर में जूते पड़ते तो हम सब जूते खा लेते। कौन-सी नयी बात है।'' हरि ने समझाया—''पर शहर में दंगे हो जाएँगे। बाबरी मस्जिद के कांड के बाद वैसे ही शहर में पहले जैसा माहौल नहीं रहा।''

—''तो क्या करूँ? काजोल के सपने देखना बन्द कर दूँ? उससे मिलना छोड़ दूँ?'' कहते हुए शाहरुख थोड़ी देर रुका, फिर बोला—''उससे प्यार करना भी छोड़ दूँ?''

कोई कुछ नहीं बोला। सभी को लग रहा था कि यह कोरा पागलपन है, लेकिन एकदम से मुँह पर कोई बोल नहीं पा रहा था।

—''तुम लोगों की यह मर्ज़ी है तो ठीक है। आज से मैं उसका नाम भी नहीं लूँगा।'' शाहरुख उदास स्वर में बोला।

—''अबे, नाटक मत कर...सोचते हैं। कुछ करेंगे। अब ओखली में सिर दिया है तो निबटेंगे।'' हरि ने कहा और सभी की ओर देखकर फिर बोला—''अभी से टेंशन क्यों लेते हो?''

—''अबी बोले तो...हरि, बात तो टेंशन की है।'' असलम भंगार कुछ बोलते-बोलते रुक गया।

—''कुछ नहीं, छोड़ो। आगे की आगे देखेंगे।'' कहकर असलम मुस्कराने लगा।

—''और क्या? अपने शाहरुख की खुसी में सबकी खुसी!'' राजू उस्ताद ने कहा तो लच्छू हँसकर बोला—''फिर चाहे इसमें सबकी खुसी जाए।'' सभी हँसने

लगे। हरि ने असलम के कन्धे पर धौल जमाते हुए बोला—"तू भी मन में मत रख। बोल क्या बात है?"

—"यार से स्साला आत्मा वाला प्यार बोले तो सच्ची में डेंजर है। क़सम है स्साली वो पार साल वाली उस काली-कलूटी छमिया की जिसने मुझे चप्पल से मारा था...स्साला ये आत्मा वाला प्यार एक बार मैं भी करूँगा।" असलम संजीदगी से गरदन हिलाते हुए बोला—"अबी बोले तो मैं उस भूरे ख़ाँ की भेन से प्यार कर रहा हूँ।"

—"उस भंगन से?" रमेश ने अचरज से पूछा। असलम ने गरदन टेढ़ी करके उसे घूरा, फिर बोला—"स्साले मेरा टेम आया तो जात-पात की बात करने लगे। ऊँच-नीच नहीं होती। अल्लाह के दरबार में सब एक हैं।" उसने पूरी नाटकीयता से दोनों हाथ अल्लाह को याद करने के अभिनय में उठाए।

—"अबे स्साले बाण्डे...! छोकरी का मामला है तो एकदम से सूफ़ियों जैसी बात करने लगा?" हरि ने उसकी पीठ पर एक धौल और जमाया। असलम थोड़ा परे सरक गया और बोला—"तुम लोग तो स्साले किसी को अच्छा आदमी बनने ही नहीं दोगे। पर अब मैंने भी फ़ैसला कर लिया है।"

—"क्या?" सभी ने एक साथ पूछा।

—"अबी बोले तो ये बरोबर पता नहीं चला है कि मेरा वाला प्यार बी अपने शाहरुख के माफ़िक आत्मा वाला प्यार है या नहीं! पण अबी मैं बी ये आत्मा वाला प्यार कुछ दिन करके देखूँगा। कम-से-कम इस बार तो देखूँगा। कबी ये आत्मा वाला प्यार जम गया तो फिर हर लड़की से यही आत्मा वाला प्यार करूँगा।"

—"पण तू ये आत्मा लाएगा किदर से?" राजू उस्ताद ने पूछा।

—"उसका बी कुछ इन्तज़ाम बरोबर करेंगे। इतना शाहरुख के लिए कर रहे हैं तो स्साला मेरे लिए बी कुछ करोगे या नहीं?" वह सभी पर बनावटी ग़ुस्सा प्रकट करते हुए बोला।

—"करेंगे स्साले! तेरे लिए भी करेंगे।" हरि ने कहा तो सभी हँस पड़े। माहौल सामान्य हो गया।

साथ ही यह भी तय हुआ कि अब अस्पताल में और रुकने का कोई औचित्य नहीं है। शाहरुख भी इससे सहमत हुआ।

कॉलिज से लौटते हुए काजोल के पैर अस्पताल के सामने ठिठके थे, फिर यह सोचकर वह आगे बढ़ गई कि इस तरह बग़ैर बुलाए जाना ठीक नहीं। और फिर आठ दिन हो गए हैं, अब तक तो उसे अस्पताल से छुट्टी भी मिल गई होगी!

मेरे कारण पिटा, देख आए। बात ख़तम।

क्या सचमुच बात ख़तम ?

मन में उठे प्रश्न को उसने झटकना चाहा, लेकिन ऐसा हो नहीं पाया। किताबें टेबल पर रखकर वह पलंग पर लेट गई। कुछ देर बाद उसने सिर उठाकर देखा तो देहरी पर अम्मी खड़ी है।

—"क्या बात है ? आज आकर चुपचाप लेट गई ? खाने के लिए चीख-पुकार नहीं मचाई ?" कहकर अम्मी क़रीब आई और माथे पर उल्टी हथेली रखकर बुखार देखने लगी।

—"मुझे कुछ भी नहीं हुआ अम्मी!" कहकर माथे से हाथ हटाकर काजोल ने अपने दोनों हाथों से अम्मी का हाथ प्यार से पकड़ लिया।

—"तू गुमसुम रहती है तो मेरा कलेजा मुँह को आ जाता है!" कहकर अम्मी मुस्करा दी।

—"चल रोटी खिला दे!" कहकर काजोल अम्मी को आगे करके उसकी पीठ को दोनों हाथों से धकेलती हुई रसोईघर की ओर चल दी।

अम्मी खाना परोसकर थाली लाने लगी तो देखा, काजोल चटाई पर बैठी खिलखिलाकर हँस रही है।

—"क्या हुआ ? हाजी के बाड़े का प्रेत सवार हो गया क्या ? क्यों खिलखिला रही है ?" अम्मी ने कुछ लाड़ और कुछ चिन्ता से पूछा।

अपनी हँसी रोकने की कोशिश करते हुए काजोल बोली—

—"मालूम अम्मी, तू क्या है ?"

—"मालूम!"

—"क्या ?"

—"अम्मी हूँ, और क्या ?" अम्मी ने बेटी के सिर पर हाथ फेरते हुए कहा।

—"वो तो तू है। उसके इलावा तू क्या है मालूम ?" फिर हँसते हुए काजोल ने पूछा।

अम्मी ने कहा कुछ नहीं। प्रश्नवाचक दृष्टि के साथ असमंजस में बेटी को देखने लगी।

—"मुसलमानिन... !" कहकर वह फिर खिलखिलाकर हँस दी।

—"मुसलमानिन ?" अचरज और किंचित् हास्य के साथ अम्मी ने पूछा—"कौन कहता है ऐसा ?"

इस प्रश्न के जवाब में काजोल क्षण-भर रुकी फिर मुस्कराकर बोली—

—"कॉलेज में मेरी सहेली है। हिन्दू है।"

—"तो तूने नहीं कहा कि क्या तेरे अब्बा हिन्दू और तेरी अम्मी हिन्दुआइन कहलाती है ?" कहकर अब अम्मी भी हँसने लगी।

—"कॉलेज में पढ़ती है तेरी सहेली और इतनी गँवार है?" अम्मी ने उसकी थाली में चपाती डालते हुए कहा।

काजोल चपाती का निवाला तोड़ते हुए रुक गई। फिर बोली—"दरअस्ल अम्मी, वो मेरी सहेली की छोटी बहन है। स्कूल में पढ़ती है। छोटी है।" अब काजोल हँसी नहीं।

कनखियों से अम्मी को देखते हुए निवाला चबाने लगी।

इसके बाद बातों का रुख बदल गया।

खाना खाकर वह उठी और अपने कमरे में आ गई। अम्मी सिलाई करने बैठ गई। सिलाई मशीन की धड़धड़ाती आवाज़ उसे अपने बन्द कमरे में भी सुनाई देने लगी। कुछ देर तक वह किताबों को पलटती रही फिर उठकर बाहर के कमरे में अम्मी के पास आकर बैठ गई।

—"कुछ सीना-पिरोना सीख ले! ससुराल में किताबें नहीं यही काम आएगा!" अम्मी उलाहने के स्वर में बोली। काजोल हँसने लगी। बोली—

—"जो ब्याहने आएगा, उसे बीवी चाहिए या टेलर मास्टर!"

अम्मी नाराज़ हो गई।

—"काम सीखना कोई बुरी बात नहीं। लड़के वाले आजकल पढ़ाई-लिखाई के अलावा दस दूसरी बातें भी देखते हैं। ससुराल में यही हुनर इज़्ज़त दिलाएगा।" अम्मी सुई में धागा पिरोते हुए बोली।

—"यानी टेलरिंग सीख ली तो ससुराल में इज़्ज़त वर्ना लतियाएँगे?" काजोल पूछते हुए हँसने लगी।

—"हँस ले...इसी अम्मी को याद करके मोती जितने बड़े आँसू रोएगी!" कहकर अम्मी वापस मशीन पर झुक गई।

काजोल जानती है यह कुढ़न है, बद्दुआ नहीं। वह हँसती रही और अम्मी के दुपट्टे से खेलती रही।

तभी पहलवान भाई ने घर में क़दम रखा। आकर कमरे में तमक कर खड़ा हो गया। कुछ बोलता तभी दरवाज़ा फिर बजा, इस बार अब्बा भीतर आए। आते ही कुरसी पर ढेर हो गए। भाई काजोल को घूरने लगा।

—"तू अस्पताल गई थी? मुझे ख़बर लगी है। पक्की!" वह कमर पर हाथ रखकर पूछने लगा।

—"जब पक्की ख़बर है तो पूछ क्यों रहा है?" वह उसी तरह अम्मी के आँचल से खेलती रही।

—"कारण पूछ रहा हूँ। क्यों गई थी?" वह उसी तरह घूरते हुए पूछने लगा।

—"जब इतना मालूम है तो कारण भी मालूम होगा।" काजोल लापरवाही से बोली।

—"सब मालूम है मुझे। उस बम्मण के लौंडे से मिलने गई थी!" वह अब्बा के पास स्टूल खींचकर बैठ गया।

—"हम लोग घर में बैठे हैं, अखाड़े में नहीं। बात करने का यही तरीक़ा बचा है?" काजोल शान्त स्वर में बोली।

अब्बा और अम्मी एकाएक शुरू हुई इस लड़ाई से हतप्रभ थे। काजोल की ओर देखते हुए अम्मी ने बेटे को झिड़का—"सरफू, घर में बड़ों के सामने बात करने का ये कौन-सा तरीक़ा है?"

—"अम्मी, इससे पूछो, ये अस्पताल क्यों गई थी?" भाई अब अपेक्षाकृत धीमे स्वर में बोला।

—"क्या बात है बेटी, सरफू क्या कह रहा है?" इस बार अम्मी नहीं, अब्बा बेटी की ओर लाड़ से देखते हुए बोले।

—"अब्बा, इसने मेरी सहेली के भाई को पीट दिया। वो अस्पताल में है। मैं देखने गई थी।" काजोल उसी तरह शान्त स्वर में बोली।

—"मैंने तेरे कहने पर पीटा।" भाई तमककर बोला।

—"...तो मैंने कोई उसे अस्पताल भेजने के लिए नहीं कहा था।" वह स्थिर आवाज़ में बोली।

—"पिटाई कोई नाप-तौल कर नहीं होती है। और फिर वह रश्मि का भाई नहीं है। तू झूठ क्यों बोलती है?" वह उसे सन्देह से घूरते हुए बोला।

काजोल चुप रही। अब अब्बा बोले—

—"मुझे पूरी बात बता बेटी।" फिर वह पलटकर बेटे से मुखातिब हुए—"और तब तक तुम चुप रहो।"

काजोल कुछ क्षण अनिश्चय में बैठी रही फिर सिर उठाकर अब्बा की ओर देखा।

—"अब्बा, कॉलिज जाने के रास्ते में एक चौराहे पर कुछ लड़कों ने मुझे छेड़ा, मैंने लौटकर इसे कहा।" काजोल ने भाई की ओर इशारा किया—"मैंने इसे डाँटने-डपटने को, धमकाने-भर को कहा। इसने जाकर पिटाई शुरू कर दी और वह भी उस लड़के की जो कुसूरवार था ही नहीं। पिटाई भी ऐसी कि वह अस्पताल में जाकर होश में आया। वह मेरी सहेली रश्मि के भाई का दोस्त है। समझो भाई ही है। मैंने इंसानियत के तकाज़े में जाकर उसे मुआफ़ी माँग ली। बात ख़त्म।" कहकर वह अब्बा को सवालिया निगाहों से देखने लगी।

भाई जो इतनी देर से चुप था आख़िर बोल पड़ा—

—"इसने तो यह भी कहा था कि उस लड़के ने भी इसे छेड़ा था। पहले मुझसे पिटवाया, फिर मुआफ़ी माँग ली। ये तो नाक कटाने पर उतारू है।"

अम्मी जिसे इस वार्तालाप में कुछ पल्ले पड़ा, कुछ नहीं भी। पहले किसे पीटने को कहा। किसे पीटा। जिसे पीटा, उसे नहीं पीटा जाना था। फिर भाई कहता है कि

उसने भी पहले छेड़ा था। अर्थात् उसको पीटा जाना भी नाहक नहीं गया। कुल मिलाकर अम्मी उलझकर रह गई। झल्लाकर बोली—

—''छोड़ो ये झगड़ा। और सरफू तू भी अपने आपको रुस्तम मत समझा कर। कल को कोई कोर्ट-कचहरी हो गई तो अब बुढ़ापे में हम कहाँ-कहाँ हाथ जोड़ते फिरेंगे।''

अब्बा ने भी सहमति में सिर हिलाया फिर काजोल की ओर देखते हुए बोले—''बेटी, भाई ने जो किया ग़लत किया। तुमने भी ख़ैर, मुआफ़ी माँग ली। बात ख़तम। इस तरह गुंडे-शोहदों से ज़्यादा मेलजोल ठीक भी नहीं।''

कहकर अब्बा उठ गए। काजोल ने धीरे-से सिर हिलाया। भाई भी ग़ुस्से में चला गया।

अम्मी ने काजोल की ओर देखा फिर कहा—''पानी पिला दे बेटी!''

काजोल उठी और पानी का गिलास अम्मी के हाथ में थमा दिया और बग़ैर बोले पलटने लगी। तभी अम्मी ने काजोल का हाथ थाम लिया।

—''मुझसे क्यों ग़ुस्सा है? और फिर बात तो मुझे तेरे ग़ुस्सा करने लायक लगती भी नहीं।'' कहकर अम्मी ने लाड़ से उसकी हथेली थपथपा दी। काजोल कुछ नहीं बोली। अपने कमरे में चली आई।

शाहरुख को इस तरह गुंडा कहा जाना उसे भीतर कहीं तकलीफ़ दे गया। वह किताब के पन्ने पलटती रही। पहली बार ऐसा हो रहा है कि उसका पढ़ने में मन नहीं लग रहा है। यह भी चिन्ता की बात है। वह पढ़ाई में हमेशा अव्वल रही है। उसकी पढ़ाई की सफलता ही उसे अपने भाई और रिश्तेदारों में उसके हमउम्र भाई-बहनों से आगे करती है। अब्बा और अम्मी को उसकी सफलता पर बड़ा गर्व है। उसकी नाराज़गी, उसका रूठना उसकी ज़िद इसलिए काबिले-बर्दाश्त रहती है कि वह पढ़ाई में तेज़ है, और अव्वल आती है। ज़रूर दादाजी का नाम रोशन करेगी। काजोल के दादा मजिस्ट्रेट थे। सर की उपाधि उन्हें बस मिलते-मिलते रह गई थी। ताल्लुक़े में उनका बड़ा रुतबा था। फिर ऊँची तालीम। और मजिस्ट्रेट का ओहदा। पूरे ताल्लुक़े में दादा की ख़ासी इज़्ज़त थी। रूआब था। रुतबा था। अपनी दोनों सन्तानों को दादा नूर मोहम्मद ख़ाँ साहब ने बहुत हसरत से पढ़ाया-लिखाया। उनकी इच्छा थी बेटी नामी डॉक्टर बने और बेटा आई.पी.एस. करे, लेकिन बेटा लियाकत ख़ाँ अंग्रेजी में एम.ए. करके प्रोफेसर हो गए और फिर उसी कॉलेज के प्रिंसिपल होकर रिटायर हुए। बेटी का दुःख अलबत्ता ख़ान साहब को हमेशा रहा कि तालीम उसने बहुत ऊँची ली। डॉक्टर भी बन गई लेकिन अपने साथी डॉक्टर अपने से छोटे मुसलमान, से शादी कर ली। फिर कभी बेटी के घर नहीं गए दादा। न कभी उससे बात की। अम्मी ने कुछ दिनों के ग़ुस्से के बाद बेटी के लिए घर और मन के दरवाज़े खोल दिए। लेकिन बाप-बेटी के मन के बीच जो फाँस पड़ी तो ताउम्र निकल नहीं

पाई। मरते वक़्त बेटी को याद करते रहे, लेकिन मिलने से इनकार कर दिया। वात्सल्य और घृणा का अजीब-सा द्वन्द्व था।

अम्मी अलबत्ता काजोल को बताती रहती है कि उसके अब्बा अपनी बहन से मिलने जाते रहे थे। फिर वह अपने खाविंद के साथ मुम्बई चली गई। अब सुनते हैं दोनों बड़े नामी और अमीर डॉक्टर हैं। काजोल ने कभी अपनी बुआ को नहीं देखा। अलबत्ता बुआ ने काजोल को कई बार देखा और ख़ूब देखा। काजोल छोटी रही तब तक बुआ का घर में आना-जाना बना रहा। काजोल की वह उम्र न देखने की थी, न याद रखने की। देखने-समझने की उम्र में वह आए तब तक बुआ जा चुकी थी।

अब्बा किसी शाम उसके साथ बैठते हैं तो बहन के बारे में बातें करते रहते हैं। अब्बा पर अपने मरहूम अब्बा का ख़ौफ़ और रौब आज भी है। आज भी बहन के बारे में बातें करते हैं तो इस तरह गोया उनका इन बातों से कोई लेना-देना नहीं। बहन को बहुत मुलायम होकर याद करते हुए एकाएक चौंक पड़ते हैं। गोया ख़ुद के अब्बा कहीं एकाएक आकर इस अपराध के लिए डाँटने न लगें।

काजोल को अपने अब्बा का व्यवहार कभी भी समझ में नहीं आया। बातें करते हुए एकाएक गुम हो जाते हैं। वह उन्हें रोके या टोके तब तक तो अब्बा किसी अदृश्य पर्दे के पीछे हो जाते बल्कि कई-कई पर्दों के पीछे चले जाते जहाँ से उन्हें खोज लाना नामुमकिन हो जाता। कभी बातें करते हुए इतने पारदर्शी हो जाते कि मन की एक-एक गाँठ खुलने लगती। एक-एक तह नज़र आने लगती। लेकिन यह सब काजोल के बचपन की बातें थीं। जब से काजोल ने होश सँभाला तब से तो उसे अब्बा कम बोलने वाले ही नज़र आए। शायद यह भी हो कि अब काजोल के पास भी ऐसे अदृश्य पर्दे हैं जिनके पीछे उसे खोजना नामुमकिन हो जाता है जिसकी उसे ख़ुद भी ख़बर नहीं। यानी उसने बचपन खोया तो अब्बा का पारदर्शी मन भी खोया।

काजोल अपने अब्बा की कमजोरी है। इसे अम्मी जानती है। ख़ुद काजोल भी जानती है। अब्बा कहीं से भी आएँ, घर लौटते ही पूछेंगे, बेटी कहाँ है? चाहे ख़ुद मालूम हो यह कॉलिज जाने का समय है फिर भी पूछते हैं। आदत हो गई है। अम्मी कभी जवाब देती है, कभी हँसकर रह जाती है। कभी पलटकर टोक देती है—

—"बेटी ससुराल चली जाएगी तो बैठे रोते रहना। ऐसा नेह कोई बेटी से लगाता है क्या?"

बात हँसी की रहती लेकिन अब्बा की आँखें छलछला आतीं।

—"नजमा, बेटी के जाने की बात तकलीफ़ देती है।" कहकर उनका कंठ-भर आता। अपने खाविंद के कन्धे पर हाथ धरकर नजमा दूसरे हाथ से बहुत स्नेह से पीठ सहलाती। दोनों चुप रहते, सिर्फ़ ख़ामोशी बोलती।

काजोल को इन बातों की ख़बर भी नहीं। खाविंद को कमजोर होते देख नजमा अपने आँसू आँखों में ही रोक देती। एक मीठी-सी हँसी के साथ वह खाविंद को सीने से लगा लेती। प्रोफेसर साहब किसी बच्चे की तरह नजमा के सीने में सिर छुपा लेते।

अम्मी को आज की बात हल्के से कहीं चुभी थी। ऊपर से बात साधारण थी। किसी सहेली के भाई के दोस्त को अस्पताल में हालचाल पूछने चले जाना साधारण बात है। ख़ासकर उस समय जब लड़के की पिटाई उसके भाई ने की है। लेकिन काजोल इस प्रकरण में असाधारण रूप से शान्त थी। यह उसकी तासीर में नहीं। भाई कोई भी बात कहे, ज़रा भी ग़ुस्सा दिखाए, वह घर को आसमान पर उठा लेगी। जिस तरह शान्त बैठे, ढीठ होकर वह जवाब दे रही थी, इस बात ने नजमा को बेचैन कर दिया। ऊपर से वह भी शान्त बनी रही। यह वक़्त बेटी को कुरेदने का नहीं है। वक़्त के साथ सब ठीक हो जाएगा या वक़्त के साथ सब सामने आ जाएगा। प्रोफेसर साहब से बात करना व्यर्थ है। बेटी तो बाप के लिए कभी जवान नहीं होती है, और माँ के लिए तो वह पालने में से ही चिन्ता का कारण बन जाती है।

पच्चीस बरस हो गए नजमा को इस घर में ब्याहकर आए हुए। बेटी में उसे अपनी परछाईं काँपती हुई नज़र आती है। इतना अन्तर है कि वह बेटी जैसी वाचाल नहीं है। प्रोफेसर साहब भी कम बोलते हैं। बीच में बेटी न होती तो घर गूंगों की बस्ती हो जाता।

फूफी की लड़की की शादी थी। नजमा अपनी अम्मी के साथ गई थी। पहली बार आगरा देखा। पहली बार ताजमहल। यह उसे आज भी याद है कि ताजमहल देखकर उसे कोई ख़ास ख़ुशी नहीं हुई थी। कारण वह आज भी नहीं जानती है। जैसा सुना था, देखकर वैसा रोमांच नहीं हुआ। उससे कहीं ज़्यादा रोमांच हुआ था शादी में अलीगढ़ से आए हुए हामिद चाचा के बेटे अनवर को देखकर। लड़का बेहद शरारती था। अलीगढ़ यूनिवर्सिटी में पढ़ रहा था। वह चाय की ट्रे लिए मेहमानों में थी। ट्रे लेकर वह उसके आगे खड़ी हुई तो प्याले की ओर बढ़ता हुआ अनवर का हाथ ठिठक गया। ध्यान से देखता रहा, फिर बोला—

—"इतनी गरमी में भला कोई चाय पीता है?"

—"शरबत बन जाएगा।" वह क्षण-भर आँखें मिलाने से ही सिहर गई थी। उसे यह भी भारी गुज़र रहा था कि लड़का पूरी बेशर्मी से उसे घूर रहा है। बल्कि होंठों में कोई मुस्कान छुपाकर हँस भी रहा है। वह पलटने लगी तो उसने हाथ तो नहीं लेकिन ट्रे पकड़ ली—

—"शरबत कौन-सा पिलाएँगी?"

—"जो आप कहें।"

—"केवड़ा मिल जाएगा?" उसने फरमाइश की।

—"जी खस है, एतराज न हो तो लेकर आऊँ?" नजमा की आवाज़ में नरमी थी।

—"फिर आप कैसे कह रही थीं जो आप चाहें मिल जाएगा?" वह मुस्कराकर बोला—"चाहा केवड़ा तो आप खस ला रही हैं। ख़ैर, आप जो लाएँगी वही पी लेंगे।" कहकर उसने ट्रे से पकड़ छोड़ी तो नजमा पलटकर तेज़ी से भीतर भागी। खस का शरबत तो उसने बना दिया, लेकिन गिलास उसने अपनी ममेरी छोटी बहन के हाथों भेजा।

उसे भीतर कमरे में भी उलाहना सुनाई दे गया—"भई, ऐसे तो जिन्न-शैतान नहीं हैं हम कि शरबत लाने वाले को खा ही जाते। हाथ बदल गए तो खस की ठंडक जाती रही।"

वह इन्तज़ार करती रही। ठहाका कुछ देर बाद लगाया। इस तरह बात-बेबात पर हँसना उसे बड़ा अजीब-सा लगा था। फिर वह पूरे समय कोशिश करती रही कि अनवर से सामना न हो। इसी कोशिश को रद्द करने का मन भी तुरन्त हो जाता था। वह रसोईघर के किवाड़ की आड़ से, जनाने में बैठकर पर्दे के पीछे से, गैलरी से, कहीं भी खड़ी होकर कोशिश करती कि अनवर उसे कहीं नज़र आ जाए। उसकी कोशिश बेकार भी नहीं जाती थी। वह या तो जान-बूझकर उसके इर्द-गिर्द रहता या फिर हर बार ऐसा इत्तेफ़ाक जुड़ता कि वह जहाँ खड़ी होती, आसपास वह भी खड़ा नज़र आ जाता था। शाम होते-होते उसका यह एहसास गाढ़ा हो गया कि अनवर नज़र आता है तो दिल की धड़कनें बढ़ जाती हैं और नज़र नहीं आता है तो बेचैनी होती है। इसका कारण वह किसी से पूछना नहीं चाहती थी। एक पक्की सहेली, मौसेरी बहन नफीसा ही है यहाँ, लेकिन बहुत मुँहफट। दोपहर से अनवर के रंग-ढंग देखकर नफीसा ने आते-जाते एक बार यह जुमला अनवर से कहा भी था कि अंगूर खट्टे हैं। और उसे भी रोका था—"मुई, जनाना छोड़कर ज़रा कम बाहर निकल। तेरी ख़ूबसूरती ही तेरी दुश्मन है!" कहकर हँस पड़ी थी। हँसी का जवाब नजमा ने हँसी से दिया था। यूँ वह ख़ुद से बेपरवाह रहती थी, लेकिन अपनी ख़ूबसूरती से नावाकिफ़ नहीं थी। राह से निकलने पर लड़कों की आहें उसे सुनाई दे जाती थीं। शादी-ब्याह के मौक़ों पर उसे देखते ही बड़े-बूढ़े जिस तरह उसके बारे में पूछताछ शुरू कर देते थे, उसका मतलब भी वह बख़ूबी समझती थी। कुछ लोग पूछताछ करके रह जाते कुछ लोग, जिन्हें अपनी याददाश्त की नालायकी पर ज़्यादा यक़ीन रहता था वे बाक़ायदा उसका बायोडॉटा नोट करके रख लेते थे ताकि अपनी रिश्तेदारी में किसी शादी लायक लड़के के काम आए।

इन सब बातों के बावजूद वह आइने के सामने पड़ने से कतराती थी, ख़ासकर उस समय, जब कमरे में कोई और भी हो। अपनी बड़ी-बड़ी चोटियों को वह कन्धे

के पीछे पीठ पर लादकर निकलती तो बरबस उठने वाली नज़रों का वजन भी पीठ पर बढ़ जाता था।

उसकी स्याह बड़ी-बड़ी आँखों में शरारत तो नहीं रहती, लेकिन एक ऐसी संजीदगी रहती जो अमूमन उसकी उम्र की लड़कियों में नहीं पाई जाती थी। यह संजीदगी उसकी शख़्सियत में एक ऐसा वजन पैदा करती कि उससे कोई एकाएक बेतक़ल्लुफ़ होने की कोशिश नहीं करता था। यह पहला मौक़ा था जब अलीगढ़ से आया, यह युवक न केवल उससे बेतक़ल्लुफ़ी से बातें करने की कोशिश करता है, बल्कि छेड़खानी भी करता है। ऐसे समय उसके गोरे गालों की सुर्खी बढ़ जाती। वह उस तरह की लड़कियों में से नहीं थी जो लड़कों को छेड़खानी के अवसर जान-बूझकर देती हैं और फिर उस छेड़खानी का लुत्फ़ उठाती हैं। वह हमेशा ऐसे हालात से बचती रही थी। यह पहला मौक़ा है जब वह प्रतिकार भी नहीं कर पा रही है। उस लड़के की आँखों में जाने कैसी कशिश है कि वह कोई सख़्त बात मुँह से नहीं निकाल पाती।

निकाह को अभी वक़्त था। वह और नफीसा, बाहर दहेज में दिए जाने वाले पलंग पर, भीतर से लाकर दहेज का अन्य सामान जमा रही थी। नफीसा दौड़-दौड़ कर उसे बरतन और दूसरा सामान लाकर थमा देती थी और वह उन्हें पलंग पर सजाती जा रही थी। वह दहेज को पलंग पर ज़माने में इतना तल्लीन थी कि उसे ख़बर ही नहीं हुई कि कब नफीसा के साथ ही अनवर भी उसे सामान हाथ में थमाने लगा था। उसे ख़याल तब आया जब उसने कोई हिदायत देने के लिए सिर उठाया तो देखा, उसे सामान हाथ में थमाने वाला अनवर है, नफीसा नहीं। उसका कलेजा मुँह को आ गया। दिल की धड़कनें इतनी तेज़ी से बढ़ीं कि लगा उसका दम निकल जाएगा। एक क्षण तो वह स्तब्ध-सी वहीं खड़ी रह गई, फिर उसे ख़याल आया कि दुपट्टा उसकी मुनासिब जगह पर नहीं है। उसने काम की मसरूफ़ियत में उसे कमर से बाँध रखा है। वह भाग खड़ी हुई। भागते हुए उसने कमर से दुपट्टा खोल लिया। कमरे में आकर वह दरवाज़े को टिकाकर दीवार से टेक लगाकर खड़ी हो गई। धीरे-धीरे उसने अपनी भागती साँसों पर काबू पाया। हालाँकि वह नहीं जानती थी कि उसे अपनी भागती साँसों पर नहीं, दिल पर काबू पाना है। इस तरह वह भागकर, शर्माकर, लजाकर, उस आग को हवा दे रही है, जो उसे दिखाई नहीं दे रही है, लेकिन जिससे वह बचना चाहती है। दरवाज़े की ओट से उसे सुनाई दिया, नफीसा ग़ुस्से में अनवर को डाँट रही है।

—"ये क्या बेअदबी हुई? अच्छा-भला काम कर रही थी। भगा दिया उसे।"

—"मैं तो काम में हाथ बँटा रहा था। यह भी कोई बेअदबी हुई?" उसे बनावटी मासूमियत से भरी अनवर की आवाज़ सुनाई दी।

—"काम में हाथ बँटाना है तो जाओ, दूसरे काम करो। बचे हुए आलू से भरे बोरे वापस स्टोर में रख दो। सुबह से मर्दाने में रजाई-गद्दे लोगों के पैरों तले गन्दे हो रहे हैं, उन्हें तह करके एक कोने में जमा दो। बाहर काम करने वाले दो छोकरे

पकड़ो और कनात के आसपास की झाड़ू लगवा दो। पानी का टैंकर अभी तक नहीं आया। दौड़कर ज़रा टंकी तक जाओ। पानी का टैंकर साथ लेकर आओ। बाहर गलियारे में...।''

—''बस...बस!'' अनवर ने उसे बीच में रोका—''तुम तो एक बार जो शुरू हुई तो नान-स्टॉप ट्रेन की तरह रुकती नहीं। रेलवे में ड्राइवर हो गई हो?''

—''बिल्कुल! और बग़ैर टिकट यात्रियों को बैठने भी नहीं देती हूँ!'' कहकर वह तमककर खड़ी हो गई थी।

—''तो टिकट ही दिला दो?'' उसकी याचना-भरी आवाज़ आई।

—''तो उसके अब्बू से मिलो!'' कहकर वह खिलखिला पड़ी—''इस तरह रोने-गिड़गिड़ाने से खिलौने मिलते हैं, दुल्हनें नहीं।'' फिर नफीसा की हँसी की आवाज़ सुनाई दी। इस हँसी के जवाब में अनवर ने क्या कहा, वह सुन नहीं पाई। वह उस कमरे से भी भाग खड़ी हुई थी। उसे लगा था, उसका सीना उसकी साँसों का दबाव सह नहीं पाएगा। फिर उसे नफीसा पर ग़ुस्सा आया। कितनी बेशर्म है? अनवर को रोकने की अपेक्षा उसे उकसा रही है।

वह कमरे में चलकर उस कोने में आ गई जहाँ दहेज में दी जाने वाली ड्रेसिंग टेबल रखी है। वह ड्रेसिंग टेबल में लगे शीशे के सामने खड़ी हो गई। फिर उसने ख़ुद को तिरछा खड़ा करके, एकदम सामने खड़े होकर, कई कोणों से ख़ुद को निहारा। वह मुग्ध हो गई ख़ुद पर। पहली बार उसकी इच्छा हुई कि वह माथे पर बिंदिया लगाकर देखे। फिर उसने इस ख़याल को मन से निकाल दिया। ज़रा-सी देर में घर में बवाल खड़ा हो जाएगा।

ड्रेसिंग टेबल की दराजें ख़ाली थीं। फिर उसने ख़ाली हथेलियों को यूँ चेहरे पर फिराया जैसे कोई क्रीम मल रही हो। दुपट्टे को सीने पर ठीक से जमाया। माथे पर झूल आई लट को उसने बालों के साथ कान के पीछे दबा दिया। उसने अपनी बड़ी-बड़ी आँखों से ख़ुद को निहारा तो लगा कौन यक़ीन करेगा कि वह काजल नहीं लगाती है? क्रीम-पावडर नहीं लगाती है। उसने अपने बायें हाथ को दायें हाथ के पंजे से दबाया तो हाथ पर लाल लकीरें उभर आईं, फिर उसने धीरे-से हाथ उठाकर उन लकीरों को चूम लिया। अकारण। उसके गाल इस हरकत से एकाएक लाल हो गए। उसने गालों की सुर्ख़ी को छुपाने के लिए दोनों हाथ गालों पर रख लिये। आँखें बन्द कर लीं।

थोड़ी देर बाद उसे एहसास हुआ कि उसकी पीठ पर एक जोड़ी आँखों का वजन है। उसने धीरे-से डरते हुए आँखें खोलीं तो देखा, अपनी आँखों के अलावा दो आँखें और उसे निहार रही हैं। एक ही पल में उसे लगा, जैसे उसकी चोरी पकड़ी गई हो और दूसरे ही पल लगा, जैसे शीशे में से उसकी छवि से कुछ चुरा लिया गया हो। उसने पलटकर इन चोर आँखों को देखा जो अब उसे देखकर मुस्करा रही थीं।

नजमा भाग नहीं सकती थी अब। अनवर दरवाज़े पर खड़ा था। उसे घबराहट होने लगी। उसने शीशे की तरफ़ पीठ कर ली थी। वह मुस्कराया—

—''अच्छा हुआ जो शीशे की तरफ़ पीठ कर ली!''

—''मतलब?'' वह अचरज से पूछने लगी।

—''बर्दाश्त नहीं कर पाता इस हुस्न की आँच को। चटक जाता शीशा। नुक़सान हो जाता दुल्हन का!'' कहकर वह धीमे-से हँसने लगा।

वह कुछ नहीं बोली। नज़रें नीचे ज़मीन पर धर दीं। नीचे चटाई पर किसी ने शायद खाना खाया था। जूठन चटाई पर जम गई थी। वह पैर के अँगूठे के नाख़ून से खुरच कर उसे निकालने लगी। फिर चोर नज़रों से देखा, वह फिर भी उसे ही देख रहा था। वह लजा गई। फिर एकाएक व्यस्तता दिखाते हुए बोली—

—''आप हटिए, बाहर अम्मी हमें पुकार रही हैं!''

—''अच्छा, कमाल है! हमें सुनाई नहीं दिया जब कि हम दरवाज़े के क़रीब हैं और आपको भीतर कमरे में भी अम्मी की आवाज़ सुनाई दे गई!'' वह अचरज में अपनी मुस्कराहट घोलते हुए बोला।

—''हाँ, हमें जाने दीजिए!'' वह ढिठाई से बोली।

—''एक बात कहें आपसे, मानेंगी?''

—''क्या?'' वह सहसा सिर उठाकर बोली।

—''ख़ूबसूरत लड़कियों को झूठ नहीं बोलना चाहिए। ख़ूबसूरती कम हो जाती है।'' कहकर वह कन्धे को दरवाज़े से टेक लगाकर खड़ा हो गया।

—''हम कभी झूठ नहीं बोलते।'' कहकर उसने आगे बढ़ने की कोशिश की। फिर थमकर खड़ी हो गई।

—''झूठ बोलकर, झूठ से इनकार करने वाली लड़कियाँ कैसी लगती हैं, मालूम है आपको?'' वह गम्भीरता दिखाते हुए बोला।

—''कैसी लगती हैं?'' उसकी आँखों में प्रश्न कम कौतुहल अधिक था।

—''आप जैसी!'' कहकर वह फिर हँस पड़ा। वह लजा गई।

—''ख़ुदा के वास्ते, आप रास्ता छोड़िये। हमें जाना है।'' वह अब बहाना छोड़कर याचना करने लगी।

—''ख़ुदा के वास्ते? उनका भी कोई पैग़ाम आया है आपके लिए?'' वह होंठों को खोले बग़ैर मुस्कराया।

—''अल्लाह!'' उसके मुँह से सिसकारी निकली—''आप ख़ुदा से भी मज़ाक़ करते हैं? ख़ुदा को यह ज़रा भी पसन्द नहीं आएगा!''

—''अच्छा? ख़ुदा की पसन्द और नापसन्द की बड़ी मालूमात है आपको? कोई फ़ेहरिस्त हो तो ज़रा हमें भी दिखा दीजिए। आगे से ख़याल रखेंगे।'' वह हाथ बढ़ाकर जैसे फ़ेहरिस्त माँगने लगा।

—"देखिए, ख़ुदा से इस तरह ठिठोली अच्छी नहीं। उसकी ठिठोली बहुत महँगी पड़ेगी आपको।" वह हिदायत के स्वर में बोली।

—"देखेंगे, बिल्कुल देखेंगे। सस्ती चीज़ों में वैसे भी हमारी दिलचस्पी कम है।" कहकर वह मुस्कराया फिर बोला—

—"एक बात और कहें आपसे?"

—"क्या?" सहसा वह उसे देखने लगी।

—"ये, इस तरह आप ख़ुदा का नाम लेकर हमें डराया न करें।"

—"चलो, शुक्र है ख़ुदा का। डर तो लगा आपको।" कहकर वह अकारण दुपट्टे को सीने पर जमाने लगी, जो पहले से ही व्यवस्थित था। फिर वह लगभग गिड़गिड़ाई।

—"देखिए, जाने दीजिए हमें। कोई इस तरह हमें देख लेगा तो ग़ज़ब हो जाएगा।"

—"क्या ग़ज़ब हो जाएगा?" वह मासूमियत से पूछने लगा।

—"कोई बात को ग़लत समझ लेगा।" वह फिर गिड़गिड़ाई।

—"ग़लत माने?"

—"ग़लत माने,...कुछ ऐसा है हमारे बीच जो नहीं होना चाहिए?" कहकर वह दोनों हथेलियों को आपस में रगड़ने लगी।

—"क्या सचमुच कुछ ऐसा है हमारे बीच, जो नहीं होना चाहिए?" कहकर वह कुछ पल उसे देखता रहा फिर बोला—"ग़लत कुछ नहीं है। जो सही है। उसे समझने दो। सही को सही समझें तो बुरा क्या? ग़लत क्या?" कहकर वह दरवाज़ा छोड़कर धीरे-धीरे चलते हुए उसके नज़दीक आ गया। रेशमी पर्दे की भाँति काँपकर रह गई वह।

वह उसके क़रीब खड़ा था। वह नज़रें नीचे किए पत्थर हो गई थी। उसका चेहरा उसके सिर के क़रीब था। उसकी साँसें उसके बालों से टकरा रही थीं। गर्म साँसों का एहसास उसे माथे पर हो रहा था।

तभी छन्न से बाहर कोई बर्तन गिरा। दोनों चौंके। वह सरपट भागी। एक ही पल में वह दरवाज़ा पार गई। बाहर आकर देखा, नफीसा के हाथों से बर्तन छूट गया था। वह उसी पर झल्ला रही थी।

—"कहाँ मर जाती है तू घड़ी-घड़ी। सारा काम मेरे ज़िम्मे डालकर गायब हो जाती है।" कुछ देर उसे देखती रही फिर ग़ुस्से की जगह प्यार-भरा उलाहना आ गया—

—"ख़ुदा जाने लड़कियों को इश्क़ करने की फुरसत इन शादियों में ही क्यों मिलती है? कोई सरकारी गजट में ये वक़्त मुकर्रर हुआ है?" कहकर वह हँसने लगी।

—''बस चुप कर, जो मुँह में आया बोले चली जाती है। रेडियो जैसे ऑन हो गया तो ख़बरें बन्द ही नहीं होंगी।'' कहकर नजमा ने उसकी पीठ पर घूँसा जमाया। नफीसा फिर हँस पड़ी और बोली—

—''हाय! ख़बरें तो तेरे ही पास हैं! हम तो बस वो मुए अनाउंसर भर हुए!''

—''अब ये रेडियो कैसे बन्द होगा?'' नजमा झुँझलाई।

—''एक प्याली चाय इसमें डाल दे!'' कहकर वह उसे भीतर ठेलने लगी—''चल चाय पिएँगे। थक गए।''

दोनों भीतर रसोईघर में आ गईं। नफीसा के अब्बू की फूफी चूल्हे के क़रीब थी। दोनों आँखों से ठीक से दिखाई भी नहीं देता था। फिर भी चूल्हे के क़रीब बरतनों को टटोल रही थी।

—''क्या हुआ फूफी? क्या चाहिए?'' नफीसा फूफी का काँपता हुआ हाथ पकड़कर बोली।

—''मुई एक ही तो बीमारी दे गए तेरे फूफा। चाय की तलब लगी है।'' वह झुँझलाती हुई एक ओर बैठ गई।

—''मैं पिलाती हूँ। अभी बनाती हूँ। मुझे भी पीना है। तुम बैठो एक तरफ़।'' कहकर नफीसा ने चाय के लिए पतीली में दूध निकाला।

—''मैं तेरे बाप की फूफी हूँ। तेरी नहीं। कितनी बार रोका तुझे!'' बुढ़िया लाड़ से ग़ुस्सा दिखाते हुए बोली। नफीसा हँस पड़ी।

—''तुम मेरी भी फूफी हो। अब आदत हो गई। आदत तो जाती नहीं है।''

बुढ़िया मुस्करा दी। वह हर बार नफीसा को रोकती है। हर बार नफीसा वादा करती है, फिर भी उसे फूफी ही कहती है। अब तो फूफी को भी अच्छा लगने लगा था।

फूफी हमेशा हँसती रहती थी। हर कोई जानता था कि वह दुःखी है, लेकिन वह किसी के साथ भी अपना दुःख बाँटने को तैयार नहीं होती थी। बुढ़ापे से ज़्यादा दुःख उस पर जमा हुआ था। इस दुनिया में सबसे बड़ा उसका कोई दुश्मन था तो पाकिस्तान। पाकिस्तान बनते ही फूफी का इकलौता बेटा पाकिस्तान चला गया। वह अकेली रह गई। लेकिन किसी से कोई शिकायत नहीं। पुश्तैनी मकान का कुछ हिस्सा किराये पर उठा दिया। गुज़ारा चलने लगा। लेकिन फूफी पाकिस्तान को कभी माफ़ नहीं कर पाई। ऐसा भी नहीं कि बेटे ने फूफी को पाकिस्तान साथ नहीं ले जाना चाहा, लेकिन फूफी ने इनकार कर दिया। बेटे ने लाख समझाया, अब मुसलमानों का मुल्क़ पाकिस्तान है। हमारा अपना मुल्क़। साथ चलो। लेकिन फूफी ने इनकार कर दिया तो बस उसी पर अड़ी रही। एक ही बात कहती रहती है। हिन्दुस्तान या पाकिस्तान मेरा मुल्क़ नहीं है। मेरा मुल्क़ तो बीकानेर है, जहाँ जाहिद के अब्बा दफ़न हैं, जिस ज़मीन में पुरखे दफ़न हैं, वही मेरा मुल्क़ है। पाकिस्तान क्यों जाऊँ?

दफ़न होने के लिए? इतनी ज़मीन मेरे पुरखे मेरे मुल्क में छोड़ गए हैं कि मुझे दफ़नाया जा सके। पाकिस्तान का नाम आते ही ग़ुस्सा उसके चेहरे की झुर्रियों से निकलकर ऊपर आ जाता।

इन दोनों को देखकर उसकी झुर्रियों में हँसी उभर आई। नफीसा चाय बनाने लगी। नजमा चुपचाप फूफी के पास बैठ गई। नफीसा चाय बनाकर लाई तो नजमा ने देखा, हँसी अभी भी फूफी के चेहरे की झुर्रियों में फँसी हुई है। नजमा और नफीसा चुपचाप फूफी को चाय पीते देखती रहीं। फिर नफीसा ने फूफी से पूछा—

—"हम लोग कल शाम ताजमहल देखने जाएँगे। चलोगी तुम?" फूफी कुछ पल चुप रही। मिचमिचाई आँखों से नफीसा को देखती रही, लेकिन बात की गम्भीरता का अनुमान नहीं लगा पाई। फिर बोली—

—"तुम लोग जाओ। मैं क्या करूँगी?"

—"घूमना-फिरना और क्या?" नफीसा हँसकर फूफी का हाथ पकड़ते हुए बोली—"वहीं कहीं तुम्हें तुम्हारा शाहजहाँ मिल जाय शायद!" कहकर वह फिर खिलखिला पड़ी।

—"दफ़न है मेरा शाहजहाँ बीकानेर में...!" कहकर फूफी भी एक पोपली हँसी हँसने लगी।

निकाह रात को था, इसलिए दावत शाम को ही निपट गई। इस बार नजमा ने पूरा ध्यान रखा कि वह भूल से भी बैठक की ओर न निकलने पाए। बल्कि ख़ुद भी ऐसी जगह बैठने या खड़े होने की कोशिश की, जहाँ बुज़ुर्ग औरतें मौजूद थीं। वह देख रही थी कि अनवर लगातार उसी की ताक में इधर-उधर घूम रहा है और उसे अकेली न पाकर कुढ़ रहा है। निकाह के समय तो निश्चय ही अनवर की दुश्वारियाँ और बढ़ गई थीं। वह भीतर जनाने में जाकर बैठ गई थी जहाँ मर्दों के जाने की पूरी तरह मुमानियत थी।

निकाह के बाद सब लोग विदाई की तैयारियों में मसरूफ़ हो गए। गरमी ज़्यादा थी। वह छत पर चली आई, जहाँ छोटे बच्चे किराये से लाई हुई गादी या रजाइयों पर सोए पड़े थे। उनकी माँ निश्चित रूप से नीचे अपनी हमउम्र औरतों के साथ बातों में मशग़ूल होंगी। वह सोए बच्चों को कुचले जाने से बचाते हुए आगे छत की पैरापेट दीवार तक आ गई।

गरमी की रात में, छत पर चलने वाली ठंडी हवा ने उसे बहुत राहत दी। उसने सिर उठाकर आसमान की ओर देखा, वहाँ चाँद और कुछेक सितारों के अलावा कोई भीड़भाड़ नहीं थी। तब उसे लगा, हर ख़ूबसूरत चीज़ अकेलेपन की तलबगार होती है।

तभी आहट हुई। वह चौंककर पलटी तो देखा, सीढ़ियों के दरवाज़े पर अनवर खड़ा था। पहली बार उसे घबराहट नहीं हुई। चुपचाप इस कोने से खड़ी होकर उस कोने पर खड़े अनवर को देखती रही। कुछ देर वह खड़ा उसे देखता रहा फिर चलकर उसके निकट आ गया।

—"इस बार आप घबराईं नहीं। अम्मी की पुकार तक सुनाई नहीं दी?" अनवर ने उलाहना दिया।

—"घबराहट किस बात की? आप कोई भूत-प्रेत हैं?" वह दीवार से टेक लगाकर खड़ी रही।

—"अच्छा तो...कल तक था। सुबह तक भूत-प्रेत था। अब नहीं हूँ। चलो अच्छा हुआ, आपकी सोहबत में जल्दी ही इंसान हो गया।" कहकर वह दूसरी तरफ़ दीवार से टेक लगाकर खड़ा हो गया।

—"आप कभी संजीदा नहीं होते?" उसने प्रश्न किया।

—"आप मौक़ा ही नहीं दे रही हैं?" वह ख़ुद की शर्ट की बटन से खेलने लगा।

—"संजीदा होने के लिए मौक़े की ज़रूरत होती है? और फिर ये तो आप मुझ पर तोहमत लगा रहे हैं।" वह तनिक नाराज़ आवाज़ में बोली—

—"तोहमत नहीं है। दरख़्वास्त है।"

—"क्या?"

—"परसों हम चले जाएँगे। कल शाम हम सभी को लेकर ताजमहल देखने जा रहे हैं। आप भी चलिए।" उसने बटन से खेलना बन्द कर दिया और उसे देखने लगा।

—"कल तो हम वापस अपने घर जा रहे हैं।" वह अनवर की तरफ़ देखते हुए बोली। नजमा ने देखा, उसका चेहरा चाँदनी में मलिन पड़ गया।

—"आप कोशिश करें तो कल रुक सकती हैं।" अनवर की आवाज़ में मनुहार थी, जो नजमा को अच्छी लगी।

—"हमारे हाथ में कुछ नहीं। अम्मी के साथ हैं हम। वह जाएगी तो हमें जाना ही पड़ेगा।" कहकर उसने सिर झुका लिया।

—"आपके हाथ में भी कुछ है। न है तो हो तो सकता है?"

—"क्या?"

—"हमारा हाथ!" कहकर वह क़रीब आ गया।

वह थोड़ा पीछे सरक गई और बोली—"अपने हाथों की बेचैनी थोड़ी सँभालिए।"

दोनों चुप हो गए। फिर वह जाने के लिए जैसे ही पलटी, उसने एकाएक नजमा का हाथ पकड़ लिया। नजमा की पूरी देह ठंडी चाँदनी में थरथरा गई।

—"आप हमें जाने दीजिए।" वह काँपती आवाज़ में बोली।

—"आप हमें बताइए, कल ताजमहल चलेंगी आप हमारे साथ!" वह उसके फिसलते हुआ हाथ को मज़बूती से पकड़ने लगा।

—"हम क्या करेंगे वहाँ? और लोग आपके साथ हैं। एक हमारे न जाने से क्या फ़र्क़ पड़ेगा?" वह हाथ छुड़ाने के लिए ज़ोर लगाने लगी।

—"मुमताज के बग़ैर ताज अधूरा और अकेला लगेगा।" कहकर उसने उसका हाथ छोड़ दिया और धीरे-से बोला—"आप नहीं जाएँगी तो हम भी नहीं जाएँगे।"

उसने जवाब नहीं दिया था। भागकर नीचे चली आई। इस बार ज़ोर से धड़कता हुआ उसका दिल उसके काबू में था। वह भागकर फिर से रसोईघर में आ गई। जैसे यह उसकी पनाहगाह हो। कुछ देर बाद उसने मटके से पानी निकालकर पिया और धम्म से वहीं बैठ गई।

कुछ देर तक वह खिड़की पर खड़ी रही फिर पलटकर आई। बरसों-बरस गुज़र गए। फिर कभी वह आगरा नहीं गई। न कभी ताजमहल देखा। तब दूसरे दिन ही अपनी अम्मी के साथ नजमा वापस लौटी तो कभी फिर आगरा जाना नसीब नहीं हुआ।

उसकी जुबान पर तो लाज की चुप्पी थी, लेकिन अनवर भी कुछ नहीं कर पाया। अलीगढ़ से पढ़ाई पूरी करके लौटा तो घर में दाख़िल होते ही सिर पर सेहरा सज गया। नफीसा का लम्बा ख़त आया था। अनवर को तो ख़बर भी नहीं की गई थी कि उसकी शादी तय कर दी गई है। बड़ा खानदान, ख़ूबसूरत लड़की, अनवर के अब्बा ने सोचा बेटे को और क्या चाहिए? उन्हें क्या पता आगरा में बेटे का दिल गुम हो गया है। जैसा कि अक़सर होता है, दिल के मरीज, बीमार बाप का हवाला देकर अम्मी ने अनवर को घर से भागने से रोका। निकाह हो गया।

कहीं किसी जगह से पैग़ाम आएगा। इस बात का बस नजमा को इन्तज़ार ही रहा। एक अजीब-सा धक्का दिल को लगा। किसे गुनाहगार ठहराए? उसे जिसने अलीगढ़ में सिर्फ़ एक ख़त लिखा कि मेरा इन्तज़ार करना। पढ़ाई पूरी करते ही तुम्हें ब्याह ले जाऊँगा। पढ़ाई पूरी की। शादी कर ली। इतना भी सन्देश नहीं भेजा कि अब इन्तज़ार करना छोड़ दो। जैसे सारे फ़ैसले उसी के हाथ में थे। कहा कि इन्तज़ार करो, उसने किया। लेकिन यह कहने की जहमत भी नहीं उठाई कि अब इन्तज़ार मत करो। उसकी इच्छा-अनिच्छा की किसी को परवाह नहीं थी। अनवर के लिए महज मर्द होना ही काफ़ी था। उसके लिए सब छूट थी। उसको किसी से कुछ पूछने की ज़रूरत नहीं थी। उसके लिए किसी को कोई ख़बर देना ज़रूरी नहीं था।

नफीसा की फिर कई चिट्ठियाँ आईं जिसमें अनवर की मजबूरी के कई क़िस्से बयान किए गए थे। नजमा ने फिर किसी चिट्ठी का जवाब नहीं दिया। जैसे

उन चिट्ठियों में उसकी दिलचस्पी मर गई। ख़ुद नजमा को नहीं मालूम हुआ कि बहुत आहिस्ता से कोई चीज़ उसके भीतर मर गई। कई बरसों से वह कोई मुर्दा अपने भीतर उठाए हुए है। वह आज भी समझती है कि बैठ जाए तो उठने में, चलने-फिरने में या देर तक खड़े रहने के बाद बैठते हुए जो घुटनों में दर्द होता है, यह बढ़ती उमर का असर है। उसे नहीं मालूम उसकी देह किसी और मृत-देह का बोझ भी उठाए हुए है।

फिर कई मौक़े आए, वह आगरा नहीं गई। ताजमहल उसे कभी तस्वीरों में भी अच्छा नहीं लगा। शुरू में उसे लगा कि वह आगरा जाकर किसी अप्रिय स्थिति से बचना चाहती है। कोई एक बात है भीतर जो उसे आगरा जाने से रोकती है। फिर बरसों गुज़र गए। अब उसे लगने लगा, नाहक ही वह आगरा जाना टालती आई।

क्या वजह थी, न जाने की?

शादी में हुई दो दिन की मुलाक़ात को उसने कुछ ज़्यादा ही दिल के क़रीब ले लिया! ऐसी कोई गाढ़ी बातचीत नहीं। क़समें-वादे नहीं। फिर किस बात का गिला है उसे? क्यों रूठी बैठी है वह? किससे रूठी बैठी है? ख़ुद अपने आप से? जिससे रूठी है, उसको तो कभी जताया नहीं।

नजमा को लगा वक़्त इस तरह गुज़रता जाता है और एक बात एक घटना को कई-कई तरह से पड़ताल करने के लिए आदमी को अकेला छोड़ जाता है।

वह पलटकर वापस खिड़की पर आ गई। दूर मैदान पर कुछ बच्चे खेल रहे हैं। एकाध कोई क़मीज़ पहने हुए हैं, बाक़ी सब नंगे बदन। सभी बेफ़िक्र।

मैदान पर एक अनजानी, डरी हुई रोशनी ठिठकी है। गोया बच्चों की दौड़-भाग से परेशान होकर या डरकर सहम गई है। मैदान के आख़िरी कोने पर कोई औंधे मुँह लेटा हुआ है। हवा में उसकी क़मीज़ काँप रही है। उसकी चप्पलें उसके सिरहाने रखी हैं। मैदान की सारी हलचल से वह नावाकिफ़ है या फिर रहना चाहता है। आज कई दिनों के बाद, बरसों बाद या शायद पहली बार ऐसा हुआ कि रोज़ के देखे जाने वाले ये नज़ारे उसे कुछ नए और अजनबी लग रहे हैं।

अचानक पीछे आहट हुई और वह बुरी तरह चौंक पड़ी। वह डरी हुई पलटी तो देखा, नरगिस थी। नरगिस उसे पत्ते की भाँति काँपते हुए देखकर अचरज में है।

—"क्या हुआ अम्मी?" बेटी ने आगे बढ़कर अम्मी के दोनों कंधों पर हाथ रखे। अम्मी कुछ नहीं बोली। उसे सहज होने में वक़्त लगा। उसे लगा, जैसे उसकी चोरी पकड़ी गई हो। वह चोरी जो वह गुज़रे हुए कल में जाकर कर रही थी। ऐसी चोरी जिसमें उसके हाथ कुछ भी नहीं लगने वाला है। किसी को कुछ दिखाई नहीं पड़ने वाला है। उसे ख़ुद भी नहीं मालूम, वह क्या चुरा रही थी और फिर से क्या गुम हो गया।

—"कुछ नहीं, बाहर मैदान में बच्चों को देख रही थी।" कहकर वह बेटी के कन्धे पर हाथ धरकर, थके हुए क़दमों से भीतर दूसरे कमरे में आ गई।

—"अम्मी, तबीअत ख़राब हो तो आज खाना मैं पका दूँ?" काजोल दुलार के साथ बोली।

अम्मी मुस्करा दी।

—"तू पकाएगी, तो खाएगा कौन?"

—"अम्मी!" काजोल ठुनककर बोली—"तुम तो ऐसे कह रही हो जैसे मैंने कभी खाना पकाया नहीं?"

—"नहीं, मैं ठीक हूँ। बोल क्या खाएगी? टिंडे पड़े हैं। पका दूँ?" कहकर अम्मी फ्रिज खोलने लगी। सब्जी निकालकर चटाई पर बैठ गई। काजोल भी अम्मी के पास चटाई पर आ बैठी।

—"लाओ, मैं तरकारी काट देती हूँ। तुम आटा गूँध दो।" कहकर काजोल ने अम्मी के हाथों से चाकू ले लिया।

अम्मी कुछ देर तक काजोल का तरकारी काटना देखती रही फिर पलटकर डिब्बे से आटा निकालने लगी।

—"तू काम रहने देती तो ठीक था। पढ़ाई किया कर। तेरी पढ़ाई में दिक्कत न हो।" अम्मी ने आटे में पानी डालते हुए कहा।

—"खाना पकाना तो सीखना ही पड़ेगा। कल ससुराल जाऊँगी तो तुम्हारी नाक नीची न हो जाएगी?" कहकर वह होंठों पर एक चोर मुस्कान मुस्कराई और कनखियों से अम्मी को देखा। अम्मी उसे ही देख रही थी। वह समझ गई, बेटी उसकी नक़ल उतार रही है।

दोनों हँस पड़ीं।

—"तेरा कम्प्यूटर नहीं पकाता कुछ?" अम्मी ने आटा सने हाथों को उठाकर कोहनी से लट माथे के पीछे की।

—"कम्प्यूटर खाना तो नहीं पकाता, दूल्हा ज़रूर खोज लाता है!" कहकर काजोल हँसने लगी—"अब किसी फूफी, दादा, दादी की ज़रूरत नहीं, जो घर-घर जाकर रिश्ते तलाशे।"

—"कम्प्यूटर मुआ क्या खोजेगा रिश्ते। रिश्तेदार ही अच्छा रिश्ता सुझाते हैं। घर-बार की सारी ख़बर रहती है उन्हें। तेरा कम्प्यूटर तो तोता है। जो वे लोग कहें, वही दोहराएगा।"

कहकर अम्मी ने गैस स्टोव पर तवा रख दिया और लाइटर खोजने लगी।

काजोल तरकारी को थाली में निकालकर पानी से धोने लगी। फिर उसने एक बड़े प्याले में सारे मसाले इकट्ठे किए। उसे इस तरह गीला मसाला हमेशा से पसन्द है। एक प्याले में हल्दी-मिर्च, नमक आदि तमाम मसाले डालकर वह थोड़ा पानी

मिलाकर घोल बना लेती है। फिर प्याज, लहसुन से तेल में छौंक लगाकर इस मसाले के घोल को डालती है।

कुछ देर बाद वह तरकारी को थाली से ढँक देती है और हाथ धोकर अम्मी के दुपट्टे से पोंछ लेती है।

—"अरे, तौलिया लटक रहा है दरवाज़े पर। मसाले के हाथ दुपट्टे से पोंछ लिये।" अम्मी बग़ैर पलटे झिड़कती है। इस झिड़की को हमेशा की तरह नज़रअन्दाज़ करके काजोल अम्मी के हाथों से बेलन ले लेती है।

—"आज चपाती मैं बनाऊँगी!" कहकर उसने अम्मी को परे सरका दिया।

अम्मी परे हटकर कुछ देर तक मुस्कराती रही फिर वह भी वाश-बेसिन पर हाथ धोने चली गई।

—"अम्मी देखो, एकदम गोल रोटी बेल रही हूँ।" कहकर काजोल बच्चों की तरह ख़ुश हो गई। अम्मी ने स्टूल खींच लिया और क़रीब बैठ गई।

—"आज अम्मी का इतना ख़याल क्यों आ रहा है?"

—"एक औरत ही दूसरी औरत का दर्द समझती है।" काजोल ने बनावटी गम्भीरता ओढ़कर कहा।

—"बड़ी सयानी बातें करने लगी।" फिर उठकर उसके पास आ गई—"तू ऐसा कर, रोटी बेलकर तवे पर डाल दे, मैं सेंकती जाऊँगी।"

—"नहीं...नहीं!" वह अम्मी का हाथ हटाकर वापस उसे स्टूल पर बैठाते हुए बोली—"आज तो मैं ख़ुद ही रोटी पकाऊँगी।" अम्मी वापस स्टूल पर बैठ गई। काजोल ने चिमटे से रोटी पकड़कर उसे फुलाने के लिए तवा हटाकर आँच पर रख दी। रोटी में आहिस्ता-आहिस्ता हवा समाने लगी तो वह फूलकर कुप्पा हो गई। काजोल ख़ुद भी बच्चों की तरह उछल पड़ी। रोटी की तरह ही फूलकर कुप्पा होते हुए बोली—

—"देखो, अम्मी। कैसे फूली है रोटी! अब तो मैं रोटी अच्छे से बनाने लगी हूँ ना?"

अम्मी मुस्करा दी। बेटी का ख़ुश होना देखती रही। आज उसे बेटी कुछ ज़्यादा ही ख़ुश नज़र आ रही है।

खाना तैयार हुआ तो अम्मी ने दोनों बेटों और प्रोफेसर साहब को आवाज़ लगाई। काजोल ने देखा, अब्बा हमेशा की भाँति कुरता-पाजामा पहने हुए हैं अलबत्ता ऐनक उनके माथे पर न होकर हाथों में है। उर्दू का कोई रिसाला उनके हाथों में है। दस्तरख़ान पर बैठते हुए, रिसाले को उन्होंने थालियाँ रखने के लिए तार के बने सींखचे में रख दिया। काजोल मुस्करा दी—

—"अब्बा, अब थालियों को कल से बुक-शेल्फ में रखा करेंगे।"

अम्मी भी मुस्करा दी।

—"अभी खाना खाते ही भूल जाएँगे, फिर कमरे में बैठे पुकार लगाते रहेंगे। रिसाला खोज कर दो।" प्रोफ़ेसर साहब मुस्करा दिए।

—"इस बार, याद करके मैं खाना खाते ही इसे वापस उठा लूँगा।" कहकर अब्बा ने बेटे से पानी का गिलास लिया।

—"अब्बा! खाना मैंने बनाया है, बहुत अच्छा बना है। तारीफ़ करना।" काजोल अब्बा के सामने थाली रखते हुए बोली।

—"ऐसा करते हैं, पहले तारीफ़ कर देता हूँ। फिर खाना शुरू करते हैं।" अब्बा ने इतनी संजीदगी से कहा तो अम्मी मुँह फेरकर मुस्करा दी।

—"अब्बा, झूठी तारीफ़ की बात नहीं है। खाना सचमुच अच्छा बनाया है।" काजोल तुनककर बोली।

—"...तो यह भी खाने के बाद बोलूँ या पहले?" अब्बा मुस्कराकर बोले।

खाना सभी ने साथ शुरू किया। पहला निवाला मुँह में रखते ही अब्बा ने सिर उठाकर तारीफ़ी निगाहों से बेटी को देखा—

—"भई, खाना सचमुच लाजवाब है! बहुत बढ़िया!" फिर बेटी की ओर मुस्कराकर देखते हुए कहने लगे—"ठीक है कि अभी और तारीफ़ करूँ?"

बड़ा भाई साजिद जो इतनी देर से चुप था। सिर उठाकर बोला—

—"अब्बा, इतनी बड़ी हो गई है। खाना बनाना अब भी नहीं सीखेगी तो फिर कब सीखेगी?"

—"सीख जाएगी भई, खाना पकाना कोई बड़ा आर्ट नहीं है। अभी उसे सारा ध्यान पढ़ाई पर देना है।" अब्बा ने बेटे को समझाइश दी। बड़ा भाई चुप हो गया, लेकिन छोटे भाई को यह तरफ़दारी पसन्द नहीं आई, बोला—

—"आपके लाड़ ने बहुत सिर चढ़ाया है इसे।" कहकर सरफू ख़ामोश हो गया। गोया अपनी इस हार से वाकिफ़ हो। बहन के लिए अब्बा के लाड़ से वह नावाकिफ़ नहीं है। उसे इस बात का रंज भी नहीं है।

खाना खाकर सरफू बाहर चला गया। बड़ा भाई अपने कमरे में चला गया। अम्मी प्रोफेसर साहब के लिए पान बनाने लगी। काजोल अम्मी के दुपट्टे से खेलती रही। पान का बीड़ा मुँह में दबाकर प्रोफेसर उठकर चल दिए। काजोल उठी और अब्बा को पुकारने लगी—

—"अब्बा, फिर भूल गए!" कहकर उसने थालियों के सींखचों में से रिसाला उठाकर अब्बा को थमा दिया।

प्रोफेसर साहब ने मुस्कराकर रिसाला थामा और उसे रोल करके बेटी के सिर पर थपथपाया। बेटी मुस्करा दी तो वह भी मुस्कराते हुए चले गए।

अम्मी जूठी थालियाँ और प्याले समेटने लगी। काजोल कुछ पल असमंजस में बीच कमरे में खड़ी रही। वह कुछ सोचने लगी। इस तरह सोचते हुए वह बीच कमरे

में बहुत असहज लग रही है। इसकी उसे ख़बर नहीं थी। अम्मी पलटकर आई तो उसने देखा और कन्धे पर हाथ धरकर कहा—

—"क्या सोच रही है? जवान-जहान लड़कियों को ज़्यादा सोचना नहीं चाहिए। चल अपने कमरे में।" कहकर वह बेटी के साथ रसोईघर से बाहर आ गई।

अम्मी भी बेटी के कमरे में आ गई। काजोल ने अम्मी का हाथ पकड़ा और उसे खींचकर अपने पलंग पर बैठा दिया। ख़ुद कुर्सी खींचकर क़रीब बैठ गई।

—"क्या देख रही ऐसे मुझे?" अम्मी ने लगातार अपनी ओर देखती हुई बेटी से पूछा।

—"तुमको।"

—"आज कोई ख़ास बात?" अम्मी ने मुस्कराकर पूछा।

—"हाँ! आज तुम रोज़ से ज़्यादा ख़ूबसूरत लग रही हो!" कहकर काजोल ने अम्मी के गले में बाँहें डाल दीं। अम्मी ने खींचकर बेटी को सीने से लगा लिया।

शाहरुख की माँ ज़्यादा पढ़ी-लिखी नहीं है, लेकिन दुनियादारी समझती है। सिर बराबर बेटा है। इतना तो समझती है कि अस्पताल से आने के बाद से बेटे में बदलाव आया है। क्यों? इस बात को वह समझ नहीं पा रही हैं। आज पन्द्रह दिन हो गए हैं। शाहरुख थोड़ा चलने-फिरने लगा है, लेकिन अब पहले की तरह दोस्तों की भीड़ में जाने की ज़िद नहीं करता है। सबसे ज़्यादा अचरज की बात तो बेटे ने यह कही कि वह फिर से पढ़ाई शुरू करेगा। बी.ए. करेगा। माँ-बाप दोनों को घोर अचरज हुआ। लेकिन ख़ुशी भी। कारण नहीं मालूम था, लेकिन लगा, बेटा लाइन पर आ रहा है। माँ ने सोचा, मारपीट में सिर में कुछ ज़ोर से लग गई है। उसी का असर है। जो भी हो, लेकिन अच्छा लगा। बिगड़ा था तो कारण नहीं मालूम था। सुधरा तो कारण नहीं मालूम पड़ा।

सचमुच ज़माना बदल रहा है। ईश्वर की माया। माँ ने सोचा। शाहरुख सिर्फ़ चिन्तित ही नहीं है। दुःखी भी है। पन्द्रह दिन हो गए। काजोल की कोई खोज-ख़बर नहीं है।

क्या सचमुच औपचारिकता में मिलने आई थी? फिर जाते समय ऐसा क्यों कहा?

अनेक प्रश्न हैं शाहरुख के मन में। अनेक प्रश्न। इन प्रश्नों को शाहरुख ख़ुद तैयार करता है। क्या करें? रश्मि से अब कुछ कहना बेकार था। वह साफ़ मना कर गई है। तुम लोगों के खेल में मेरी दोस्ती चली जाएगी। वह वैसी लड़की नहीं है जैसा तुम लोग सोच रहे हो। जब कि शाहरुख जानता है कि वह वैसी ही लड़की है जैसा वह सोचता है। भली-भली-सी। प्रेम करने लायक। बस, उसे मन की बात बताना मुश्किल है।

माँ ने देखा, छोरा कमरे में अकेला बैठा बड़बड़ा रहा है। हाथ हिलाकर यूँ टहल रहा है जैसे किसी से बातें कर रहा है। कोई सामने बैठा है।

माँ कुछ देर तक तो यह नाटक दूसरे कमरे से देखती रही, फिर उठकर शाहरुख के कमरे में आई। चुपचाप देहरी पार करके खड़ी हो गई। शाहरुख का ध्यान माँ की ओर नहीं था। वह कोई बात काजोल को समझाने में व्यस्त था। इसी व्यस्तता में जब वह पलटा तो कमरे में माँ को देखकर सकपका गया। फिर हँसने लगा, जैसे जताना चाहता हो कि अपनी अजीब-सी हरकतों से मैं परिचित हूँ। बेटे को इस तरह हँसते देखकर माँ को दया आ गई।

—''बेटे, सिर पर कोई ज़ोर से चोट आई हो तो चल दिमाग के डॉक्टर को दिखा दें। तू मान जाए तो चल बाणगंगा दिखा लाएँ!''

कहकर माँ ने लाड़ में आकर बेटे का हाथ अपने हाथ में ले लिया। शाहरुख जानता है—बाणगंगा में इस इलाक़े का प्रसिद्ध पागलख़ाना है। इस तरह वह यह भी समझ गया कि माँ का इशारा किस तरफ़ है और वह क्या समझ रही है।

—''माँ, मैं बिल्कुल ठीक हूँ। तू चिन्ता मत कर।'' कहकर उसने धीरे-से, सम्भवतः डरकर अपना हाथ छुड़ा लिया। फिर उसने माँ के कन्धे पर हाथ रखा और उसे वापस रसोईघर में छोड़ गया।

उसे कुछ अजीब-सा लगा। माँ उसे पागल समझ रही हैं। वह नहीं जानता था कि माँ ठीक समझ रही है। वह यह भी नहीं जानता था कि प्रेम में कमोबेश सभी की यही हालत होती है। अपनी स्थिति से बेख़बर वह माँ की चिन्ता के लिए चिन्तित हो गया।

घर में मन नहीं लगा तो वह चबूतरे पर चला आया। पूरी मंडली जमी थी।

—''क्यों मियाँ मजनूँ? इश्क़ में तो लोग घर का रास्ता भूलते हैं तो तू तो घर के बाहर का रास्ता भूल गया?''

हरि उसकी पीठ पर धौल जमाते हुए बोला। वह मुस्करा दिया। फिर बैठते हुए बोला—

—''ऐसी कोई बात नहीं। रोज़ तो आता हूँ।''

—''किस तरह आता है, हमें मालूम। हाजरी भरने आता है, बस!'' लच्छू ने शिकायत की।

—''तेरे को मालूम, तू इधर का इस्टूडेंट नहीं, प्रोफेसर है।''

भंगार उसके क़रीब खिसक आया—''एकाध किलास तो मेरे कू रोज़ लेने का है।''

—''और नहीं तो क्या?'' रमेश हँसकर बोला—''नये-नये छोकरे तो कल से छेड़ना ही भूल जाएँगे। मुहल्ले की छोकरियाँ बोलेंगी, इधर यूनिवर्सिटी पर ताला डालो।''

सभी हँसने लगे। अब शाहरुख को भी अच्छा लगा।

राजू उस्ताद जो इतनी देर से चुप थे। एक उँगली शाहरुख की कमर में गड़ाते हुए बोले—

—"तू एकदम चुप्पा-चुप है। तेरी पिराबलम बता?"

—"नहीं, कोई बात नहीं।" शाहरुख सिर हिलाकर बोला।

—"अब तू तो हमसे भी छुपाने लगा!" राजू उस्ताद ने शिकायती नज़रों से उसे घूरकर कहा।

—"छुपाने जैसी कोई बात नहीं। तुम लोगों को भी कब तक इस झंझट में घसीटूँ!" शाहरुख संकोच में बोला।

—"ये तो तू बरोबर बोला। ये झंझट तो है। पण तू इसमें पड़ गया है, तो समझ हम तेरे साथ हैं।"

राजू उस्ताद ने निर्णय सुनाया।

समवेत स्वर में सभी बोले—"हम साथ-साथ हैं।"

शाहरुख को अपनी तकलीफ़ बतानी पड़ी। आज पन्द्रह दिन से ऊपर हो गए। न मेल न मुलाक़ात। कोई खोज-ख़बर नहीं।

—"रश्मि को बोलना था?" लच्छू ने तत्काल बोला।

शाहरुख इनकार में सिर हिलाने लगा—"वह तो सफ्फा मना कर गई। बोली, मेरी दोस्ती चली जाएगी।"

—"तू चिट्ठी लिख!" रमेश सहसा बोला।

—"हाँ, रश्मि उसे बुलाकर नहीं लाती है तो कम-से-कम उस तक चिट्ठी तो पहुँचाएगी।" राजू उस्ताद ने समर्थन किया।

सभी लोगों को यह राय पसन्द आई।

—"लेकिन चिट्ठी लिखेगा कौन?" शाहरुख ने समस्या रखी।

सभी सोच में पड़ गए। शाहरुख ख़ुद लिखे, यह उपाय किसी ने नहीं सुझाया। हर कोई एक-दूसरे की योग्यता से परिचित है। शाहरुख ने जीवन में कभी कोई चिट्ठी-पत्री नहीं लिखी। वह लिखेगा तो कोई उसे पढ़ नहीं पायेगा। पढ़ लेगा तो समझ नहीं पाएगा। यही हाल मंडली में हर किसी का है।

—"चम्पू माटसाब से लिखवाएँ?" भंगार बोला।

कुछ देर चबूतरे पर चुप्पी रही फिर राजू उस्ताद मना कर गए।

—"चम्पू मास्टर स्साला दस जगह बातें करता फिरेगा। मामला पिराइवेट भी रहना चाहिए!"

राजू उस्ताद की इस बात से सबसे पहले शाहरुख ने ही सहमति जताई।

सहसा लच्छू अपनी जगह से उछला।

—"स्साले माइकेल को पकड़ो!"

—"बिल्कुल ठीक!" सभी एक साथ चिल्लाए। जैसे भूली हुई बात याद आ गई हो। गुम हुई चीज़ मिल गई हो!

माइकेल का पूरा नाम दामोदर प्रसाद 'सुरीला' है। पिछले पाँच साल से हिन्दी में एम.ए. कर रहा है। और हिन्दी में एम.ए. कर रहा है इसलिए कविताएँ लिखना उसका फ़र्ज़ है। मजबूरी है। बक़लम ख़ुद, राष्ट्रीय दायित्व है। दोस्तों का कहना है कि माइकेल को सिर्फ़ एक ही बुरी लत है। कविताएँ लिखने की। शराब पीने के उसके शौक़ को तो सभी दोस्त 'मर्दों वाला काम' मानते हैं इसलिए लाख ख़ुद के 'सुरीला' नाम की घोषणा के, शराब पीने के अति शौक़ के कारण वह माइकेल ही विख्यात हुआ। पूरे निमाड़ में पक्के शराबी को माइकेल बोला जाता है। माइकेल सिर्फ़ पढ़ाई में कच्चा निकला। शराब पीने के मामले में और ख़ासकर मुफ़्त की या उधार की शराब पीने के मामले में तो बिल्कुल पक्का है।

दिन-भर तो माइकेल को खोजना बेकार था। चार-छह अड्डों पर ख़बर छोड़ी कि ओटले पर आकर मिलो। उसका कोई एक ठिकाना नहीं था। घर कभी चला जाए तो ठीक वर्ना हफ़्ता-भर नहीं जाएगा। फिर भी इस तरह कई जगह ख़बर भेजने के बाद ख़बर छोड़ने का सुखद परिणाम सामने आया। रात आठ बजे माइकेल ओटले पर नमूदार हुआ।

लम्बे बाल, जाहिर है कि बिखरे हुए। जींस की पैंट और उस पर एक लम्बा-सा और मैला कुर्ता। चबूतरे पर बैठते ही वह हाँफने लगा। रमेश के शब्दों में इम्प्रेशन जमाने लगा। जैसा कि हर कवि की आदत या शौक़ होता है, उसने भी बताया कि वह इन दिनों बेहद व्यस्त है। लगातार कवि-सम्मेलनों से बुलावा आ रहा है। आज यहाँ है तो कल वहाँ।

वहाँ, कहाँ?

वहाँ के विस्तार में जाने कितने ही शहरों के नाम गिनाता, लेकिन किसी ने उससे नहीं पूछा। चुपचाप उसकी सुनते रहे। सभी ने सोचा, स्साले को ख़ाली हो जाने दो। पहले तो माइकेल ने सोचा, इतने शहरों से बुलावे के ज़िक्र से रौब पड़ेगा। किसी ने रौब खाया हो, ऐसा उसे लगा नहीं। सभी ऐसे बैठे हैं, जैसे कथा सुन रहे हों। सभी जानते थे, स्साला लखनऊ की बातें कर रहा है, लेकिन निमाड़ की काकड़ नहीं कूदा होगा। ऊन, सेगांव या भगवानपुरा होकर आता है तो इसे प्रदेश के बाहर के नगरों में इतनी सहजता से तब्दील करता है कि जिसे मालूम न हो, जो माइकेल को जानता न हो, वह उसे निराला से नीचे का कवि न समझे। लेकिन मंडली तो निराला को भी नहीं जानती थी। वे तो जानते हैं कि माइकेल पच्चीस-पचास रुपये में ऊन, सेगाँव जैसे पन्द्रह बीस किलोमीटर दूर के छोटे-से गाँवों में भी कविता पढ़ने चला जाता है। इतना पैसा भी आयोजक न दें तो मुफ़्त की शराब पर भी अनुबंध हो जाता है।

अपनी हवाई व्यस्तता के तमाम क़िस्से बयान करने के बाद माइकेल ने देखा कि सब ऐसे बैठे हैं गोया पूछने वाले हों कि बक़वास ख़त्म हुई? और लच्छू ने तो सचमुच पूछा भी।

—"तेरी बातें ख़त्म हुईं? हमको भी कुछ बोलने देगा?" माइकेल सिटपिटा गया। चुप हो गया।

उसे काम बताया गया। पारिश्रमिक पूछा। उसने कहा, दोस्तों से क्या लेना। उससे आग्रह किया गया कि कुछ तो लेना पड़ेगा। जो दोगे ले लूँगा की उदारता माइकेल ने दिखाई। बात दो बोतल व्हिस्की से चली तो आधी बोतल देसी दारू पर तोड़ हुआ।

समस्या दूसरी खड़ी हो गई। इस बार माइकेल अड़ गया। उसका कहना था कि प्रेम-पत्र लिखने जैसा काम चबूतरे पर बैठकर नहीं करेगा। दारू पीते-पीते प्रेम-पत्र लिखने के लिए एकान्त चाहिए। एक सिंगल कमरा चाहिए। माइकेल को तो उस समय समझा-बुझाकर कल शाम को समय पर आने का वादा लेकर और यह वादा करके, रवाना किया कि हम कमरा तैयार रखेंगे।

कमरा कहाँ से लाएँ? इस पर ख़ूब सिर जोड़ी हुई। ख़ूब विचार-विमर्श हुआ। पूरे मुहल्ले के एक-एक घर का ज़िक्र सामने आया। इसी में ज़िक्र आया आंटी के घर का। तब शाहरुख ने बताया, आंटी के घर के ऊपर का कमरा ख़ाली है। ख़ाली बोले तो एकदम नहीं, पुराना सामान ढेर सारा अटाला है। आंटी को तैयार करना पड़ेगा।

आंटी से बात करने के लिए हरि को आदेश हुआ। आंटी आधी हिन्दू आधी क्रिश्चियन है। बाप हिन्दू था। माँ क्रिश्चियन। हरि को समझाया गया कि आंटी से पढ़ाई करने के नाम पर कमरा लिया जाए। शाहरुख के इस सुझाव की तारीफ़ हुई। सबको अचरज भी हुआ कि प्रेम में इस स्थिति में पहुँच जाने के बाद शाहरुख की अक्ल नहीं मारी गई थी। वह सोचने-विचारने लायक बचा है।

सभी इकट्ठे होकर मुहल्ले में पहुँचे। हरि आंटी से बात करने गया। आंटी को कमरा देने में कोई एतराज नहीं हुआ। उसने ख़ुशी प्रकट की। उसे लगा, चलो मुहल्ले के इन आवारा लड़कों को समझ आई और पढ़ाई-लिखाई की बातें करने लगे हैं।

लड़कों ने देखा, कमरा दूसरी मंजिल पर पीछे की ओर है। लड़कों ने खिड़की की दरार से झाँककर देखा, कमरा पुराने सामान और कबाड़ से भरा पड़ा है। कमरे के पास, पीछे की ख़ाली ज़मीन पर खड़ा नीम का पेड़ अतिक्रमण करता हुआ कमरे तक चला आया है। लड़कों ने कमरे का ताला खोला।

पुराने टीन के कनस्तर, जंग लगी लोहे की कोठियाँ, जर्जर हो चुकी कुर्सियाँ, पुराने सोफ़े, जिनकी स्पंज या तो चूहे खा गए थे या पहले ही फटकर फेंकी जा चुकी है। पुराने अख़बारों की रद्दी के ढेर लगे थे। एक छोटा-सा झूला था लकड़ी का।

साबुत। पता नहीं आंटी अपने किस बच्चे के लिए लाई होंगी? अब तो आंटी के बच्चे बड़े होकर नौकरी करने दूसरे शहर जा चुके हैं। पुराने कपड़ों के गट्ठर थे। सभी सड़े और गले हुए। धूल की मोटी तह फ़र्श पर बिछी थी। लड़कों ने देखा तो दहल गए। शाहरुख बोला—''ये आंटी के घर का स्टोररूम है या पूरे मोहल्ले की कचरा पेटी है?''

हरि ने शाहरुख को बताया कि फरहाद ने शीरीं के लिए पहाड़ में से नहर खोदकर निकाली थी। शाहरुख तो कुछ नहीं बोला, लेकिन लच्छू ने फरहाद को हज़ारों लानतें भेजीं और देर तक बड़बड़ाता रहा जिसका कुल मतलब यही निकला कि प्रेम में मूर्खता का इतिहास बहुत लम्बा है। लेकिन रोते-गाते, कुढ़ते-कलपते और चिल्लाते हुए सारे लड़के कमरा साफ़ करने में जुट गए।

आँगन में टूटे-फूटे कनस्तर के ढेर लगने लगे। फिर पुरानी जंग लगी लोहे की कोठियाँ उतरने लगीं। दो लड़के लकड़ी की एक जर्जर पेटी, जिसमें पुराने कपड़े और चिन्दे भरे थे, उठाकर आँगन में लाए। पेटी जैसे ही आँगन में रखी, चिन्दे और कपड़ों के ढेर में हलचल होने लगी। कुछ देर बाद चिन्दों के ढेर में से एक चिड़िया ने अपना सिर बाहर निकाला और पंख फड़फड़ाए। कुछ देर तक उसने सिर घुमाकर इधर-उधर देखा और माजरा समझने की कोशिश की जो कि निश्चय ही उसकी समझ में नहीं आया। कोई कुछ करता उसके पहले ही वह फड़फड़ाकर बाहर निकली और उड़कर नीम के पेड़ पर बैठ गई। तभी लच्छू और रमेश एक बड़ा लकड़ी का बक्सा उठाकर बाहर आँगन में लाए। बक्से को जैसे ही आँगन में रखा, उसके भीतर भी हलचल होने लगी। पहले तो लड़कों को लगा, इसमें भी चिड़िया होगी, लेकिन बक्से के भीतर की हलचल चिड़िया के होने का अनुमान तोड़ रही थी। बक्से में अनेक सुराख थे। लड़कों ने सुराख से आँख सटाकर देखना चाहा, लेकिन बक्से में अँधेरा था और भीतर बैठे प्राणी ने अपने लिए प्रकाश की कोई व्यवस्था नहीं की थी। फिर एकाएक हलचल बन्द हो गई। तभी मुहल्ले का एक लड़का जो टार्जन के नाम से मुहल्ले में विख्यात और कुख्यात था, अपनी भुजाओं की नन्हीं मछलियों को सहलाता हुआ आगे बढ़ा और बक्से का ढक्कन थोड़ा उठाया और उसके बाद जो उसने हरकत की उससे तो फिर उसके टार्जन होने में किसी को सन्देह नहीं रह गया। वह ज़ोर से चिल्लाता हुआ एक ही छलाँग में आँगन पार करके किचन के दरवाज़े पर जा खड़ा हुआ। बक्से के भीतर से जिस प्राणी ने गरदन बाहर निकाली उसे देखकर सारे लड़के पीछे चलते हुए दीवार से जा लगे। बक्से में एक फटी रजाई पर बन्दर का एक बच्चा बैठा सभी को अचरज और किंचित् भय से देख रहा था। शोर सुनकर आंटी बाहर आ गई। बन्दर को देखकर उसे भी अचरज हुआ। उसने शाहरुख से बन्दर को भगाने को कहा।

—''आंटी, छोटा-सा बच्चा है, बिन-माँ-बाप का। कहाँ जाएगा? हम लोग पालेंगे।'' शाहरुख ने मनुहार की।

—"क्या बोलता तू? इंसान के बच्चे पालने में तो इत्ता खटकरम करना पड़ता है। इसके लिए किदर से बन्दोबस्त होगा?" आंटी अपने मैले गाउन से हाथ पोंछते हुए बोली।

—"होगा आंटी। सब होगा। जहाँ इतने लोग पलते हैं, यह भी पल जाएगा!" लच्छू ने मिन्नत की।

—"तेरा भेजा ख़राब है लड़के? इसको कौन रोटी देगा? कहाँ से खिलाओगे?" आंटी चिढ़ गई।

—"मुहल्ले में भीख माँग लेंगे। एक-एक रोटी भी सब लोग देंगे तो यह पल जाएगा।" रमेश ने सुझाव दिया।

—"ओय! भिखारी की औलाद!" आंटी चिढ़कर बोली—"बाहर निकालो इसको।"

—"आंटी, पता नहीं यह कैसे यहाँ कमरे में आ गया। अब इसको बाहर भगाया तो कुत्ते इसे मार डालेंगे। पाप लगेगा। तुम्हारा चरच वाला ख़ुदा भी तुमको माफ़ नहीं करेगा।" असलम ने बहुत विनम्रता से धमकाया।

—"चल-चल पाप-पुण्य वाले!" इतना कहकर आंटी चुप हो गई, फिर कुछ देर सोचकर बोली—"लेकिन इसको अलग से कोई बन्दोबस्त करना। घर में ऊधम नहीं मचाना चाहिए।" कहकर आंटी नरम पड़ गई।

—"बरोबर...बरोबर!" लड़के चिल्लाए।

—"हम सब इन्तज़ाम कर देंगे आंटी। तुमको तकलीफ़ नहीं होगी।" शाहरुख ने कहा। आंटी गरदन हिलाती हुई वापस भीतर चली गई।

लड़कों ने बन्दर को रजाई सहित उठाकर बरामदे के पास वाले कमरे के कोने में बैठा दिया। फिर कमरे की खिड़कियाँ बन्द की और दरवाज़े की बाहर से साँकल लगाई कि कहीं बन्दर बाहर न भाग जाए। फिर वापस आँगन में आए तो सभी हक्के-बक्के रह गए। बन्दर बाहर पेटी पर बैठा था।

शाहरुख तेज़ी से पलटा और गलियारे से निकलकर कमरे के दरवाज़े की साँकल खोलकर कमरे के भीतर गया तो बन्दर वहीं कमरे के कोने में बैठा है। उसने फिर दरवाज़े की साँकल लगाई और वापस आँगन में आया तो देखा, बन्दर आँगन में पेटी पर बैठा है। दूसरी बार उसने लड़कों को भी यह चमत्कार दिखाया। सारे लड़के कमरे में गए तो बन्दर कमरे में था। बाहर आए तो बन्दर बाहर, पेटी पर बैठा था। इस बार सारे लड़के भय और अचरज में एक साथ चीखे। चीख सुनकर किचन में आंटी के हाथों से दूध का बर्तन छूट गया। दौड़कर बाहर आई और घबराकर पूछा—

—"क्या हुआ?"

सभी हक्के-बक्के खड़े थे। किसी के मुँह से बोल नहीं फूटा। आंटी ने शाहरुख को झकझोरकर पूछा—"अरे, बता तो क्या हुआ?"

—"आंटी, ये वो नहीं है जिसको हम ये समझ रहे हैं।" शाहरुख बन्दर की तरफ़ इशारा करके अटकते हुए बोला।

—"मतलब ये तो तुम्हारे बोले कि...हमारे वो हैं...! अब मैं कैसे बताऊँ?"

आंटी घबरा गई। बोली—"हाय राम! वे तो टूर पर गए थे। वो किस पेटी से निकल आए हैं?"

शाहरुख ने माथा पीट लिया। तब टार्जन आगे बढ़ा और बोला—

—"आंटी इसके बोलने का मतलब, यह बन्दर बोले तो बन्दर नहीं है।"

आंटी शाहरुख को सन्देह से घूरने लगी जो स्वीकृति में गरदन हिला रहा था। आंटी बोली—"मैंने कभी मंकी नहीं देखा क्या? ये मंकी नहीं तो क्या है?"

शाहरुख बोला—"आंटी मेरा मतलब है कि बन्दर नहीं, पेटी से हनुमान जी निकले हैं!"

आंटी माथा पकड़कर बैठ गई। बोली—"अब हनुमानजी किस पेटी से निकल आए हैं?" वह झुँझलाकर बोली—"कभी चिड़िया निकलती है। कभी मंकी निकला। अबी हनुमानजी निकल आए? तुम लोग कमरा ख़ाली कर रहे हो या मोहन-जोदड़ो की ख़ुदाई कर रहे हो?"

—"आंटी, दरअसल हनुमानजी कोई अलग से नहीं निकले हैं। वो इसी बन्दर में हैं। बल्कि यह बन्दर ही हनुमानजी हैं।" शाहरुख ने समझाते हुए कहा।

तब तक आँगन की दीवारों पर सिर टिकाए मुहल्ले के कुछ लोग जो इस वार्तालाप को सुन रहे थे, एक-एक करके भीतर आँगन में आ गए। उनमें से धोतीधारी एक पंडितनुमा आदमी उत्साह में बोला—

—"अरे, यह तो चमत्कार हो गया। यहाँ तो बजरंगबली की स्थापना होनी चाहिए।"

—"बिल्कुल होनी चाहिए।" दूसरा बोला।

तब तक एक मोटी-सी महिला आरती की थाली सजाकर ले आई। एक बूढ़ी महिला पूजा की सामग्री ले आई। भीड़ बढ़ने लगी। अधेड़ उम्र के चश्मे वाले जोशीजी जो नगरपालिका के पार्षद का चुनाव हार गए थे, आगे आकर बोले—"यहाँ तो अब मन्दिर बनेगा। काफ़ी लोग इकट्ठे हो गए हैं। जल्दी-जल्दी घोषणा करो, कौन कितना देगा? मैं पाँच हज़ार एक रुपये देता हूँ।"

अनेक आवाज़ें आने लगीं। ग्यारह सौ, पाँच सौ एक, एक सौ एक...शोर मचने लगा।

आंटी तभी ज़ोर से चिल्लाई—"ख़बरदार जो मेरे आँगन में मन्दिर बनाया तो..."

—"मन्दिर तो बनेगा बाई...! यह स्थान तो स्वयं बजरंगबली ने चुना है। यह तो धर्म की धरती हो गई है।" जोशीजी विरोध करते हुए बोले। चुनाव हारने के बाद काफ़ी अरसे से फालतू घूमते हुए जोशीजी को राजनीति का अच्छा अवसर नज़र

आया। साथ ही इसमें भारी चन्दे की गुंजाइश भी नज़र आ रही थी। उन्होंने आगे बढ़कर आँगन में एक नारियल फोड़ा तो धड़ाधड़ कई नारियल फूट गए। तिलकधारी पंडित धोती का छोर कन्धे पर डालकर अनिर्मित मन्दिर का अघोषित पुजारी बन गया और चिल्ला-चिल्लाकर लोगों को कतार में आने की हिदायत देने लगा था। आंटी के विरोध को सुनकर वह पलटकर भीड़ से बोला—

—"यह बाई क्रिस्तानी है। इसलिए हमारे हनुमानजी का विरोध कर रही है।" यह सुनकर कोई बजरंगबली के नारे लगाने लगा। बजरंगबली को नाव चलाने के आमंत्रण मिलने लगे तो दुश्मन की नली तोड़ने की प्रार्थनाएँ होने लगीं।

आंटी दौड़कर लड़कों के पास गई जो हक्के-बक्के इस दृश्य को दूर खड़े देख रहे थे। आंटी ग़ुस्से में बोली—"देखा, तुम लोगों ने क्या तमाशा खड़ा कर दिया?"

—"अब हम भी क्या करें, आंटी। हनुमानजी के मामले में तो हमारे भी हाथ टिक गए हैं!" शाहरुख मायूसी से बोला।

—"तुझे कैसे मालूम पड़ा बन्दर हनुमान है?" आंटी उसे घूरते हुए बोली। शाहरुख ने उसे पूरा क़िस्सा बताया। तब आंटी ने बन्दर की ओर देखा जो इस पूरे घटनाक्रम से निस्पृह पेटी पर बैठा था। शाहरुख फिर से आंटी के साथ कमरे में गया। बन्दर कमरे में बैठा था। वापस आँगन में आए वहाँ वही बन्दर पेटी पर बैठा था, शाहरुख ने आंटी की ओर लाचारी और भय से देखकर कहा—"देखा आंटी!" आंटी कुछ देर तक शाहरुख को ग़ुस्से से घूरती रही फिर आगे बढ़कर उसका कान पकड़कर बोली—"स्साला...रास्कल...यह बन्दर कोई हनुमान नहीं है, लेकिन तू ज़रूर गधा है। यह बन्दर कमरे के भीतर और बाहर आँगन में रोशनदान के ज़रिये आता-जाता है। तू कमरे में जाता है तो यह आँगन से उछलकर तुझसे पहले कमरे में चला जाता है। तू कमरे के दरवाज़े की साँकल लगाकर बाहर आता है तब तक यह वापस रोशनदान से निकलकर पेटी पर आ बैठता है। यह सुनकर लड़के पहले तो आश्चर्य में पड़ गए फिर शर्मिन्दा हुए।

दो लड़के बाहर खड़े रहे। दो भीतर ठहर गए। जब बन्दर का रोशनदान से आना-जाना देखा तो माथा पीट लिया। एक बार जब उनके भीतर से हनुमानजी का और धर्म का भय निकला तो सभी आगे बढ़े। कुछ देर पहले अदृश्य धर्म से डरे हुए थे, लेकिन साक्षात् भीड़ से वे ज़रा भी नहीं डरे। इसी बीच कोई बैंड-बाजे वालों को बुला लाया था। आँगन के कोने में भजन-मंडली बैठकर झाँझ बजा रही थी। सबसे पहले तो लच्छू ने बैंडबाजे वालों की ओर आँखें तरेरकर देखा। बैंडबाजे बन्द हुए और वो लोग ये जा और वो जा...! इसके बाद भजन मंडली में बैठे कुछेक निठल्लों को उन्होंने घूरा तो वे भी उठ खड़े हुए और चलते

बने। वे जानते थे, इन गुंडों के मुँह कौन लगे? तब तक शाहरुख आँगन में ओटले पर चढ़ गया और चिल्लाकर बोला—"हनुमानजी बोले तो...क्रिस्तानी के घर कैसे रहेंगे? स्थापना बामण के घर होनी चाहिए। जोशी नेता के घर करेंगे स्थापना!"

जोशीजी भड़क गए, बोले—"क्या बकता है? मेरे आँगन में मन्दिर बना तो घर में आने-जाने का रास्ता बन्द हो जाएगा!" तभी रमेश नेताजी के बगल में जाकर चुपके से खड़ा हुआ और धीरे-से बोला—"फिर निकल ले चुपके से...वर्ना अबी का अबी ईंटों का टिरक तेरे घर ख़ाली हो जाएगा और कल से मन्दिर बनना शुरू हो जाएगा।"

नेता पहले घबराया फिर कुढ़ा-कलपा और कसमसाते हुए बोला—"जाता हूँ...जाता हूँ, लेकिन तुमने मेरे पेट पर लात मारकर अच्छा नहीं किया।"

—"डाकनी भी एक घर छोड़ती है।" रमेश उसी तरह धीरे-से बोला—"समझ ले तेरा एक घर यही है। अब जल्दी से फूट ले।" कहकर उसने नेताजी की पसलियों में कोहनी मारी। कुछ इस दर्द से और कुछ धन्धे पर चोट होने के दुःख से बिलबिलाता जोशी जब वहाँ से चला गया तो बाक़ी को इन लोगों ने मिलकर समझाया। कोई एकदम से तो माना नहीं, लेकिन फिर भी इतना तय हुआ कि मुहल्ले में गली के कोने पर पड़ी ख़ाली जगह पर मन्दिर बनाएँगे।

एक-एक करके सभी चले गए। आँगन ख़ाली हुआ तो पेटी पर बैठे बन्दर ने एक बार इनको घूरा और उछलकर पेड़ पर चढ़ गया। आंटी ने इत्मीनान की एक लम्बी साँस छोड़ी और बोली—"थैंक गॉड...!" फिर कुछ क्षण रुककर लड़कों को देखते हुए बोली—"एंड थैंक्स टू हनुमान जी!"

लड़के ज़ोर से हँस पड़े। हरि हँसते हुए बोला—"देखा, हनुमानजी की ताकत को...अबी-का-अबी तुम्हारा घर मन्दिर बन जाता।"

लड़के फिर हँसे तो आंटी भी हँसने लगी। लड़के फिर कमरा साफ़ करने में जुट गए।

माइकेल जब कमरे में आया तो सबने देखा कि वह पूरी धज के साथ आया है। धुला हुआ झक्क कुर्ता-पाजामा बल्कि इस्तरी किया हुआ। गले में मफ़लर! बालों में लगभग टपकता तेल। कान में इत्र भीगा रुई का फाहा। मुँह में पान। बस आँखों में सूरमा लगाने की कसर रह गई थी।

—"हाथों में गजरे बाँध लेता। गले में फूलों की एकाध माला डाल लेता।" लच्छू कुढ़कर बोला।

—"स्साले पत्र लिखने आया है या मुजरा सुनने!"

रमेश ने हड़काया तो माइकेल थोड़ा सहम गया। फिर बोला—''यार, इससे समां बँधता है। तुम लोग तो चूतिये के चार, हासिल के दो। साहित्य से तुम्हारा क्या लेना देना? काला अक्षर गैंडे बराबर!''

माइकेल की दुत्कार से कोई शर्मिन्दा तो नहीं हुआ, लेकिन इतना तय किया कि हुज्जत करने से कोई मतलब नहीं। आ गया है तो जैसा है वैसा बैठ। मर और लिख!

माइकेल ने झोले से गुलशन नन्दा का एक उपन्यास निकाला। कुछ देर तक पेज पलटता रहा फिर एक पेज पर ठहरकर पुस्तक में से उस पेज पर उँगली फँसाकर गरदन उठाई। कमरे में बैठे सभी लोगों को देखा, जो पहले ही उसकी तरफ़ देख रहे थे। रमेश ने कहा—''यह उपन्यास से टीपेगा क्या?''

—''स्साले नक़ल ही मारना थी तो कोई ऊँची क्लास का नॉवल लाता!'' हरि ने लताड़ा।

माइकेल ने कुछ देर दोनों की बातें सुनीं फिर समझाने के ढंग से बोला—''यह कोई मामूली उपन्यास नहीं है। प्रेम-पत्र लिखने के लिए सन्दर्भ ग्रन्थ है। व्याकरण है। समझो, प्रेम का पुराण है।''

फिर उसने उपन्यास को आदर से माथे से लगाया और बोला—''गुलशन नन्दा इस सदी का सबसे बड़ा लेखक है। प्रेम का शेक्सपियर है। इसे पढ़े बग़ैर कोई लेखक नहीं बन सकता है। ऊँची क्लास का लेखक बनने वाले भी पहले इसे ही पढ़ते हैं।''

हरि ने सभी को इशारे से समझाया कि बहस मत करो। इसे मरने दो। यानी लिखने दो।

लच्छू ने कहा—''चल मर, लिख!''

माइकेल ने मरना शुरू किया। ऊँची आवाज़ में बोलते हुए उसने लिखना शुरू किया।

—''माय स्वीटहार्ट!''

—''क्या हार्ट?'' रमेश ने तत्काल पूछा।

—''स्वीटहार्ट!'' माइकेल ने जवाब दिया।

—''तो फिर बीच में ये माँ का नाम क्यों?''

—''माँ का नाम किधर?''

—''तू बोला...माय!''

—''माय मतलब मेरा...मेरी स्वीटहार्ट, मेरी जानेमन!''

—''अबे, तेरी जानेमन किधर हो गई!''

—''मेरा मतलब है अपने शाहरुख की जानेमन!'' माइकेल घबराकर के बोला।

—"तू तो बोला...मेरी जानेमन!" लच्छू घूरता हुआ बोला।

—"वो तो मैं उसकी तरफ़ से बोला!" माइकेल ने माथा पीटकर कहा।

—"तू बोल मत...लिख!" हरि ने उसे पुचकारा—"बेटा तू यहाँ इनके बीच आ गया है तो इतना तो भुगतना पड़ेगा।" माइकेल रुआँसा हो गया।

प्रेम-पत्र पूरा हुआ तो माइकेल ने उसे पूरा पढ़कर सुनाया।

लच्छू ने प्रमाण-पत्र दिया कि माइकेल ख़ुद चाहे 'फड़तूस' है, लेकिन प्रेम-पत्र एकदम झकास लिखा है। हरि ने सिर्फ़ इतना ही कहा कि शाहरुख ख़ुद कुछ बोलकर प्रेम का इज़हार करता तो शायद मार खाने के चांस नहीं रहते, पर इस पत्र से उसका मार खाना तय हो गया है। माइकेल ने इसे अपनी योग्यता का अपमान कहा, लेकिन उसकी बात पर किसी ने ध्यान नहीं दिया। माइकेल ने अपना पारिश्रमिक माँगा तो लच्छू ने कहा—"शाम को आना!"

माइकेल उसका वाक्य पूरा होने से पहले ही इनकार में गरदन हिलाने लगा। बोला—"शाम को तुम लोग ढूँढ़े नहीं मिलोगे! बोतलें अभी चाहिए। प्रेम के मामले में उधार मत करो। बद्दुआ लगेगी।"

लच्छू भड़क गया।

—"अबे, शाप देता है। छोकरी नहीं पटी तो स्साले देखना तेरा क्या हाल करते हैं।"

माइकेल घबरा गया। उसने प्रेम-पत्र हरि के हाथ में थमाया। हरि ने थैली में रखी बोतलें माइकेल को थमाईं तो माइकेल ख़ुश हो गया। बोला—"आज तक तो गुलशन नन्दाजी ने कभी धोखा नहीं दिया। देखना, छोरी पटेगी और बिल्कुल पटेगी। कोई आसमान से नहीं उतरी है।"

फिर बोतलें अपने काबू में की और ये जा वो जा।

अब सवाल खड़ा हुआ, काजोल को ये प्रेम-पत्र कौन जाकर देगा?

कई तरह के सुझाव आए कि वह जा रही हो तो रास्ते में गिरा दो। पर प्रश्न आया कि यदि छोकरी ने प्रेम-पत्र उठाया नहीं, तब? किसी ने कहा, खिड़की के रास्ते उसके घर में फेंक दो। पर यदि उसके बाप या भाई के हाथ में पड़ गया तो? किसी ने कहा, किताब में रखकर दे दो। लेकिन उसने किताब नहीं ली, तब? इतने सारे तो और तब इकट्ठे हो गए कि शाहरुख घबरा गया। सभी गम्भीर होकर सिर जोड़कर कोई तरकीब सोचने लगे।

काजोल ने प्रेम-पत्र खोला और उसे पढ़ा। कोई और वक़्त होता तो उसे ग़ुस्सा आता। लेकिन आज उसे ग़ुस्सा नहीं आया। प्रेम-पत्र को पढ़कर उसे ख़ूब हँसी आई। शाहरुख देखता तो सिर पीट लेता। माइकेल के शब्दों में, 'पत्र में दिल

निकालकर रख दिया है,' लेकिन लड़की को हँसी आ रही है। पत्र में आहें, आँसू, ज़िन्दगी और मौत, उदासी, उदास दिल, जुदाई, ग़म और जाने क्या-क्या चीज़ें जो माइकेल ने सच ही कहा था कि दिल चीरकर रख दिया है। लड़की को शाहरुख के दुःख पर हँसी आ रही है। पर गनीमत रही कि लड़की और रश्मि के अलावा कमरे में कोई नहीं था। काजोल ने पत्र पढ़कर रश्मि की तरफ़ बढ़ा दिया। रश्मि ने मना कर दिया तो काजोल हँसकर बोली—

—"ऐसा कुछ नहीं है इसमें जो तू पढ़ने में संकोच पाले। ज़रा देख, तेरे भाई ने क्या लिखा है!"

रश्मि ने पत्र पढ़ा और वह भी हँसने लगी। बोली—"ऐसा पत्र इनमें से कोई नहीं लिख सकता। ज़रूर किसी से लिखाया है।"

—"इस तरह के पत्र के लिए भी विशेषज्ञ की ज़रूरत पड़ती है?" काजोल ने तनिक अचरज से पूछा।

—"इनमें से किसी के बस की बात नहीं। ये लोग सड़कछाप बातें कर सकते हैं। उसे लिख नहीं सकते हैं।" कहकर रश्मि मुस्करा दी।

काजोल पत्र को पुस्तक में दबाकर भीतर रसोईघर की ओर चल दी। वह रश्मि के लिए चाय बनाने लगी। रश्मि भी उठकर रसोईघर के दरवाज़े पर आकर खड़ी हो गई।

—"चाय में थोड़ा नमक डाल देना!" रश्मि मुस्कराकर बोली। उसे काजोल के घर की नमक डली चाय बहुत अच्छी लगती है। काजोल मुस्करा दी। चाय के दो प्याले उठाकर वह रसोईघर से बाहर आ गई। दोनों बेंत की कुर्सियों पर बैठकर चाय पीने लगीं।

अम्मी किसी रिश्तेदार के घर गई है। अब्बा स्कूल से लौटे नहीं हैं। भाइयों के लिए तो यह वक़्त घर पर रहने का है ही नहीं।

—"मुझे लगता है यह प्रेम-पत्र माइकेल ने लिखा होगा!" रश्मि ने कुछ सोचते हुए कहा।

—"कौन माइकेल? कोई क्रिश्चियन ऐसी उर्दू और हिन्दी छाँट सकता है?" काजोल अचरज से बोली।

—"नहीं, है तो वह खालिस निमाड़ी। दामोदर है उसका नाम। दारू बहुत पीता है, इसलिए सब उसको माइकेल कहते हैं। वो एक फ़िल्म नहीं थी, जिसमें प्राण गाना गाता था .. 'फिर न कहना माइकेल दारू पीकर दंगा करता है' यह खड्डूस भी दिन-रात दारू पीता है।"

काजोल हँसने लगी तो रश्मि झुँझलाकर बोली—"मुहल्ले की कई लड़कियाँ तो इसी के प्रेम-पत्रों के कारण भागी हैं।"

काजोल ने हँसी दबाकर गम्भीर बनने की कोशिश की तो रश्मि भी हँसने लगी।

—''ऐसे फ्रॉड लेखकों का तो नाली में मुँह रगड़ना चाहिए।'' काजोल बोली। रश्मि ने हँसना बन्द किया और बोली—''उसकी तो ज़रूरत नहीं पड़ती है, क्योंकि वह तो वैसे भी देर रात किसी नाली में पड़ा मिलता है। एक नम्बर का दारूकुट्टा है।'' दोनों हँसने लगीं।

रश्मि चाय पीकर उठ खड़ी हुई। बोली—''चलती हूँ। ऐसी बक़वास के जवाब का तो सवाल ही नहीं उठता है।'' फिर वह चलते-चलते ठिठक गई। थोड़ा गम्भीर होकर बोली—''बात हँसी-मज़ाक़ से आगे बढ़े उसके पहले ही ख़त्म कर दे। मज़ाक़ लम्बा खिंच रहा है।'' कहकर वह चली गई।

रश्मि के जाने के बाद काजोल सोच में पड़ गई। क्या सचमुच यह सब मज़ाक़ है? उसे रश्मि को बताना चाहिए था। साफ़-साफ़ कहना चाहिए था। लेकिन क्या? यह सोचते ही वह निढाल हो गई। काजोल कमरे में आई तो उसे पुस्तक से पत्र का कोना बाहर निकला हुआ नज़र आया। उसने पत्र खींचकर पुस्तक से बाहर निकाला और फिर से पढ़ना शुरू किया। पत्र दुबारा पढ़ा तो उसे अचरज हुआ कि इस बार उसे हँसी नहीं आई। ऐसा क्या है पत्र में जिसने उसकी हँसी सोख ली? उसने महसूस किया, उसके दिल में थोड़ी-सी हलचल मच रही है। निहायत ही अटपटे, लगभग फूहड़ भाषा के इस पत्र में ऐसा क्या है जो वह इसे इस तरह दुबारा पढ़ रही है। क्या है इसमें जिसने उसके दिल की धड़कनों को बढ़ा दिया है। पत्र को वह फाड़ना चाहती थी, लेकिन चाहकर भी वह उसे फाड़ नहीं पा रही है। उसने पत्र को मोड़कर वापस पुस्तक में दबा दिया।

उसने सोचा, कल रविवार है। मूसे ख़ाँ के रास्ते में पढ़ने वाली दरगाह पर शाहरुख से मुलाक़ात हो सकती है। वहाँ तो हिन्दू और मुसलमान दोनों जाते हैं। कल वह शाम को अम्मी के साथ नहीं जाएगी। सुबह जाएगी। पर शाहरुख को ख़बर कैसे की जाए? पर इस पर ज़्यादा सोचना नहीं पड़ा। रश्मि उसके ख़यालों में पहले ही आ खड़ी हुई। बस, वह यह तय नहीं कर पा रही थी कि मिलना ठीक होगा या नहीं। उसने सोचा, वह उससे मिलकर उसे समझाएगी। क्या? समझाने को क्या बचा है? एक मन होता शाहरुख को नहीं बुलाया जाए। दूसरा मन होता बुलाया जाए। आख़िरकार कमजोर मन की जीत हुई। शाम होते-होते उसने रश्मि के ज़रिये ख़बर भेजी।

सुबह होने पर वह जल्दी से तैयार हो गई। अम्मी को उसने बता दिया कि शाम को उसे कोचिंग क्लास जाना है। अम्मी कुछ नहीं बोली। उसे एक बार देखा, और उठकर रसोईघर में चली गई। उसे थोड़ा भय लगा, उसने सोचा, अम्मी से झूठ बोलकर क्या मैं ठीक कर रही हूँ? फिर उसने सोचा, दरगाह जाना निरस्त कर दे। घर में झूठ बोलकर किसी दूसरे विश्वास को सींचा नहीं जा सकता है। वह कुर्सी पर चुपचाप बैठ गई। तभी भीतर से अम्मी बाहर आई—''वापस क्यों बैठ गई?

तुम तो जा रही थी?" कहकर उसने बेटी के सिर पर हाथ रख दिया। फिर धीरे-से बोली—"बेटी, जिस तरह मन में ख़ौफ़ रखकर इबादत नहीं होती उसी तरह कशमकश रखकर भरोसा नहीं बढ़ता। चाहे घर के हों या बाहर के। मुझे तुम पर भरोसा है। भारी मन से मत जाओ। इत्मीनान से जाओ। ख़ुदा खुशियाँ देने में देर नहीं करेगा!"

उसने सिर उठाया तो देखा, अम्मी मुस्करा रही है। उसका मन हल्का हो गया। उसने दुपट्टा सँभाला और चल दी। वह जानती है। अम्मी कुछ नहीं जानती है। या शायद कुछ जानती है, लेकिन बहुत कुछ नहीं जानती है।

दरगाह तक वह ताँगे से गई। सुबह के समय भीड़ बिल्कुल नहीं थी। बाहरी खँडहर की दीवार के कोने से टेक लगाए शाहरुख खड़ा था। उसके खड़े होने से लग रहा था कि वह काफ़ी देर से आ गया है। उसे ताँगे से उतरते देखकर वह ताँगे के क़रीब आ गया। उसने पूछा—"कब से आ गए हो!"

—"बहुत देर हुई!" फिर थोड़ा झेंपकर बोला—"सुबह 6 बजे से। रात नींद ही नहीं आई।"

अभी नौ बजे हैं। यानी तीन घंटे से यह यहाँ खड़ा है। सोचकर उसे अचरज भी हुआ और अच्छा भी लगा।

दोनों भीतर दाख़िल हुए। काजोल ने अगरबत्ती जलाकर दरगाह पर फूल रखे और सिर पर दुपट्टा रखकर आँखें बन्द कीं और दुआ में हाथ ऊपर उठ गए। शाहरुख को कुछ सूझा नहीं। मन्दिर में प्रणाम की आदत के कारण वह घुटनों के बल बैठकर हाथ जोड़कर बुदबुदाने लगा।

—"अस्पताल से ठीक-ठाक घर लौट आया हूँ। काजोल के मन में जगह मिल गई है। हे भगवान! ओह भूल गया...हे ख़ुदा! बस इसी तरह कृपा बनाये रखना! सब कुछ शुभ-शुभ हो! मेरा आभार स्वीकारो...धन्यवाद!" कहने के बाद उसे याद आया कि ख़ुदा को आभार या धन्यवाद जैसा हिन्दी शब्द नहीं बोलना चाहिए। ख़ुदा हिन्दी कैसे समझेगा? उसने काजोल की कोहनी को छुआ और धीरे-से कहा—"धन्यवाद को उर्दू में क्या कहते हैं?"

—"शुक्रिया!" काजोल धीरे-से बोली, फिर सवालिया निगाहों से देखते हुए पूछा—"क्यों?"

—"सब कुछ ठीक-ठाक हो गया है। जीवन में आगे भी सब कुछ शुभ-शुभ हो, इसलिए मैंने ख़ुदा को पहले से ही धन्यवाद बोल दिया। अब ख़ुदा को धन्यवाद कहा तो उन्हें अच्छा नहीं लगेगा। और हिन्दी समझ में भी नहीं आएगी!"

काजोल मुस्करा दी। बोली—"शुभ का मतलब ख़ुदा को समझ में आ जाएगा?"

—"अरे हाँ! उसके लिए भी उर्दू में शब्द बता दो!" अपनी भूल पर झेंपता हुआ बोला।

—“अब छोड़ो, जैसे तुमने धन्यवाद का तर्ज़ुमा मुझसे करा लिया वैसे ही वहाँ ख़ुदा के पास कोई बैठा होगा तो वे उसी से शुभ का तर्ज़ुमा करा लेंगे।” काजोल ने मुस्कराकर समझाया।

—“ख़ुदा की बेगम हिन्दू है?” शाहरुख ने अचरज से पूछा।

काजोल झेंप गई। फिर किंचित् झुँझलाकर बोली—“जो तर्ज़ुमा करे वो बेगम ही हो, ज़रूरी तो नहीं!”

शाहरुख कुछ नहीं बोला। चुपचाप मुण्डी हिलाता रहा। उसे लगा कि वह कुछ ग़लत बोल गया है, लेकिन सोचने पर भी वह समझ नहीं पाया कि आख़िर वह ऐसा क्या बोल गया जिससे काजोल झुँझला गई। काजोल जल्दी ही झेंप से मुक्त हो गई। फिर उसे किंचित् हँसी भी आई कि वह ख़ुदा की बेगम का ज़िक्र करते हुए परोक्ष में उसे ख़ुद की पत्नी बता रहा है। या ऐसी इच्छा प्रकट कर रहा है।

—“लेकिन तुम यह बात उर्दू में क्यों कहना चाहते हो!” सहसा काजोल ने पूछा तो वह थोड़ा अचकचा गया। फिर बोला—“वो क्या है कि तेरा ख़ुदा मुसलमान है न? उसको हिन्दी नहीं आती होगी। इसलिए मैं उर्दू में कहना चाहता था।”

—“क्यों? मैं मुसलमान हूँ। मुझे भी तो हिन्दी आती है। मैं हिन्दी बोल भी लेती हूँ। समझ भी लेती हूँ।” उसने कहा तो शाहरुख थोड़ा सिटपिटा गया। वह फिर निरुत्तर हो गया।

वह कुछ नहीं बोली। धीरे-से उसके हाथ को छुआ और बाहर चलने का संकेत किया। दोनों बाहर के खुले हिस्से में आ गए। झाड़ू बुहार दी गई थी फिर भी पेड़ की कुछेक ज़िद्दी पत्तियाँ नीचे उड़ आई थीं। दोनों पेड़ के पास बने ओटले के क़रीब आ गए। ओटले के किनारे एक मटका रखा था। शाहरुख ने गिलास में पानी निकाला और मुँह उठाकर पानी की धार कुछ ऊपर से मुँह में डालने लगा। गिलास जूठा न करने का यह प्रसिद्ध निमाड़ी तरीक़ा है। वह पानी पीने में इतना तल्लीन था जैसे यह बेहद महत्त्वपूर्ण काम हो। शायद वह बातचीत के संकोच से बचने के लिए कोई ओट चाहता है। फिर उसने मुँह में पानी की आख़िरी धार डाली और उसकी ओर देखा। पानी उसके मुँह में था इसलिए गाल थोड़े फूल गए थे। वह इशारे से पूछने लगा कि पानी पियोगी? उसने मना कर दिया। उसने पानी कंठ से नीचे उतारा और बोला—“तुमने रोज़े किए हैं।”

—“नहीं! यह रमजान का महीना नहीं है। और रोज़े किए नहीं जाते हैं। रोज़े रखे जाते हैं।”

—“अच्छा? रोज़े रखे जाते हैं क्या?” वह थोड़े अविश्वास और अचरज से बोला।

—“हाँ!”

—''किए नहीं जाते?''

—''नहीं!''

—''लेकिन मैं तो उपवास करता हूँ।'' शाहरुख के चेहरे पर उलझन आ गई।

—''मैंने तो सुना है कि उपवास भी रखे जाते हैं।'' उसने शाहरुख से मुस्कराकर कहा।

—''कहाँ रखे जाते हैं? कोई चीज़ है क्या कि कहीं भी रख दिए।'' शाहरुख ने थोड़ी झुँझलाहट से कहा—''उपवास किए जाते हैं। जैसे कि प्यार किया जाता है, रखा नहीं जाता है। रखने में तो डर है कि कहीं रख दिया और भूल गए।''

—''चलो तो फिर ठीक है!'' वह दुपट्टे से खेलते हुए बोली। वह कहना चाहती थी कि 'चलो तो फिर ठीक है। तुम भूलोगे नहीं।' लेकिन ऐसा कह नहीं पाई। वाक्य अधूरा छूट गया। उसे लगा कि एक अधूरापन पूरे समय मौजूद रहता है। जो वाक्य या मन के विचारों तक को पूरा नहीं होने देता है। मन में उठते विचार भी अधूरे रह जाते हैं। जैसे कि सोच का सफ़र अधूरा रह गया हो।

—''हमारे यहाँ इधर निमाड़ में उपवास किए जाते हैं, रखे नहीं जाते हैं।'' शाहरुख अपने बोले गए को सच प्रमाणित करने के लिए तर्क खोज लाया, बोला—''उपवास रखने की रीत उधर है। उधर बाहर वाले ऐसा बोलते हैं।''

—''लेकिन मैं तो निमाड़ की हूँ। फिर भी हमारे यहाँ ऐसा ही बोलते हैं कि रोज़े रखे जाते हैं।'' उसे शाहरुख को पराजित करने में आनन्द आने लगा।

—''तू निमाड़ की नहीं है। तू भी बाहर से आई है। पाकिस्तान से।'' वह थोड़ा बिदककर बोला।

—''लेकिन मैं जब पाकिस्तान कभी गई नहीं तो आई कैसे? मैं तो निमाड़ में ही पैदा हुई हूँ।''

वह निरुत्तर हो गया, इसलिए चुप हो गया। हालाँकि यह बात शाहरुख की अपेक्षा किसी और ने कही होती तो उसे बुरा लगता, लेकिन वह शाहरुख की नादानी को समझती है। इस तरह हिन्दू-मुसलमान को लेकर हिन्दुस्तान-पाकिस्तान की बात करना आम बात है। इसे अपमानजनक बनाती है वह सोच जो बोलने वाले की बातों से स्वत: प्रकट हो जाती है। पर शाहरुख इतनी दूर की नहीं सोचता है। वह जानती है इस बात को। फिर उसने सोचा, कभी यह अम्मी-अब्बा के सामने ऐसा बोल देगा तो क्या होगा? वह थोड़ा डर गई। हालाँकि यह सोचकर वह थोड़ा उदास भी हो गई। यह तो ख़ैर शाहरुख ने इस बात से अनजान रहकर कहा कि इसमें कोई अपमान छिपा है। पर जो लोग सोच-समझकर, अपमान करने की नीयत से ही कहते हैं तब कैसा लगता होगा? जो लोग जीवन में कभी पाकिस्तान नहीं गए, जिनके पुरखे भी कभी पाकिस्तान नहीं गए, उन लोगों की भारतीयता

छीनकर एकाएक उन्हें दूसरे मुल्क की नागरिकता दे दी जाती है। घर बैठे-बैठे वे बिराने हो जाते हैं।

—"क्या सोच रही हो?" शाहरुख ने एकाएक पूछा तो वह चौंक गई।

—"कुछ नहीं!" कहकर उसने जबरन मुस्कराना चाहा।

—"मैं कुछ ग़लत बोल गया!" वह थोड़े सहमे स्वर में बोला।

—"एक बात कहूँ!" वह थोड़ा ठहरकर बोली।

—"हाँ, क्यों नहीं!" वह थोड़ा गम्भीर हो गया।

—"तुम फिर से पढ़ाई शुरू क्यों नहीं करते? कॉलिज में दाख़िला ले लो!" वह बोलते हुए रुक गई। उसने देखा, शाहरुख के चेहरे से गम्भीरता ख़त्म हो गई।

—"पढ़ाई करके क्या करूँगा? अपना हरि बी.एस-सी. है। कोई नौकरी नहीं। फोकट-फंट में घूमता रहता है।" वह हँसकर बोला।

—"वो मैं सुन चुकी हूँ। मैंने पहले भी कहा था, पढ़ाई का रिश्ता सिर्फ़ नौकरी से नहीं होता है। नौकरी और तालीम दोनों अलग-अलग बातें हैं। ऐसा हर कोई सोचेगा तो आधे से ज़्यादा देश अपढ़ रह जाएगा।" वह बोलकर थोड़ा रुकी और उसने देखा कि शाहरुख की हँसी भी रुक गई है।

—"पढ़ाई-लिखाई से, तालीम से इल्म यानी ज्ञान बढ़ता है। अज्ञान की शर्म के कारण दम्भ आ जाता है। और उसी कारण आदमी उद्दंडता करता है। इन सबसे छुटकारा मिल जाएगा। इल्म से दुनिया को देखने-समझने का नज़रिया मिलता है। एक किस्म की शाइस्तगी आ जाती है।" उसने नज़रें उठाकर देखा तो शाहरुख उसी की ओर देखकर किसी स्कूली बच्चे-सा सुन रहा था।

—"मैं भाषण नहीं दे रही हूँ।" वह थोड़ा झेंप गई।

—"नहीं, मैं जानता हूँ। तू मेरी भलाई के लिए कह रही है। मैं इसीलिए ध्यान से सुन रहा हूँ।" शाहरुख ने उसे आश्वस्त किया।

—"हाँ, इसीलिए कह रही हूँ। तुम्हारी भी और...और हम सबकी भलाई है।"

फिर दोनों थोड़ी देर चुप बैठे रहे। शाहरुख को लगा जैसे किसी ज़रूरी बात को कहने के लिए सही वक़्त आ गया है। चाहकर भी उसकी ज़ुबान नहीं खुल पा रही थी। जाने क्या सोचकर काजोल के होंठ भी काँप रहे थे। उसकी आँखें दूर दरगाह की सीढ़ियों पर रुकी हुई थीं, जैसे उन्हीं सीढ़ियों से कुछ सुनाने के लिए वाक्य चलकर आएँगे। या शायद सुनने के लिए कोई हौसला वहाँ दुबका हुआ है जिसकी ज़रूरत कमोबेश दोनों को है। तभी एक ताँगा आकर रुका। कुछ लोग उतरने लगे। काजोल सहसा उठ खड़ी हुई। मामूली-सी भीड़ ने उसकी तंद्रा भंग कर दी। जैसे कोई वक़्त था जो सरक कर दूर चला गया। वह समझ गई हो जैसे कि इस दूर जा रहे वक़्त को अब वापस नहीं खींचा जा सकता है।

शाहरुख तो जैसे तय नहीं कर पा रहा है कि वह यहाँ कुछ सुनने के लिए आया है या कुछ कहने के लिए। काजोल के सामीप्य के सुख और उसके संकोच ने उसे ख़ुद एक अजीब-सी उलझन में डाल दिया है। काजोल का संकोच तोड़ने के लिए पहले उसे ख़ुद इस उलझन से बाहर आना होगा। फ़िलहाल तो वह इस उलझन से बाहर नहीं आना चाहता है। उसे भय है कि ऐसी किसी कोशिश में सामीप्य का यह सुख भी चला जाएगा। वह बड़े हासिल के लिए छोटे सुख की बलि नहीं देना चाहता है। काजोल ने उसकी ओर देखा, उसे अजीब-सा लगा। काजोल सोचने लगी, उसने व्यर्थ ही इतनी दूर आने का जोखिम उठाया। यहाँ आने पर उसे लगने लगा कि उसके पास यहाँ आने का या शाहरुख को बुलाने का कोई बड़ा कारण नहीं है। यदि है तो उसकी ठीक-ठीक जानकारी उसे ख़ुद भी नहीं है।

वह उठ खड़ी हुई। जैसे उसके साथ उसका संकोच भी खड़ा हो गया।

—''मैं चलूँ, देर हो रही है।'' कहकर वह लौट रहे उस ताँगे की ओर बढ़ गई।

शाहरुख ने लौटकर सभी को मुलाक़ात का वर्णन सुनाया।

—''ये शाइस्गी या जो बी बोला, उसका क्या मतलब?'' राजू उस्ताद ने कहा।

शाहरुख ने हरि की ओर देखा।

—''शालीनता। सुशील होना। और शाइस्गी नहीं, शाइस्तगी।'' हरि ने समझाया।

—''हाँ वही!'' राजू उस्ताद ने हरि के ज्ञान को उपेक्षा से झटकारा।

—''अच्छा? नालेज से आदमी सुशील हो जाता है?'' लच्छू ने अचरज प्रकट किया।

—''हाँ!'' शाहरुख ने दृढ़ता से कहा तो सभी हँस पड़े।

—''स्साला...बिल्कुल पोपट होकर आ गया है। उसके ख़िलाफ़ कुछ भी सुनना पसन्द नहीं करता है।'' रमेश हँसकर बोला।

—''पर वो सही बोली।'' हरि संजीदगी से सिर हिलाकर बोला—''मैं फिजिक्स में एकदम पक्का था तो समझो फिजिक्स में तो सुशील था। पर केमिस्ट्री में कमजोर था मतलब केमिस्ट्री में सुशील नहीं रह पाया।''

—''इस हिसाब से देखो तो मैं ताश खेलने में एकदम सुसील हूँ। दारू पीने में सुसील हूँ। छोकरियों के मामले में तो इतना नालेज है ..इत्ता नालेज है कि बहुत ही सुसील हूँ।'' लच्छू ने संजीदगी से कहा।

—''मुझे तो मारपीट का, लोगों को ठोंकने का इत्ता नालेज है कि मैं तो समझो महा सुसील हूँ।'' राजू उस्ताद ने कहा।

हरि ने सबको इशारा किया। देखा, शाहरुख दूर कहीं आसमान में देख रहा था। सभी ने देखा, आसमान में कुछ नहीं था। एक चील या एक चिड़िया तक नहीं।

—"मैं सोचता हूँ... !" कहकर हरि आगे बोलने वाला था कि रमेश ने उसे टोका।

—"तू कुछ मत सोच। स्साले तू जब भी कुछ सोचता है, सबकी नानी मर जाती है।"

हरि ने उसकी बात पर ध्यान नहीं दिया। बोला—"हमें शाहरुख की या कहें, काजोल की बात पर गौर करना चाहिए।"

—"अबे स्साले...अब तू कहीं ये मत कहना कि हम सबको अब पढ़ना-लिखना चाहिए।" लच्छू घबरा गया।

—"हम सभी न सही, शाहरुख को तो आगे पढ़ना चाहिए।" हरि ने कहा।

—"यार, पढ़ा-लिखा आदमी हमारे किस काम का ?" राजू उस्ताद ने प्रश्न किया।

—"क्यों, मैं पढ़ा-लिखा नहीं हूँ?" हरि ने पूछा।

—"है, बिल्कुल है। पर हमारा भगवान जानता है कि तेरी पढ़ाई-लिखाई कभी हमारे कौड़ी काम की नहीं रही। कई बार तो तेरी पढ़ाई-लिखाई के कारण हमें चार लोगों के सामने शर्मिन्दा तक होना पड़ा।" लच्छू ने हरि को समझाया।

—"स्साले...ये पढ़-लिख जाएगा तो आदमी बन जाएगा।" हरि ने कहा।

—"तो अभी क्या आदमी नहीं है?" लच्छू ने उसे घूरा।

—"सच्ची का आदमी। दो पैरों वाला। बग़ैर पूँछ का।" हरि ने लच्छू को एक धौल जमाकर कहा।

—"अबे, छोड़ो यार ये बातें...पढ़ाई-लिखाई की बातें करके मुझे डराओ मत।" राजू उस्ताद ने कहा।

सारे लोग ओटले पर पसर गए। बाज़ार में चहल-पहल बढ़ गई थी। पान वाले ने इन्हें दूर से ही देखकर बुरा-सा मुँह बनाया था।

—"आ गए स्साले गुंडे... !" मन-ही-मन उसने कुढ़कर कहा। और आवाज़ देकर कहा—"उस्ताद पान वगैरा भेजूँ क्या ?"

—"बिल्कुल...सभी के लिए।" राजू उस्ताद ने कहा तो पान वाला मन ही मन गालियाँ देता पान बनाने लगा। वह जानता था, पैसे मिल गए तो भाग्य नहीं तो गए काम से।

सभी अलसाये से पसर गए।

किसी भी दोस्त की कुछ समझ में नहीं आ रहा है। ओटले पर एक छोटी-सी गोष्ठी हुई, जिसमें शाहरुख की उदासी का हल खोजने के विचार आमंत्रित किए गए।

तमाम बहस के बावजूद कोई हल सामने नहीं आया। लाचारी की खिन्नता में लच्छू और रमेश उठकर ओटले के किनारे पर जा बैठे। कुछ देर तक यहाँ-वहाँ की बातें करते रहे और आती-जाती लड़कियों को घूरते रहे, छेड़ते रहे। तभी रमेश को दूर से एक लड़की आती दिखाई दी।

—"लच्छू देख, क्या टॉप की चीज़ है!" रमेश बोला।

—"इतनी दूर से तुझे कैसे दिखाई दिया कि टॉप की चीज़ है?" लच्छू ने उसे घूरते हुए कहा—"मुझे तो कोई औरत दिखाई देती है। शादीशुदा औरत।"

—"अच्छा? तुझे इतनी दूर से यह भी दिखाई दे गया कि वह शादीशुदा है?" रमेश ने पूछा।

तब तक महिला क़रीब आ गई थी। आसमानी रंग की साड़ी में भरे बदन की महिला हाथ में एक छोटा-सा पर्स दबाए जाने क्या सोचते हुए आ रही थी। कन्धे पर ब्लाउज से उसकी ब्रेसियर की पट्टी बाहर निकल आई थी।

—"उसकी बनियान की बद्दी बिलाउज़ से बाहर आ गई है।" लच्छू ने रमेश का ध्यानाकर्षण किया। रमेश पहले से ही उधर देख रहा था।

—"यार, बनियान किस नम्बर की होगी?" रमेश ने जिज्ञासा प्रकट की।

—"छत्तीस!" लच्छू बोला।

—"नहीं बे, चालीस!"

—"अबे, चालीस में तो उसे ख़ुद वजन लगेगा।"

—"अब इतने भी वजनदार नहीं हैं।" रमेश महिला के वक्षस्थल को किसी अनुभवी तुलावटी की भाँति देखते हुए निर्णायक स्वर में बोला।

महिला आगे निकल गई। लच्छू कुछ देर तक महिला के पृष्ठ भाग को हसरत से निहारता रहा, फिर सिर घुमाकर वापस रमेश की तरफ़ देखता हुआ बोला—"औरतजात भी भगवान ने क्या बनाई है। जगो-जगो गोस ही गोस। देह पर इतना गोस रहता है कि बिचारी पर दया आती है।" वह गोश्त को क़स्बाई बोलचाल में बार-बार गोस बोल रहा था।

रमेश ने उसकी बात पर ज़रा भी ध्यान नहीं दिया। फिर वह पलटकर शाहरुख, असलम, राजू आदि को सम्बोधित करते हुए बोला—

—"इस तरह मुँह लटकाकर कब तक बैठे रहेंगे।"

कोई कुछ नहीं बोला। यही वाक्य थोड़े-बहुत हेरफेर के साथ लगभग सभी लोग कह चुके थे।

कुछ देर तक वहीं उदासी, ऊब और ठिलवई के बीच झूलते रहने के बाद सभी लोग उठे और आंटी वाले कमरे में आ गए। कमरा काफ़ी हद तक साफ़ कर लिया था। सभी को पूरी उम्मीद थी कि कबाड़ चाहे फिर से न भरा जाय लेकिन कमरे को वे लोग मनपसन्द ढंग से गन्दा ज़रूर कर लेंगे। एक पुरानी गादी और एक तकिया आंटी ने दे दिया था। एक दरी रमेश अपने घर से उठा लाया था। कुछ काँच के पुराने गिलास और पानी का एक मटका असलम भंगार ले आया था। बक़लम लच्छू इस कमरे में ओटले वाली बात तो नहीं है, लेकिन दारू पीने के लिए एकदम शानदार जगह है। सबने तय किया कि दारू पीने के बाद कोई बोमा-बोमी न करे वर्ना आंटी कान पकड़कर कमरे से बाहर निकालने में देर नहीं करेगी।

आंटी को वे ही नहीं, पूरा मोहल्ला नेह करता है। अंकल-आंटी इस मोहल्ले के पुराने बाशिन्दे हैं। अब वे भी निमाड़ी ही लगने लगे हैं।

दूसरे दिन सुबह शाहरुख ने ओटले पर बताया कि वह कॉलेज जाना चाहता है। ख़ूब बहस हुई। लाख समझाया, लेकिन सारी समझाइश बेकार गई। उसने कहा—"वह तय कर चुका है। वह कॉलेज जाएगा। पढ़ेगा-लिखेगा।"

शाहरुख के कॉलेज में एडमिशन की तैयारियाँ शुरू हो गईं। कॉलेज में एडमिशन कोई शाहरुख की अकेली इच्छा भर से तो होने से रहा। पुरानी मार्कशीट्स तलाशी गईं। दूसरी तमाम तरह की खाना-पूर्ति के लिए रहवासी प्रमाण पत्र से लेकर चरित्र प्रमाण पत्र तक जुटाए गए। भागदौड़ करके, कॉलेज के प्रिंसिपल की मान-मनुहार, डाँट-डपट और धमकी से लेकर अचूक भारतीय नुस्ख़े तक का इस्तेमाल किया यानी रिश्वत दी गई। कहते हैं कि खरबूजे को देखकर खरबूजा रंग बदलता है। किसी को खुजलाते देखकर ख़ुद को भी खुजली आने लगती है। छूत के रोग की तरह रमेश भी बोला कि वह भी आगे पढ़ेगा। हरि तो ग्रेजुएट था, उसे कोई दिक्कत नहीं आने वाली थी।

हरि और रमेश के कॉलेज में एडमिशन की बात पर लच्छू ने एतराज जताया—"अबे कमबख़्तों, तीन आदमियों की फीस कौन भरेगा? तुम लोग के बाप तो पैसा देने से रहे।"

शाहरुख जोश में था—"मैं दूँगा!"

—"अबे स्साले, पिछवाड़े में कटोरी भर गूँ नहीं और पूरे शहर के सुअरों को न्यौता देने चला है।" असलम भंगार उसे घूरता हुआ बोला।

—"स्साले भंगार, तेरे पिछवाड़े में क्यों अंगार लगी है।" शाहरुख ग़ुस्से में बोला।

—"तुम लोगों की फीस का इन्तज़ाम तो सभी को मिलकर करना पड़ेगा न!" लच्छू ने उसे बताया तो शाहरुख चुप हो गया। लेकिन यह एतराज जुबानी था। सभी ने मिलकर तीनों का एडमिशन कराया।

इस तरह तीनों का एडमिशन कॉलेज में हुआ। शाहरुख ने हिन्दी साहित्य और समाजशास्त्र के साथ अर्थशास्त्र लेकर बी.ए. में दाख़िला लिया। रमेश ने भी शाहरुख के फॉर्म की नक़ल करके वही विषय लिए सिर्फ़ अर्थशास्त्र की जगह संस्कृत विषय लिया। हरि ने एम.ए. में दाख़िला लिया।

सबसे बड़ी दिक्कत पेश तब आई तब कॉलेज के लिए सुबह-सबेरे जागना पड़ा। सुबह आठ बजे का कॉलेज कोई जल्दी नहीं होता, लेकिन इन तीनों के लिए सुबह आठ बजे का समय आधी रात का समय था। पहले दिन तो तीनों नहीं जा पाए।

हरि ने तो ख़ुद को व्यवस्थित कर लिया, लेकिन इन दोनों को थोड़ा वक़्त लगा। शाहरुख के घर माटसाब और मास्टरनीबाई यानी शाहरुख के पिता दुर्गेशचन्द्र शर्मा और माँ दोनों को जितनी ख़ुशी हुई उससे ज़्यादा अचरज। ब्याह दी गई बहन के अलावा दोनों बहनों और भाई को ख़ुशी हुई न अचरज हुआ। वे सब मुँह बिचकाकर रह गए। छोटा भाई तो पहले ही कॉलेज में था। उससे एक साल आगे। सेकेंड इयर में। उसने सिर्फ़ इतना ही कहा कि—

—"देखें, ये चोंचले कब तक चलते हैं।"

कॉलेज में दिक्कतें कोई एक नहीं थीं। सबसे बड़ी और सबसे पहले जो दिक्कत सामने आई वह भाषा की थी। असलम भंगार की शागिर्दी में जो ये लोग मुम्बइया खिचड़ी हिन्दी बोलते हैं उसे कॉलेज में ख़ासकर प्रोफेसरों के सामने बोलने में झिड़की सुननी पड़ती थी। शर्मिन्दगी उठानी पड़ती थी। पहले किसी को आप कहकर बोले नहीं। माँ-बाप को भी तुम कहने का चलन है, इसलिए आप कहकर बोलने में जुबान को तकलीफ़ आने लगी। फिर दिक्कत आई पाँच घंटों तक क्लास में बैठना। इतनी देर तक लगातार ये लोग कभी कहीं बैठे नहीं। इसका तोड़ खोज लिया गया। कुछ देर बाद या तो छुट्टी ले लेते या फिर पिछले दरवाज़े से भाग लेते। प्रोफेसर कभी देखकर टोक देते कभी अनदेखी कर देते। वो ज़माना तो था नहीं जब प्रोफेसरों का भय छात्र के साथ-साथ पलकों पर भी रहता था। रास्ते में मिल जाने पर सम्मान में माँ-बाप भी प्रोफेसर के सामने नतमस्तक हो जाते थे। बकौल हरि, वैसा ज़माना नहीं रहा। वैसे प्रोफेसर नहीं रहे। प्रोफेसरों का वैसा रुतबा और उनके लिए सम्मान उनकी विद्वत्ता और प्रतिभा के कारण रहता था। अब गेस पेपरों और कुंजियों के सहारे पढ़कर तदर्थ नियुक्तियों में आए प्रोफेसर के पास विद्वत्ता का वैसा आभामंडल नहीं है। इसलिए जाहिर है कि रुतबा भी नहीं रहा। ज्ञान अपने साथ व्यवहार-कुशलता और संस्कार लेकर आता है। सामाजिक मर्यादा का बोध लेकर आता है। गेस पेपरों और कुंजियों के ज्ञान से कुंद प्रोफेसर अपने पद की परम्परागत मर्यादा और रुतबा क़ायम नहीं रख पाए। अधिकांश प्रोफेसर अपने छात्रों के साथ बैठकर सिगरेट पी लेते हैं। तम्बाखू की पुड़िया बुलाकर साथ में मसलकर खाते हैं। यह एक ऐसी छद्म आधुनिकता है जिसमें छात्र को बराबरी का दर्जा दिए जाने का भ्रम पैदा होता है, लेकिन इन्हीं छात्रों द्वारा मज़ाक़ जब मर्यादा से बाहर अश्लीलता की सीमा के पार अपमान की हद तक जाते तो मध्यमवर्गीय प्रोफेसरों का मन आहत होता। तब वे प्रोफेसरों के सम्मान की दुहाई देते। इनके लिए ये सब कौतूहल की बातें थीं।

कॉलेज जाना शुरू किए हुए कुछ ही दिन बीते थे कि शाहरुख ने रमेश को टोका।

—"अब तो कॉलेज भी आने लगा हूँ। अब तो हक़ बनता है।"

—"किस बात का?" रमेश से पहले हरि ने पूछा।

तीनों कॉलेज कैंटीन के पास के कुएँ की मुँडेर पर बैठे थे।

—"अबी बोले तो काजोल ने आकर मिलना चाहिए!" शाहरुख ने कुछ तुनककर कहा—"उसके कहने पर ही तो स्साले इस कॉलेज के पचड़े में फँसे हैं।"

—"तो छोड़ दे, क्यों फँसता है इस पचड़े में?" रमेश ने हरि का समर्थन किया।

—"तो उसी ने तो बोला था कि मेरा पढ़ना-लिखना उसको अच्छा लगेगा।" शाहरुख ने हरि के कन्धे पर हाथ रखा।

—"तो ऐसा भलमनसाहत में बोला। मीठी जड़ है तो क्या खोद के खा जाएगा।" हरि ने कहा।

—"तो फिर क्यों बोला?"

—"अबे, तेरे भले के लिए बोला।"

—"तो बोला तो फिर मिलने आना चाहिए न?"

—"फिर वही मुर्गे की डेढ़ टाँग!" हरि झुँझलाकर बोला।

शाहरुख चुप हो गया। रमेश को लगा बात ख़त्म हो गई लेकिन ऐसा नहीं हुआ। एक दिन उसने रमेश से फिर कहा कि रश्मि से बोल कि वह काजोल को जाकर बोले।

रमेश ने बोला।

—"क्या कहा उसने?" शाहरुख ने पूछा।

—"उसने कहा कि कोई भला आदमी राह भटके आदमी को सही रास्ता बता दे तो क्या उसकी गोद में चढ़ जाओगे?"

—"ऐसा काजोल ने कहा?" शाहरुख की आँखें अचरज से चौड़ी हो गईं।

—"नहीं, रश्मि ने कहा।" रमेश ने बताया।

—"तू रश्मि से बोल कि ज़्यादा वकालत न छाँटे, तेरा काम सिर्फ़ सन्देश देना है।"

—"शर्मा मास्टर साहब, कोई हर महीने मुझे तनख़्वाह नहीं भेजते हैं। मैं कोई नौकर हूँ क्या?"

शाहरुख हक्का-बक्का रह गया।

—"यार तू तो मेरे बाप तक पहुँच गया।"

—"मैं नहीं पहुँचा। रश्मि पहुँची। यह भी उसी ने कहा। तूने जो कहा, वही बात मेरी जुबान पर भी आई थी।" रमेश ने ठंडे स्वर में कहा।

—"तेरी छोटी बहन ऐसा बोलती है और घर में कोई कुछ नहीं बोलता उसको?"

—"कोई कुछ नहीं बोलता है। मेरा बुड्ढा तो और मुझे डाँटता है।" रमेश ने बुझे स्वर में कहा।

—"सभी दूर यही हाल है। मेरा बुड्ढा भी बेटियों को कुछ नहीं बोलता है। मुझे ही कोसता रहता है।" शाहरुख भी रमेश की भाँति ठंडे स्वर में बोला।

—"बेटियाँ स्साली बापों के लाड़-प्यार में बिगड़ती हैं।" रमेश को अब बहन पर ग़ुस्सा आने लगा—"लाड़-प्यार में सिर पे बिठा के रखते हैं फिर चली जाती हैं, एक दिन ससुराल। घर से दान-दहेज समेटकर। उसका क़र्ज़ा भाइयों को भुगतना पड़ता है।"

शाहरुख कुछ नहीं बोला। बात पलटकर जाने कहाँ पहुँच गई थी।

—"यार मेरे घर कुछ साल पहले रंगीन टीवी भी आया था तो बहन के कहने पर। वर्ना तो ब्लैक एंड व्हाइट का पुराना डिब्बा चल रहा था।" शाहरुख खिन्न स्वर में बोला।

—"अभी तू देखते जा, इन छोकरियों का एक टीवी से मन नहीं भरेगा। कहीं एक दिन ऐसा न आ जाए कि घर में एक से ज़्यादा टीवी की ज़रूरत पड़ने लगे।" रमेश ने उलाहना दिया।

—"ऐसा कहीं होता है क्या? सभी लोग एक साथ बैठक के कमरे में टीवी देखते हैं? दूसरा टीवी आएगा तो कहाँ रखेंगे? तेरा बुड्ढा अपने कमरे में अलग टीवी रखेगा?" कहकर लच्छू अपने ही कथन पर हँसा जैसे कोई मज़ाक़ की बात कह दी हो। उसकी बात पर सभी इस तरह हँसे जैसे यह अविश्वसनीय मज़ाक़ था।

शाहरुख सोचने लगा, 'क्या ऐसा सम्भव है? फिर तो घर में दो फ्रिज भी रखना चाहेंगे। क्या यह भी हो सकता है कि घर में दो साइकिल या दो स्कूटर की माँग भी होने लगे? जूते पड़ेंगे।' उसने ख़ुद को जवाब दिया। ऐसी माँग करना तो दूर ऐसा विचार भी प्रकट किया तो मार पड़ेगी।

क़स्बे में इतने ताँगे चलते हैं तो मास्टरजी उस पर तो बैठने नहीं देते हैं। कहते हैं, अय्याशी सूझ रही है! ताँगे पर बैठकर बस स्टैण्ड जाएँगे। हालाँकि एकाध बार ऐसा अवसर आया था, वर्ना तो ख़ुद उसने भी कभी बस्ती के भीतर ताँगे की सवारी करने की इच्छा जाहिर नहीं की थी।

अब बात की पूँछ पकड़कर वापस उसी जगह लाना उसे ठीक नहीं लगा। फिर उसका कॉलेज में मन नहीं लगा। केंटीन से उठकर वह क्लास में नहीं गया। आंटी के कमरे पर आ गया। फटे-मैले-कुचैले गद्दे पर लेटकर उसे बहुत राहत मिली। राहत उसे लेटने से उतनी नहीं मिली जितनी इस बात से कि वह कमरे में अकेला है। उसे लगा कि अकेलेपन का भी एक आनन्द है। उदासी भी गुदगुदाती है। तब उसे ख़याल आया कि घर में टेलीफ़ोन होना चाहिए। फिर उसने सोचा, ख़ुद के घर में टेलीफ़ोन होने से क्या होगा, काजोल के घर भी टेलीफ़ोन होना

चाहिए। ख़ुद के घर में टेलीफ़ोन लग भी जाए तो ज़रूरी तो नहीं कि काजोल उसे फ़ोन लगाए। जितना बेचैन वह है ज़रूरी तो नहीं कि उतनी ही बेचैन काजोल भी हो। उसने सोचा, अब कभी काजोल मिलेगी तो उससे कहेगा कि वह घर में टेलीफ़ोन लगा ले।

काफ़ी देर वह इसी बेचैनी में लेटा रहा। फिर उठकर घर आ गया। मास्टर साहब से उसकी बात होती नहीं थी। माँ के पास रसोईघर में आ गया।

—''माँ! घर में एक टेलीफ़ोन होना चाहिए!''

—''क्या? क्या होना चाहिए?'' एकदम रुष्ट स्वर में की गई इस माँग को माँ समझ ही नहीं पाई, क्योंकि माँग इस तरह तुनककर की गई थी गोया बहुत दिनों से लम्बित पड़ी हो।

—''टेलीफ़ोन...समझती तो हो न!'' उसने कमर पर हाथ धरकर कहा।

—''समझती हूँ। बिल्कुल समझती हूँ। लेकिन टेलीफ़ोन का करेंगे क्या?''

—''जिस दिन सब्जी-भाजी नहीं होगी उस दिन भाजी बना लेंगे। दाल में डालेंगे तो स्वाद बढ़ जाएगा।'' वह झल्लाकर बोला—''अरे, टेलीफ़ोन का कोई क्या करता है? अरे बात करेंगे।''

—''बात करेंगे?'' माँ घूरने लगी—''किससे? किससे बातें करेंगे?''

शाहरुख इस सवाल पर चुप हो गया। माँ उसके क़रीब आई—''अरे बोल तो? सारे रिश्तेदार कोस दो कोस से ज़्यादा दूर नहीं रहते हैं। आधे से अधिक तो इसी शहर में रहते हैं। उनमें से आधे तो मुए यहीं अपने घर में पड़े रहते हैं। समधी के घर टेलीफ़ोन नहीं है। हम पहले लगा लेंगे तो कहेंगे, तालेवरी बता रहे हैं। बुरा मान जाएँगे।''

वह कुछ नहीं बोला। माँ तो टेलीफ़ोन को सुविधा से अधिक अमीरी से जोड़कर देख रही है। फिर माँ के तर्क हाल-फ़िलहाल तो ज़्यादा वजनदार हैं। बात वैसे ठीक भी है। रिश्तेदार कभी चिट्ठी तक तो डालते नहीं हैं। टेलीफ़ोन कहाँ से और कैसे करेंगे? गाँवों में आज भी टेलीफ़ोन या टेलीग्राम सिर्फ़ अशुभ सूचना का अनिवार्य त्वरित साधन है। वर्ना तो कैसा भी काम हो चिट्ठी से चलाया जाता है या फिर किसी 'आते-जाते' व्यक्ति के ज़रिये हालचाल भेज दिए जाते हैं।

वह माँ के पास से हटा और बाहर के कमरे में आया तो मास्टर साहब भीतर गए। उसके रहने तक वे रसोई में नहीं आए। वे जवान बेटे से बात करना सम्बन्धों की गरिमा के ख़िलाफ़ समझते हैं और बहस करना अपना अपमान। पत्नी उन्हें रसोई में देखकर ठिठक गई।

—''अभी चाय का समय नहीं हुआ!'' पत्नी ने याद दिलाया।

—''चाय के लिए नहीं आया। लाटसाब क्या कह रहे थे?'' उन्होंने पूछा।

—''कह रहा था घर में टेलीफ़ोन लगा लो!''

—"क्या ?" मास्टर साहब चकित रह गए—"टेलीफ़ोन का घर में क्या काम ?"

—"वही तो मैंने भी कहा।" पत्नी ने सिर हिलाया।

—"नंगे नवाब और क़िले पर घर। घर में नहीं दाने और अम्मा चली भुनाने।" मास्टर साहब को ग़ुस्सा आ गया। उस बात पर ग़ुस्सा आया जो ख़त्म हो चुकी थी।

—"चलो छोड़ो! मना कर दिया उसे। बात ख़तम।" पत्नी ने पटाक्षेप करना चाहा।

—"अरे, वो तो ठीक है कि मना कर दिया, लेकिन उसे तो सोचना चाहिए। घर में बहनें हैं। शादी का ख़र्चा सामने है। उसे नवाबी सूझ रही है।" कुछ देर वे ग़ुस्से के लिए दूसरे शब्द खोजते रहे, फिर जैसे पूरे प्रसंग को याद करते हुए बोले—"वाह, टेलीफ़ोन लगा लो।"

वह सुन रहा था, लेकिन कुछ बोला नहीं। घर से बाहर आ गया। निरुद्देश्य सड़कों पर भटकने लगा। मेन रोड से वह तिलक पथ की ओर आ रहा था तब उसे कोने के जनरल स्टोर्स पर दो बुर्के वाली औरतें नज़र आईं। वह ठिठक गया। उसे लगा, उनमें से एक काजोल है। उसके पास पहचान का कोई सूत्र या ठोस कारण नहीं था। लेकिन मन के किसी कोने में आवाज़ उठी। यह काजोल है। वह दुकान के पास जाकर खड़ा हो गया। कोने में खड़ा होकर वह औरतों को घूरने लगा। बुर्के में उसे कुछ नज़र नहीं आया। उसे इस तरह घूरते देखकर औरतें दुकान में दूसरी ओर देखने लगीं। काफ़ी देर तक वह खड़ा रहा तो दुकानदार बाहर आया। शाहरुख को और उसके पूरे दल-बल को हर कोई जानता है। बाहर आकर बहुत विनम्रता से बोला—"पहलवान! धन्धे का टाइम है। हाथ जोड़ता हूँ।" हालाँकि उसने ऐसा सिर्फ़ कहा। हाथ जोड़ने की कोई कोशिश नहीं की। शाहरुख का मन हटने का तो नहीं था, लेकिन गणेश उत्सव से लेकर नवदुर्गा जैसे अनेक आयोजनों में इस दुकानदार से पेट भरके चन्दा मिलता है। अब उसका धन्धा खोटी करने से क्या मतलब ?

वह हट गया। हटकर थोड़ी दूर सड़क के किनारे खड़ा हो गया। काफ़ी देर खड़ा रहा, लेकिन औरतें बाहर नहीं निकलीं। ऐसा क्या ख़रीद रही हैं ? पूरी दुकान ख़रीद लेंगी क्या! थककर पस्ती के आलम में वह घर की ओर चल दिया। घर आया और पीछे के कमरे में जहाँ सभी भाई-बहनों के बिस्तर और पढ़ने की व्यवस्था थी, आकर लेट गया।

हर बुर्के वाली लड़की काजोल नहीं हो सकती है! उसने ख़ुद को समझाया। काजोल होती तो उससे बात करती। कोई इशारा तो करती। लड़कियाँ भी लाज को लड़ा कर जाने कैसे-कैसे ढंग से सताती हैं। अब बुर्के में भला कैसे लाज आती होगी ? पर क्या ज़रूरी है कि वह काजोल ही है ? नहीं, काजोल तो वह है। पक्का। सूरत नहीं देखी तो क्या, दिल ने तो कहा। दिल कहीं झूठ बोलता है ? कभी नहीं। वह उठा और आंटी के कमरे की ओर चल दिया।

—''आज मैंने काजोल को देखा!'' उसने कमरे पर आते ही कहा।

राजू उस्ताद, लच्छू, रमेश और हरि ताश खेल रहे थे।

—''तो?'' लच्छू ने पूछा।

—''तो क्या? देखा। काजोल को देखा।'' उसने इस तरह दोहराया जैसे उसने भगवान के दर्शन कर लिये हों। साक्षात्!'' यही बात रमेश ने पूछी।

—''तू तो ऐसे कह रहा है जैसे भगवान दिख गए हों। अरे, हमको कई बार बाज़ार में दिखती है, तो क्या हुआ?''

—''तुम लोग नहीं समझोगे!''

—''तो समझा!''

—''क्या समझाऊँ! दिमाग है तुम लोगों के पास?'' उसने उलाहना दिया।

—''नहीं है। चल मान लिया। तेरे पास है तो तू समझा!'' लच्छू ने कहा।

शाहरुख समझा नहीं पाया। कैसे समझाता? देख-भर लेने से जो ख़ुशी होती है वह इस तरह के प्रेम में पगलाया व्यक्ति ही समझ सकता है। वह समझ रहा था, लेकिन समझा नहीं पा रहा था। लच्छू, रमेश, हरि और राजू उस्ताद भी उसकी ख़ुशी को समझ रहे थे और न बता पाने की उसकी लाचारी का आनन्द उठा रहे थे।

—''क्या बोली?'' राजू उस्ताद ने पूछा।

—''बोली तो कुछ नहीं। मैं थोड़ी दूर था। वह बुर्के में थी।''

राजू उस्ताद का ताश के पत्ते वाला हाथ उठा ही रह गया जो वह गिराने वाले थे।

—''अबे तो तुझे किसने कहा कि वह काजोल है?''

—''मेरे दिल ने कहा।''

—''किसने कहा?''

—''दिल ने!''

—''तेरा दिल उसके बुर्के के भीतर कैसे घुसकर देख आया?''

—''उसको देखकर मेरा दिल धड़का था।'' उसने फिर समझाने की कोशिश की।

—''वैसे नहीं धड़कता है।'' लच्छू ने पूछा।

वह ग़ुस्सा करता उससे पहले ही राजू उस्ताद बोले—''देख भाई, ऐसे तो तेरे दीवाने होने के पूरे चानस बन गए हैं। ख़ुद को सँभाल। भगवान की दया से अब तू कॉलेज जाने लगा है। पढ़ाई में मन लगा।''

दोस्तों की बातों से उसे तसल्ली तो नहीं हुई, लेकिन वह चुप हो गया। वह सोचने लगा, क्या काजोल भी उसी की तरह उतनी ही बेचैन है? लोग ग़लत कहते हैं कि प्रेम में व्यक्ति पागल हो जाता है। प्रेम में आदमी पागल नहीं, उदास हो जाता है। लोग उदासी को पागलपन कहते हैं। प्रेम में तो आदमी ज़्यादा ईमानदार और उदार हो जाता है। दूसरे की तकलीफ़ समझने लगता है।

उसने दोस्तों की तरफ़ बहुत दया-भाव से देखा। कितने अभागे हैं ये लोग, जिन्हें किसी से प्रेम नहीं हुआ। प्रेम करने के बाद जुदाई की तकलीफ़ जिनके हिस्से में आती है उन अभागों के बारे में वह अभी कहाँ जानता है? हरि ज़रूर उसे कभी-कभी डराता है कि प्रेम में नाकाम होने पर जो तकलीफ़ मिलती है, उससे आदमी नाकारा हो जाता है। फिर सीधे जाकर दारू की बोतल में गिरता है और पक्का दारुकुट्टा होकर ही बाहर निकलता है। शाहरुख को तसल्ली है कि वह प्रेम में नाकाम नहीं हुआ है, उसे काजोल का प्रेम मिला है और मिलेगा। उसके पास ख़ुद की तसल्ली के लिए ऐसी कई बातें थीं और काजोल की यादें भी।

वह भी हरि के बगल में लेट गया। लच्छू कमरे के दूसरे कोने में एक टूटी कुर्सी पर बैठा था। तय हुआ कि शाहरुख की उदासी दूर करने के लिए दारू बुलाई जाए। वैसे भी उदास आशिक़ को दारू के डबरे में ही चैन मिलता है। आंटी का कमरा इस काम के लिए सबसे उपयुक्त था। कमरा इमारत के पीछे आख़िरी कोने में था। उस तरफ़ कोई आता भी नहीं था। आंटी भी नहीं। सारे दोस्तों की मटरगश्ती के लिए कमरा हर समय तैयार रहता था।

रमेश उठकर दारू लेने चला गया।

आंटी इन लड़कों की तमाम नालायकियों के बावजूद इन्हें प्यार करती थी। सोलह साल हो गए आंटी को इस मुहल्ले में रहते हुए। छोटे-छोटे बच्चों को लेकर आई थी। दोनों बेटे यहीं स्कूलों में पढ़े, फिर कॉलेज में पढ़ने के लिए दूसरे शहर गए और ऐसे गए कि वहीं रुक गए। उधर ही नौकरी मिली। उधर ही शादी की। उधर ही बस गए। फिर लौटकर इस छोटे शहर में नहीं आए। अंकल-आंटी, यानी मिस्टर जेम्स और मिसेज जेम्स, दोनों अपने बच्चों की शादी में मेहमानों की तरह पहुँचे थे। जितने ख़ुश थे उतने ही भीतर कहीं दुःखी भी थे। दुःख किस बात का था, यह ठीक-ठीक वे किसी को समझा नहीं सकते थे। बच्चों की अच्छी नौकरी, अच्छी शादी, अच्छी बहुएँ। बस इतना था कि वे इन दोनों के साथ नहीं रह सकते थे और ये उन लोगों के साथ नहीं रह सकते थे। इनसे निमाड़ नहीं छूटा, उनसे दिल्ली नहीं छूटी। हालाँकि क्रिसमस पर वे दोनों दिल्ली जाते हैं। दोनों बेटे ज़िद करते हैं कि मम्मी-पापा उसके साथ रहें। ख़ूब लाड़-प्यार, मान-मनुहार और इज़्ज़त मिलती उधर।

लेकिन हर बार जब वापस लौटते तो उदास लौटते। क्यों? यह दोनों नहीं जानते थे। मिस्टर जेम्स ने तो एकाध बार ज़िक्र छेड़ा भी था कि अब नौकरी छोड़कर बच्चों के पास चलें। मिसेज जेम्स भड़क गई थी।

—"अब क्या तुम बूढ़े हो गए हो? कमा नहीं सकते क्या?"

—"वैसी बात नहीं है स्वीटहार्ट! पर अब कभी तो उधर जाना ही है...!" वह आगे बोल भी नहीं पाए थे कि मिसेज जेम्स फिर ग़ुस्सा हो गई।

—"कभी भी नहीं। मैं इधर ये निमाड़, ये शहर, ये मुहल्ला छोड़कर कहीं नहीं जाऊँगी।"

—"क्यों?" जेम्स के इस सवाल का उसके पास कोई जवाब नहीं था।"

—"क्यों नहीं जाओगी?" जेम्स ने पूछा था—"उधर तुमको कोई कुछ नहीं बोला? इंसल्ट किया? अरे, बहुएँ तुमको कितना लव करती हैं। कितना चाहती हैं। मम्मी-मम्मी कहकर तुम्हारे आगे-पीछे घूमती हैं। कितना रेस्पेक्ट है तुमको उधर...दोनों बेटे झगड़ते हैं कि मम्मी-पापा उसके पास रहें...ऐसा लव, ऐसा रेस्पेक्ट नसीब वालों को मिलता है।" कहकर वह पत्नी को थोड़ा रोष से देखने लगे।

—"मिस्टर जेम्स!" मिसेज जेम्स ने उन्हें रोका तो वह समझ गए। वह ग़ुस्से में है। जब वह पति को नाम से न बोलकर मिस्टर जेम्स कहती है तो इसका अर्थ यही है कि वह अब कोई कड़वी बात बोलेगी, कोई उलाहना देगी।

—"मिस्टर जेम्स," उसने फिर दुहराया और आगे बोली —"तुम चाहते हो कि तुमको, मेरे को उधर दिल्ली में हमेशा ऐसा ही लव और रेस्पेक्ट मिले?"

—"हाँ, क्यों नहीं? और तुम नहीं चाहती क्या?" मिस्टर जेम्स ने तनिक अचरज से पूछा था।

—"तो फिर उधर जाकर रहने की बात मत सोचना। लव और इज़्ज़त तभी तक है जब तक हम इधर रहते हैं और उधर मेहमान बनकर जाते हैं। उधर जाकर रहना शुरू किया तो सब कुछ खलास...!" बोलते-बोलते उसकी आवाज़ मन्द पड़ गई थी।

—"यह तुम्हें ग़लतफ़हमी है।" मिस्टर जेम्स ने विरोध किया था।

—"तो यही सही। उधर जाकर मैं अपने बच्चों को खोना नहीं चाहती। अभी सब कुछ एक अच्छे ड्रीम की तरह है। उधर जाएँ तो शायद ये ड्रीम टूट जाए। इसको ऐसा ही बना रहने दो।" कहकर वह चुप हो गई थी। मिस्टर जेम्स भी चुप हो गए थे। फिर कभी इस बात का ज़िक्र दुबारा नहीं हुआ। बेटों के घर उनकी सम्पन्नता की बातें वे अब पहले जैसे उत्साह से नहीं करते हैं। उन बातों का उत्साह कम हुआ तो लगा, स्मृतियाँ जैसे मरने लगीं। मिस्टर जेम्स किसी दवाई कम्पनी में एम.आर. हैं। उन्हें लगता है, सिर्फ़ दवाइयों के उपयोग की नियत तिथि नहीं होती है, स्मृतियों की भी होती है। नियत तिथि के बाद दवाई के उपयोग की मनाही होती है। दवाई की उपयोगिता मर जाती है। वैसे ही आदमी की स्मृतियों की भी जैसे तारीख़ तय है, उसके बाद स्मृतियों से जीवनदायी तत्त्व मर जाते हैं।

मिस्टर जेम्स को लगता है, पत्नी नाहक डरती है। ख़ुद ही एक भय पाल-पोसकर बड़ा कर रही है। लेकिन वे कुछ कहते नहीं हैं।

इसी बीच शहर में मिशनरी के एक स्कूल में त्रिवेन्द्रम् से एक टीचर थामस और उसकी पत्नी मारिया आए। दोनों उनसे मिलने आते रहते हैं। दोनों को समय काटने का बहाना मिल गया। दुबले-पतले थामस की पत्नी मारिया न केवल मोटी थी बल्कि उससे लम्बाई में भी थोड़ी ज़्यादा थी। फिर भी वे दोनों ख़ुश रहते थे। मारिया को तो बात-बात पर हँसने की आदत है या कहें, बात-बेबात हँसने की आदत है।

थामस और मारिया किसी रविवार नहीं आ पाते तो शाहरुख के माँ-बाप आ जाते। मिसेज जेम्स शाहरुख को बोल देती कि अपने बाई-बाबूजी को भेज देना। दोनों आ जाते या फिर दोपहर को शाहरुख की माँ अकेली आ जाती। बहुत अजीब ढंग से बातचीत होती। शाहरुख की माँ को अंग्रेजी तो दूर, ठीक से हिन्दी बोलना भी नहीं आता। उसी तरह मिसेज जेम्स को निमाड़ी समझना मुश्किल हो जाता, लेकिन इतने बरसों में अब स्थिति इतनी बेहतर हो गई थी कि मिसेज जेम्स निमाड़ी थोड़ी-बहुत समझ लेती है और शाहरुख की माँ टूटी-फूटी हिन्दी जिसमें निमाड़ी का हास्यास्पद मिश्रण होता, बोल लेती है।

शाहरुख के बाई-बाबूजी कट्टर ब्राह्मण हैं। उनके लिए ब्राह्मण के बाद सारी जातियाँ धूल हैं, लेकिन उन दोनों को इस बात का दुःख है कि उनकी इस बात को कोई समझता क्यों नहीं ? ख़ासकर उनका बेटा तो बिल्कुल नहीं। मिसेज जेम्स के घर वे आते-जाते हैं, लेकिन कुछ खाते-पीते नहीं हैं। जेम्स दम्पति के उनके घर आने पर पृथक् से रखे चीनी के प्यालों में चाय पिलाई जाती है और इस ख़ूबी और गोपनीयता के साथ कि आज तक मिस्टर और मिसेज जेम्स को इस बात का पता नहीं लग पाया। अलबत्ता, उन्हें इस बात का ज़रूर पता है कि अपने ब्राह्मणत्व के चलते मिस्टर और मिसेज शर्मा उनके घर कुछ खाते-पीते नहीं हैं। फिर भी दोनों परिवारों में आत्मीयता है।

शाहरुख के पिता दुर्गेशचन्द्र शर्मा पेशे से अध्यापक हैं। उन्हें इस बात का गहरा सन्तोष है कि इतने बरसों में सरकारी नौकरी में रहने के बाद भी उन्होंने अपने ब्राह्मणत्व को खंडित नहीं होने दिया। स्कूल में दूसरे शिक्षक छोटी जाति के भी रहते थे। फिर भी वे ख़ुद को, अपने ब्राह्मणत्व को बचाते आए। एक बार जब वे शहर से दूर, गाँव में पदस्थ थे तो वहाँ उनका हेडमास्टर ही जाति का कहार निकला। पंडित दुर्गेशचन्द्र शर्मा, जिन्हें पूरा गाँव 'माटसाब' कहता था, नियमपूर्वक घर आकर रोज़ नहाते थे। माटसाब ने कभी न स्कूल में कुछ खाया-पिया, न कभी

बाज़ार में। जब से होश सँभाला अपने घर के अलावा बाहर पानी तक नहीं पिया। कभी कोई ब्राह्मण का घर हो तो ऐसे मित्र के घर वे कुछ खा लेते थे या पानी पी लेते थे वर्ना वे कभी 'नेम-धरम' से बाहर नहीं हुए। स्कूल से आकर अपने कपड़े भी अलग टाँगते थे। न कभी अपने हेडमास्टर या किसी दूसरी जाति के साथी शिक्षक के घर गए और न कभी उन्हें घर बुलाया। नौकरी छोड़ नहीं सकते थे। मजबूरी थी। दो बेटे और तीन बेटियों वाला घर चलाना था। नौकरी करते हुए जात-कुजात के लोगों का छू लेना या छू जाना उनकी मजबूरी थी जिसे वे मजबूरी के साथ ही पूर्वजन्म के कर्मों का फल भी कहते थे। दु:खी थे, लेकिन किसी से शिकायत नहीं करते थे। कभी-कभी 'सरी-साँझ' को आरती के बाद अपने पूजाघर में भगवान के आगे पालथी मार के बैठ जाते और कुढ़ते-कलपते रहते थे कि 'प्रभो, किन कर्मों का दंड दे रहे हो? देश को इन कुजात के लोगों से, ख़ासकर ब्राह्मणों को इन कुजात के लोगों से, म्लेच्छ लोगों से कब मुक्त करोगे? ब्राह्मणों का जीवन दूभर हो रहा है। छोटी जाति के लोग शिक्षक जैसे पवित्र पेशे में आ गए हैं। शिक्षा को मलिन कर रहे हैं। संस्कृत जैसी पवित्र भाषा बोलने और पढ़ाने की कोशिश कर रहे हैं। बराबरी में आकर बैठ जाते हैं। होटलों में बड़ी जाति के लोगों के साथ बैठकर जीम लेते हैं। अब तो भंळई, चमार लोग होटल खोलकर भी बैठ गए हैं। देश और ब्राह्मण सर्वनाश की कगार पर हैं। बचाओ प्रभो, फिर से कोई अवतार लो...आओ...प्रभो! आओ!''

फिर देर तक औंधे लेटकर भगवान के आगे नाक रगड़ते रहते। उस दिन फिर वे भोजन करके टहलने भी नहीं जाते। खिड़की में उदास बैठे रहते। सोचते कलयुग को जाने में अभी और कितना समय बचा है? कब ख़त्म होगा? भीतर जाकर गीता उठा लाते और पढ़ने बैठ जाते। कितने बरस गुज़र गए। गीता के सभी अध्याय उन्हें जबानी याद हैं। माटसाब ने संस्कृत में एम.ए. किया है। विशारद और साहित्यरत्न भी। नौकरी के शुरुआती दिनों में उन्होंने एक नेमप्लेट लगवाई थी जिस पर 'पंडित दुर्गेशचन्द्र शर्मा, एम.ए., (संस्कृत साहित्य), साहित्य रत्न' लिखवाया था। घर के बाहर उसे बहुत चाव और गर्व से टाँगा था। बरसों गुज़र गए। अब वह नेमप्लेट जाने कहाँ पड़ी है। बचपन से ही उनके पिता पंडित नारायण शर्मा की इच्छा थी कि बेटा उच्च शिक्षा तो ग्रहण करे लेकिन ब्राह्मणत्व को नष्ट किए बग़ैर। बेटा दुर्गेश जब छोटा था तो उसे ढेर सारे श्लोक याद कराए थे। कुल-कुटुम्ब में शादी-ब्याह हो या फिर नुक़्ते की पंगत, बेटा दुर्गेश जब पंगत में खड़ा होकर श्लोक बोलता था तो पंडित नारायण शर्मा का सीना चौड़ा हो जाता था। पंगत में यदि कोई दूसरा पंडित खड़ा होकर श्लोक बोल दे तो फिर उसका जवाब श्लोक से ही दिया जाता था। एक अघोषित और सात्विक शास्त्रार्थ-सा होता था। पत्तलें बिछ जाती थीं। खाना परोस दिया जाता था, लेकिन जब तक श्लोक गायन चलता रहता था, कोई भोजन शुरू

नहीं करता था। यह एक ऐसा प्रतिभा-प्रदर्शन था, जिसमें पिता का पांडित्य भी झलकता था। कहीं भी शादी-ब्याह के अवसर पर पिता नारायण शर्मा जब मकान की छत पर खड़े होकर ऊँचे स्वर में गणेश-स्तुति गाते थे तो वह मंत्र-मुग्ध होकर सुनता रहता था। उन दिनों गाँवों में घड़ी नहीं हुआ करती थी। कम-से-कम प्रत्येक घर में तो बिल्कुल नहीं। गोरज-लग्न के लिए सूर्यास्त का समय और सूर्य की स्थिति देखने के लिए छत पर खड़े होते थे। छत पर भी कोई पंडित या ब्राह्मण खड़ा होता था और सूर्यास्त पर नज़रें गड़ाए रखता था। हर घड़ी, हर पल नीचे आँगन में मंडप में बैठे पंडित और दूल्हा-दुल्हन सहित अन्य लोगों तक सूर्यास्त की सूचना भेजते थे।

गणेश-स्तुति की हर पंक्ति के साथ कहते थे, "शुभ-घड़ी, शुभ-लग्न सावधान!" बैंड-बाजे वाले बिल्कुल तैयार रहते थे। पंडितजी दूल्हा-दुल्हन का हाथ पकड़े तैयार रहते थे कि अन्तिम सूचना मिलते ही दूल्हा-दुल्हन का हाथ मिला देंगे। हर पंक्ति के साथ रोमांच बढ़ता जाता था। हर पंक्ति के साथ हर्ष, उत्साह और उत्तेजना बढ़ती थी तो दूसरी ओर बच्चों को डपटकर चुप कराया जाता था। इन सब हरकतों और हाय-तौबा से एक अजीब-सा तनाव और चुप्पी का माहौल हो जाता था। अन्तिम पंक्ति के ठीक पहले एक बार सबको सावधान किया जाता था। लाड़ा-लाड़ी सावधान, बाजा बजन्तरी सावधान...सावधान रहने की ये तमाम सूचनाएँ दूल्हा-दुल्हन से लेकर दर्शकों तक के दिल की धड़कनें बढ़ा देती थीं। फिर अन्तिम पंक्ति बोलते ही बैंड-बाजे बजने लगते थे। हर्ष के मारे तालियाँ और चीख-चिल्लाहट की आवाज़ें गूँजने लगतीं। हर शादी में इसी तरह से होता और हर शादी बालक दुर्गेश को इसी तरह रोमांच से भर देती। उन्हें मालूम था कि सिर्फ़ वे ही नहीं, हर व्यक्ति इस रोमांच और उत्तेजना से गुज़रता है। उन्हें गणेश-स्तुति ही नहीं, लगन की सारी पूजा-विधि और चवरी की सारी विधि ज़ुबानी याद हो गई। एक-एक मंत्र, वे आँखें मींचकर, नींद में भी बोल सकते हैं। उन्हें इस बात का बहुत गर्व है कि उनके पिता उन्हें ऐसे संस्कार और थाती सौंपकर गए हैं। उन्होंने तो नौकरी भी की, लेकिन पिता पंडित नारायण शर्मा ने तो नौकरी भी नहीं की। जब कि उन्होंने काशी से विशारद की थी। संस्कृत और ज्योतिष के बड़े विद्वान् थे, लेकिन उनका यह विश्वास था कि नौकरी करते हुए धर्म और शुद्धता को नहीं बचाया जा सकता है। ब्राह्मण होने की शुद्धता को बचाने के लिए उन्होंने नौकरी नहीं की। पंडिताई करते रहे और ऐसे-वैसे पंडित नहीं, पूरे निमाड़ में उनके ज्ञान और ब्राह्मणत्व का डंका बजता था। एक बार तो ख़ुद इन्दौर के महाराजा यशवंतराव होल्कर ने उन्हें अपने बेटे की पत्रिका देखने बुलाया था। दो दिन लगे थे, इन्दौर आने-जाने में। घोड़ी पर बैठकर गए थे और घोड़ी पर बैठकर ही वापस आए। दो दिन अन्न का एक दाना नहीं मुँह में डाला। माटसाब को माँ बताती थी। राजा था तो क्या हुआ, था तो ब्राह्मण से छोटी जात का!

उसके घर कैसे रोटी खाते? बस, गऊमाता का दूध पिया और कुछ फलाहार। कुएँ से ख़ुद लाटकर पानी पिया और दो दिन काटे। घर आकर, नहा-धोकर पूजा करने के बाद ही रोटी का कौर तोड़ा। महाराज के इस न्यौते के बाद तो उनकी ख्याति पूरे निमाड़ में ऐसी फैली कि बनिया-बक्काल से लेकर ठाकुरों तक के घरों में उनसे पूछे बग़ैर कोई काम नहीं होता था। इस ख्याति से भी उन्हें कभी घमंड नहीं आया और न पैसा कमाने का लोभ, जिसने जो दे दिया सो रख लिया। भाव-ताव करना बनियों का काम। ब्राह्मण को सन्तोषी होना चाहिए। ब्राह्मण दान लेता है मूल्य नहीं, जो दूसरे को दिया वह ज्ञान है और ज्ञान का कोई मूल्य नहीं। माँ उनको बताती थी। गाँव में ही राजपूत परिवार था। वीरेन्द्रसिंह चौहान का। मझली बेटी की शादी तय करना था। जिस घर में प्रस्ताव रखने जाना था, वहाँ से पहले लग्न-पत्रिका बुलाई गई। पंडितजी ने देखी तो बस चुप हो गए। यह उनकी आदत थी। किसी को डराया-धमकाया नहीं। किसी को बहलाया-फुसलाया नहीं। हर्ष की संभावना से उनके होंठों पर फ़क़त मुस्कान आ जाती थी तो अशुभ की आशंका उन्हें ख़ामोश कर देती थी। वीरेन्द्रसिंह जात का राजपूत। ज़िद पर अड़ गया। 'बताओ क्या करें? सच्चाई जो भी हो बता दो' पंडितजी ने बस इतना कहा कि, छोरे की पत्रिका वापस भेज दो। लड़के के बाप को कहला दो अभी चार महीने हम शादी पर विचार नहीं करेंगे। दान-पुण्य तुम जो भी करते हो, बस इतना करो कि छोरी के हाथों करो। फिर लाख सिर पटका, पूछा, लेकिन पंडितजी नहीं बोले। बैठक से उठकर भीतर चले गए। दो महीने नहीं बीते, एक दिन ख़बर आई कि उस लड़के का पैर फिसला, कुएँ में गिरा। सूना खेत था। घर ख़बर हुई जाकर निकाला तो बस लाश निकली। वीरेन्द्रसिंह ने सुना तो स्तब्ध रह गए। दो महीने पहले छोरी की शादी कर देते तो? बेटी विधवा होने से बाल-बाल बची थी। यह उन दिनों की बात थी जब राजपूतों में लड़की होना ही परिवार के लिए पुराने या पिछले जन्मों के पापों का परिणाम माना जाता था, उस पर लड़की का विधवा हो जाना तो दुर्घटना नहीं, अक्षम्य अपराध था। लड़की तो जीते-जी मर जाती थी। अब तो विधवा होने पर पुनर्विवाह की घटना गाहे-बगाहे सुनने में आ जाती है, लेकिन उन दिनों तो किसी के मन में ऐसा विचार भी आ जाता था तो जाति बाहर करने में देरी नहीं की जाती थी। वीरेन्द्रसिंह तो जैसे पंडितजी का भक्त हो गया। दौड़कर पंडितजी के पास आया और पैरों में लोट गया। पंडितजी ने बस इतना कहा कि—"मैंने कुछ नहीं किया। यही हरि की इच्छा थी।" लेकिन यही पंडित नारायण शर्मा अपनी बेटी के भाग के आगे हार गए। पास के गाँव में रिश्ता तय किया था। लड़का पटवारी था। लड़के की पत्रिका और अपनी बेटी की पत्रिका पंडितजी ने ख़ुद मिलायी। चौबीस गुण मिल रहे थे। फिर पता नहीं क्या हुआ? या तो लड़के की पत्रिका ग़लत बनी थी या लड़के वालों ने ग़लत बनाकर रखी थी, इसका खुलासा नहीं हो पाया।

पंडितजी लड़के वालों के घर प्रस्ताव रखने जा रहे थे। घर के बाहर, दरवाज़े के सामने गऊमाता खड़ी थी। पंडितजी को निकलते देखकर वह परे सरक गई थी। पंडितजी ने गऊमाता के दायें से निकलना चाहा तो गऊमाता पीछे सरक गई और चलती हुई सामने के घर की दीवार से चिपक कर खड़ी हो गई। पंडितजी अचरज में पड़ गए। मन में 'खुटका' हुआ कि गऊमाता परिक्रमा क्यों नहीं करने दे रही है? आगे गली के कोने तक ही पहुँचे थे कि सामने से ख़ाली बेड़ा लाती हुई पड़ोसी दिनकर की छोटी लक्ष्मी मिली। अब पंडितजी ने कारण पूछ ही लिया। लक्ष्मी ने बताया। पनघट्या कुएँ की सफ़ाई हो रही है। सारा गल निकाल लेंगे तब पानी भरना शुरू होगा, इसलिए ख़ाली बरतन लेकर वापस आई। मन को धक्का लगा। पंडितजी वापस पलट गए। शगुन अच्छा नहीं हुआ! वापस लौटे और घर आकर पत्नी को बताया तो पत्नी ने पहली बार विरोध किया। बोली—"आप कैसी छोटी-छोटी बातों में शंका-कुशंका पालने लगे? आप तो अच्छा सोचकर जाओ। सब अच्छा होगा।"

पंडितजी के मन में फिर शंका उठी। तीसरा अपशकुन—त्रिया हठ। घर पर कुछ देर बैठे। पत्नी ने चाय पिलाई। थोड़ी देर बाद घर से निकले तो उन्हें मालूम था कि यह चौघड़िया शुभ नहीं है, लेकिन फिर से रुकना और घर में पत्नी से बहस करना उन्हें ठीक नहीं लगा।

बेटी का रिश्ता तय हो गया। चार महीने बाद शादी भी हो गई। पंडितजी ऊपर से तो सामान्य नज़र आते थे, लेकिन फिर भी भीतर जैसे कोई आवाज़ उठती थी, जो शंका को बल देती थी। मन में हमेशा खुटका लगा रहता, लेकिन कुछ नहीं हुआ। साल-भर से ऊपर हो गया शादी को। वहाँ से बेटी की ख़बर भी आती थी कि वह ख़ुश है। घर-बार अच्छा है। लोग अच्छे हैं। पंडितजी अब धीरे-धीरे सामान्य होने लगे। उन्हें लगा वे कुछ ज़्यादा ही शंका पालने लगे थे। जीवन में कुछ संयोग भी तो होते हैं। डेढ़ साल गुज़र गया। बेटी के ससुराल से ख़बर आई, पाँव भारी है। पंडितजी ख़ुश हो गए। बेटी के घर आ जाने से पंडिताइन का काम जैसे बढ़ गया, लेकिन मन भी प्रसन्न रहने लगा। जैसे-जैसे दिन क़रीब आ रहे थे, दोनों को अजीब-सी चिन्ता के साथ ख़ुशी होती थी।

गाँव की दाई को ख़बर कर दी गई थी। दाई सही दिन सही समय पर आ गई थी। बेटी को दर्द बढ़ता जा रहा था। उसकी कराहें अब चीख में बदलने लगी थीं। दाई कोठरी से बाहर निकल कर पंडिताइन के पास गई थी।

—"बच्चा पेट में आड़ा हो गया है। ख़ूब कोशिश कर ली, अच्छा हो कि छोरी को शहर के अस्पताल ले जाओ!"

पति-पत्नी दोनों धक्क् से रह गए। दाई पर अविश्वास का प्रश्न ही नहीं था। आसपास के आठ गाँव में सबसे अनुभवी और कुशल दाई थी। उसकी तो उमर ही बच्चों की नाल काटते-काटते गुज़री थी।

जल्दी से बैलगाड़ी धुराई। दाई को भी साथ लिया। मुश्किल से घंटे-भर का रास्ता था, लेकिन शहर की काँकड़ आई थी कि छोरी की गरदन लटक गई। पंडितजी ने देख लिया, लेकिन बाप का मन! अस्पताल तक गए। डॉक्टर ने नब्ज़ देखते ही इनकार में गरदन हिला दी। लौटने में वही घंटे-भर का रास्ता एक युग की तरह बीता। जवान छोरी की लाश गोद में रखकर पंडित-पंडिताइन वापस लौटे। पंडिताइन ने छाती-फाड़ विलाप किया, लेकिन पंडितजी चुप रहे। एकदम चुप। बेटी के ससुराल से क्रिया-कर्म के बाद लौटे तो खाट पकड़ ली। फिर कभी गाँव से बाहर नहीं निकले। निकली तो सवा साल बाद ठीक एकादशी के दिन उनकी लाश ही निकली। लेकिन यह सवा साल बहुत कठिन गुज़रा। बोलना-चालना कम कर दिया। कहीं आना-जाना बन्द कर दिया। बमुश्किल घर के आँगन तक आते या सूरज निकलने से पहले लोटा लेकर खेतों की तरफ़ निकल जाते। पंचांग, ज्योतिष की पोथियाँ सब लकड़ी की एक पेटी में बन्द करके रख दीं। बोलते कुछ नहीं। घर के लोगों को ही कहना पड़ता कि पंडितजी ने पोथी-पंचांग देखना बन्द कर दिया है।

ग्यारस के दो दिन पहले की बात है। इतने दिनों के बाद पहली बार घर के लोगों ने उन्हें पंचांग पलटते देखा।

—"क्या देख रहे हो?"

उनसे पूछा गया तो एकाएक चौंक पड़े, जैसे चोरी पकड़ी गई हो।

—"कुछ नहीं। बस इतना देख रहा था कि एकादशी कब है?"

कहकर पंचांग लपेटकर धर दी और जाकर वापस खाट पर लेट गए। शाम को खाने के लिए बोला तो चुपचाप उठकर खाना खा लिया। आँगन में बैठकर आकाश की ओर ताकते हुए जाने क्या देखते रहे!

क़रीब की रिश्तेदारी में शादी थी। रात को पंडिताइन ने पूछा—"इतने नज़दीक के रिश्तेदार हैं, आप भी चलोगे न?"

पंडितजी कुछ नहीं बोले। बस बिटर-बिटर पत्नी को देखते रहे।

—"अरे, बोलो न, रिश्तेदारी का मामला है। बेटी की मौत को साल-भर से ऊपर हो गया है। अब नहीं जाएँगे तो कारण क्या बताएँगे?" पत्नी थोड़ा रोष से बोली।

—"परसों ग्यारस है। उसके बाद सोचेंगे।" कहकर पंडितजी ने करवट ले ली।

—"जाना है तो उसमें सोचना क्या? जाने के बारे में तय करना है तो उसमें ग्यारस क्या करेगी?" पंडिताइन देर तक बड़बड़ाती रही लेकिन पंडितजी फिर कुछ नहीं बोले। पंडिताइन को मालूम था पंडितजी जाग रहे हैं, लेकिन पंडितजी ने चुप्पी पकड़ी तो फिर नहीं बोले।

दूसरे दिन सुबह उठकर पंडितजी नित्य-कर्म से निवृत्त होकर कुछ देर आँगन में बैठे रहे, फिर बोले—"मेरा कमरा गऊ के गोबर से लीप दो।" पंडिताइन को अचरज हुआ। बोली—"अभी आठ दिन भी तो नहीं हुए हैं। मैंने ख़ुद लीपा था।" लेकिन पंडितजी तो चुप हो गए थे। इस बार पंडिताइन भी कुछ नहीं बोली। चुपचाप गोबर घोलकर लाई और कमरे से पंडितजी की खाट और दूसरा सामान बाहर रखकर, कमरा लीप दिया था। पंडिताइन को सारा कुछ अजीब-सा लगा था। बेटी की मौत ने पंडितजी को तोड़ दिया है यह तो वह जानती थी, लेकिन कल से जैसे बुझे-बुझे रहने लगे हैं, ऐसी ख़ामोशी और उदासी पंडितजी के चेहरे पर कभी नहीं देखी थी। एकाएक जैसे उम्र से कहीं ज़्यादा बूढ़े लगने लगे थे। चेहरे पर एक गहरी हताशा नज़र आने लगी थी। पंडिताइन ने उस दिन बड़ी बहू से कहकर पूरणपोली बनवा ली। पंडितजी हाथ-पैर धोकर रसोईघर में खाना-खाने बैठे तो थाली में पूरणपोली देखकर चौंक पड़े, फिर हल्के से मुस्करा दिए थे। एक अजीब-सी व्यंग्यात्मक मुस्कान। शाम को उनकी खाट वापस कमरे में रखने लगे तो मना कर दिया था। कहने लगे थे, रहने दो अभी, लीपन गीली है। खाट के पाँयें लीपन उखाड़ देंगे। पंडितजी पूजाघर में कुछ टटोल रहे थे। पूछने पर एकदम चौंक पड़े, जैसे चोरी पकड़ी गई हो। हाथ पीठ पीछे कर लिया और अपने कमरे में चले गए। पंडिताइन को अचरज हुआ। पीठ पीछे हाथ में क्या छिपाया? क्या खोज रहे थे पूजाघर में? फिर उसने सिर झटक दिया। थोड़ी देर बाद कमरे में झाँककर देखा ज़रूर था, पंडितजी गीता पढ़ रहे थे। वह वापस बहू के पास आकर सो गई थी।

रात को पंडिताइन को लगा जैसे किसी ने आवाज़ दी। उसने आँखें खोलकर थोड़ी देर सुनने की कोशिश की, लेकिन कहीं कुछ भी सुनाई नहीं दिया।

सुबह उठकर वह गोशाला में गोबर-पूजा कर रही थी तो उसे एकाएक ख़याल आया, सूरज निकल आया है, लेकिन पंडितजी की पूजा-पाठ की आवाज़ नहीं आ रही है? वह हाथ का काम छोड़कर कमरे में गई तो देखा पंडितजी ज़मीन पर चित लेटे हैं और हमेशा की तरह उसे बिटर-बिटर देख रहे हैं। काफ़ी देर तक उसे देखते रहे। पुकारने पर भी नहीं बोले तो पंडिताइन की चीख निकल गई। सभी दौड़कर कमरे में आ गए। बड़े बेटे ने आगे बढ़कर देखा था। हाथ ठंडा था। रात को ही प्राण निकल गए थे। पास ही गंगाजल की ताँबे की छोटी-सी झारी रखी थी। तब पंडिताइन को समझ में आया कि पंडितजी रात को पूजाघर में क्या खोज रहे थे। सबसे ज़्यादा अचरज यह हुआ कि रात किसी वक़्त ख़ुद ही घी का दीया जलाकर सोये थे।

तो क्या पंडितजी को मृत्यु का पूर्वानुमान था?

पंडिताइन बाक़ी जीवन-भर इस बात को सोचकर रोती रही थी। धीरे-धीरे उसके सामने पंडितजी की सारी हरकतों के अर्थ खुलने लगे थे। अब पंडिताइन को

समझ में आया कि क्यों पंडितजी इस बात पर ज़ोर दे रहे थे कि शादी में जाने के बारे में एकादशी के बाद विचार करेंगे। दो दिन पहले वे पंचांग में एकादशी की तिथि नहीं, अपनी मृत्यु की संभावित तिथि पढ़ रहे थे। निश्चित रूप से पंडितजी को मालूम था कि एकादशी के दिन मृत्यु तय है। इसलिए कमरा गाय के गोबर से लिपवाया। रात को गीता पढ़ रहे थे। दीपक भी जलाकर सोए। गंगाजल साथ लेकर सोए। बस, कहा नहीं तो अपने घर में किसी को। अपनी अर्द्धांगिनी तक को अपनी आशंका नहीं बताई। किसी को कुछ नहीं बताया। दो दिन पहले से इसीलिए एकदम चुप्पी ओढ़ ली थी। सिर्फ़ मृत्यु की आहट सुन रहे थे।

पंडिताइन को दुःख इस बात का रहा कि पंडितजी ने जीवन में कितना कुछ उनके साथ बाँटा, लेकिन मृत्यु का दुःख नहीं बाँटा। अपनी शंका नहीं बताई। पंडिताइन के लिए जीवन-भर का रोना रह गया। कोई मुहूर्त पूछने आता तो पंडिताइन रोने लगतीं। कोई पंचांग देखने के लिए कहता या व्रत-उपवास की तिथि पूछता तो पंडिताइन रोने लगतीं।

जीवन-भर पंडिताइन ने पंडितजी की सेवा की थी। पंडितजी के हर नेम-धरम में मदद करती थी। 'चौगट' के बग़ैर पंडितजी खाना नहीं खाते थे, यानी नहा-धोकर रसोईघर को धो-पोंछकर रेशमी साड़ी पहनकर खाना तैयार करना पड़ता था। कभी पंडिताइन बीमार भी रहीं तो कहा नहीं और पंडितजी के लिए नहा-धोकर खाना तैयार किया। खाना खाते हुए पंडितजी बोलते नहीं थे। रोटी या दाल माँगने के लिए इशारा तक नहीं करते थे। फिर भी पंडिताइन की एक्स-रे निगाहें पंडितजी के पेट का हाल जान लेती थीं और बग़ैर माँगे पंडितजी को भोजन परोसती थीं। न कभी थाली में भोजन ज़्यादा गया न कभी पंडितजी भूखे उठे। पूरे समय पंडिताइन भोजन करते हुए पंडितजी के पास चौकन्नी बैठी रहती थीं।

पंडितजी के जाने के बाद पंडिताइन की जैसे भूख मर गई। उसे जीमने के लिए याद दिलाना पड़ता था। अलबत्ता पूरे घर का भोजन अभी भी पंडिताइन ही बनाती थी और उसी तरह 'चौगट' में भोजन तैयार होता तब तक रसोईघर में कोई जा नहीं सकता था। पंडितजी ज़िन्दा थे तब तक उनके और पंडिताइन के भोजन करने तक कोई रसोईघर में बग़ैर नहाए पैर नहीं रख सकता था।

वक़्त के साथ पंडिताइन बूढ़ी होने लगीं। कानों ने साथ छोड़ा और नज़रें कमजोर होने लगीं। फिर भी वह रसोईघर की ज़िम्मेदारी सँभालती रहीं। किसी ने उन पर इस तरह काम का दबाव भी नहीं डाला तो बहू ने कभी ख़ुद रसोईघर की ज़िम्मेदारी सँभालने का प्रस्ताव भी नहीं रखा। शुरू में तो बहू का बेटा छोटा था इसलिए घर में हर किसी को लगा कि छोटे बच्चे की माँ इस तरह चौगट का खाना कैसे बनायेगी ? बाद में बेटा जैसे-जैसे बड़ा होता गया किसी को यह ध्यान नहीं रहा कि घर में माँ बूढ़ी हो रही है। अब बहू खाना बना सकती है। पंडिताइन यूँ तो कोई

बहुत मोटी नहीं थीं, लेकिन दुबली-पतली भी नहीं कहा जा सकता। बस, स्वस्थ थीं। इधर कुछ ही सालों में पंडिताइन की हड्डियाँ उभर आई थीं। किसी का ध्यान नहीं गया। गाँव में तो यह सामान्य बात है। बुढ़ापा है। सब पर इसी तरह आता है। जब पहली बार पंडिताइन चक्कर आने से रसोईघर में गिरीं तो सब लोग चिन्तित हुए। युवा दुर्गेशचन्द्र के मन में जो पहला विचार आया वो यही था कि उन्हें विवाह कर लेना चाहिए। अपने विवाह की माँग जाहिर करना जग-हँसाई का काम था, लेकिन दुर्गेशचन्द्र ने इसकी परवाह नहीं की। जब बड़े भाई और माँ को इच्छा बताई तो माँ कुछ नहीं बोली। भाई थोड़ी देर तक अचरज से छोटे भाई को देखता रहा, फिर इतना ही बोला कि—"देखते हैं, कोई योग्य कन्या ?"

दूसरी इच्छा बल्कि निर्णय दुर्गेश ने जब घर में सुनाया तो घर में बवाल मच गया। दुर्गेश ने बताया वह नौकरी करना चाहता है। यह बात माँ को भी पसन्द नहीं आई। नौकरी में परदेस अर्थात् निमाड़ से बाहर जाना पड़ सकता है। किसी दिन वह मर गई तो बेटा परदेस से कब आ पाएगा ? यहाँ मिट्टी ख़राब होती रहेगी। जब उसे बताया कि निमाड़ से बाहर जाने की ज़रूरत नहीं पड़ेगी, तब भी वह इनकार करती रही। नौकरी में जात-कुजात के लोगों के साथ उठना-बैठना पड़ता है। 'लागा-बिल्गी' तो होगी ही। क्या रोज़ नौकरी से आने पर वह घर पर नहाएगा ? होटल का या दूसरे घर कुछ खाना-पीना पड़ा तो धर्म भ्रष्ट होगा ऐसे 'इटला' जाने की अपेक्षा तो घर ही रहे, वो ठीक है। उसने माँ की सारी बातें मानीं। न किसी के घर और न होटल में कुछ खाएगा-पिएगा, और किसी कुजात के हाथों पानी तक नहीं पिएगा। घर से स्कूल और स्कूल से घर। रोज़ नहाकर जाएगा और लौटकर नियमपूर्वक नहाएगा। संध्या-पूजा करेगा, फिर भोजन करेगा, ऐसा न केवल माटसाब ने माँ के सामने प्रण किया बल्कि आज तक उस प्रण पर क़ायम भी हैं, हालाँकि बड़े भाई ने आख़िर तक समझाया कि खेती-बाड़ी है। चार गाँव के पंडित हैं। मान-सम्मान है। चाकरी करोगे तो इज़्ज़त पर बट्टा लगेगा। लेकिन दुर्गेशचन्द्र माने नहीं और नौकरी कर ली। पास के गाँव के स्कूल में सहायक शिक्षक हो गए। पूरा गाँव माट्साब पुकारने लगा। फिर ऐसे माटसाब हुए कि जैसे यही उनका नाम होकर रह गया।

इतना भर फ़र्क़ पड़ा कि नौकरी पहले लगी। शादी बाद में हुई। बड़े भाई ने बताया कि लड़की वालों का गाँव ज़रा दूर है। बीस कोस पर लेकिन घर-परिवार अच्छा है। बामणों में कोई लड़कियों को पढ़ाता नहीं है, लेकिन फिर भी तुम्हारा भाग अच्छा है कि लड़की पढ़ी-लिखी है। चौथी तक पढ़ी हुई। घर में सबको रामायण पढ़कर वही सुनाती है। दूध-भाजी का हिसाब भी कर लेती है। धेले-धेले का हिसाब रखती है। रंग एकदम भपकाबन तो नहीं है, लेकिन काली-कोचरी भी नहीं है। और सबसे बड़ी बात कि पत्रिका मिल गई है। माटसाब ने इतना ही कहा

कि जब आप लोगों को पसन्द है तो फिर ठीक है। हाँ बोल दो। लड़की वालों को ख़बर कर दी गई। चार महीने बाद गर्मियों में शादी की तारीख़ भी निकल आई। कन्या पक्ष में यह जानकर सबको अचरज ज़रूर हुआ कि पंडित नारायण शर्मा का पुत्र नौकरी कर रहा है। लेकिन दुर्गेशचन्द्र ने ऐसी बातों पर ध्यान देना बन्द कर दिया था। अपने घर भी सबको कह दिया था कि ब्याह में धूमधाम करने की आवश्यकता नहीं है, फिर भी बाप की मौत के बाद घर में पहला शुभ काम था। सभी दूर से रिश्तेदार आए। ब्याह माण्डने बैठे तो पन्द्रह दिनों का ब्याह मांडा। खलमाटी की रस्म के तीन दिनों बाद तो 'गणेश पूजा' की तिथि तय हुई और उसके पाँच दिनों बाद 'मंडप' की तिथि। उसके दूसरे दिन वर-निकासी और तीसरे दिन बारात गई। दो दिनों तक बारात रुकी थी वहाँ। माटसाब को याद है, गोरज लग्न थे। माटसाब ने अपने पिता का सौल्या (रेशमी धोती) पहना था। घर में सभी ने समझाया था कि नया सौल्या ख़रीद लेते हैं, लेकिन माटसाब नहीं माने थे। सौल्या पहनकर जब माटसाब ने शीशे में ख़ुद को देखा तो लगा, जैसे वहाँ शीशे में पिताजी उन्हें देख रहे हैं। वैसा ही गोरा-चिट्टा रंग। वैसा ही निकलता हुआ क़द। बस, चोटी ज़रा छोटी थी। पिता की चोटी बहुत लम्बी थी, जिसमें वे गाँठ बाँध लेते थे। माटसाब ने माँ से कहा था कि मंडप में वह उसके सामने ही बैठे, लेकिन माँ दूर कोने में बैठी रही। मंडप की पूजा और विधि के लिए भाई-भाभी बैठे। पूजा करते हुए भाभी जिस तरह कभी तर्जनी और कभी कनिष्का का उपयोग कर लेती थी, माटसाब देखकर कुढ़ जाते थे। उनकी माँ निपट निरक्षर थी, लेकिन चाहे पंडितजी के साथ बैठे या ख़ुद अकेली पूजा करने बैठे, कभी किसी तरह की कोई त्रुटि नहीं की थी। कभी किसी ग़लत उँगली से देवता को चंदन नहीं लगाया था। उन्हें लगा था सम्भवत: इसी तरह संस्कार पीछे छूटने लगते हैं। उन्होंने तय किया था कि वे अपनी पत्नी को ऐसी त्रुटि करने का न अवसर देंगे और न छूट। शुरू से सब कुछ समझाकर रखेंगे। पिताजी यदि उनके लिए कुछ छोड़ गए हैं तो उसमें सबसे मूल्यवान यही संस्कार हैं। ये संस्कार की विरासत उन्हें सँभालकर रखनी है। यही सोचकर वे भावुक हो जाते थे।

बारात ससुराल पहुँची थी तो बाना निकालने के लिए जब वे घोड़ी पर बैठे तो उन्हें सबसे पहले पिता की याद आई। इस समय घोड़ी के साथ पिता भी चलते रहते तो बाने की शोभा बढ़ जाती। कितनी ख़ुशी होती पिताजी को? छोटे पुत्र के विवाह की कितनी ख़ुशी थी उनके भीतर! विवाह देखे बग़ैर ही चले गए। छोटी बहू की बहुत प्रतीक्षा थी उन्हें। बेटी की असमय मृत्यु न होती तो पिता उसकी शादी उसी समय कर चुके होते। चाहे बाल-विवाह कहा जाता। ऐसा भी नहीं था कि उनकी भाभी, यानी पिताजी की बड़ी बहू ने कभी अपने ससुर की कोई अवज्ञा की हो। उनके पूजा-पाठ और दिनचर्या में कोई कमी या बाधा रही हो। उनकी संध्या-पूजा या आचार-विचार की पवित्रता कभी भंग नहीं की, लेकिन फिर भी

माटसाब जानते हैं कि पिताजी कभी भाभी से ख़ुश नहीं थे। तमाम बातों के बावजूद धर्म और पूजा-पाठ के प्रति जो निष्ठा और समर्पण होना चाहिए, वह भाभी में उन्हें नज़र नहीं आता था। एक औपचारिक आदरभाव था, जिससे पिताजी दुःखी हो जाया करते थे, लेकिन फिर भी यह सोचकर मन को सन्तोष दे लिया करते थे कि छोटी बहू एकदम से संस्कारी होगी। देखभाल के, अच्छे और कुलीन घर से छोटे बेटे का ब्याह करेंगे। लगन का समय हुआ और कन्या पक्ष से कोई जब सूर्यास्त की स्थिति देखने के लिए टीन की छत पर चढ़ा तो माटसाब को फिर पिता याद आ गए। उनके और वधू के बीच सफ़ेद रेशमी कपड़े का अन्तर-पट टाँग दिया गया था। कन्या-पक्ष से कोई दो लड़के दोनों छोरों पर खड़े होकर उस अन्तर-पट को सँभाले हुए थे। शादी कराने आए पंडितजी ने अपने एक हाथ से माटसाब का हाथ और दूसरे हाथ से वधू का हाथ पकड़ रखा था। गली में बाजे वाले तैयार खड़े थे। छत पर खड़ा कोई धोतीधारी गणेश-स्तुति बोल रहा था। गणेश-स्तुति बहुत ग़लत उच्चारण के साथ बोल रहा था। इतनी त्रुटिपूर्ण गणेश-स्तुति सुनते रहे और कुढ़ते रहे। मन-ही-मन उस त्रुटि को ठीक करते हुए सही गणेश-स्तुति दोहराने लगे।

सुमुखश्चैकदन्तश्च कपिलो गजकर्णकः।
लम्बोदरश्च विकटो विघ्ननाषा गणाधिपः॥
धूम्रकेतुर्गणाध्यक्षे भालचन्द्रो गजाननः।
द्वादशैतानि नामानि यः पठेच्छृणुयादपि॥
विद्यारम्भे विवाहे च प्रवेशे निर्गमे तथा।
सङ्गनमे सङ्कटे चैव विघ्नस्तस्य न जायते॥
शुक्लाम्बरधरं देवं शषिवर्णं चतुर्भुजम्।
प्रसन्नवदनं ध्यायेत्सर्वविघ्नोपशान्तये॥
अभीप्सितार्थसिद्धयर्थे पूजितो यः सुरासुरैः।
सर्वविघ्नहरस्तस्मै मणधिपतये नमः॥
सर्वमङ्गलमाङ्गल्ये शिवे सवार्थसाधिके।
शरण्येत्रयम्बके गौरि नारायणि नमोऽस्तुते॥
सर्वदा सर्वकार्येषु नास्ति सेषाममङ्गलम्।
येषां हृदिस्थो भगवान्मङ्लायतनं हरिः॥
तदेव लग्नं सुदिनं तदेव ताराबलं चन्द्रबलं तदेव।
विद्याबलं दैवबलं तदेव लक्ष्मीपते तेऽङ्घियुगं स्मरामि॥

प्रत्येक श्लोक के बाद छत पर चढ़े विप्रवर द्वारा नीचे पंडित के लिए, वर-वधू के लिए और बाजा बजाने वालों के लिए 'सावधान' की चेतावनी जारी हो रही थी। पल-प्रतिपल ख़ुशी, रोमांच और तनाव का मिश्रण बढ़ता जा रहा था।

अन्तिम पंक्ति के साथ बाजे बज उठे थे। पंडितजी ने वर-वधू के हाथ आपस में मिला दिए थे। बीच का अन्तरपट हटा लिया गया था। पाणिग्रहण संस्कार शुरू हो गया था। माटसाब को अभी भी याद है कि मास्टरनी का कोमल हाथ उनके हाथ में थरथरा रहा था। सफ़ेद रंग की मलमल की धोती जो निश्चय ही उसका मामा लाया होगा, पहने हुए थी। हल्दी से लगभग पीली कर दी गई थी उसकी देह। मेहँदी रँगे हाथों में चूड़ियाँ थीं। लाख के कंगन यानी सुहाग का चूड़ा और हाथ में सूत का 'काकण-दोरा' बँधा था। गले में रंगीन सूत की वादी पहने हुए थी। मास्टरनी के पिता ने हाथ में शंख, दूर्वा, अक्षत, फल, सुपारी, पुष्प, चंदन एवं जल लेकर कहा—

ओं दाताऽहं वरणो राजा द्रव्यमादित्यदैवतम्।
वरोऽसौ विष्णुरूपेण प्रतिगृह्णात्वयं विधिः॥'

मास्टरजी उन शब्दों के अर्थों में विचरने लगे। वरुण रूप में दानी राजा, मैं द्रव्यों का दान करूँ। विष्णुरूप वर प्राप्त करे यह इस विधि से कन्यादान करूँ। तब तक मास्टरजी के ससुर पंडितजी द्वारा पढ़े जा रहे कन्यादान के अगले श्लोक को दोहरा रहे थे, जिसे वे भी मन ही मन दोहराने लगे—

मुकगोत्रोत्पन्नोऽमुकनामाऽहं मम् समस्तपितृणां
निरतिशयानन्दब्रह्मालोकप्राप्त्यादककन्यादानकल्पोक्तफलप्राप्तये
अनेन वरेण अस्यां कन्यायामुत्पादयिष्यमाणसन्तत्या
द्वादशावरान् द्वादशपरान् पुरूषान् पवित्रीकर्तुमात्मानं च
पंचविंशति-पुरुषानुद्धर्तुकामः श्रीलक्ष्मीनारायणप्रीतये कन्यादानमहं करिष्ये।

मास्टरजी ने सोचा था कि इस श्लोक का अर्थ मास्टरनी को ज़रूर समझाएँगे कि उसके पिता ने अपने गोत्र का नाम लेकर कहा था कि इस गोत्र में उत्पन्न मैं महादेवप्रसाद अपने सम्पूर्ण पितरों को अत्यन्त आनन्द और ब्रह्मलोक की प्राप्ति वाले कन्यादान से उत्तम फल को पाने के लिए इस वर द्वारा इस कन्या से उत्पन्न की जाने वाली सन्तान से पूर्व के बारह और बाद के बारह पुरुषों को तथा अपने को पवित्र करने के लिए पच्चीस पुरुषों का उद्धार करने की इच्छा से श्रीलक्ष्मीनारायण की प्रीति के लिए कन्यादान करूँगा।

मास्टरजी सोचते हैं कि क्या आज की पीढ़ी इस तरह से सोचती है?

मास्टर साहब बहुत धीरे-धीरे बुदबुदाए थे, 'ॐ द्योस्त्वा ददातु पृथिवी त्वा गृह्णातु।

मास्टरनी के पिता महादेवप्रसादजी ने हाथों में जल और चावल लेकर संकल्प लिया—

ॐ अद्य कृतैवत्कन्यादान-प्रतिष्ठार्थमिदं यथाशक्ति सुवर्ण-रजत-रूप्यकादिकम्
दक्षिणां अमुक प्रवराय, अमुक सगोत्राय, अमुक नाम्ने वराय दक्षिणं तुभ्यमहं संप्रददे।

संकल्प बोलकर उन्होंने दक्षिणा उनके हाथ में दे दी थी। मास्टरजी को किंचित् दुःख हुआ कि उनके ससुर उनके प्रवर और गोत्र का नाम नहीं बोल पाए और

गोत्र की जगह अमुक शब्द बोलकर रह गए थे। पंडित के बोलने के पहले ही वे बोल पड़े थे—

ॐ कोऽदात्कस्मा ऽअदात्कामोऽदात्कामायादात्।
कामो दाता कामः प्रतिग्रहीता कामैतत्ते॥

सम्भवतः लगन लगाने वाले पंडितजी को इसका अर्थ नहीं मालूम रहा होगा, लेकिन उन्हें याद था—'किस ने दिया है यह सभी, किस के लिए है क्यों दिया? कामना ने ही दिया है, कामना के हित दिया। कामना है देने वाली, कामना लेती है इसे। कामना की पूर्ण महिमा, कौन देता यह किसे?'

आज मास्टर साहब सोचते हैं, यह किस कामना के बारे में कह रहे थे? एक उस दान में कितनी कामनाएँ जुड़ी थीं। वर की, वधू की, वर पिता, वधू पिता और जाने कितने ही जन्मे, अजन्मे और मृत व्यक्तियों की कामनाएँ उस 'दान' से जुड़ी थीं।

उन्होंने मंत्र पढ़ा तो उनके ससुर हाथ जोड़े उनकी ओर देख रहे थे। पंडित मंत्र पढ़ने लगा था, सचमुच उनके ससुर महादेव प्रसादजी ने महादान किया था। सभी दानों में दुर्लभ दान। मास्टर साहब को लगा कि दान के अतिरिक्त यह प्राप्ति अन्य किसी विधि से सम्भव नहीं है।

पत्नी क्रय नहीं की जा सकती है। उसे अपहरण करके नहीं लाया जा सकता, फुसलाया नहीं जा सकता है। सिर्फ़ दान से ही प्राप्त किया जा सकता है, जिससे दान लेने वाला जीवन-भर इस दान के उपकार-भाव से विनम्र रहे। झुका रहे। कितनी पीढ़ियों की पवित्रता की रक्षा और उनका उद्धार करने के लिए यह कन्यादान था। वे सोचने लगे थे—इस दान की कड़ी पितरों के सुख से लेकर आगामी पीढ़ियों के सुख तक जुड़ी है। एक लड़की ब्याह करते ही एक घर से दूसरे घर जाते ही सुखों की शृंखला निर्मित करती है। कन्यादान से जुड़े कन्या के इस त्याग और व्यक्तित्व की गरिमा के वैभव को कितने लोग समझ पाते होंगे? एक कन्या अपनी उपस्थिति मात्र से अनेक परिवारों के सुख का कारण बनती है। कितने लोग इसी कारण उसका आदर कर पाते होंगे?

पंडित ने गोदान का संकल्प पढ़ा—

''अद्यैत्याद मासानां मासोत्तमेमासे अमुक गोत्रोहं अमुकनामाहं भार्याप्रति-
ग्रहदोषनिवारणार्थ
इमां गां सवत्स गोवन्ददैवतं यथावस्तु यथोपस्करसहितातरूणीरूपसंयुक्तां
सुशीलां च पयस्विनीम्। कामाक्षीवातन्निष्क्रयिणीं दक्षिणां हिरण्यमग्निदैवतं रजत
चन्द्र दैवत्
अमुकगोत्राय अमुकशर्म्मणे ब्राह्मणाय तुभ्यमहं संप्रददे।'

गाय तैयार थी। वे साथ लाए थे। हाथ में जल, चावल और दक्षिणा लेकर प्रतिष्ठा संकल्प लिया—

गोदान प्रतिष्ठासिद्धयर्थ ताम्रमर्क दैवतं यथानाम् गोत्राय ब्राह्मणाय तुभ्यमहं संप्रददे।

पंडित वर-वधू पर चावल छोड़ रहे थे। मास्टर साहब ने वहाँ मौजूद सभी ब्राह्मणों को दक्षिणा दी थी। उस दिन ऐसी गाँठ बँधी कि जीवन की दूसरी तमाम गाँठें खुल गईं। उन्हें तो आज भी लगता है कि सारे देवी-देवताओं ने उनके दाम्पत्य की रक्षा की है। वे बहुत मनोयोग से पंडित के मंत्र मन में दुहरा रहे थे। वे पंडित के कहने से पहले ही वधू का हाथ थामे मंत्र बोलने लगे थे—

''ॐ यदेसि मनसा दूरं दिशोऽनु पवमानो वा।
हिरण्यपर्णो वैकर्णो स त्वा मन्मनसां करोतु असौ देवि।'

मास्टर साहब को याद है, 'असौ' पंडित ने कहा था, लेकिन वे याद करके मास्टरनी का नाम बोले थे—'...करोतु शारदा देवि।' जैसे पवन दूर ले जाता है सुगन्ध को इधर-उधर, जैसे सूर्य खींच ले आता है, वाष्प रूप में जल को ऊपर, उसी तरह से निज इच्छा से तू आज प्राप्त हुई है मुझे। मंगल रूपे! ईश्वर तुझे मेरे मन के अनुकूल कर दे।

पूरी श्रद्धा से उच्चारित उनकी यह प्रार्थना ईश्वर ने सुन ली। मास्टरनी को उनके अनुकूल ऐसे ढाला कि तब से आज तक उनकी विनम्र आज्ञाकारी है।

कई बार उन्होंने सोचा भी क्या ऐसे ही अनुकूल होने में स्त्री की सार्थकता है? उसका निज कहाँ है? लेकिन इस दिशा में ज़्यादा सोचने से उनका ब्राह्मणत्व विरोध करता है।

ओटले पर गोपनीयता को लेकर सतर्कता कुछ ऐसी थी कि सब कुछ सर्वविदित और सार्वजनिक था। रमेश की नौकरी लगने की धारणा को मुहल्ले में कुछ ऐसा प्रचार मिला और ऐसी बधाइयाँ मिलीं कि घर के लोग भी हतप्रभ रह गए। मोहल्ले के लोग आते-जाते रमेश से या उसके पिता से पूछते। पिता तो मिठाई के विकल्प में गुड़ का एक बड़ा कटोरा लेकर बैठ गए। हर आने-जाने वाले को बधाई मिलते ही तुरन्त मुट्ठी-भर गुड़ दे देते। घर के लोगों से ज़्यादा अचरज तो माँगीलाल पान वाले को हुआ। इन सारे निठल्लों और आवारा दोस्तों के बारे में उसने इतने दावे से भविष्यवाणी की थी कि इनमें किसी की नौकरी लगना तो दूर की बात है बल्कि इनको तो ठीक से भीख माँगना भी नहीं आएगा। हरामखोर स्साले सब दादागिरी से ही पैसा लेना जानते हैं। पोंद पर बाजे बजे नहीं यानी मेहनत तो कभी की नहीं है।

माँगीलाल पान वाले का कुढ़ना जायज़ था। सारे दोस्त उसी के यहाँ पान से लेकर सिगरेट मुफ़्त लेते हैं और उस पर तुर्रा यह कि भाग नहीं रहे हैं। नौकरी लगते ही पैसा दे देंगे। माँगीलाल कुढ़कर रह जाता था। इनमें से किसी की नौकरी कभी लगना नहीं है और उसे कभी पैसा मिलेगा नहीं। पैसा कभी मिलेगा नहीं, लेकिन इस

बात का उपकार मानने वाले ये लोग हैं नहीं, क्योंकि हर बार कहते हैं कि नौकरी लगते ही पैसा देंगे। उपकार कैसा?

ऐसा भी नहीं था कि माँगीलाल अपनी घृणा को छिपाकर रखता था। चोरी-छिपे प्रकट करता था। खुलकर गालियाँ देता था। कोसता था। लेकिन उस पर कोई ध्यान नहीं देता था। माँगीलाल की गालियों के जवाब में लच्छू हमेशा लापरवाही से कहता था—"अबे, हमें यदि नरक में भी जगह नहीं मिलेगी तो कहीं तो कोई जगह होगी। नहीं तो ऊपर वाला फिर मजबूरी में स्वर्ग में ही हमें रखेगा और रही बात हमें कीड़े पड़ने की तो तू उसकी चिन्ता मत कर, तुमसे दवाई माँगने नहीं आएँगे। तुमसे तो सिर्फ़ पान-सिगरेट माँगते हैं।" और फिर उलाहने के स्वर में आगे कहता—"और वह भी मुफ़्त में नहीं। हम में से जिस किसी की भी नौकरी लगेगी, सारा पैसा चुका देगा।"

ऐस कुढ़ना कोई अकेले माँगीलाल पानवाले का ही नहीं था। कोने पर खड़े चाय का ठेला लगाने वाले सुन्दर भाई का भी यही हाल था। ऐसे में जब रमेश की नौकरी की बात फैली भी तो सुन्दर भाई ने माँगीलाल से कहा कि—"चलो, बारह साल से पहले ही घूरे के दिन पलट गए। रमेश की नौकरी लग गई। पैसा मिलने की उम्मीद बाँध सकते हैं।"—"तू घूरा किसे कह रहा है?" माँगीलाल ने सुन्दर भाई से पूछा—"मुझे या रमेश को?" फिर पुचकारने के लहजे में बोला—"और भैया मेरे, ज़्यादा ख़याली पुलाव मत पकाना। अपच हो जाएगा। रमेश की सरकारी दवाख़ाने में वारड बुआय की नौकरी लगी है। कोई कलेक्टरी नहीं मिली है।"

सुन्दर भाई की आँखें अचरज में फैलीं, फिर तुरन्त मुद्रा बदलकर सन्तों-सी वाणी में बोला—"हमें क्या? कैसी भी नौकरी मिली हो। बस, अपना कमाए-खाए। हमारा क़र्ज़ा दे या न दे।" फिर ठंडी साँस लेकर बोला—"कम से कम अपने से उधार चाय न पिए...।"

माँगीलाल पनवाड़ी को सुन्दर भाई की लाचारी में मज़ा आने लगा। अपने पान को सहलाते हुए बोला—"ऐसे तेरे नसीब कहाँ!" सुन्दर भाई ने उसे देखा तो बोला—"और मेरे भी...।"

अलबता रमेश के शेष दोस्तों ने इस नौकरी लगने की घटना को अपमान समझा।

—"नौकरी करेगा बे? सरकारी ग़ुलामी?" शाहरुख ने उलाहना दिया।

—"स्साले, सफ़ेद टोपी लगानी पड़ेगी।" असलम ने कहा। सभी दोस्तों ने उलाहना दिया, लेकिन एक आदमी ने इस नौकरी में दोस्तों का फ़ायदा खोज लिया। राजू उस्ताद ने कहा—"करने दो नौकरी। घर में लोग भी ख़ुश रहेंगे और हमको भी मुफ़्त के कंडोम मिल जाएँगे।"

—''तो सिर्फ़ कंडोम के लिए ऐसी मामूली-सी नौकरी कर लूँ?'' रमेश ने झुँझलाकर कहा।

—''अबी बोले तो कलेक्टरी मिल जाए तो छोड़ देना।'' हरि ने कहा जो इतनी देर से चुप था।

—''स्साले गाली दे रहा है।'' रमेश ग़ुस्सा हुआ।

—''कलेक्टर होना गाली है?'' हरि ने पूछा।

—''कलेक्टर होना गाली नहीं है, पण इसका कलेक्टर होना तो गाली ही हुआ।'' असलम बोला।

—''पण अबी तू नौकरी कर चार पैसे आएँगे, ओटले पर काम आएँगे। ज़रूरतें भी बढ़ गई हैं। अब यह चूतिया चमन कॉलेज में पढ़ने भी तो जा रहा है।'' राजू उस्ताद ने शाहरुख की ओर संकेत किया।

—''मैं ही क्यों? ये ख़ुद भी तो जा रहा है।'' शाहरुख ने कहा।

—''जाओ स्साले, सब जाओ और ख़ूब पढ़-लिख जाओ। ओटले की नाक कटा दो। बट्टा लगा दो, दोस्तों के नाम पर। देखता हूँ, पढ़-लिखकर कैसे मुँ-ज़ोरी करोगे? पढ़ा-लिखा आदमी दादागिरी नहीं कर सकता है। गाण्डू हो जाता है।'' राजू उस्ताद ने डाँटा तो सभी ने मुँह बिचकाया।

—''अबी बोले तो, मत मानो मेरी बात। पढ़-लिखकर एक दिन रोओगे-कलपोगे और तब मुझे याद करोगे। देखना, पढ़ा-लिखा आदमी शरमदार हो जाता है। इज़्ज़त की परवाह करने लग जाता है।'' कहकर राजू उस्ताद सहसा लच्छू की तरफ़ पलटे जो इतनी देर से चुप था—''क्यों बे लच्छू, ठीक कहा न?'' लच्छू ने सिर्फ़ गरदन हिलायी। एक हल्की-सी कराह भी निकली जो किसी को सुनाई नहीं दी या फिर किसी ने ध्यान नहीं दिया।

—''क्या हुआ?'' राजू उस्ताद ने पूछा—''चुपचाप क्यों बैठा है?''

—''कुछ नहीं।'' लच्छू ने कहा और इस बार ज़्यादा ज़ोर से और स्पष्ट कराह सुनाई दी। या फिर पिछली कराह की अनदेखी से उसने कराह में अपना ज़ोर लगाया था।

—''क्या बात है, कहीं से ठुक के आया है?'' असलम भंगार ने अनुभवी डॉक्टर की तरह उसे टटोलते हुए पूछा।

—''हाँ... !'' उसने कराह कर स्वीकृति दी।

—''कहाँ, कब?'' रमेश के स्वर में सहानुभूति से ज़्यादा उत्सुकता थी।

—''आज सुबह।'' लच्छू ने बताया।

—''कैसे, मतलब क्यों?'' रमेश ने दुबारा पूछा।

—''वो तो छोड़, क्यों?'' असलम भंगार ने पूछा।

—''यार, लड़की के बाप और भाई ने घेर कर ख़ूब मारा!'' लच्छू ने कराहते हुए कहा।

—"कौन-सी वाली लड़की?" रमेश ने पूछा—"वो राव साब की मुटल्ली छोरी?"

—"नहीं, वो तो कोई परीक्सा देने इन्दौर गई है। मुहल्ले का ही माल है। दीनू धोबी की लौंडिया है।" लच्छू ने जानकारी दी।

—"तो धोबी ने धो दिया तुझे।" हरि ने हँसकर कहा तो सभी हँस पड़े। लच्छू भी जानता था कि इनसे सहानुभूति की उम्मीद बेकार है।

—"हुआ क्या था?" राजू उस्ताद ने पूछा।

—"अबी बोले तो रात को दीवार फाँदकर उसके घर में घुस गया था।"

—"तो किसी ने देख लिया?"

—"नहीं।"

—"तो पकड़ा गया क्या?"

—"नहीं।"

—"तू कुछ कर रहा था, तभी कोई आ गया क्या?"

—"नहीं।"

—"तो फिर हुआ क्या? नहीं-नहीं की रट पकड़ ली है।" राजू उस्ताद झल्ला गए।

—"रात को खिड़की से बिल्ली कूदी तो मैं डर गया, समझा कोई आ गया है।" लच्छू ने फिर कराहने की कोशिश की।

—"तो...!" रमेश ने पूछा।

—"मै झट से छोकरी के ऊपर से उठा, पैंट पहना और भाग लिया।"

—"तब किसी ने देखा?"

—"नहीं।"

—"बाहर निकलते हुए पकड़ा।"

—"नहीं, अबी बोला तो...!" अब लच्छू झुँझला गया।

—"फिर हुआ क्या?" उसकी झुँझलाहट की अनदेखी करके असलम ने पूछा।

—"उसके बाप या भाई को पता कैसे चला?" रमेश ने पूछा।

—"अबी बोला तो मैं...। जल्दी में उठा और पैंट पहनकर भाग लिया।"

—"तो क्या हुआ?" असलम भंगार झल्लाकर बोला—"स्साले क्या नंगा भागना चाहता था?"

—"नहीं जल्दी में चड्ढी नहीं पहना। वहीं भूलकर आ गया। सुबह घर के लोगों ने देखा।" लच्छू ने आह भरकर कहा।

—"तेरी फंटी ने भी नहीं देखा, उसको भी ध्यान नहीं रहा?" रमेश ने आनन्दित होते हुए पूछा।

—"अबी बोले तो वो दारी मेरे भागते ही ओढ़कर सो गई होगी।" लच्छू ने कलपकर कहा।

—"ओह!" असलम भंगार ने कहा। जिसमें अफ़सोस नहीं सिर्फ़ स्वीकृति भर थी।

—"हाँ यार, पर वो भी कहाँ बची। पहले उसकी ठुकाई हुई। फिर मेरी बजन्तरी हुई।" लच्छू ने पिटाई को याद करते हुए कराह कर कहा।

—"ये माल कब पटाया?" असलम भंगार को एकाएक याद आया। उसके स्वर में माल को छुपाए रखने की शिकायत थी।

—"अरे यार, ज़्यादा टैम नहीं हुआ था। स्साली के चक्कर में रोज़ एक रुपया क़मीज़ पर इस्त्री कराने के देना पड़ता था।" लच्छू ने बताया।

—"फिर?" हरि ने पूछा।

—"फिर मतलब?" लच्छू ने भी प्रतिप्रश्न किया।

—"स्साले बात आगे कैसे बढ़ी?" हरि ने उत्सुकता को दबाकर पूछा।

—"यार, इस्त्री कराने जाता था तो हाथ-वाथ की पकड़ा-पकड़ी चलती थी। मैं समझ गया कि दाना चुग रही है। फँसेगी।"

—"तो फँसी?" रमेश ने पूछा।

—"फँसी, तभी तो ठुकाई हुई।" लच्छू ने पीठ दीवार से टिका दी।

—"फिर?" हरि ने दुबारा पूछा।

—"कल सुबह उसके यहाँ क़मीज़ इस्त्री कराने गया...।" लच्छू ने बताया तो उसकी बात काटकर तुरन्त रमेश बोला—"एकदम सुबह से पहुँच गया।"

—"अबी बोले तो एकदम सुबह से नहीं। नौ-दस बज रहे होंगे। उसका भाई-बाप स्साले कपड़े धोने नदी गए थे। माँ पता नहीं कहाँ मर गई थी। स्साली अकेली थी। नहा रही थी।" उसने घटना के सचित्र वर्णन से पहले भूमिका बाँधी।

—"तू उसके बाथरूम तक घुस गया?" शाहरुख ने पूछा, जो इतनी देर चुप था।

—"यार, ऐसे घरों में बाथरूम कहाँ होते हैं। भीतर के कमरे में कोने की मोरी पर लाल फर्शी धरी तो नहाने का इन्तज़ाम हो गया। बोले तो, खुला बाथरूम।" लच्छू ने बताया।

—"तो तू भीतर के कमरे तक पहुँच गया।" हरि ने कहा।

—"घर में कोई दिखा नहीं तो मैंने समझा, मौक़ा अच्छा है। भीतर घुस गया।" लच्छू बोला।

—"फिर?"

—"दारी नहा रही थी।"

—"तो?"

—"अबे नहा रही थी मतलब ऐसे ही नहा रही थी।" लच्छू ने देखा, सभी उसके निकट खिसक आए हैं।

—"ऐसे ही मतलब?" हरि बोला।

—"ऐसे ही मतलब, कुछ भी नहीं पहने थी।" लच्छू ने कहा और उसे जैसे दृश्य याद आ गया और वह आनन्दित होना ही चाहता था कि रमेश ने पूछा—"कुछ नहीं मतलब?"

—"कुछ भी नहीं।" लच्छू ने बताया।

—"कुछ भी नहीं।"

—"एक रूमाल तक नहीं?"

—"एक चिन्दी तक नहीं।"

—"निपट नंगी?"

—"एकदम।"

—"एकदम?"

—"एकदम।"

—"फिर?"

—"स्साला मैं तो थिरी भिन्नोट हो गया। आसपास देखा, और आगे बढ़कर दारी को मुर्गी की तरह दबोच लिया।" लच्छू मुस्करा कर बोला। वह आने के बाद पहली बार मुस्कराया था।

—"फिर?" रमेश का स्वर उत्तेजना में थरथराने लगा।

—"मुझे लगा स्साली चिल्लाएगी, पण मैं भी सोचकर आया था कि मर्द का आगे बढ़ा पैर अब पीछे नहीं हटेगा।" लच्छू ने सीना फुलाने की कोशिश की, लेकिन पसलियाँ चसकी तो कराह निकल गई।

—"फिर मर्द का पैर कितना आगे बढ़ा?" शाहरुख ने पूछा, जो थोड़ा पीछे खिसक गया था।

—"तो पूछ मत...। मैं तो तर-ब-तर हो गया।" लच्छू याद करके झूमने लगा।

—"काहे से तर-ब-तर हो गया?" असलम भंगार को अचरज हुआ।

—"अबे, पानी से। स्साली वो नहा रही थी न?" लच्छू उन सबको दृश्य में दाख़िल करने की कोशिश करने लगा।

—"बोली, कपड़े गीले हो गए हैं। मैंने बी कहा—कपड़े धुल गए, अब पहने हुए ही इस्त्री कर दे। स्याणी कव्वी हँस दी। मैंने बी सोचा कि स्साली हँसी तो फँसी।"

—"फँसी?" रमेश ने पूछा।

—"बिल्कुल फँसी। बोली, रात को आना। खिड़की खुली रखूँगी।"

—"तो तू रात को गया?" रमेश ने पूछा।

—"अबी बोले तो फिर मार कहाँ खा कर आया? रात को गया तभी तो यह ठुकाई कांड हुआ।" लच्छू जैसे स्मृति के आनन्द से बाहर आया। बाहर आया तो कराहने लगा।

—"ओह!" सभी ने समवेत् स्वर में कहा और वहीं पर ढेर हो गए।

इस तरह की आवारागर्दी और ठिलवई इनके लिए नयी बात नहीं थी। कभी सभी दोस्त शामिल रहते तो कभी कोई एक अनुपस्थित भी रहता, लेकिन ठिलवई ऐसी ही चलती रहती। वे भी ठिलवई के ऐसे ही शुरुआती दिन थे। उन दिनों भी कुछ ऐसा ही हुआ था। राजू उस्ताद ने प्रस्ताव रखा कि इस बार अनंत चतुर्दशी पर गणेशजी की झाँकी में चन्दे में से जो पैसा बचेगा, उस पैसे से पूना चलेंगे। पूना में सबसे अच्छा रेडलाइट एरिया है। एक से एक टॉप की चीज़ है। असलम भंगार को इन मामलों का उस्ताद माना जाता है और उसके अनुभवों की यार-दोस्तों में बड़ी कद्र है। असलम ने कहा कि—"हम लोग जब बम्बई में थे तब पास में थोड़ा पैसा जमा हो जाता था तो पूना ही जाते थे।" कहते-कहते उसकी आँखों में अतीत की रंगीन स्मृतियाँ उतरने लगतीं, फिर आह भरकर बोला—"पर पैसा कोई रोज़-रोज़ जमा नहीं होता था।" पूना जाने का फ़ैसला कोई एकदम से नहीं हुआ। बाक़ायदा खोजबीन की गई। जानकारियाँ जुटाई गईं। अनुभवी और विशेषज्ञ लोगों की राय ली गई। किसी ने कहा कि जलगाँव की रंडियाँ भी बड़ी मशहूर हैं। राजू उस्ताद ने उसे झिड़क दिया। बोले—"किस ज़माने की बातें कर रहा है? नाचने-गाने वाली चालू चीज़ें हैं।"

रमेश जो बुरहानपुर की खसखसवाड़ी का नाम लेने वाला था, चुप रह गया। उसे मालूम था कि बुरहानपुर की रंडियों की स्थिति तो जलगाँव से भी गई-बीती है। बुरहानपुर तो अब बीमारियों का घर हो रहा है। सज्जाद ड्राइवर बुरहानपुर से ही कनी कौन-सी बीमारी लाया था जो फिर उसी को लेकर चली गई। साल-भर के भीतर ही टपक गया।

इसी बीच जाने कैसे शाहरुख को नैतिकता की याद आ गई।

—"इस तरह धरम के चन्दे से राँडों के पास जाना ठीक रहेगा?"

सब लोग उसे आश्चर्य से देखने लगे। रमेश ने पूछा—"तुझे दिक्कत क्या है?"

—"दिक्कत तो नहीं पर मन में कुछ अजीब-सा लग रहा है। किसी मन्दिर में दे देते या कहीं दान-पुण्य कर देते।" शाहरुख थोड़े संकोच से दबी ज़ुबान में बोला। उसे डर था, कहीं सभी उस पर फट न पड़ें। पर ऐसा नहीं हुआ। राजू उस्ताद

ने पूछा—"मन्दिर में पैसा देंगे तो अपना जोशी पंडित उस पैसे का सट्टा खेल जाएगा। तीन पत्ती में पैसा लगा देगा। दान-पुण्य से अब बता तेरा क्या मतलब? चींटियों को आटा खिलाना है? उन मोटे खाऊ ब्राह्मणों को खिलाना है जो हर साल तेरे घर श्राद्ध पर आते हैं और तू मन-ही-मन जिन्हें हज़ारों गालियाँ देता है? बता?" शाहरुख सिटपिटा गया। बोला—"मेरा ये मतलब नहीं है।"

—"तो फिर क्या मतलब है?" रमेश बोला।

—"मेरा मतलब...किसी अच्छे काम में पैसा लगाएँ तो मन को सुख मिलेगा?" शाहरुख पराजित तो हो चुका था, लेकिन अपनी अन्तिम पस्ती में वह बोला।

—"तो राँडों के पास जाने से सुख नहीं मिलेगा? बोल? सच्ची-सच्ची बोल? अबे, मन का सुख भी मिलेगा और तन का सुख भी मिलेगा। समझ ले एक टिकट में डबल मजा।" राजू उस्ताद ने उसे समझाया।

अजीब-सा तर्क था, लेकिन शाहरुख चुप हो गया। हरि इतनी देर से चुप बैठा था, मुस्कराता हुआ उसके कन्धे पर हाथ रखकर धीरे-से बोला—"ये नैतिकता का भय क्यों सताने लगा? ये डर स्साला कभी-कभी अच्छा आदमी बनने के लिए भी उकसाता है।"

असलम जो उसकी बात सुन रहा था, थोड़ा चौंक गया, फिर चिन्तित स्वर में बोला—"सँभाल भाई, दिल को सँभाल! तेरा डर तुझे ऐसा भरमाएगा तो कहीं का नहीं रहेगा। घर का न घाट का!"

शाहरुख पहले तो उसे देखता रहा, फिर मुस्करा दिया।

तब रमेश ने एक समस्या बताई। उसने कहा कि मलाईकोफ्ता आया हुआ है। उसका क्या करें? मलाईकोफ्ता रमेश के बड़े भाई का साला है। गाँव में रहता है। पढ़ा-लिखा कहा जा सके, ऐसा पढ़ा-लिखा है। किसी पुस्तक का एक पृष्ठ पढ़ना उसके लिए भारी परिश्रम का कार्य रहता था, इसलिए उसे बैल चराने, खेतों में निन्दाई करने और हल चलाने में मज़ा आने लगा। इसलिए स्कूल गया भी और नहीं भी गया। पढ़ा-लिखा भी और नहीं भी। शहर में बहन के यहाँ आने पर उसे ओटले पर इन लोगों की सोहबत मिल गई। गुंडई और उचक्कई के गँवई तरीक़े उसने इन लोगों को सिखाये। शहरी ठिलवई और बदमाशियों में इन लोगों ने उसे दीक्षा दी। गुरु-चेले का परस्पर अजीब-सा सम्बन्ध बन गया। शहरी ढाबे पर देसी व्हिस्की पीते हुए उसने पहली बार खाने में मलाईकोफ्ता खाया। उसे मलाईकोफ्ता इतना पसन्द आया कि वह हर बार शहर आने पर इन दोस्तों से सिर्फ़ इसी सब्जी, मलाई-कोफ्ते की फ़रमाइश करता। दोस्तों ने बताया कि सब्जी नहीं है। परन्तु उसने कहा कि जिसे भी मिर्च-मसाले से बघार लगा दिया जाए और रोटी के साथ खाया जाए, उसे सब्जी कहते हैं। अब उसे समझाना बेकार था, लेकिन मलाईकोफ्ता के प्रति इस दीवानगी के कारण वह चंपालाल से 'मलाईकोफ्ता' हो गया। शुरू में तो उसे इस

नामकरण से एतराज रहा, लेकिन फिर यह सोचकर कि गुंडों के मुँह कौन लगे? उसने कहना छोड़ दिया।

लच्छू अपनी बहन के रिश्ते के सिलसिले में गाँव गया था। ऐसे नेक काम में प्रतीक्षा करना बेकार काम है। तय यह हुआ कि मलाईकोफ्ता को भी साथ ले जाया जाए। इसके सिवा कोई चारा भी नहीं था। उसे बुलाया गया और बताया तो बल्लियों उछलने लगा। उसने बताया कि आज तक उसके गाँव में रंडियों को मेले-ठेले में तो नाचते देखा है या फिर हीरोइनों को सिनेमा में देखा है। लेकिन ऐसी रंडी नहीं देखी मतलब जिसे छू सके। उसे बताया कि सिनेमा में काम करने वाली सारी औरतें रंडी नहीं होती हैं तो वह हँसने लगा जैसे किसी ने मज़ाक़ किया हो। जो पराए मर्दों के साथ नाचे-गाए, चिपके, चूमा-चाटी करे, वह भला रंडी न हुई तो क्या हुई? रंडी के क्या पंख होते हैं? रंडी क्या अलग से कुछ दिखती है? रंडी के सींग निकले होते हैं? क्या होता है बताओ? उसे समझाना बेकार था। पर उसे यह समझाने की नाकाम कोशिश ज़रूर की गई कि पूना में फ़िल्मी हीरो-हीरोइनें नहीं मिलेंगी।

—"क्यों नहीं मिलेंगी?"

—"अबे हीरोइनें मुम्बई में होती हैं।"

—"तो मुम्बई से पूना भला कितनी दूर है?"

—"अबे, हीरोइन और रंडी का मुम्बई-पूना की दूरी से कोई लेना-देना नहीं है। वो अलग मामला है। ये अलग मामला है।" रमेश ने समझाया।

—"अलग मामला क्यों है? मुम्बई में सिनेमा में काम करती हैं तो चूमा-चाटी के, चिपका-चिपकी के और धर-पकड़ के पैसे नहीं लेती हैं क्या? और हम पूना जाएँगे तो वहाँ की औरतों को भी पैसा देंगे।"

—"स्साले मलाईकोफ्ते की औलाद!" शाहरुख झल्ला गया—"अबे, मुम्बई की हीरोइनें कलाकार हैं। इज़्ज़तदार हैं। हम पूना जाते हैं, तो वहाँ औरतों को सौ-दो सौ या पाँच सौ रुपये देते हैं। हीरोइनों को लाखों बल्कि करोड़ों रुपये मिलते हैं।"

—"तो फिर कम या ज़्यादा रुपये का बोल! यानी कि बात दाम पर टिकी है। तो ऐसा बोल फिर! बीच में कला को हेपलता है।" मलाईकोफ्ता ने एक ऐसे देसी शब्द का इस्तेमाल किया जो घालमेल, घिचपिच से लेकर अश्लीलता के बहुअर्थी संकेतों तक जाता था। हरि ने सबको इशारा किया कि चुप हो जाओ। पत्थर से सिर फोड़ने का कोई मतलब नहीं। सब चुप हो गए तो मलाईकोफ्ता को लगा कि अन्ततः वही सच्चा साबित हुआ।

—"तुम शहर के लोग बात को घुमा-फिराकर बहुत कहते हो। बात जहाँ से निकलती है, उसके मतलब को वहीं पकड़ो।" कहकर वह हँसने लगा।

—"तूने पकड़ लिया?" हरि ने पूछा।

—"क्या?" मलाईकोफ्ता चौंका।

—"बात को?"

—"हाँ!"

—"तो पकड़ के बैठ! खूँटा गाड़ के बैठ! समझा!" हरि ने डपटकर कहा तो मलाईकोफ्ता सिटपिटाकर चुप हो गया। चुप तो हो गया, लेकिन ज़्यादा देर चुप नहीं रहा। उसने बताया कि एक समस्या है, जिसे पूना जाने से पहले निपटाना है।

—"क्या है?" शाहरुख ने पूछा।

—"समस्या यहाँ नहीं है। गाँव में है।" मलाईकोफ्ता ने फिर उलझाया।

—"तो गाँव में ही समस्या निपटा देनी थी।" शाहरुख ने कहा—"अब क्या वापस गाँव जाएगा?"

—"नहीं, समस्या गाँव में है, लेकिन निपटेगी यहाँ!" उसने गम्भीर होकर कहा। गम्भीर होने के लिए उसने चेहरे को गम्भीर बनाया तो सबको हँसी आ गई।

—"स्साले, पहेली-पहेली खेलने में मज़ा आता है?" रमेश ने उसकी घुमावदार बातों से कुढ़कर कहा।

—"मैं सच कह रहा हूँ!" उसने हाथ को तुरन्त कंठ से छूकर कहा—"विद्या की क़सम!"

—"अबे झण्डू!" राजू उस्ताद उसके कन्धे को टहोका देते हुए बोले—"तेरा और विद्या का क्या वास्ता? स्कूल तो छठे-चौमासे मुश्किल से गया। दूसरी विद्या की बात करें तो वो तेरे पड़ोस वाली विद्या तो तेरे बजाय उस कालू मास्टर को भाव देती है।"

—"भाव तो इसको भी दे, लेकिन उसका भाव लेने की इसकी औकात नहीं। बहुत ज़्यादा भाव है उसका।" रमेश ने कहा और हँसने लगा।

सभी हँसने लगे। मलाईकोफ्ता कुढ़ गया।

—"बात तो सुनना मत। बस ठिलवई करते रहना।" मलाईकोफ्ता थोड़ी नाराज़गी से बोला तो सभी ने गम्भीर होने का अभिनय किया। मलाईकोफ्ता समझ तो रहा था कि गम्भीर कोई नहीं है, लेकिन उसने इसी में अपनी भलाई समझी।

—"गाँव में मेरे साथ धोखा हुआ है।" उसने इस नक़ली गम्भीरता का लाभ उठाना चाहा लेकिन किसी के चेहरे पर सहानुभूति नहीं आई।

—"क्या हुआ? विद्या कालू मास्टर के साथ भाग गई क्या?" राजू उस्ताद ने पूछा।

—"नहीं यार! वो भागे तो मुझे क्या? कल भागती हो तो आज भाग जाए, बल्कि भाग जाए तो अच्छा ही है। कालू मास्टर की गोद में बैठकर रोज़-रोज़ मेरी जान जलाती है। न मैं ऐसा देख पाऊँगा और भौंक पाऊँगा।" उसने बोला तो उसके स्वर ग़ुस्से से चलकर उदासी की गोद में आ गए।

—"फिर बात क्या है?" शाहरुख ने पूछा।

—"दुनिया में स्साली ईमानदारी तो बची नहीं है। समझो वह तो घुस गई गधी की...!" वह आगे कुछ बोलता लेकिन राजू उस्ताद ने बात काटकर कहा—"हमें मालूम है कहाँ जाकर घुस गई है। तू मुद्दे की बात बता।"

—"भलाई का ज़माना नहीं रहा।" उसने मुद्दे की बात न कहकर जो बात कही उसे सुनकर सभी ने माथा ठोक लिया।

—"स्साले तुझे कोई बीमारी है कि बात को सीधे-सीधे नहीं कहता है। वर्ना तुझे भी ज़माने की ईमानदारी के साथ उसी जगह घुसा दें।" असलम भंगार झल्लाकर बोला।

—"मियाँ! बात सुनोगे तो तुम्हारे कलेजे में भी आग लग जाएगी!" उसने असलम भंगार की झल्लाहट से अप्रभावित रहते हुए कहा।

—"अच्छा?" असलम ने बनावटी अचरज प्रकट करते हुए कहा—"बात में देसी दारू मिली हुई है या डायरेक्ट एसिड मिला लाया है क्योंकि अपने यहाँ कलेजे को आग लगाने वाली एक ही चीज़ होती है।"

—"स्साले दारूकुट्टों! तुम लोगों को दारू के अलावा कुछ सूझता भी है?" उसने कुछ ऐसी हिकारत से कहा जैसे ख़ुद उसने जीवन में कभी शराब को हाथ भी नहीं लगाया हो।

—"अरे! दुनिया में बेईमानी इतनी बढ़ गई है कि भले लोगों का रहना मुश्किल हो गया है।" उसने एक लम्बी साँस छोड़ते हुए कहा।

—"भाई मेरे, दुनिया में बेईमानी बढ़ गई है। यह तो तू अभी कई बार कह चुका है, और तेरे कहने से हमारी समझ में भी आ गई है। लेकिन भले आदमियों से तेरा क्या लेना-देना?" शाहरुख ने उसे पुचकारा।

वह बिदक गया।

—"तुम लोगों को मालूम है क्या हुआ है?"

—"कमबख़्त! तू बताएगा तो मालूम होगा!" असलम भंगार झल्लाकर बोला।

—"गाँव में गणेश गोलू ने मुझे धोखा दिया है!" उसने फुफकारते हुए कहा।

गणेश गोलू का नाम सुनकर ये लोग इतना तो समझ गए कि बात सट्टे से सम्बन्धित है। गणेश गोलू गाँव में सट्टे का पाना भरता है। पाना यानी सट्टे के नम्बर लिखकर परची देता है। जिसका सट्टे का नम्बर खुल जाता है, उसे नौ गुना पैसा मिलता है। सभी जानते हैं कि कई गाँव इसी ग़ैर-क़ानूनी धन्धे में उजड़ गए हैं, लेकिन पुलिस को सबसे ज़्यादा हफ़्ता इसी धन्धे से मिलता है।

गणेश गोलू गाँव से सारे नम्बरों की परची लेकर शहर के काउंटर पर देता है जो शहर में सट्टा लगाने वालों से भी पैसा वसूलता है। मलाईकोफ्ता को सट्टे के मामले में धोखा हुआ है। पर क्या?

—"क्या? अरे पूछो, क्या नहीं!" मलाईकोफ्ता बिदककर बोला—"मेरा सट्टे का नम्बर खुल गया है। दो सौ रुपये का सट्टा खुला है।...सुन रहे हो तुम लोग...दो सौ रुपये...!" उसने बार-बार दोहराकर कहा! जैसे सब लोग सुनते ही बेहोश हो जाएँगे। बेहोश कोई नहीं हुआ, लेकिन अचरज से सभी के मुँह खुले के खुले रह गए।

—"नम्बर खुल गया तो स्साला बेईमानी पर उतर आया! स्साले की फट के गले में आ गई। पैसे देने के नाम पर स्साले की लपाके लेने लगी।" ग़ुस्से और बात कहने का जोश कुछ इस तरह मिलकर उसके चेहरे पर आया कि वह हाँफने लगा।

अचरज और सहानुभूति सभी के चेहरे पर ज़्यादा देर नहीं रही। रमेश ने पूछा—"तो तू क्या चाहता है?"

—"मैं न्याय चाहता हूँ!" उसने जैसे गुहार लगाई।

—"अबे घनचक्कर, यहाँ कोई जहाँगीर का घंटा लटका है क्या? तू बजाएगा और न्याय मिल जाएगा!" शाहरुख ने झिड़का।

—"और घंटा बँधा भी हो तो ये ऐसी ग़ैर-क़ानूनी बात की सुनवाई करेगा कौन? तूने सट्टा लगाया है और तुझे मालूम है सट्टा लगाना भी अपराध है!" हरि ने उसे घूरते हुए कहा।

—"मुझे मालूम था कि तुम लोग मदद नहीं करोगे, इसलिए मैं ख़ुद इन्तज़ाम करके आया हूँ।" वह गरदन हिलाकर बोला।

—"क्या इन्तज़ाम?" हरि ने आश्चर्य से पूछा।

—"मैं पुलिस के नाम...एस.पी. साहब के नाम अर्जी लिखकर लाया हूँ।" उसने ज़ेब से काग़ज़ों का एक पुलिंदा निकाला।

—"ये अर्जी है या किताब लिखकर लाया है?" राजू उस्ताद ने आँखें फाड़कर पूछा—"चल बता!"

उसने काग़ज़ खोले और हरि के हाथ में थमा दिए। हरि ने पढ़ना शुरू किया।

'माननीय पुलिस अधीक्षक साहब!

मालूम होवे कि मैं एक ग़रीब ब्राह्मण होकर गाँव में खेती-बाड़ी करके अपना और घर के लोगों का पेट पालता हूँ। गाँव में भी इसलिए मेरे घर में भी ग़रीबी ख़ूब है। खेती-बाड़ी बहुत थोड़ी है। गाँव के मन्दिर में पुजारी हूँ। मन्दिर के चढ़ावे से जो थोड़ी-भोत आमदनी होती है अपना और अपने घर-परिवार का पेट पालता हूँ। श्रीमान्जी को मालूम होवे कि मैं ग़रीब हूँ तो घर के लोग भी ग़रीब हो गए हैं। घरवाली तो ग़रीबी के मारे रोज़ गालियाँ देती है। वह भी भोत ग़रीब हो गई हैं। ग़रीबी के मारे रोज़ कुएँ में कूदने की धमकी देती है। हालाँकि धमकी ही देती है। कूदी तो आज तलक नहीं। कई बार मन करता है कि मैं ख़ुद ही उसे धक्का दे दूँ। मुँहजोर ऐसी है कि जब गालियाँ देने पर आ जाए तो नत्थू चमार को

मात कर दे। मुँह से गालियों का नाला बहने लगता है और मेरे पूर्वजों की गोर खोदने लगती है।'

हरि ने बीच में रुककर आश्चर्य से उसे देखा और कुछ कहना चाहा, लेकिन उसने रोक दिया और हाथ को हिलाकर संकेत किया कि आगे बढ़ो यानी पढ़ते रहो। हरि ने आगे पढ़ना शुरू किया—

'पर बात घरवाली की नहीं है। ग़रीबी की भी नहीं है। बात एक ग़रीब ब्राह्मण के साथ अन्याय की है। धोखाधड़ी और बेईमानी की बात है। मैं बरसों से सट्टा खेल रहा हूँ। मेरा मकान, मेरा खला इसी सट्टे में बिक गया। घरवाली के गले का सोने का दोरा भी सट्टा खेलने में बेच दिया। दूध देने वाली गऊमाता भी बेचनी पड़ी। इतने सालों से मैं सट्टे पर पैसे लुटाता रहा तब तो यह गणस्या गोलू (गणेश गोलू) कुछ नहीं बोला, लेकिन जब बारह साल में घूरे के दिन बदले और मेरा नम्बर खुल गया तो जलन के मारे इसको कलेजे में काट उठी। पैसा देने से इनकार कर दिया। भगवान धीरज की परीक्षा लेते हैं। मैं धीरज की परीक्षा में पास हो गया। इतने सालों के धीरज के बाद मेरा सट्टे का नम्बर खुल गया। भोले बाबा की किरपा हो गई। ग़रीब ब्राह्मण की सुन ली। क्या ये गणस्या गोलू भोले बाबा से भी दो हाथ ऊपर हो गया? मैंने उसके घर के कई चक्कर काटे, लेकिन उसने सट्टे के पैसे देने से मना कर दिया। आप तो जानते हैं कि सट्टे के धन्धे में ऐसी बेईमानी नहीं होती है। आज तक किसी ने ऐसा टुच्चापन नहीं दिखाया। यह तो अमानत में खयानत हुई। ग़रीब ब्राह्मण का पैसा दबाकर बैठ गया है। ग़रीब की हाय लगेगी तो बर्बाद हो जाएगा।

'आप श्रीमान्जी से निवेदन है कि आप न्याय करें। ऐसे झूठे, फ़रेबी और बेईमान सट्टे वाले के ख़िलाफ़ कार्रवाई करें। किसी अच्छे और भले आदमी को इस धन्धे में तैनात करें। दुनिया में अभी अच्छे आदमी का अकाल नहीं पड़ा है। श्रीमान्जी हुकुम करेंगे तो मैं भी इस धन्धे को ठीक से चला सकता हूँ। इतना बर्बाद होने के बाद तो मुझमें बहुत काबिलियत आ गई है। ठोकर खाकर ही आदमी काबिल बनता है। श्रीमान्जी से निवेदन है कि इस धन्धे के लिए मेरे लायसेंस को मंजूरी देकर आदेश निकालने की कृपा करें और श्रीमान्जी इस बेईमान गणस्या गोलू को तत्काल बेईमानी के इल्जाम में जेल में डाल दें। रोज़ इसे हंटर लगाए जायँ और यदि पानी में भिगोकर हंटर लगाएँगे तो हुजूर आवाज़ भी दूर-दूर तक सुनाई देगी और मेरे कलेजे को ठंडक मिलेगी। आपको ग़रीब ब्राह्मण की दुआ मिलेगी और हमेशा कमाई वाला ज़िला मिलेगा। यही विनय। अर्जी लिखने वाला चम्पालाल पिता सदानन्द निवासी जामुनखेड़ी।'

हरि ने अर्जी पढ़ना बन्द किया तो देखा सभी हक्के-बक्के बैठे हैं। फिर एकाएक ज़ोर का ठहाका गूँजा और सभी ज़ोर-ज़ोर से हँसने लगे। मलाईकोफ्ता को

बहुत कोफ्त हुई। आदमी मुसीबत में पड़ा है और ये लोग हँस रहे हैं। फिर हरि ने सबको चुप होने के लिए इशारा किया। मलाईकोफ्ता को किसी ने कुछ नहीं कहा। उसे समझाना बेकार था। वह मूर्खता की हद तक भोला है और मारपीट कर लेने की हद तक उजबक है। इस अर्जी की मूर्खता को वह समझ नहीं सकता है। वह इस छोटे से शहर या क़स्बेनुमा शहर को ही बड़ा भारी शहर समझता है। यहाँ आने की बात को लेकर वह गाँव में रौब जमा कर आता है। कुछ ही देर में यह स्पष्ट भी हो गया। उसी ने बताया कि वह गणेश गोलू को धमकाकर आया है कि शहर में उसकी दोस्ती बड़े-बड़े गुंडों से है। उसका काम लगा दूँगा। निबटा दूँगा। जाने क्या-क्या धमकी दोहराने लगा।

—"तू गाँव में हमें गुंडे-बदमाशों की भाँति प्रचारित करता है?" हरि ने अचरज से पूछा।

—"तो क्या तुम लोग मेरे लिए मारपीट नहीं करोगे? पहले ये बताओ!" उसने हरि की बात काटी।

—"तू हमको गुंडा-बदमाश कहे और हम तेरी मदद करें?" रमेश ने पूछा।

—"तो क्या तुम लोग मारपीट नहीं करते हो?" उसने पूछा।

—"अरे, मारपीट हम दोस्तों की मदद के लिए करते हैं। गुंडागर्दी थोड़े ही करते हैं।" शाहरुख ने समझाना चाहा।

—"मदद के लिए करते हो या किसी भी काम के लिए। मारपीट तो करते हो न?" उसने हाथ उठाकर पूछा—"फिर गुंडा कहलाने में शरम काहे की? और फिर गुंडा कहलाने से इज़्ज़त बढ़ती है। लोग डरते हैं। तुम लोगों के नाम से गाँव में मेरा भी रौब पड़ता है।"

असलम भंगार ने एक लम्बी साँस छोड़ी और हताशा में गरदन हिलाई फिर बोला—"रहने दो...इसको समझाना बेकार है। ठीक है भाई मेरे, तेरे जो मन में आए, कर! गुण्डे-बदमाश बोल! वारंट निकलवा दे हमारे। जो तुझे ठीक लगे कर। बस?"

मलाईकोफ्ता इस आश्वासन से ख़ुश हो गया।

सभी ने तय किया कि इसकी अर्जी की बक़वास पर ध्यान नहीं देना है। पूना चलने के लिए इसे मनाने की भी ज़रूरत नहीं है। सभी ने निर्णय सुनाया कि हम तो पूना जाएँगे। तुझे चलना हो तो चल नहीं तो गधी के पास सुरक्षित रखी उसी जगह तू भी जाकर घुस जा जहाँ यह बेईमान दुनिया ईमानदारी को सुरक्षित रख आई है। मलाईकोफ्ता रोया, गाया, चिल्लाया, लेकिन किसी ने ध्यान नहीं दिया। क्योंकि हर कोई जानता था कि सही समय पर वह तैयार होकर पहुँच जाएगा। ऐसा ही हुआ भी। रवानगी के समय वह तैयार होकर पहुँच गया। तय यह हुआ कि रामअवतार काका की जीप डीजल ख़र्चे पर ली जाए। रामअवतार काका को बता दिया गया कि जीप

किराये पर नहीं लेंगे। आने-जाने में जो डीजल ख़र्च होगा वह दे दिया जाएगा। उसे बताया कि मलाईकोफ्ता बीमार है। मुम्बई ले जाना है इलाज के लिए।

—"क्या हुआ?"

—"एड्स हो गया है!" राजू उस्ताद ने उसे बताया।

—"कैसे?" रामअवतार ने अचरज से पूछा।

—"अरे, क्या बताऊँ काका, ग़लत औरतों के फेर में पड़ गया था। किसी बाई ने यह बीमारी चिपका दी।" राजू उस्ताद ने बनावटी अफ़सोस की गम्भीर मुद्रा बनाकर कहा।

—"अरे, यह तो ख़तरनाक बीमारी है। किधर ग़लत औरतों के फेर में पड़ा? स्साला...सूरत से कैसा शरीफ़ दीखता है। पेट में दाँत निकले हरामी के!" रामअवतार ने मुँह बिचकाकर कहा—"क्यों कराते हो ऐसे आदमी का इलाज? मरने दो स्साले को!"

—"ऐसे कैसे मरने दें? गाँव में ग़लत दोस्तों की संगत में बिगड़ गया। पर अब अपना भी फ़र्ज़ बनता है। अपने रमेश के बड़े भाई, दिनेश दादू का साला है। कान पकड़ रहा था। पैरों में पड़ गया कि आगे से सुधर जाऊँगा। एक बार इलाज करा दो। अब हम लोग भी ऐसे संकट के समय में मुँह फेर लेंगे तो बिचारा मर जाएगा। बीमारी ऐसी है कि किसी और को तो बता भी नहीं सकता है।"

—"ले जाओ। जीप की कोई बात नहीं। जीप ले जाओ।" रामअवतार काका ने स्वीकृति दे दी।

रामअवतार काका जीप किराये पर चलाते हैं। एक तरह से क़स्बे की छोटी-मोटी ट्रेवल एजेंसी चलाते हैं। कभी कोई ड्राइवर छुट्टी पर रहता है तो इनमें से असलम भंगार या राजू उस्ताद उनकी मदद करते हैं। इन दोनों में से कोई भी जीप ड्राइवर बन जाता है। ऐसी मदद के पैसे भी नहीं लेते हैं। फिर ऐसी ज़रूरत पड़ती है तो जीप बग़ैर किराये के मिल जाती है। ये लोग चलने लगे तो काका सभी को जीप तक छोड़ने आ गए। मलाईकोफ्ता को देखकर मुँह बिचकाया, फिर जाने क्या सोचकर सहानुभूति जताते हुए बोले—"अपना ध्यान रखो भाई। ज़िन्दगी में बड़ा नुक़सान उठा बैठोगे।"

मलाईकोफ्ता की तो इस समय एक ही दुःखती रग थी, कुढ़कर बोला—"नुक़सान तो उठा ही बैठा हूँ। भारी चोट हो गई है मेरे साथ। बर्बाद हो गया हूँ।"

—"बर्बाद होने जैसी कोई बात नहीं। इतने अच्छे दोस्त हैं तुम्हारे। बचा लेंगे।" रामअवतार काका ने दिलासा दिया।

—"इन लोगों के भरोसे ही आया हूँ। वर्ना तो आत्महत्या कर लेता। अब तो सहन नहीं होता है।" मलाईकोफ्ता दुःखी स्वर में बोला। उसे अपने सट्टे से हुई बर्बादी याद आ गई।

—"कुछ नहीं होगा। सब ठीक हो जाएगा। भगवान का नाम लेकर जाओ।" रामअवतार काका ने मुण्डी हिलाई।

—"ऐसे काम में भगवान का नाम लेकर जाऊँ?" मलाईकोफ्ता ने अचरज से पूछा।

—"तो क्या हुआ?"

—"हुआ तो कुछ नहीं। भगवान तो ख़ैर घर-घर में है। कण-कण में है।" मलाईकोफ्ता ने सन्तों जैसे भाव से कहा।

—"वो तो है!" रामअवतार काका ने कहा—"पर अब इसके बाद कान पकड़ लेना। फिर ऐसा खोटा काम मत करना।"

मलाईकोफ्ता भौंचक देखता रहा।

—"इन लोगों ने आपको भी बता दिया?"

—"क्यों नहीं बताएँगे?" रामअवतार ने बड़प्पन दिखाया—"तुम सबसे उम्र में बड़ा हूँ। उमर हो गई है मेरी। दुनिया देखी है मैंने!"

—"इन लोगों से बड़ा बेशरम नहीं कोई!" मलाईकोफ्ता चिढ़कर बोला।

—"तो मैं क्या पराया हूँ? और फिर तुमको ऐसा करने में शरम नहीं तो उन्हें एक भला काम करने में शरम कैसी?" रामअवतार काका उसे लगभग पुचकारते हुए बोले।

—"आप इसे भला काम समझते हैं? पूना जाकर ये भजन करेंगे?" वह ग़ुस्से में बोला।

—"भजन तो नहीं करेंगे, मालूम है मुझे। पर अब तुम मेरा मुँह मत खुलवाओ!" रामअवतार काका ने तिक्त स्वर में कहा।

मलाईकोफ्ता चुप हो गया। सोचा, कितने हरामी हैं स्साले। ऐसे बुजुर्ग आदमी को भी पूना जाने की वजह बता दी।

जीप ने नगर से बाहर की सड़क पकड़ी तो उससे रहा नहीं गया। उसने शाहरुख से पूछा—"तुम लोगों से बड़ा बेशरम कोई पैदा हुआ या नहीं?"

—"क्यों?" शाहरुख ने गरदन पलटाकर पूछा, जो आगे की सीट पर बैठा था।

—"अरे, तुम लोगों ने रामअवतार काका को पूना जाने की वजह बता दी!" उसने घूरते हुए कहा।

—"तो क्या हुआ?" राजू उस्ताद ने कहा जो जानता था कि अभी मलाईकोफ्ता को यह नहीं मालूम है कि रामअवतार काका को पूना जाने की क्या वजह बताई गई है।

—"कुछ नहीं हुआ?" उसने प्रतिप्रश्न किया! —"हरामीपन की हद होती है। वो क्या सोच रहे होंगे हमारे बारे में?"

—"हमारे बारे में नहीं, सिर्फ़ तेरे बारे में!' रमेश मुस्कराकर बोला।

—"मतलब?" उसका घूरना बन्द नहीं हुआ—"तुम लोगों ने क्या बताया। सिर्फ़ मैं वहाँ रांडों के पास जा रहा हूँ। तुम लोग सत्संग में जा रहे हो?"

—"हमने ये नहीं बताया कि तू या हममें से कोई रांडों के पास जा रहे हैं। हमने तो उन्हें बीमार होने का बताया था।" शाहरुख ने कहा।

—"अब समझा!' मलाईकोफ्ता एक हाथ से दूसरी हथेली पर ताली मारकर ऐसे बोला जैसे रहस्य अब समझ में आया हो—"वो बार-बार मुझे दिलासा दे रहे थे जैसे मैं बीमार हूँ। और मैं तो कुछ और ही समझ रहा था।" कहकर वह रामअवतार काका की नादानी पर हँसने लगा। फिर हँसते हुए बोला—"वैसे तुम लोगों ने उन्हें कहा क्या? मुझे कौन-सी बीमारी बताई? रामअवतार काका बड़े पुच-पुच कर रहे थे मुझे?" उसकी हँसी रुक नहीं रही थी।

—"जीप लेने के लिए कुछ तो कहना था काका से। हमने बताया कि तुझे एड्स हो गया है।" राजू उस्ताद ने कहा तो मलाईकोफ्ता की हँसी को जैसे ब्रेक लग गया। हक्का-बक्का होकर वह राजू उस्ताद को घूर रहा था। उसी से सब समझ गए कि यह एड्स के बारे में जानता है। उसके बाद तो उसने जो धाराप्रवाह गालियाँ देना शुरू किया तो बीच में किसी को बोलने ही नहीं दिया। बोलने के लिए जो उसे रोकता वह पलटकर उसे ही गालियाँ देना शुरू कर देता। फिर उसे टोकना छोड़कर सभी उसकी गालियों का आनन्द उठाने लगे। इसी आनन्द के कारण तो उसे असली वजह भी बता दी थी। पूरे रास्ते वह कुढ़ता-कलपता और गालियाँ देता गया।

रास्ते में बजरंगबली के मन्दिर पर रुके। मलाईकोफ्ता को देखकर अचरज हुआ कि लगभग सभी ने अपने जूते उतारे और बैग से हवाई चप्पलें निकालकर पहन लीं। मन्दिर सड़क से थोड़ी दूर पर था। बेहद ऊँचा और ख़ूबसूरत मन्दिर दूर से ही दिखाई देता था। फिर वापस सड़क पर आओ तो दूसरी ओर ढाबा भी था। सभी ने चप्पलें पहनीं और मन्दिर चल दिए। मन्दिर में मलाईकोफ्ता को अपेक्षाकृत परेशानी उठानी पड़ी। फीते वाले जूते उतारना, मोजे उतारना फिर वापस पहनना इन सब में वक़्त लगता जब तक ये लोग वापस पलट गए। उसे ग़ुस्सा आ गया।

—"तुम लोगों ने मुझे क्यों नहीं कहा कि स्लीपर साथ ले चल।"

—"इसमें कहने की क्या बात है। रास्ते में घड़ी-घड़ी जूते कौन उतारेगा फिर पहनेगा। पैर में चप्पलें डाल लो, सुविधा रहती है। तूने ख़ुद समझना था।" रमेश ने समझाया।

—"मैं तो गाँव का आदमी हूँ। तुमने मुझे समझाना था। तुम लोग तो मुझे हुश्यार नहीं होने देते हो।" मलाईकोफ्ता ने शिकायत की।

—"खाने-पीने और रण्डीबाजी की तो बड़ी होशियारी है तुझे। ये किसने सिखाई?" राजू उस्ताद ने कहा।

—''ये कोई सिखाना पड़ता है। आदमी अपने आप सीख जाता है।'' उसने राजू उस्ताद की बात से चिढ़कर कहा।

—''हओ, मेरे बाप! अब तुझे बताएँगे। हर बात में होशियार करेंगे। बस!'' शाहरुख ने उसके आगे हाथ जोड़ने का अभिनय किया।

मलाईकोफ्ता समझ तो गया कि ये बनावटी माफ़ी की मुद्रा है, लेकिन उसने आगे बहस नहीं की।

मन्दिर से वापस लौटकर सड़क के दूसरे किनारे पर ढाबे पर खाना खाने पहुँचे तो मलाईकोफ्ता ख़ुश हो गया। ढाबे पर उसे स्लीपर बिकती दिखीं। उसने शाहरुख से कहा—''मैं ख़रीद लूँ।''

शाहरुख ने समझाया—''यहाँ ढाबे पर ड्राइवरों और क्लीनरों के लिए सस्ती और ख़राब चीज़ें मिलती हैं, जो सफ़र में इस्तेमाल भर के लिए होती हैं। वो देखो, चड्डी-बनियान और लुंगी तक टँगी है। लेकिन है तो दो कौड़ी की। मतलब ख़राब चीज़।'' शाहरुख को लगा कि समझाने से वह समझ जाएगा। पर वह भड़क गया। —''तुम तो मुझे हुश्यार ही नहीं होने देते हो!''

शाहरुख ने माथा पीट लिया। अब इसके होशियार होने की क्या परिभाषा है, कोई नहीं जानता है। खाना खाने बैठे तब भी मलाईकोफ्ता का मन तो स्लीपर में अटका हुआ था। स्लीपर से ज़्यादा ख़ुद को होशियार बनाने की तड़प में मन अटका था।

—''स्लीपर ख़राब नहीं है। बाटा की दिख रही है।'' मलाईकोफ्ता ने होशियारी यानी अपनी समझदारी दिखाते हुए कहा।

—''तूने यहाँ से देख लिया कि बाटा की स्लीपर है। इस ढाबे पर बाटा की स्लीपर मिलेगी?'' रमेश थोड़े रोष से बोला।

—''क्यों नहीं मिलेगी?'' कहकर मलाईकोफ्ता उठकर काउन्टर तक चला गया और वहाँ खड़े ढाबा-मालिक से बोला—''क्यों भैया, ये स्लीपर बाटा की है न?''

—''बिल्कुल बाबूजी...बिल्कुल बाटा की है।'' अधेड़ ढाबा मालिक अपनी लुंगी से हाथ पोंछता हुआ बोला।

—''देखा...देखा!'' मलाईकोफ्ता विजेता भाव से ख़ुश हो गया। —''मैं तो पहले ही कहता था। तुम लोग मानते नहीं थे।'' वह रमेश को उलाहना देते हुए बोला।

रमेश सिर पकड़कर बैठ गया। शाहरुख उसे खींचकर वापस लाया और झल्लाकर बोला—''अरे, वो तो कहेगा ही। अपनी दुकान के माल को कोई ख़राब बोलता है। स्साले उसी से हमको कहलवा रहा है।'' पहले तो मलाईकोफ्ता कुछ नहीं बोला फिर तुनक गया।

—''तुम तो हमको हुश्यार ही नहीं होने देते हो।'' कहकर वह कुर्सी खींचकर बैठ गया। हरि ने सबको खाना खाने के लिए इशारा किया और बोला—''उसको

कुछ मत कहो। वह आज, एक ही दिन में होशियार हो जाना चाहता है। इसी ढाबे वाले से सर्टिफिकेट लेकर जाएगा।'' सभी हँसने लगे। खाना खाकर उठे तो राजू उस्ताद ने कहा—''जीप मैं चलाऊँगा।'' मलाईकोफ्ता का कुढ़ना जारी रहा।

पूना में रेडलाइट एरिया पहुँचते ही उसका कुढ़ना-कलपना बन्द हो गया। 'बाज़ार' में पहुँचते ही चहकने लगा। किसी भी दरवाज़े या गैलरी पर खड़ी लड़कियों को देखकर ठहर जाता बल्कि ठुनकने लगता कि बस, यहीं चलेंगे। यहाँ एक-से-एक टॉप की चीज़ है। उसको समझाया जाता। धक्का मारकर आगे बढ़ाया जाता। लड़कियाँ हँसने लग जातीं। एक जगह सभी को जम गई। लड़कियाँ भी पसन्द आ गईं। थोड़े मोलभाव के बाद भाव भी ठीक लगा। हॉल में ये लोग पुराने से सोफ़े पर बैठे थे। सामने टी-टेबल पर अंगूर की प्लेट रखी थी। जिस लड़की को मलाईकोफ्ता ने पसन्द किया था, उसने अंगूर की प्लेट उसकी ओर बढ़ाई। मलाईकोफ्ता थोड़ा सकुचा गया। इतने लोगों के सामने जिस खुलेपन से लड़की उससे सटकर बैठी थी, वह थोड़ी घबराहट महसूस करने लगा। उसके भीतर का संचित साहस और उत्साह दबने लगा। उसे लगा, लड़कियाँ इस तरह के साहस या कहो बेशर्मी को ही हथियार बनाकर पुरुष को परास्त कर देती हैं। उसकी घबराहट में लड़की को विजयभाव का आनन्द आने लगा। इतने सारे मर्दों के बीच भी लड़की मलाईकोफ्ता को संकोच के संकट में डाल रही थी। लड़की को इस खेल में सन्तुष्टि भी मिल रही थी और मज़ा भी आ रहा था।

लड़की ने अपनी बायीं छाती का दबाव उसकी बाँह पर बनाया और हँसते हुए अंगूर उसके मुँह में डालने लगी। मलाईकोफ्ता ने इधर-उधर देखा और अंगूर मुँह में धर लिया। फिर वह धीरे-धीरे सामान्य होने लगा। उसके दोस्तों के पास ऐसी जगहों पर आते रहने के अनुभव से संचित साहस था तो उसके पास अपने गँवईपन की ठसक थी।

एक-एक करके सभी लड़कियों को लेकर ऊपर चले गए। ऊपर हर लड़की के केबिन बने थे। एक बड़े हॉल में पार्टीशन से केबिन बना दिए थे। केबिन बहुत छोटा नहीं था तो कोई बहुत बड़ा भी नहीं था। एक पलंग और एक छोटी-सी टेबल। जिस पर पानी का जग और दो गिलास रखे थे। मलाईकोफ्ता गाँव का रहने वाला, जहाँ आम मान्यता है कि औपचारिकता में समय नष्ट नहीं करना चाहिए।

लड़की ने उसकी हड़बड़ी की ओर ध्यान दिया, फिर हँसकर पूछा—

—''पीने-वीने का प्रोग्राम नहीं रखेगा?''

—''मैं दारू नहीं पीता हूँ ।'' मलाईकोफ्ता ने एलान किया।

—''तो गंगा-जल बुलवाऊँ?'' लड़की उसे घूरते हुए बोली।

—''नहीं, बीयर पी लूँगा!''

लड़की हँसने लगी—''बीयर दारू नहीं है क्या?''

—"बीयर तो जौ का पानी है!" मलाईकोफ्ता ने वही रटी-रटाई बात की, जो उसे पहली-पहली बार जबरदस्ती पिलाते हुए राजू उस्ताद ने कभी कही थी। लड़की हँसते हुए केबिन से बाहर गई और जब वापस आई तो बीयर की दो बोतलें लेकर आई। एक उँगली में पॉलीथिन बैग लटक रहा था जिसमें नमकीन था। बहुत ही अभ्यस्त हाथों से उसने बोतल खोली और दोनों गिलासों में बीयर डाली। लड़की ने गिलास उठाया और उसके गिलास से टकराया। वह धीरे-धीरे बीअर चुसकता रहा।

दोनों बोतलें ख़त्म होने के बाद लड़की ने पूछा—"और बोतल लाऊँ?"

मलाईकोफ्ता ने स्वीकृति में गरदन हिला दी। इस बार लड़की ने केबिन की दायीं दीवार अजीब ढंग से ठकठकाई। निश्चित ही इसका कोई विशेष अर्थ था। केबिन का दरवाज़ा किसी ने खटखटाया। लड़की ने उठकर दरवाज़ा खोला। एक आठ-दस बरस का लड़का दो बीयर की बोतलें पकड़े खड़ा था। लड़की ने बोतलें लेकर दरवाज़ा वापस बन्द कर दिया। दोनों ने फिर से पीना शुरू किया। लड़की कम पी रही थी, उसे ज़्यादा पिला रही थी। उसका ध्यान इस ओर नहीं था। भरा हुआ गिलास उठाकर वह पलंग पर दीवार की ओर बैठ गया। फिर थोड़ी देर बाद उसने दीवार से पीठ टिका ली। गिलास ख़ाली हुआ तो लड़की ने फिर उसका गिलास भर दिया। मलाईकोफ्ता हाथ में गिलास लेकर कुछ देर सोचता रहा, फिर बोला—

—"ये बीयर के पैसे अलग से देना पड़ेंगे या तेरे रेट में जुड़े हैं।"

लड़की एक क्षण सिटपिटा गई, फिर उसे डाँटते हुए बोली—"यहाँ आना है तो पैसे को दाँत से मत पकड़। मौज कर!"

मलाईकोफ्ता नशे की तरंग में यूँ गरदन हिलाने लगा जैसे बात समझ में आ गई हो। फिर उठकर खड़ा हुआ और कपड़े उतारने लगा। पैंट उतारकर शर्ट उतारी फिर बनियान उतारी। पैंट के नीचे एक धारीदार कपड़े की लम्बी-सी चड्ढी पहने था। लड़की आश्चर्य से उसे देख रही थी, फिर बोली—"सारे कपड़े क्यों उतार रहा है? नहाएगा क्या?"

—"कपड़े पहने हुए मुझे मज़ा नहीं आता। फिर तूने भी तो अभी कहा कि यहाँ आए हैं तो मौज करो। मैं इसी तरह मौज करता हूँ।" मलाईकोफ्ता उसकी साड़ी खींचते हुए बोला। लड़की ने एतराज नहीं किया। ख़ुद ही साड़ी देह से हटाकर पलंग के पायताने डाल दी। फिर बोली—"ऐसी मौज तुझे किसने सिखाई?"

—"राजू उस्ताद ने। बहुत मस्त आदमी है। घाट-घाट का पानी पिया है।" कहते हुए उसे लगा कि उस्ताद के सिर्फ़ अनुभवी होने का बताने से पर्याप्त रौब नहीं पड़ेगा तो आवाज़ को अजीब ढंग से रहस्यमय बनाते हुए बोला—"बहुत डेंजर आदमी है। बात-बात पे चाकू निकाल लेता है।"

लड़की उसकी बातों से ज़रा-भी प्रभावित नहीं हुई। गरदन हिलाकर बोली—

—"सब समझ गई। बन्द कर ये उस्ताद पुराण।"

इसके बाद मलाईकोफ्ता ने चड्ढी का नाड़ा ढीला किया और पलंग पर आ गया। थोड़ी देर बाद ही लड़की ने उसका हाथ झटक दिया।

—"ये नहीं चलेगा!"

—"क्यों?" मलाईकोफ्ता अड़ गया।

—"तू जिस काम से आया है वो कर। इधर-उधर हाथ नहीं चलाने का।" लड़की ने उसे झिड़का।

—"पैसे दिए हैं।" वह ऐंठ गया।

—"पैसे दिए हैं तो क्या निचोड़ेगा?" लड़की ने उसे डपटा।

दोनों में बहस होने लगी। मलाईकोफ्ता भड़क गया।

—"मैं मेरे उस्ताद को बोल दूँगा। अभी तेरे को बताया था न? भोत डेंजर आदमी है।" उसने लड़की को धमकाना चाहा। इस धमकी का उल्टा असर हुआ। लड़की डरी नहीं बल्कि भड़क गई। उसने पेटीकोट को जो जाँघों के ऊपर कमर तक खींच रखा था, वापस नीचे खिसकाया। ब्लाउज का एकाध बटन लगाया और पलंग से नीचे उतरी। वह भी नीचे उतरा और चड्ढी पहनने लगा। पर उसे नाड़ा बाँधने का अवसर नहीं मिला। लड़की ने उसका हाथ पकड़ा और चिल्लाते हुए लगभग उसे घसीटकर केबिन से बाहर लाई। शोर सुनकर आसपास के केबिनों से भी शाहरुख, असलम भंगार, राजू उस्ताद, रमेश, हरि और दूसरे ग्राहक बाहर आ गए। तमाशा खड़ा हो गया।

—"कौन है तेरा उस्ताद बुला सामने उसको!" लड़की चिल्लाई। उसने मलाईकोफ्ता का हाथ अभी भी नहीं छोड़ा था। अजीब-सा दृश्य था। दूसरे हाथ से मलाईकोफ्ता ने चड्ढी को सँभाल रखा था, क्योंकि नाड़ा बाँधने का समय लड़की ने नहीं दिया था। शेष नंगे बदन वह अजीब-सा लग रहा था। दूसरे साथी भी लगभग इसी हालत में केबिनों से बाहर निकले थे।

—"कौन है इसका उस्ताद?" लड़की फिर चिल्लाई।

राजू उस्ताद सिटपिटा गए। धीरे-से बोला—"बात क्या हुई बताओ!"

फिर वह मलाईकोफ्ता की ओर पलटे—"बात क्या है?"

—"उस्ताद! ये दबाने नहीं देती है।" उसने शिकायत करके पहले लड़की की छातियों की ओर संकेत किया, फिर लड़की की ओर ऐसे देखा जैसे बोल रहा हो कि अब तेरी शामत आएगी। लड़की ने उसका हाथ अभी भी नहीं छोड़ा था। दूसरे हाथ से राजू उस्ताद को धक्का देकर कहा—"तो तू है इसका उस्ताद! क्या कर लेगा तू मेरा? बता...बोल? क्या कर लेगा?" राजू उस्ताद घबरा गया—"मैं क्या करूँगा?"

—"तू बता...तू तो भोत डेंजर आदमी है।" लड़की ने दो उँगलियों से उसकी छाती को फिर धक्का दिया।

—"ऐसा तुझे कौन बोला?" राजू उस्ताद ने ग़ुस्से से मलाईकोफ्ता को घूरते हुए कहा। उसका घूरना ही इस बात का प्रमाण था कि उसे जवाब की दरकार नहीं है।

हल्ला सुनकर नीचे से लड़कियों की 'बाई' ऊपर आ गई। तब तक घटना के हल्ले के सदमे से असलम भंगार बाहर आया। उसने पहले बाई को फिर लड़की को समझाया। धन्धे में हल्ला मचाने से असर पड़ता है। बाई जानती थी। बाक़ी लोगों को अपने-अपने केबिन में वापस जाने को बोला। बाई ने भी लड़की को समझाया कि हरेक गिराक एक जैसा नहीं होता। धन्धा लेकर बैठे हैं। दस तरह के लोग आएँगे। फिर मलाईकोफ्ता को भी डपटा।

—"ये तेरा घर नहीं है। छोकरी तेरी घरवाली नहीं है कि तू उसकी एक ही बार में जान निकाल दे। अभी रात पड़ी। चार गिराक और आएँगे।" फिर उसने लड़की और मलाईकोफ्ता को केबिन में जाने का संकेत किया और छोकरी से बोली—"ये मरद भी अजीब होते हैं। यहाँ ठिये पर आकर छोकरी घरवाली की तरह फर्माबरदार चाहिए और घर पर घरवाली इधर की छोकरी की तरह नाज़-नखरे वाली चाहिए। उधर की चीज़ इधर ढूँढ़ता है। इधर की चीज़ उधर ढूँढ़ता है। हर घरवाली को थोड़ा-सा रंडी होना चाहिए। हर रंडी को थोड़ा-सा घरवाली जैसा होना चाहिए।"

लड़की बिटर-बिटर बाई का मुँह देखने लगी। बाई ने छोकरी को केबिन में धकेला और कहा—"जा, तू अभी नहीं समझेगी। तब समझेगी जब समझने की ज़रूरत नहीं होगी।"

सभी लोग जब पूना से वापस लौटे तो रास्ते में हरि ने कहा—"एक बात साफ़ हो गई। तुम लोगों ने मलाईकोफ्ता को एड्स की बीमारी बताकर उसके मज़े लिये। उसने अपनी मूर्खता में ऐसे हालात कर दिए कि सभी की सिट्टी-पिट्टी गुम कर दी थी।"

—"कोई बात नहीं, जो हुआ सो हुआ।" कहकर राजू उस्ताद खिसककर मलाईकोफ्ता के क़रीब आ गए और फुसफुसाकर बोले—"दुबारा केबिन में गया तो खेला कि नहीं?"

—"खेल लिया?"

—"उसने खेलने दिया?"

—"हाँ, खेलने दिया। तुम खेले?"

—"मैं भी खेल लिया!"

राजू उस्ताद मुस्करा दिए। मलाईकोफ्ता भी मुस्करा दिया और बोला—

—"अगली बार कब आएँगे? नवरात्रि के चन्दे में जुगाड़ करके आएँगे, ठीक?"

—"स्साले तेरे को चट पड़ गई है। लालच लग गया है।" राजू उस्ताद ने कहा।

मलाईकोफ्ता अब हँसने लगा। फिर बोला—"अब तो मैं अकेला भी आ सकता हूँ।"

—"ऐसी कोशिश भी मत करना! पूना कोई छोटा-मोटा शहर नहीं है।" राजू उस्ताद उसे धमकाते हुए बोले।

—"अरे उस्ताद तुम तो हमको हुश्यार ही नहीं होने देते!" मलाईकोफ्ता फिर तुनक गया।

—"तो तू इस काम में इतना होशियार क्यों होना चाहता है?" कहकर राजू उस्ताद फिर मुस्कराए। रमेश इनकी फुसफुसाहट से बात का सिरा पकड़कर बोला—"अकेले आया तो चड्ढी में घर वापस जाएगा, समझा।" आख़िरी वाक्य सुनकर जीप चलाता हुआ असलम भंगार भी मुस्करा दिया।

मलाईकोफ्ता के मन में यह बात बैठ गई थी कि ये लोग उसे समझदार नहीं होने देते हैं। चतुराई नहीं सीखने देते हैं। कहीं वह चतुर हो गया तो इन लोगों पर आश्रित नहीं रहेगा। यह बात उसे हमेशा हलकान करती है।

—"तुम क्या समझते हो मैं तुम्हारी हुश्यारी नहीं समझता हूँ?" मलाईकोफ्ता राजू उस्ताद से बोला।

—"क्या बे? क्या समझ गया?" राजू उस्ताद ने उसको हड़काया।

—"तुम लोग समझते हो मैं जब भी आऊँ तुम्हारे साथ आऊँ। तुम्हारे बिना मेरा काम नहीं चल पाए!" वह तुनककर बोला।

—"ज़्यादा चूतियापंथी मत बघार!" राजू उस्ताद ने उसकी बात पर ध्यान न देकर झिड़क दिया।

उसकी झिड़की सुनकर मलाईकोफ्ता चुप तो हो गया, लेकिन उसके मन में यह बात घर कर गई कि उसे हुश्यार होने के लिए अकेले ही कुछ करना पड़ेगा। ये चाण्डाल लोग तो कुछ करने नहीं देंगे। उसे हुश्यार होने नहीं देंगे।

पूछते-पूछते तो लोग गंगाजी चले जाते हैं। उसने सोचा। एक बार तो पूना अकेले आऊँगा, फिर वह भी गाँव में कॉलर ऊँची करके घूम सकता है।

कुछ दिनों में मुहल्ले में यह ख़बर फैली कि रमेश की शादी के लिए प्रस्ताव आने लगे हैं तो सभी हक्के-बक्के रह गए। माँगीलाल पनवाड़ी ने चायवाले सुन्दर भाई से कहा—"अपने रमेश वारडबोय की शादी का प्रस्ताव आया है।"

सुन्दर भाई उस समय काँच के छोटे गिलासों में केतली से चाय डाल रहा था। उसका हाथ हवा में फ्रीज हो गया। उसने थोड़े ग़ुस्से से पनवाड़ी को घूरा और कहा—"कौन है ऐसा अपनी ही औलाद का दुश्मन? लड़की को कुएँ में डाल दे, ऐसे गुंडे से ब्याहने के बजाय।"

—"यार सुन्दर भाई, मुझ पर ग़ुस्सा क्यों करता है? मैं अपनी छोरी उससे थोड़े ही ब्याह रहा हूँ। और फिर जो भी छोरी का बाप है, वह जानता ही होगा कि रमेश से ब्याहने का मतलब कुएँ में डालना है।" कहकर वह अपने मज़ाक़ पर हँसने लगा।

लड़कियों के लिए रमेश के घर जब प्रस्ताव आने लगे तो यह भी तय हुआ कि पहले घर के लोग लड़की का घर, परिवार आदि देख लें फिर रमेश लड़की देखने चला जाए। सिलसिला शुरू हो गया। यह सिर्फ़ निमाड़ में ही सम्भव था कि मामूली वार्डबॉय की नौकरी वाले रमेश के लिए अच्छी और पढ़ी-लिखी लड़कियों के प्रस्ताव आने लगे। 'सरकारी नौकरी' का ऐसा आकर्षण था जो माँ-बाप को प्रभावित करता था। रही बात लड़की की, तो उसकी कौन सुनता है? सरकारी नौकरी का ठप्पा लगा रमेश अच्छे ख़ासे दुकानों के मालिक लड़कों पर भारी पड़ने लगा। लड़की के माँ-बाप के अजीब से तर्क थे।

लड़का दुकानदार है तो क्या हुआ? पेंशन तो नहीं मिलेगी। बुढ़ापा कैसे कटेगा? सरकारी नौकरी वाले लड़के को कल-कदार कुछ हो जाए तो लड़की को या उसकी औलाद को उसकी जगह नौकरी मिल जाएगी। दुकान वाला लड़का कितना भी कमाए लेकिन सुबह जाएगा तो शाम को बल्कि रात को घर लौटेगा। घरवाली के लिए उसके पास टेम किधर रहेगा? दुकान से छुट्टी तो मिलेगी नहीं। दुकान का तो मोह ऐसा ही रहता है। हमारी छोरी घर में पड़े-पड़े सड़ जाएगी। वह अपनी घरवाली को घुमाने कब ले जाएगा? सरकारी नौकरी वाले को ऐसी फिकर नहीं। चार दिन की छुट्टी ली और निकल पड़े घूमने। ग्राहकी की चिन्ता नहीं, दुकान का डर नहीं। दुकान चले न चले। आज चले कल बन्द। हमारी छोरी तो भूखे मर जाएगी। सरकारी नौकरी में तो बँधी-बँधाई तनख़्वाह है। ऊपर से कुछ कमाई हो, वह अलग। और भगवान ने चाहा तो होगी ही। भगवान हमारी छोरी के साथ ऐसी नाइंसाफ़ी नहीं करेगा। ऊपर की कमाई के बग़ैर कोई सरकारी नौकरी होती है क्या? ऐसी अनेक धारणाएँ, भोले भ्रम, उत्साही तर्क और मन को समझाने वाले उदाहरण थे।

दिक्कत तो तब खड़ी हुई जब रमेश ने कहा कि—"उसके दोस्त भी लड़की देखने साथ में जाएँगे।"

—"तू भले घर में लड़की देखने जा रहा है। कोई मुजरा सुनने नहीं जा रहा है।" रमेश का बाप भड़क गया, जो कि वह पहले से जानता था इसलिए वह चुपचाप बैठा रहा। ख़ुद वह भी दोस्तों को नहीं ले जाना चाहता था, लेकिन दोस्तों को और वह भी ऐसे उत्पाती दोस्तों को कैसे मना करे। हालाँकि उसने समझाने की एक असफल कोशिश की थी, लेकिन सभी भड़क गए थे।

—"तेरी शादी में हम लड़की नहीं देखेंगे तो कौन देखेगा?" लच्छू ने कहा।

—"अबी बोले तो शादी मेरी होने वाली है।" रमेश ने कुढ़कर कहा—"तुम लड़की देखकर क्या करोगे?"

—"अबे, हम घर-परिवार और गाँव देखेंगे। गाँव में कलाली या दारू का ठेका है या नहीं? बरात में तो हम जाएँगे ही। इस लायक घर-गाँव तो होना चाहिए।" राजू उस्ताद ने निर्णय सुनाया। बहस बेकार थी। रमेश ने घर के लोगों को नहीं बताया और जब पास के गाँव में लड़की देखने गया तो दोस्तों को भी साथ ले गया। उसने पहले ही कह दिया कि—"वहाँ हुड़दंग मत करना। शरीफ़ों जैसे बात करना।"

—"तो पहले बता शरीफ़ लोग कैसी बात करते हैं?" लच्छू ने पूछा।

—"जैसे मेरे माँ-बाप गए थे और बात करके आए हैं।" रमेश ने बताया।

—"दहेज की बातें शरीफ़ों की बातें कहलाती हैं?" हरि ने मुस्करा कर पूछा तो रमेश ने माथा ठोंक लिया।

—"अरे, नालायकों जो कुछ मिलेगा वह मेरी गृहस्थी के काम आएगा। तुम लोगों से तो फूटी कौड़ी की उम्मीद नहीं मुझे।"

—"पर दहेज लेना बुरी बात तो है।" असलम ने समझाना चाहा।

—"तो फिर क्या करूँ? माँ-बाप तो घर बसाने के लिए कुछ देंगे नहीं। ससुराल से नहीं लूँ तो लाओ, तुम लोग दे दो।" रमेश ने निरुत्तर करने के लिए एक व्यर्थ का तर्क खोजा।

—"हमारे पास तो जैसे तूने अभी बताया, फूटी कौड़ी भी नहीं है। नंगे नवाब और क़िले पर घर।" राजू उस्ताद ने स्थिति स्पष्ट की।

—"नंगे नवाब और घूरे पर घर। क़िला किधर है?" रमेश ने उलाहना दिया।

—"जैसा भी तू समझ ले।" हरि ने उसके उलाहने और और उसमें छिपी उस युक्ति को अनसुना किया जिसके सहारे रमेश उन्हें अपमानबोध कराने की सोच रहा था कि ये लोग लज्जित होकर सम्भवत: उसका पीछा छोड़ दें। लेकिन ऐसा सोचना उसका भ्रम था, जो जल्दी ही समझ गया। उसने हथियार डाल दिए।

पहले तय हुआ कि मोटरसाइकिलों से चलें, लेकिन रमेश ज़िद पर अड़ गया कि जीप से चलेंगे। राजू उस्ताद ने रामअवतार काका से बात की। जीप मिल गई। जब ये लोग जीप में सवार होने लगे तो रमेश अड़ गया। बोला—"सब लोग क़सम खाओ कि शरीफ़ लोगों की तरह जाओगे और शरीफ़ लोगों की तरह वहाँ बर्ताव करोगे।"

सभी ने अपने कंठ को छूकर कहा कि—"हमें नहीं मालूम शरीफ़ लोगों का बर्ताव कैसा होता है। पर तेरी माँ की क़सम...जैसा तू कहेगा, वैसा करेंगे।"

रमेश एक ठंडी साँस लेकर जीप में बैठ गया। गाँव पहुँचे तो दोपहर हो गई थी। लड़की के पिता ने आग्रह किया कि अब खाना खाने का समय हो गया है। सभी लोग

खाना खाकर जाना। जिसे सभी ने सहर्ष मान लिया। हरि ने कहा—"हम तो आग्रह के कच्चे हैं।" खाना परोसा गया। यथाशक्ति और गाँव के हिसाब से भाँति-भाँति का खाना था। लच्छू का कहना था कि—"खाना बढ़िया है और यदि लड़की ने बनाया है तो आँख बन्द करके हाँ बोल दे। लड़की देखकर क्या कर लेगा? ख़ूबसूरत हुई तो ठीक वर्ना रात को जब साथ में सोए तो मुँह पर रूमाल डाल देना।" जैसी उसकी बक़वास वैसे ही उस पर किसी ने ध्यान नहीं दिया। खाना खाने के दौरान कुछ ऐसा हुआ जिससे रमेश पहले तो भड़का, फिर कुढ़ा-कलपा, लेकिन चुप रहा, क्योंकि पराए घर में क्या इन लोगों से डाँट-डपट करता। लेकिन जैसे ही अकेले में मोहलत मिली, रमेश ने लच्छू का कालर पकड़ लिया।

—"स्साले, मैंने देख लिया था।" रमेश ग़ुस्से में बोला।

—"देखने तो आए हैं। देख लिया तो अच्छा किया।" लच्छू ने सहजता से कॉलर छुड़ाया जैसे रमेश का ग़ुस्सा महत्त्वहीन हो।

—"मैं लड़की देखने की बात नहीं कर रहा हूँ।"

—"तो फिर?"

—"मैंने तुझे आँख मारते देख लिया है।" रमेश ने उसे घूरा।

राजू उस्ताद उछलकर बैठ गया जो अभी तक लेटा था।

—"स्साले, रमेश के माल पर आँख टाकता है?"

—"उसको आँख नहीं मारी यार, दूसरी वाली को जो नीली साड़ी पहने थी।" लच्छू मुस्करा कर बोला।

—"क्यों? पण क्या?" रमेश अधीर स्वर में बोला।

—"अबी बोले तो सारी लड़कियों का ठेका ले लिया तूने। तेरी वाली को तो छोड़ दिया न? बस! बाक़ी पर तो आँख सेंकने दे।" लच्छू उसको समझाने वाले भाव से बोला।

—"हरामियों, यह शरीफ़ों का घर है।" रमेश कुढ़कर बोला।

—"तो मैं कहाँ उसे भगाकर ले जा रहा हूँ।" लच्छू ने उसे आश्वस्त किया।

—"कुत्ते, डायन भी एक घर छोड़ देती है।" रमेश कलपने लगा।

—"मंजूर। छोड़ दिया यह घर। लेकिन वह पड़ोस की निकली तो फिर टराय करूँगा।" लच्छू ने कहा और रमेश कुछ बोलता उसके पहले ही बोला—"फिर मत रोकना। बात पक्की।"

ऐसी ही झूमा-झटकी, लड़ाई-झगड़े के बीच शाम तक का समय निकला। शाम को लौटते समय दिन-भर का शेष अजूबा प्रकट हुआ। गाँव से बाहर निकल रहे थे तो दूर खेतों से एक आदमी हाथ में लोटा लिए आता हुआ दिखाई दिया। राजू उस्ताद ने जीप की गति धीमी कर दी। मिचमिचाई आँखों से देखते हुए कहा—"स्साला, ये तो अपना मलाईकोफ्ता दिख रहा है।"

तब तक लोटाधारी क़रीब आ चुका था। सन्देह की कोई गुंजाइश नहीं थी। वही था। सभी उछलकर जीप से नीचे उतरे। भारी-भरकम गालियों से प्रेम-प्रदर्शित किया गया। धौल-धप्पों के साथ गले मिले।

—"तेरे गाँव में तुझे कोई हगने नहीं देता, यहाँ इस गाँव में हगने आया है?" शाहरुख ने पूछा।

—"मैं अब इसी गाँव में रहता हूँ।" मलाईकोफ्ता ने कहा तो सभी को अचरज हुआ।

—"क्यों? अपना गाँव छोड़कर यहाँ क्यों मर रहा है?" राजू उस्ताद ने पूछा।

—"धन्धा-पानी। रोज़ी-रोटी के लिए यहाँ आया हूँ।" मलाईकोफ्ता मुस्करा कर बोला।

—"सट्टा तो तेरे गाँव में भी होता है। फिर यहाँ इस गाँव में क्यों?" शाहरुख ने व्यंग्य किया, जिसे वह समझा नहीं।

—"अरे, कहा तो, रोज़ी-रोटी के लिए आया हूँ। घरवाली को माँ-बाप के पास छोड़ आया हूँ। आजकल इसी गाँव में अकेला रहता हूँ।"

—"कब से?" शाहरुख ने पूछा।

—"भोत टेम हो गया। कई महीने।" उसने बताया तब सबको ख़याल आया कि मलाईकोफ्ता उनसे बहुत लम्बे समय से नहीं मिला है।

—"इधर क्या रोज़ी-रोटी है तेरी, मतलब सट्टे के अलावा।" लच्छू ने पूछा।

—"सट्टे की बात छोड़।" उसने झिड़का।

—"क्यों सट्टा खेलना छोड़ दिया?" लच्छू को अचरज हुआ।

—"यार, सट्टा खेलता हूँ। पण कभी-कभी, शहर जाकर। यहाँ गाँव में तो मैं डाकटर हूँ।"

—"क्या?" सभी एक साथ बोले।

—"हाँ, डाकटर हूँ।" उसने गर्व से कहा जिस पर किसी ने ध्यान नहीं दिया, क्योंकि सभी अचरज में ही पड़े थे। फिर राजू ने मलाईकोफ्ता का एक चक्कर काटा और उसको ऊपर से नीचे तक घूरा और कहा—"तू मिडिल फैल, तू डॉक्टरी किधर पढ़ आया?"

—"कहीं नहीं। गाँव में डाकटर होने के लिए डाकटरी नहीं पढ़ना पढ़ती है।" मलाईकोफ्ता ने समझाया।

—"तो फिर?" शाहरुख ने पूछा।

—"तू बता, बुखार आता है तो कौन-सी गोली लेना है?"

—"क्रोसीन।" शाहरुख बोला।

—"सिर दुःखे तो?"

—"डिस्परीन।"

"बस, ऐसे तुझे दो दवाइयों के नाम याद हैं। मुझे दस-बीस याद करनी पड़ी हैं।" चार दिन शहर में एक कम्पोडर के पास इंजेक्शन लगाना सीख गया हूँ। डिरिप चढ़ा लेता हूँ। बस! हो गया काम।" मलाईकोफ्ता ने समझाया तो सभी उसे बिटिर-बिटिर देखते रहे।

—"और ज़्यादा ज़रूरत पड़ती है तो अलग-अलग डिब्बों में अलग-अलग रंग की गोलियाँ शहर के दवाई दुकान वाले ने रखकर दे दी है, समझा दिया है कि बुखार और हाथ-पैर दर्द में पहले डिब्बे की लाल गोलियाँ देना है। ठंड देकर बुखार आए तो दूसरे डिब्बे और तीसरे डिब्बे की गोलियाँ और सुई लगाना है तो सुई ख़ुद दवाई दुकान वाला भेज देता है। ऐसे हर मर्ज का एक अलग डिब्बा है। ज़्यादा केस बिगड़ा हो तो शहर के डॉक्टर को रफू करता हूँ।"

—"क्या करता है?" शाहरुख ने पूछा।

—"शहर में डॉक्टर को रैफर करता है।" हरि ने समझाया।

—"हाँ, वही।" मलाईकोफ्ता ने हरि की समझदारी पर ख़ुशी जताई।

मलाईकोफ्ता माना नहीं, सभी को अपने घर ले गया। गाँव के जैसे घर होते हैं, वैसा ही घर था। सामने के कमरे में उसकी डॉक्टरी की दुकान यानी क्लीनिक था। वहीं उसने बताया कि अभी काम बहुत बढ़ गया है। एक असीरेमेंट रखूँगा। जिसका तुरन्त अनुवाद हरि ने किया कि असिस्टेंट। फिर उसने बताया कि यह मौसम धन्धे के लिए सबसे अच्छा। गाँव में लोग स्साले धड़ाधड़ बीमार पड़ते हैं। सबको एक जैसा बुखार। एक जैसी दवा और एक जैसा पैसा।

आगे का दरवाज़ा जैसे ही उसने बन्द किया, क्लीनिक बन्द हो गया। भीतर आकर उसने बताया कि यारों के लिए पूरा इन्तज़ाम है। देसी महुए की दो बोतलें निकालीं। कमरे में दरी बिछाई। चने-भूगड़े और नमकीन लेकर आया। फिर अपने एक पड़ोसी को जो मुफ़्त के इलाज के लालच में पड़ोसी कम नौकर की तरह ज़्यादा रहता था, उसने मुर्गा पकाने का हुक्म दिया।

रमेश ने लाख समझाया कि लड़की वालों के घर पता चल जाएगा तो उसकी शादी टूट जाएगी। हरि ने उसे पुचकारा—"तेरी शादी अभी जुड़ी कहाँ है। पक्की कहाँ हुई है जो टूट जाएगी।"

असलम भंगार ने उसे डॉक्टर कोफ्ता कहना शुरू कर दिया। अपनी डॉक्टरी के नशे से उबरकर वह रमेश के पास आया और भरे-पूरे आत्मविश्वास के साथ बोला—"यहाँ परिंदा भी पर नहीं मार सकता है। लड़की वालों तक एक ज़रा-सी ख़बर नहीं जाएगी। तुम लोग गाँव में हो यह तक किसी को पता नहीं चलेगा। मुझे मामूली आदमी मत समझना। इधर पत्ता नहीं हिलता मेरी मर्जी के बग़ैर।"

कुछ इस आश्वासन से कुछ मजबूरी में, रमेश मान गया। सभी रुके थे तो उसको भी रुकना ही था। तय यह हुआ कि दो तो नहीं, एक बोतल ही पियेंगे। एक-

एक पेग। थोड़ा मुर्गा खाएँगे और चल देंगे। लेकिन एक पेग के बाद दूसरा, फिर तीसरा इस तरह चार बोतलें ख़ाली हो गईं। मुर्गा तो चखने में खा गए। लच्छू ने इत्मीनान से पसरते हुए कहा—"यार, कोफ्ता तेरे तो बड़े ठाठ हैं।"

मलाईकोफ्ता ने बहुत विनम्रता से मुस्करा कर यह प्रशंसा स्वीकार की। हरि, जो इस बीच चार गिलास दारू पी चुका था, उसको घूरते हुए बोला—"स्साले अनाड़ी, ऐसे हाथ-घड़े इलाज में कभी कोई मरीज मर गया तो?"

—"अव्वल तो मैं सीरेस केस शहर भेज देता हूँ। फिर भी कोई मर जाए तो उसकी किस्मत। मरने वाले को आज तक कोई रोक पाया है?" डॉक्टर कोफ्ता दार्शनिकों की भाँति बोला।

—"अबे हरामखोर, ये इलाज नहीं, हत्या है। मरीज के इलाज के लिए काबिल और डिग्रीधारी डॉक्टर होना चाहिए। उसमें इंसानियत होनी चाहिए।" हरि ने उसे दुत्कारा। लेकिन उस पर कोई असर नहीं हुआ।

—"इलाज का काबिलियत से क्या लेना-देना? जो मरीज मेरे पास नहीं आते और सीधे शहर के दवाख़ाने में जाते हैं, लेकिन तब भी मर जाते हैं, फिर?" डॉक्टर कोफ्ता ने तिक्त स्वर में कहा।

—"वो बात और है।" हरि ने कहा तो उसने तुरन्त बात काटी—"क्यों, वो बात और क्यों हैं? शहर के डॉक्टर के पास इलाज के लिए गाँव का मरीज जाता है तो जब तक पैसा रहता है, तब तक इलाज होता है और तुम्हें मालूम है, गाँव के मरीज के पास पैसा कितना होता है। शहर में इलाज के दौरान पैसा ख़त्म। इलाज ख़त्म। काबिलियत ख़त्म। इंसानियत ख़त्म। आदमी मरता तो वहाँ भी है, बस कारण दूसरा है। ग़रीब आदमी को बीमारी नहीं, मैं नहीं, ग़रीबी मारती है। शहर के ऐसे डॉक्टर मारते हैं। मेरे हाथों जितने मरीज आज तक नहीं मरे उससे कई गुना ज़्यादा मरीज शहर जाकर मरे, क्योंकि भारी फीस नहीं दे पाए। क्या समझते हो, गाँव में बीमार आदमी इस बात को नहीं समझता है? सब समझता है, लेकिन क्या करे? ग़रीबी सोचने नहीं देती है। अनदेखी करता है। सस्ते इलाज से अच्छा हो गए तो ठीक वर्ना भाग्य। इसलिए वह बार-बार भाग्य की बात करता है।" उसने बात ख़त्म की तो नशे के बावजूद सभी उसको अचरज से देखने लगे।

—"स्साले, दूसरों के लालच और ग़रीबी को भाग्य से जोड़कर ख़ुद बचना चाहता है।" हरि ग़ुस्से में बोला।

—"छोड़ यार, तू तो उसके पीछे पड़ गया है। तू कोई समाज का ठेकेदार है क्या? उसी की दारू पी रहे हैं, उसी की ठोंक रहा है।" असलम ने हरि को लताड़ा।

—"हाँ यार, सभी समाज सुधारकों का यही हाल है।" हरि ने पछतावे के साथ कहा—"इसी का नाम प्रतिबद्धता है।"

—"कोई बात नहीं यार, ज़्यादा दारू हो जाती है तो आदमी ऐसी ही परतीबधता की बातें करता है।" शाहरुख ने उसे सांत्वना दी। हरि कुछ देर तक उसे घूरता रहा फिर हँसने लगा। अब पता नहीं उस हँसी में पछतावा था या खिसियाहट। किसी ने फिर उससे कुछ नहीं कहा। तभी राजू उस्ताद की नज़रें रमेश पर पड़ीं जो एक कोने में बैठा हाथ में देसी शराब का गिलास लिए कुछ सोच रहा था।

—"क्या सोच रहा है?" राजू उस्ताद ने पूछा।

—"उस्ताद, अबी बोले तो ये स्साला मिडिल फैल डॉक्टर हो गया तो मैं तो कॉलेज में हूँ। वार्डबॉय भी बनने वाला हूँ। यानी दवाख़ाने से नाता तो जुड़ गया है। मैं क्यों नहीं डाकटर बन सकता हूँ?" रमेश ने गरदन उठाकर पूछा।

—"क्योंकि गाँव के लोगों को स्वाभाविक मौत भी मरने दो...। सभी को तुम दोनों मार डालोगे तो गाँव में तुम जैसे लोगों की शादी कहाँ होगी?" राजू उस्ताद ने कहा तो सभी हँस पड़े। रमेश को बात एकदम से समझ में तो नहीं आई, लेकिन देसी शराब का असर कुछ ऐसा था कि वह भी हँसने लगा।

—"चलो तो फिर ठीक है। डाकटर नहीं बनते सिरफ शादी करेंगे।" फिर नशे में ज़ोर-ज़ोर से हँसने लगा और बोला—"सिरफ शादी करेंगे और बाप बनेंगे। डाकटर नहीं बाप बनेंगे...।"

बातों में, शोर-शराबे और हल्ले में रात कब बीत गई, किसी को पता नहीं चला। देसी शराब का असर। सभी ढेर हो गए। सुबह दस बजे नींद खुली। नशा उतरा तो रमेश ज़्यादा कलपने लगा। उसके कलपने पर किसी ने ध्यान नहीं दिया।

—"अबी बोले तो छोटा-सा गाँव है, पता तो चल जाएगा। मेरी शादी का क्या होगा?" वह कलपा।

—"अरे, पता नहीं चलेगा। अपना डॉक्टर कोफ्ता कोई छोटा आदमी है इस गाँव में। कोई नहीं कहेगा।" शाहरुख ने समझाया। रोते-कलपते रमेश जीप में बैठा। घर लौटने के बाद वह नहा-धोकर दोस्तों के साथ बाहर चला गया। शाम को लौटा तो घर पर माँ कलपती मिली। पिता तो हाथ में जूता लिए पूरे घर में उसे दौड़ाते फिरे। किसी को कुछ बताने की ज़रूरत नहीं पड़ी। रिश्ता टूट चुका था। रमेश ने डॉक्टर कोफ्ता को हज़ारों गालियाँ दीं, लेकिन व्यर्थ। कुछ नहीं हो सकता था। लड़की के पिता ने स्पष्ट कह दिया कि दारूकुट्टे को लड़की नहीं दे सकते हैं। रमेश के पिता ने घोषणा कर दी कि घर में बाप रहेगा या बेटा। जाहिर है कि बेटे को ही घर से निकलना पड़ा। रमेश को उम्मीद थी कि पिता का ग़ुस्सा उतर जाएगा तो वह वापस आ जाएगा। वही हुआ भी।

रमेश कुछ दिनों तक बाहर रहने के बाद घर लौट आया। पिता अब ग़ुस्से की जगह कुढ़ने-कलपने लगे। माँ ने पिता को समझाया। पिता की मजबूरी थी कि माँ के समझाने पर समझ जाय।

सरकारी नौकरी का जादू अभी ख़त्म नहीं हुआ था। फिर रिश्ते आए। इस बार रमेश के पिता ने रिश्ते में गोपनीयता बनाये रखने की हद कर दी। रमेश की सगाई कर दी तब तक रमेश को पता नहीं चला। लड़की देखने जाने और साथ में दोस्तों को ले जाने का झंझट ही ख़त्म कर दिया। रमेश ने पहले अपने पिता को फिर अपने दोस्तों को जी भर के गालियाँ दीं। जब मन भर गया तो उदास होकर चुप बैठ गया। दोस्तों ने समझाया।

—"तू लड़की देखकर करेगा भी क्या? सभी लड़कियाँ एक जैसी होती हैं। तू टेंशन मत ले। सभी एक जैसा खाना बनाती हैं। एक जैसा प्यार करती हैं। एक जैसा झगड़ा करती हैं। एक जैसी गालियाँ देती हैं। थोड़े-बहुत फ़र्क़ के साथ सब एक जैसी होती हैं।" हरि ने समझाया।

—"फिर भी एक बार देखना चाहता था।"

—"क्यों?" इस बार शाहरुख ने पूछा।

—"क्यों क्या? लड़की अच्छी न हुई तो? मतलब एकदम मिस वर्ल्ड न हो, लेकिन थोड़ी-बहुत तो सुन्दर हो।" रमेश गिड़गिड़ाया—"बाप स्साला जाने किसके पल्ले बाँध देगा। वह पहले से मुझसे ग़ुस्सा है। वह तो बदला लेगा ही।"

—"अबी बोले तो ऐसा नहीं होता है और फिर तुझे समझाया तो था। थोड़ी-बहुत सुन्दर तो हर लड़की होती है और दुनिया की हर लड़की तेरे से तो ज़्यादा ही सुन्दर होगी। ख़ुद को देखा कभी आइने में?" हरि ने पूछा।

—"मेरी बात छोड़। हुस्न लड़कियों का देखा जाता है।" सहसा रमेश ने मुस्करा कर शायरी झाड़ी।

—"तो फिर लड़की के हुस्न की चिन्ता भी मत कर, शायर की औलाद।" असलम ने समझाया।

—"बिल्कुल।" राजू उस्ताद ने समर्थन के साथ अपनी फ़िलासफ़ी समझाई—"अबी बोले तो औरत को देखो तो बस इतना कि उसमें गोस कितना है? बाक़ी शकल-सूरत से क्या लेना-देना?" दो डिलेवरी के बाद औरत दारी घूरे पर फेंकने लायक हो जाती है।"

—"ओ राजू उस्ताद, अपनी फ़िलासफ़ी अपने पास रखो। दो डिलवरी न होती तो तू और तेरा भाई भी पैदा नहीं होता। औरत अपनी देह की ख़ूबसूरती की परवाह नहीं करती तभी तो तुम जैसे नालायक पैदा होते हैं।" शाहरुख, जो काजोल की संगत में कुछ ज़्यादा ही स्त्री-पक्षधरता की बातें करने लगा था, ग़ुस्से में बोला।

—"हओ, मेरे बाप तू ठीक। बस?" राजू उस्ताद ने शाहरुख के हाथ जोड़े। ऐसी बहसें, ऐसा रोना-कलपना रोज़ चलता रहता। एक दिन रमेश बहुत उत्साह से आंटी के कमरे पर आया। कमरे पर दोस्त पहले से मौजूद थे। उसे प्रसन्न देखकर शाहरुख बोला—"क्या बात है, आज कली खिली हुई है।"

—"यार, मैंने लड़की को देखा। अच्छी है। बात भी कर आया हूँ। उनके घर एक कार्यक्रम है। मुझे उनके गाँव जाना है।" रमेश ने उस्ताद को बताया।

—"कब?" हरि ने पूछा।

—"वो अगले...।" आगे बोलते-बोलते वह रुक गया, फिर अस्वीकृति में गर्दन हिलाकर बोला—"पता नहीं।"

—"अभी तो तू अगले करके कुछ बोला। अगले हफ़्ते या अगले महीने?" असलम भंगार ने पूछा।

रमेश कुछ देर चुप रहा, फिर बोला—"अगले साल।"

—"हमसे छुपा रहा है, यही है दोस्ती तेरी!"

—"दोस्तों से परदादारी!"

—"ये बेवफ़ाई!"

कितनी ही मनुहारें, कितने ही उलाहनें, लेकिन रमेश नहीं पिघला। बोला—"कमीनों, इस बार तुम लोगों को जाने की जानकारी दे दी तो मुझसे बड़ा चूतियम् सल्फेट इस दुनिया में नहीं!"

—"चल मत बता, पण इतना ख़ुश क्यों है ये बता?" राजू उस्ताद ने पूछा।

—"मुझे उसको वो देना है।"

—"किस?"

—"नहीं बे।" रमेश कलप कर बोला—"अबी बोले तो क्या कहते हैं उसको...हाँ गिफ्ट। कोई उपहार...। क्या दूँ?"

—"एक अँगूठी दे दे।" हरि ने कहा।

—"पण वो तो उसकी उँगली में देखकर उसके घर हर कोई उससे पूछेगा। फिर उसके घर के लोग मेरे बाप को कहेंगे और वो मेरी ठुकाई करेगा।" रमेश उलझन-भरे स्वर में बोला।

—"तो फिर?" शाहरुख ने पूछा।

—"यार, कोई ऐसी चीज़ बताओ जो वह पहने, पास में रखे, लेकिन किसी को दिखाई न दे।" रमेश ने उम्मीद के साथ दोस्तों को देखा।

—"साड़ी दे दे।" असलम भंगार बोला। रमेश ने उसे घूमकर देखा तो चुप हो गया।

—"कंगन दे दे।" हरि बोला।

—"वो दिखाई नहीं देंगे?" रमेश ने अब हरि को घूरा।

—"एक बात बताऊँ।" राजू उस्ताद जो इतनी देर से चुप बैठा था, गम्भीर स्वर में बोला।

—"हाँ बता, तू बता।" रमेश उसके क़रीब खिसक गया।

—"रमेश तू उसको ब्रा दे दे। वह पहन लेगी और किसी को दिखाई भी नहीं देगी।"

—"क्या?" रमेश बिदक कर बोला।

—"क्यों क्या ख़राबी है उसमें।" राजू उस्ताद ने कहा तो रमेश ने अफ़सोस में सिर हिलाकर कहा—"मैं ही चूतिया हूँ, जो तुमसे पूछने चला आया। फिर वह ख़ुद को कोसने लगा तो हरि उठकर उसके पास आया और पुचकारकर बोला—"चुप हो जा बच्चे। तू उसे कुछ भी देकर आ जाना। लड़कियाँ बड़ी से बड़ी चीज़ छिपाने में माहिर होती हैं। तू चिन्ता मत कर। हमारा भी तो कुछ अनुभव है।" कहकर हरि हँसा तो सभी हँस पड़े।

दोपहर लगभग ढल चुकी थी। काजोल छत पर आ गई। दूर ऊँचे मकानों के पीछे डूबते सूरज की लालिमा फैल रही थी। इस दृश्य में ऐसा कोई कारण नहीं था, लेकिन वह फिर भी उदास हो गई। अकारण। धूप के एक कमजोर और लगभग धुँधले पड़ चुके सरकते हुए टुकड़े पर उसने पैर रखा तो धूप का टुकड़ा उसके कन्धों पर आ गया।

मज़ाक़ से शुरू हुआ एक सिलसिला, उसे एक अजीब से दलदल में उतार रहा है बल्कि उतार चुका है। उसका एक मन करता कि सब कुछ छोड़कर अपनी पढ़ाई में मन लगाए। इम्तहान ज़्यादा दूर नहीं है। एक मन करता, सब कुछ छोड़कर अभी, इसी समय वह शाहरुख के पास चली जाय। उसे ख़ुद पर अचरज हो रहा था कि उसके जैसी पढ़ी-लिखी लड़की एक लगभग गँवार लड़के के प्रेम में पड़ गई है और अब तो ख़ुद को यह समझाने का वक़्त भी निकल गया है कि यह सब मज़ाक़ है।

इस सिलसिले का अन्त कहाँ होगा? यह सोचकर वह घबरा जाती है। इस प्रश्न पर सोचना नहीं चाहती है। इस प्रश्न के पीछे एक गाढ़ा, काला अँधेरा है। ऐसा अँधेरा जिसमें प्रश्न को तलाशने उतर गई तो ख़ुद के गुम हो जाने का ख़तरा है।

शाहरुख का परिवार उसे अपना पाएगा? शाहरुख ने बताया था कि बाबरी मस्जिद ढहाने के बाद शहर में दंगों में उसकी बहन गुम हो गई थी। बी.ए. फर्स्ट इयर में पढ़ रही उसकी बहन कॉलेज से घर लौट ही नहीं पाई। आज तक कोई खोज-ख़बर नहीं मिली। गुंडे हर जाति-धर्म में होते हैं, लेकिन ऐसे मौकों पर अपराध का दाग़ पूरी कौम पर लगाया जाता है। शाहरुख की बहन के गुम होने का अपराध किसी गुंडे, मवाली या हुड़दंगियों ने किया था, लेकिन यह अपराध पूरी मुसलमान कौम के माथे पर आया। ऐसा आया कि आज उसके माथे पर इस अपराध का दाग़ उभर आया है। कम से कम शाहरुख के घर के लोग तो इस अपराध को उसके माथे पर देख ही लेंगे।

पता नहीं क्या हुआ उसकी बहन के साथ? मारकर नदी में बहा दी गई या इसी शहर की किसी ज़मीन के नीचे दफ़न है, यह सोचती हुई मुँडेर तक आ गई।

नीचे गली में बच्चे क्रिकेट खेल रहे हैं। प्लास्टिक की गेंद को कितनी भी ज़ोर से मारते, गली पार नहीं कर पाती थी। बच्चे खेल में मगन थे। दुनिया-भर की चिन्ताओं से दूर। कुछ समय पहले तक वह भी ऐसी सहज ज़िन्दगी जी रही थी। पढ़ाई-लिखाई, खाना-पीना और घर-परिवार के बीच हँसी-ख़ुशी और मस्ती। दूसरी कोई चिन्ता या तनाव नहीं। अब तो जैसे उसने ख़ुद ही तनाव चुन लिया था। चिन्ताएँ पाल ली थीं। कोई एक निर्णय तो उसे लेना होगा। निर्णय के लिए मन कड़ा करना पड़ता है, लेकिन उसका मन तो फूल की भाँति कोमल हो चुका है। नदी के जल की भाँति बहता और तरल। वह मुँडेर से वापस पलटी तो देखा छत के दरवाज़े पर अम्मी खड़ी है।

एक क्षण के लिए वह सिटपिटा गई जब कि उसकी हरकतों से ऐसा कुछ भी प्रकट नहीं था जिससे उसके भय को कारण मिलता, लेकिन मन के चोर को तो हर आहट पर भय लगता है।

—"यहाँ छत पर अकेले क्या कर रही है?" अम्मी ने पूछा तो वह जबरन मुस्कराई।

—"कुछ नहीं अम्मा, यूँ ही चली आई। चलो, नीचे चलते हैं।" वह मुस्कान को होंठों पर जबरन टिकाए रखना चाहती थी जो उसके मन के चोर की रखवाली कर रही थी।

—"क्यों? मेरे आने से छत पर भीड़ हो गई?" अम्मी ने मुस्कान का हथियार अपनाया।

—"नहीं, ऐसी कोई बात नहीं। चलो, नीचे चलकर मेरे बालों में तेल डाल दो।" उसने कहा तो अम्मी को अचरज हुआ कि तेल डालने की बात पर हमेशा भड़कने वाली आज ख़ुद इसरार कर रही है। कुछ तो है जिसकी परदादारी है। अम्मी ने सोचा, लेकिन कहा कुछ नहीं। चुपचाप बेटी के साथ नीचे जाने के लिए सीढ़ियाँ उतरने लगीं। नीचे आकर अम्मी सिर में लगाने के लिए तेल लेने चली गई। वह चलकर खिड़की के पास खड़ी हो गई। सूरज की लालिमा ख़त्म हो चुकी थी या फिर ऊँचे मकानों के पीछे दब गई थी। हालाँकि शाम के संकेत गली में नज़र नहीं आ रहे थे। तभी अम्मी वापस लौटी और बोली—"नीचे चटाई पर बैठ।"

—"क्यों?" उसने चौंककर पूछा।

—"अरे! तूने बालों में तेल लगाने को कहा था।" अम्मी उसका हाथ पकड़कर नीचे चटाई पर बैठाने लगी।

—"मैंने, कब?" वह सोचने लगी। छत पर कही गई बात ज़ुबान से निकली थी। दिल और दिमाग से उसका रिश्ता बन नहीं पाया था, इसलिए वह बात स्मृति में ठहर नहीं पाई थी। अपनी मनोदशा दिखाने के लिए कुछ भी कहना था। उसने देखा, अम्मी उसे अचरज से देख रही थी।

क्या है? बेटी के मन में क्या चल रहा है? माँ बेचैन हो गई। वह चुपचाप बैठ गई तो अम्मी तेल लगाने लगी। अभ्यस्त हाथों से वह तेल चुपड़कर हल्के से मालिश कर रही थी, लेकिन उसे महसूस हो गया कि अम्मी अन्यमनस्क है। तेल लगाकर अम्मी कमरे से बाहर गई तो वह उठकर अपने कमरे में आई और किताबों में छिपाई गई बिंदिया का छोटा-सा पैकेट निकालकर एक छोटी-सी बिंदिया निकाली और पैकेट वापस किताबों में दबा दिया। फिर वह पलटकर शीशे के सामने खड़ी हो गई।

अम्मी लौटकर कमरे में आई तो धक्क से रह गई। उसने देखा कि नरगिस बिंदिया लगा रही है। मन में पल रही आशंका उठकर फिर से सतह पर आ गई। इस बार आशंका थोड़े बड़े आकार में उभर आई। बेटी हिन्दू लड़कियों की भाँति बिंदिया लगा रही है और अपनी हरकत को छिपा भी रही है। पहले तो उसने सोचा एकदम से उसके सामने जाकर इस सबका कारण पूछे, फिर रुक गई। जवान बेटी को एकाएक इस तरह अपमानित करना ठीक नहीं। वह दो क़दम पीछे हटकर खड़ी हो गई और इस तरह से क़दमों की आहट पैदा की जिसे बेटी सुन ले। क़दमों की आहट से वह चौंक गई। तुरन्त माथे से बिंदिया उतारकर पुस्तक के पृष्ठों के बीच दबा दी। तब अम्मी कमरे में दाख़िल हुई। बेटी के चौंकने और चोरी पकड़ी जाने वाले भय से जल्दी से बिंदिया छिपाने की हरकत से अब सन्देह की कोई गुंजाइश नहीं बची थी। माँ ने देखा, बेटी फिर से जबरन मुस्कराने की कोशिश कर रही है। उसे लगा, चोरी छिपाने के लिए औरतों के पास यही एक तरीक़ा होता है।

—"क्या हुआ अम्मी, कोई और बात?"

—"मैं तो पूछने आई थी कि शाम को क्या बना दूँ? तुम्हारी पसन्द की कोई सब्जी?"

—"अम्मी भूख नहीं है।" कहकर वह धम्म से कुर्सी पर बैठ गई।

—"खाना बनने में अभी देर है। तब तक शायद भूख लग आए।" अम्मी ने कहा तो वह क्षण-भर चुप रही, फिर बोली—"अम्मी मैं थोड़ा बाहर जाना चाहती हूँ।"

अम्मी कमरे से निकलते हुए ठिठक गई। बोली—"कहाँ?"

वह क्षण-भर चुप रही फिर बोली—"दरगाह तक हो आऊँ?"

कमरे में कुछ देर चुप्पी रही, फिर अम्मी बोली—"हो आओ। लेकिन जल्दी आना। मैं खाना तुम्हारे साथ ही खाऊँगी।"

—"अम्मी, मुझे भूख नहीं है तुम खा लेना। मेरा इन्तज़ार मत करना।" उसने कहा तो अम्मी का सिर इनकार में हिलने लगा। बोली—"नहीं, खाना तो मैं तुम्हारे साथ ही खाऊँगी।"

उसने बहस नहीं की, चुप हो गई। अम्मी भी कमरे से चली गई। वह चुपचाप तैयार होने लगी। उसका मन बस, घर से बाहर जाने का था। एकाएक कुछ नहीं सूझा

था तो उसने दरगाह जाने की बात कह दी थी। घर से निकलकर वह चौराहे पर आई तो उसे दरगाह जाने के लिए ताँगा मिल गया। ताँगे ने जब दरगाह के क़रीब उतारा तो हल्के से अँधेरे की शुरुआत हो गई थी। अँधेरे के बावजूद उसने देख लिया कि दरगाह की चहारदीवारी के बाहर कोने में पेड़ के नीचे शाहरुख खड़ा है। ख़ुद भी किसी अकेले उदास पेड़ की भाँति।

बेटी के जाने के बाद अम्मी का मन किसी काम में नहीं लगा। सब्जी काटते हुए हाथ कटते-कटते बचा। वह काम छोड़कर बैठक में आकर बैठ गई। जिस बेटी को वह बेहद समझदार, फ़रमाबरदार और नाक की सीध में चलने वाली मानती थी वही लड़की आज उसे चालाक नज़र आ रही है। ऐसी चालाक जो उससे कुछ छिपा रही है। ऐसा कुछ जो ग़लत है। ख़यालों में कुछ ऐसी डूबी हुई थी कि उसे पता भी नहीं चला कि कब प्रोफेसर साहब घर में दाख़िल हुए और बैठक में उसके सामने आकर बैठ गए।

—"एक प्याली चाय मिल सकती है?" प्रोफेसर साहब की आवाज़ आई तो उसकी तन्द्रा भंग हुई। वह चौंक पड़ी।

—"किन ख़यालों में गुम हैं आप?" प्रोफेसर साहब मुस्करा कर बोले।

एक क्षण वह अनिश्चय में रही, फिर उसे लगा कि उसकी आशंका में प्रोफेसर साहब को भी शामिल रहना चाहिए।

—"कुछ अजीब-सा लग रहा है सुनकर।" उसकी बात ख़त्म हुई तो प्रोफेसर साहब बोले।

—"अजीब लग रहा है, बुराई दिखाई नहीं दे रही है? ख़तरा नहीं सूझ रहा है?" उसने अपनी घबराहट पर काबू पाते हुए कहा।

—"देखो गुमसुम रहना। छत पर टहलना। बेख़याली में बातें करना, यह सब अजीब है, लेकिन इसमें अनहोनी कहाँ छिपी है?" प्रोफेसर साहब बहुत धीरज के साथ बोले।

—"और वह बिंदिया वाली बात...।" उसने पति को याद दिलाया। प्रोफेसर साहब कुछ क्षण चुप रहे। कुछ सोचते रहे। फिर बोले—"बिंदिया लगाना कोई ऐसी भी ख़तरनाक बात नहीं है, लेकिन...।"

—"तो वह छिपा क्यों रही थी?" वह अधीर स्वर में बोली।

—"यह बात थोड़ी गम्भीर है। हमारी नरगिस ने कभी कोई बात छिपाकर नहीं रखी।" प्रोफेसर साहब सोचते हुए बोले—"और आप ऐसा भी न सोचें कि हम संजीदा नहीं हैं।" पत्नी उठकर चाय बनाने चली गई। उसे लगा, अब वह अकेली चिन्तित नहीं है। उसने भार बाँट लिया है। चाय लेकर वापस कमरे में आई तो प्रोफेसर साहब वैसे ही चिन्तित बैठे थे।

—''इतना ज़्यादा भी मत सोचो।'' पत्नी ने दिलासा दी—''हमारी बेटी ऐसा कुछ नहीं करेगी जो खानदान को नागवार गुज़रे।''

—''बेटियाँ तो हमेशा अच्छी होती हैं। नेक राह पर चलने वालीं, लेकिन उनकी उम्र, ख़ासकर यह उम्र उन्हें माँ-बाप की अच्छी बेटियाँ नहीं बनी रहने देती है।'' प्रोफेसर साहब थमे स्वर में बोले।

अब उसे अपने पति की फ़िक्र होने लगी। मैंने भी उन्हें किस चिन्ता में डाल दिया। कमबख़्त यह उम्र और ये बेटियाँ...लड़की की जात भी ख़ुदा ने ऐसी बनाई कि माँ-बाप की आधी उमर उसकी जवानी की चिन्ता में घुलती रहती है। क्या बेटी किसी के इश्क़ में पड़ गई है ? यही एक बिन्दु था जिस पर ठहरकर वह सोचना नहीं चाहती थी। कितनी अजीब बात थी कि ख़ुद इश्क़ कर चुकी औरत को अपनी बेटी के इश्क़ की आशंका खाए जा रही थी। कौन ?

कौन हो सकता है ? वह सोचने लगी। तभी एक हवा के तेज़ थपेड़े की तरह ख़याल उसके मन में आया। क्या सरफू ठीक कह रहा था ? नरगिस किसी ब्राह्मण लड़के के चक्कर में पड़ी है। नहीं...नहीं...। वह घबरा गई। मेरी बेटी ऐसा नहीं कर सकती है। खानदान की नाक को मोरी में रगड़ने के लिए उसने हिन्दू लड़का खोज लिया ? बाप से कौन-सी दुश्मनी है उसकी ? क्या इस दिन के लिए लाड़-प्यार से पाला ? लेकिन लाड़-प्यार में पली बेटियाँ जल्दी बहकती हैं। लेकिन एक हिन्दू ? दुबारा सोचकर वह काँप गई। नाते-रिश्तेदारों में मुँह दिखाने लायक नहीं रहेंगे। शहर में मुसलमान तो ज़िन्दा गाड़ देंगे। बाबरी मस्जिद ढहने के बाद के दंगों की आग ठंडी पड़ी है, अभी बुझी नहीं है। उसने पति की ओर देखा। उनका चेहरा बहुत थका-थका नज़र आया। क्या पता वे भी यही सोच रहे हों।

—''अभी कहाँ है वह ?'' प्रोफेसर साहब ने सहसा पूछा।

—''दरगाह गई है।'' फिर आशंकित आवाज़ में पूछा—''मैं भी जाऊँ पीछे-पीछे।''

—''नहीं। वह हमसे लाख कुछ छिपाए। लेकिन हम उसके साथ चोर जैसा बर्ताव नहीं करेंगे। हमारे इतने दिन के लाड़-प्यार और भरोसे पर खरोंच क्यों लगाएँ।'' वह एक फीकी मुस्कान के साथ बोले।

—''कहीं ऐसे में सिर से पानी न गुज़र जाए।'' वह दबे स्वर में बोली।

—''बेगम हम चाहते हैं कि वह हमारे लाड़-प्यार की इंतहा भी देखे।'' प्रोफेसर साहब कुर्सी पर थोड़ा पसर गए।

—''मतलब ?'' वह कुछ समझी नहीं, इसलिए थोड़ा नज़दीक आकर पूछा।

—''जो कुछ बताए...वह ख़ुद बताए।''

—''और न बताया तो ?''

—''तो हम तो जानते ही हैं।'' प्रोफेसर साहब ने पत्नी का हाथ पकड़कर धीरे-से सहलाया और दिलासा दी।

—"क्या करेंगे?" उसने पति को ध्यान से देखते हुए पूछा।

—"भोपाल में हमारे दोस्त हैं। अपने बेटे के लिए बहुत दिन से इसरार कर रहे हैं। सोचेंगे इस बारे में।" प्रोफेसर साहब संजीदगी से सिर हिलाते हुए बोले।

—"नरगिस से नहीं पूछोगे? उसको नहीं बताओगे?"

—"उसने हमें कब बताया?" उदास स्वर में प्रोफेसर साहब बोले। पत्नी कुछ नहीं बोली। मन ही मन ख़ुदा को याद किया। बस, बेटी को अकल दे। सारी हकीकत आकर बता दे। माँ की परवाह न करे, लेकिन कम-से-कम बाप का भरोसा तो न तोड़े। बेटी बहक गई है। तकलीफ़ इस बात से ज़्यादा यह भी थी कि लड़की वही भरोसा न तोड़ दे। भरोसा बचा रहा तो रिश्ते की कोमलता बची रहेगी। बेटी ने भरोसा न बचाया तो रिश्ता हमेशा के लिए खो देगी। कितने नाजुक और छोटे से आधार पर टिका है रिश्ता। बेटों को पता न चले। झगड़े बढ़ेंगे। कलह होगी। बात फैलेगी। दंगे, कोर्ट-कचहरी, पुलिस...जाने क्या-क्या सोच गई वह घड़ी-भर में। उसे अफ़सोस इस बात का हो रहा था कि उसकी समझदार कही जाने वाली बेटी यह सब क्यों नहीं सोच रही है? फिर उसने सोचा, यह इश्क़ होता ही है ऐसा, कुछ सोचने नहीं देता। ज़रा-सी भी मोहलत नहीं देता है। जब तक सोचने की नौबत आए दिल-दिमाग सभी पर क़ब्ज़ा जमा लेता है। दिमाग कुंद कर देता है। अब उसे बेटी पर दया आई। ख़ुदा उसे इस बला से बचाए। उसने प्रोफेसर साहब को देखा, वे सुबह का बासी अख़बार खोज रहे हैं। सुबह अख़बार पूरा पढ़ चुके हैं, लेकिन इस सोच के भार से बचने के लिए अख़बार में ही पनाह मिल सकती है। वह उठी और अख़बार उठाकर उनके हाथ में दे दिया। प्रोफेसर साहब ने मुस्करा दिया। वह भी मुस्करा दी।

—"आप फ़िकर मत करो। ख़ुदा सब ठीक करेगा। हमने कभी किसी का बुरा नहीं किया तो ख़ुदा हमारे साथ ऐसा सुलूक क्यों करेगा?" वह लाचार स्वर में बोली, जिसमें दिलासा तलाश लेने का आग्रह था।

शाहरुख ने अपनी उदासी के आलम में रमेश को बताया कि यार किसी काम में मन नहीं लगता है।

—"तो चल, दारू पीते हैं चलकर।" रमेश ने मन लगाने का ज़रिया बताया।

—"दारू पीने का भी मन नहीं है। यार, काजोल से मिलने का मन कर रहा है।" उसने ठंडी साँस ली।

—"यार, तू हमेशा बहुत कठिन काम बताता है।" रमेश ने कहा—"मिल तो लिया उस दिन। कितनी बार मिलेगा? उसका घर से निकलना आसान नहीं। लड़की जात है। घर से बाहर क़दम धरा नहीं कि दस सवाल होते हैं।"

—''तो मेरे लिए इतना नहीं कर सकती है क्या ? मैंने उसके लिए कितनी मार खाई थी।'' शाहरुख उदास स्वर में बोला—''यार मुझे तो किसी बात का जस नहीं है।'' रमेश ने गरदन घुमाकर हरि की ओर देखा।

—''जस का मतलब, इसकी कोई पूछ-परख नहीं है। सबके लिए सब कुछ करता है, लेकिन कोई क्रेडिट नहीं देता है। क्या कहते हैं उसे...सिला नहीं देता है।'' हरि ने रमेश को समझाना चाहा।

—''अरे, जस का मतलब तो मैं भी समझता हूँ। यहीं निमाड़ में पैदा हुआ हूँ। लेकिन मैं इसलिए तुझे देख रहा था कि अब इस मजनूँ का क्या करें ?'' रमेश ने हरि की जस की व्याख्या के प्रत्युत्तर में कहा। हरि ने क्षण-भर शाहरुख को घूरा फिर कहा—''इसका कुछ नहीं हो सकता है।''

—''तुम जैसे दोस्त हों तो दुश्मनों की क्या ज़रूरत।'' शाहरुख ने उपेक्षा में सिर हिलाकर कहा। इस पूरे वार्तालाप में आंटी के कमरे में राजू उस्ताद और असलम भंगार चुपचाप रहे। सिर उठाकर रमेश और शाहरुख को देखा तक नहीं। हरि को अचरज हुआ। बोला—''दोनों चुप क्यों हो ?'' राजू उस्ताद ने सिर घुमाकर शाहरुख को घूरा, फिर कहा—''अब मैं क्या बोलूँ, इसके राँडी-रोने तो ख़तम होंगे नहीं।''

शाहरुख ने राजू उस्ताद की बात की कोई परवाह की हो ऐसा उसे देखकर लगा नहीं।

—''स्साले, तूने इश्क़ करके सबकी जान जंजाल में डाल दी है। स्साले हमको इश्क़ से डर लगने लगा है।'' असलम भंगार मुँह बिचकाकर बोला।

—''यार, बस एक बार देखना है। पता नहीं क्यों मिलने भी नहीं आई। ख़बर भी नहीं की।'' शाहरुख घूम-फिरकर अपनी टेक पर पहुँच गया।

—''वो बीमार है।'' रमेश ने सहसा पलटकर कहा।

—''क्या ?'' शाहरुख चौंककर बोला—''तुझे कैसे मालूम ? कब से ?''

—''पक्का पता नहीं लेकिन रश्मि बता रही थी कि कोचिंग क्लास भी नहीं आई थी। उसकी तबीअत जालसाज है।''

—''अबे जालसाज नहीं, नासाज है।'' असलम भंगार कुढ़कर बोला।

—''हाँ, जो भी हो। पर मतलब यही है कि बहुत बीमार है।'' रमेश ऐसे तटस्थ होकर बोला जैसे समाचार पढ़ रहा हो।

—''यार, इतनी बीमार है तो क्या होगा ?'' शाहरुख सचमुच घबरा गया।

—''पता नहीं। भगवान जाने।'' रमेश कन्धे उचकाकर बोला।

—''पर काजोल मुसलमान है, भगवान को क्या पता होगा ?'' शाहरुख ने कहा—''चल उसके घर चलते हैं। मिलकर आते हैं।''

—''घर में वो सद्दाम हुसैन होगा। उसका भाई। ठुकाई भूल गया क्या ?'' राजू उस्ताद ने कहा। शाहरुख पस्त होकर वहीं बैठ गया। फिर चित लेटकर कुछ

बड़बड़ाने लगा जिसका कुल जमा आशय यह था कि बीमार को देखने जाने के लिए भी कितनी मुसीबतें हैं। सदिच्छा को कोई कुछ समझता ही नहीं। तभी अजूबों के जेरोक्स की तरह डॉक्टर कोफ्ता प्रकट हुआ। असमय उसको वहाँ देखकर सभी को अचरज हुआ। कारण पूछा तो बोला—''दवाइयाँ ख़रीदने शहर आया था तो सोचा तुम लोगों से मिलता चलूँ।'' कोई कुछ नहीं बोला। सभी समझ गए कि असल बात अभी भी बका नहीं है।

—''दवाइयाँ लेकर सोचा चलो दोस्तों के साथ गिलास टकरा लूँ।'' डॉक्टर कोफ्ता अकारण हँसा।

—''तो बोतल लेकर आया है क्या?'' रमेश ने पूछा।

—''यार, मैंने तो उस दिन पिला दी। अब तुम लोगों की बारी है।'' डॉक्टर कोफ्ता बेशर्मों के लिए आरक्षित मुस्कान के साथ बोला।

—''तो हरामी कोई क़र्ज़ा है क्या, जो तू वसूलने आया है।'' असलम भंगार बोला।

—''अरे नहीं दोस्तो, ये तो आपसी प्यार की, व्यवहार की बात है। मैंने सोचा ज़्यादा दिन हो जाएँगे तो तुम लोग भूल जाओगे कि मैंने उस दिन पिलाई थी।'' डॉक्टर कोफ्ता बहुत विनम्रता से बोला।

—''अरे, हम इतने भुलक्कड़ हैं क्या?'' राजू उस्ताद ने कहा।

—''नहीं यार, लेकिन हरामी कितने हो, क्या मैं जानता नहीं।'' डॉक्टर कोफ्ता बहुत आदर के साथ बोला।

—''देख बे, दारू की तो आज बात भी मत करना। हमारा शाहरुख टेंशन में है तो हम सब भी टेंशन में हैं।'' रमेश ने कहा।

—''और क्या, वर्ना दारू क्या चीज़ है? दस बोतल तुझ पर वार के फेंक दें।'' हरि ने उसे दोस्तों की दरियादिली बताई जिससे डॉक्टर कोफ्ता ज़रा भी प्रभावित नहीं हुआ। अलबत्ता शाहरुख की टेंशन की बात उसने थोड़ी हिचकिचाहट के बाद स्वीकार कर ली। जब उसने वार्तालाप में हिस्सा लिया तो उसे शाहरुख की परेशानी पता चली। उसने यह भी प्रस्ताव रखा कि वह काजोल के इलाज के लिए जा सकता है, बल्कि वह फीस भी नहीं लेगा। हरि ने उसे घूरकर देखा—''डॉक्टर के बच्चे, तुझे काजोल की हत्या के ज़ुर्म में फाँसी हो उसके पहले शाहरुख तुझे मार डालेगा।''

डॉक्टर कोफ्ता ने अफ़सोस जताया कि उसकी दोस्ती की किसी को कदर नहीं है। उसकी काबिलियत पर पूरा गाँव भरोसा करता है, लेकिन चार निठल्ले और गँवार भरोसा नहीं करते हैं। ऐसा नहीं था कि डॉक्टर कोफ्ता ऐसा मसखरी में कहता या सोचता था। बल्कि गाँव में होने वाली अपनी तारीफ़ और सम्मान ने उसे इतना आत्ममुग्ध बना दिया था कि अब तो उसके गँवारूपन को कोई अलग से मदद करने की ज़रूरत नहीं थी। बकौल हरि, सिर्फ़ डॉक्टर कोफ्ता ही नहीं, राजू उस्ताद से

लेकर शाहरुख तक सभी थोड़ी-बहुत कमी-बेशी के साथ एक जैसे हैं। अपने गँवारूपन को ये अपनी काबिलियत समझते हैं। अपना तमगा मानते हैं। अपना आत्मविश्वास। दुनिया को जूते की नोक पर रखने का हुनर। इसलिए हमेशा ख़ुश रहते थे। अपने गँवारूपन से अनभिज्ञता ही उनकी सुरक्षा-भित्ती थी। उनकी ख़ुशी का कारण था—मस्ती का स्रोत।

शाहरुख जो इस बीच कुछ ज़्यादा उदास हो गया था, बोला—"रमेश! चल मन्दिर चलते हैं। भगवान से उसके जल्दी ठीक हो जाने की मन्नत माँगनी है।"

डॉक्टर कोफ्ता ने आगे आकर बोलना ज़रूरी समझा—"उस मुसल्टी...।" फिर घबराकर शाहरुख की तरफ़ देखा और जल्दी से संशोधन किया—"मेरा मतलब है, उस मुसलमानिन के लिए भगवान क्यों सुनेगा।"

—"वही तो।" रमेश भी बोला।

—"उसके लिए तुम उसके अल्लाह के आगे नाक रगड़ो। मेरी मानो तो मस्जिद में जाओ। उधर उनका अल्लाह बरोबर मिलेगा।" डॉक्टर कोफ्ता ने समझाया।

—"अबे चूतिये चुकन्दर! वे लोग अभी बाबरी मस्जिद के दंगे भूले नहीं हैं। बाण्डे लोग मुण्डी काटकर वहीं गाड़ देंगे। पता भी नहीं चलेगा। हमारे घरवाले तो पता लगाने की कोशिश भी नहीं करेंगे। कहेंगे चलो, कमबख़्तों से पीछा छूटा।" राजू उस्ताद ने चेतावनी दी। फिर असलम भंगार को धौल जमाकर बोला—"अबे कटुवे, तू कुछ बोल। तू क्यों मूँ में दही जमा के बैठा है।"

—"बरोबर बोला उस्ताद।" असलम भंगार जल्दी से मुण्डी हिलाते हुए बोला—"हमारे मौलवी साहब को पता चला तो तुम तो मरे ही मरे स्सालों मेरी तो माँ ही ठुक जाएगी।"

—"तो फिर दरगाह चले जाओ।" राजू उस्ताद ने कहा।

—"हाँ, यह ठीक है। वहाँ हिन्दू-मुसलमान सभी आते हैं।" असलम भंगार बोला।

—"तेरा अल्लाह उधर आता है?" मलाईकोफ्ता ने पूछा।

—"बरोबर।" असलम भंगार ख़ुश होकर बोला—"बस, अजान के टैम मत जाना। उस टेम तो वो उधर मस्जिद में रहेगा। बाक़ी टेम तो दरगाह पर मिलना ही चाहिए।"

शाहरुख आंटी के कमरे से निकलकर सड़क पर आ गया। रमेश ने साथ चलना चाहा तो हरि ने मना कर दिया। उसका कहना था कि इस समय शाहरुख को अकेला रहना चाहिए। कभी-कभी अकेलापन भी उदासी की दवा की तरह काम करता है।

शाहरुख ने दरगाह जाने वाले ताँगे पर जगह बनाई और चुपचाप बैठ गया। भीड़ भरी सड़कों से निकलकर ताँगा खुली और सूनी सड़क पर आया तो उसे अच्छा लगा। घोड़ा मरियल था जिससे ताँगेवाला जल्दी चलने का आग्रह कर रहा था।

उसके आग्रह का घोड़े पर कोई प्रभाव नहीं पड़ा था। घोड़ा अपनी मरियल चाल से चल रहा था। ताँगेवाले ने आग्रह की औपचारिकता छोड़कर एक बीड़ी जला ली। अपनी खिचड़ी दाढ़ी और बिखरे बालों के साथ कहना मुश्किल था कि वह ज़्यादा मरियल है या उसका घोड़ा। घोड़ा उस रास्ते पर चलने का अभ्यस्त था। ताँगेवाला भी निश्चिन्त था। शाहरुख भी कोई जल्दी में नहीं था। इत्मीनान से ताँगे के पटिये से पीठ टिकाए वह सूनी सड़क को घूर रहा था। दरगाह के क़रीब वह उतरा तो दरगाह की दीवारों पर पसरी धूप फिसलकर नीचे उतर रही थी। वह दरगाह के भीतर जल्दी नहीं गया। काफ़ी देर बाहर पेड़ के आसपास बने ओटले पर बैठा रहा। फिर धीरे-धीरे चलता हुआ भीतर दाख़िल हुआ। इस बार उसके मन में प्रार्थना को लेकर संशय नहीं था।

काफ़ी देर बार वह बाहर निकला तो धूप नदारद थी। हल्का-सा अँधेरा दरगाह की दीवारें फाँदकर भीतर आना चाहता था। वह बाहर निकलकर पेड़ के नीचे खड़ा हो गया। घने पेड़ से कुछ दूर एक ताँगा आकर रुका। नीला सलवार-कुर्ता पहने एक लड़की उतरी तो उसके दिल की धड़कनें बढ़ गईं। वह पहचान गया, काजोल थी।

काजोल ठिठक कर खड़ी हो गई। उसने यह भी देख लिया कि शाहरुख ने उसे देख लिया है। वह धीरे-धीरे चलते हुए पेड़ के क़रीब आई। शाहरुख स्तब्ध-सा खड़ा था। वह भी चुपचाप खड़ी हो गई। दोनों देर तक ख़ामोश रहे। फिर शाहरुख बोला—''मैं जिस किसी से भी यहाँ मिलने की उम्मीद करता, उसमें तेरा नाम सबसे बाद में होता?''

—''क्यों?'' वह मुस्कराई।

—''क्योंकि मैं तो सोच भी नहीं सकता था कि तू मिल जाएगी।'' वह अभी भी घबराहट से बाहर नहीं आया था। कुछ देर बाद धीरे-से बोला—''कुछ भी कहो, तेरा ख़ुदा बड़े दिलवाला है। एक हिन्दू की प्रार्थना सुन ली।''

काजोल मुस्कराकर रह गई। एकाएक शाहरुख को कुछ याद आया—''अरे, तेरी तबीयत कैसी है? मुझे रमेश बता रहा था कि तबीयत बहुत ख़राब है। कहीं आना-जाना बन्द है।''

—''नहीं, ऐसी कोई बात नहीं। मैं ठीक हूँ। थोड़ी बीमार थी। वैसे चिन्ता की कोई बात नहीं है।'' उसकी मुस्कान बेहद सौम्य हो गई।

—''मैं तो यहाँ तेरे ख़ुदा से बोलने ही आया था कि तुझे जल्दी अच्छा कर दे।'' वह संकोच के साथ बोला।

—''देखो, तुमने कहा और ख़ुदा ने मुझे तुरन्त अच्छा कर दिया।'' वह हँसकर बोली।

—"तभी तो...। तेरा ख़ुदा जल्दी मान जाता है। हमारे भगवान इतनी जल्दी नहीं मानते हैं। सोलह सोमवार का व्रत। इक्कीस गुरुवार के उपवास या फिर सवा पाँच रुपये से लेकर हज़ारों रुपये के चढ़ावे की मन्नतें, तब जाकर मानते हैं।" शाहरुख भी मुस्कराया।

—"ऐसा नहीं बोलते। ख़ुदा हो या भगवान, सच्चे आदमी की सुनते हैं। प्रार्थना भीतर मन से निकलनी चाहिए।" दोनों पेड़ से हटकर, पीछे दीवार के पास एक बेंच पर बैठ गए।

—"पढ़ाई कैसी चल रही है?" उसने पूछा तो शाहरुख झुंझला गया।

—"तूने बड़ी झंझट में डाल दिया है। रोज़ सुबह जल्दी से आठ बजे उठना पड़ता है। कॉलेज जाओ। दोपहर तक कॉलेज लगता है। इतनी देर एक जगह बैठने की आदत नहीं है।" वह थके स्वर में बोला।

—"अरे, मैं पढ़ाई के बारे में पूछ रही हूँ।" वह मुस्करा कर बोली।

—"अबी बोले तो इन सबकी आदत पड़े तो पढ़ाई के बारे में सोचूँ। कॉलेज जाने की आदत पड़ जाएगी तो पढ़ाई भी करने लगूँगा।" शाहरुख ने आश्वस्त किया।

—"बहुत देर बाद बोले...।" उसने सिर उठाकर कहा।

—"क्या?"

—"अबी बोले तो...।"

—"क्या?"

—"अरे, यही...तुम्हारा तकिया कलाम अबी बोले तो...।" कहकर वह हँसी।

—"तूने जब से टोका है। यह आदत भी छोड़ रहा हूँ।" वह शरमा कर बोला। लड़की के चेहरे पर एक स्निग्ध हास्य है। शाहरुख ने देखा उसकी बड़ी-बड़ी आँखों में एक भली-सी मुस्कान है। चेहरे पर ऐसी भलमनसाहत है कि मन्दिर की मूर्ति लज्जित हो जाए। पहली बार उसे लगा कि सादगी-भरे सौन्दर्य में भी एक भव्यता होती है। ऐसी भव्यता और ऐसी गरिमा कि देखने वालों की आँखों में संकोच डाल दे। शाहरुख ने नज़रें चुरा लीं। उसे लगा, दरगाह के भीतर से उठती अगरबत्ती और लोबान की सारी ख़ुशबू इस बेंच पर सिमट आई है। भीतर की सारी पवित्रता किसी हल्के से हवा के झोंके के साथ लड़की के आसपास की हवा में घुल गई है। लड़की ने धीरे-से अपने हाथ में दबे पर्स को खोला और एक छोटी-सी बिंदिया निकालकर माथे पर धर दी। फिर मुस्करा कर उसकी ओर देखा। वह हकबकाया-सा उसको देखता रहा।

—"कैसी लगती हूँ।" वह बोली।

—"बहुत सुन्दर।" इसके आगे वह कुछ बोल नहीं पाया।

उस जगह अँधेरे में माथे पर लगी बिंदिया एक छोटे से चमकते बिन्दु की तरह थी। लड़की का सूना माथा एक अजीब-सी चमक और सौन्दर्य से भर गया था।

—''कहते हैं गाँव में मेरे पिता के पास थोड़ी ज़मीन-जायजाद है।'' शाहरुख मंत्र-मुग्ध स्वर में बोला—''वह सब। उसके अलावा जो कुछ भी मेरे पास है वह भी। ज़िन्दगी-भर भीख का कटोरा हाथ में कोई पकड़ा दे और जो दौलत दे वह सारी...सब कुछ अभी तुम्हारे इस रूप पर न्यौछावर कर सकता हूँ।''

लड़की शरमा गई।

—''सच कहता हूँ। लोग साधू कैसे बन जाते हैं, समझ गया। रूप की ऐसी आँच कौन सहन कर सकता है?'' कहकर शाहरुख एकटक उसे देखने लगा। लड़की ने चेहरा दूसरी ओर घुमा लिया।

—''ऐसी बातें करना कहाँ सीख आए?'' शर्म से अभी भी उसका चेहरा लाल था।

—''पता नहीं, बस मुँह से निकलती चली गईं।'' वह बोला।

लड़की के खुले बाल हल्की-सी हवा में उड़ने लगे। कानों में लटक रहे बुंदे धीरे-धीरे डोलने लगे। अँधेरे की दीवार से टिका उसका रक्ताभ चेहरा किसी रोशनी का मोहताज नहीं था। वह अपनी अर्जित रोशनी में दिपदिपा रहा था। लम्बी-सी गर्दन में एक काला धागा बँधा था जो उसकी लम्बी गरदन के रंग को विभाजत कर रहा था। कान के पास पीछे गरदन पर हल्के से सुनहरे रोएँ हवा में थरथरा रहे थे।

—''इस सिलसिले का कोई दूसरा सिरा दिखाई देता है?'' काजोल ने सिर उठाकर पूछा।

—''बोले तो?'' शाहरुख एकाएक से इस सवाल को समझ नहीं पाया।

—''तुमने कुछ सोचा है।'' वह बोली।

—''हाँ, पढ़ाई अब मन लगाकर करूँगा। सच्ची! फिर कहीं नौकरी तलाश करूँगा।'' वह थोड़े उत्साह से उसे आश्वस्त करना चाहता था।

—''तब तक तो मैं बूढ़ी हो जाऊँगी।'' वह बग़ैर मुस्कराए बोली जब कि उसके बोले गए में मुस्कराने की गुंजाइश थी।

—''क्या?'' वह अचरज में बोला।

—''हाँ, सभी को एक दिन बूढ़ा होना होता है।''

—''तो क्या तू भी बूढ़ी हो जाएगी?'' शाहरुख उदास हो गया।

—''हाँ...मैं कोई क्या दूसरी मिट्टी की बनी हूँ?'' लड़की दुपट्टे से उँगली को लपेटते हुए बोली।

—''नहीं, तू बूढ़ी नहीं हो सकती। कभी नहीं।'' वह मायूस स्वर में ज़िद करने लगा। लड़की के चेहरे पर धीमे-से फीकी हँसी उभरी—''डरते हो बूढ़े होने से।''

—''तेरे बूढ़े होने से डरता हूँ।''

—''उससे क्या होता है। एक दिन मर भी जाऊँगी।'' लड़की के स्वर में थोड़ी उदासी घुल गई।

—"ऐसा मत बोलो।" शाहरुख रुआँसा हो गया।

—"मेरे न बोलने से क्या होगा?" फिर धीमे-से उसका हाथ अपने हाथ में लेकर बोली—"चाहत नहीं मरती...आदमी को मरना पड़ता है।" बात कहाँ से चलकर कहाँ पहुँच गई। दोनों उदास हो गए।

—"एक बात कहूँ?" वह धीरे-से बोली—"तुम अपने मज़हब की बल्कि अपनी जाति की लड़की तलाश करके उससे इश्क़ करो। फिर उससे शादी कर लो, यह आसान काम है।"

—"तू तो मेरे बाप की तरह बोलती है।" शाहरुख खिन्न स्वर में बोला।

—"ऐसी भलमनसाहत की बातें पिता ही सोचते हैं।" काजोल ने उसकी हथेली थपथपाई। कुछ देर तक चुप रही फिर बोली—"अब मैं चलूँ।"

—"तू आती है तो जाने का समय साथ लेकर आती है। आते ही जाने की बात करती है। तू जाने के लिए ही आती है क्या?" वह थोड़े उलाहने के साथ बोला तो काजोल हँसने लगी। उसे हँसता देखकर वह भी हँसने लगा।

—"तू हँसती रहती है तो मुझे अच्छा लगता है।" शाहरुख ख़ुश होकर बोला।

—"तुम उदास रहते हो तो मुझे अच्छा नहीं लगता है।"

—"मैं उदास इसलिए रहता हूँ कि तू मिलने नहीं आती है।"

—"आई तो हूँ...।"

—"आई हो, लेकिन जाने की ख़बर के साथ।"

—"तुम्हारे इस वादे से मुझे ख़ुशी हुई है कि तुम पढ़-लिखकर कुछ करना चाहते हो।" काजोल ने सहसा बात बदली—"तुम घर में बड़े हो। घर को तुम्हारी ज़रूरत है।"

—"घर के काम तो मैं अभी भी करता हूँ।"

—"मतलब?" लड़की की आँखों में प्रश्न उतर आया।

—"बोले तो...पिताजी छोटे भाई-बहनों की सिर्फ़ फीस भरते हैं। उनका ज़ेब ख़र्च, कोचिंग की फ़ीस, पिक्चर, घूमना-फिरना, यह सब पैसे का इन्तज़ाम मैं करता हूँ।"

—"कैसे?"

—"वो छोड़। पचास धन्धे हैं। कुछ अच्छे, कुछ बुरे। पर मैं घर की मदद करता हूँ।" फिर थोड़े स्पष्ट स्वर में बोला—"लेकिन मुझे जस नहीं मिलता। इतना कुछ सबके लिए करता हूँ।"

—"जस मतलब यश?" काजोल ने प्रश्न किया।

—"वही समझ, मतलब कोई मेरे किए कामों को गिनती में नहीं लेता। उपकार नहीं मानता।" उसकी आवाज़ में थोड़ी कुढ़न आ गई।

—"ओह। जस मतलब...सिला? तुम्हारे किए का तुम्हें सिला नहीं मिलता।" वह थोड़ा पीछे खिसककर बैठी तो उसका हाथ उसके हाथ से छूट गया।

—"हाँ, वह भी।" वह ग़ुस्से और उदासी के मिश्रण में ठंडी आवाज़ में बोला। वह मुस्करा दी—घर के लिए हम कुछ करते हैं तो ऐसी अपेक्षाएँ नहीं रखनी चाहिए। बल्कि किसी के साथ भी अपेक्षा नहीं रखनी चाहिए। हम जितना अच्छा कर सकते हैं, करते रहना चाहिए।"

शाहरुख बोला कुछ नहीं, बस गरदन हिलाकर रह गया।

—"अच्छा बताओ, तुम्हें कौन-सा विषय कॉलेज में अच्छा लगता है?" वह फिर से उसके पास खिसक आई।

—"जो तुम्हें पसन्द है...वही, बोले तो...इको-इको...अरे यार, अरथशास्त्र।" अंग्रेजी न बोल पाया तो उसने हिन्दी में बताया।

—"इकनॉमिक्स।" लड़की ने दुरुस्त किया।

—"बोले तो वही...।" सहसा ख़ुश होकर बोला—"देखना, एक दिना इस अरथशास्त्र को तो ऐसा घोट लूँगा कि तेरे को पढ़ा दूँगा।"

—"सच पूछो तो इससे ज़्यादा ख़ुशी मुझे और कोई नहीं होगी।" वह पुलकित स्वर में बोली।

एकाएक शाहरुख को जैसे कुछ याद आया—"तूने इतिहास विषय मुझे क्यों नहीं लेने दिया?"

—"मुझे इतिहास से डर लगता है?"

—"क्यों? सभी कहते हैं सिर्फ़ रट्टा मारना पड़ता है।"

काजोल कुछ देर चुप रही फिर बोली—"मैं इतिहास से डरती हूँ। इतिहास के प्रेत हमेशा पीछा करते रहते हैं।" उसकी आवाज़ में तल्खी आ गई—"कभी-कभी मुझे लगता है इतिहास किसी ड्रेकुला की भाँति मुझे दबोचता है। जैसे कोई सारा ख़ून खींचकर निकाल रहा हो।"

शाहरुख समझा तो नहीं लेकिन चुपचाप गरदन हिलाता रहा फिर सहसा बोला—"ड्रेकुला के बारे में तू एक बात जानती है, मैंने फ़िल्मों में देखा है।"

—"क्या?" लड़की ने चौंककर पूछा।

—"ड्रेकुला जब सारा ख़ून पी लेता है तब भी आदमी मरता नहीं है और ज़िन्दा भी नहीं रहता है। वह उस समय में रुका रह जाता है।" शाहरुख ने बताया।

काजोल एकाएक चुप हो गई। पिन भी गिरे तो आवाज़ हो। कुछ देर की चुप्पी के बाद उसने शाहरुख को देखा और बोली—"तुम ठीक कहते हो।" और फिर एक लम्बी साँस ली। उसके चेहरे पर उदासी हावी हो गई। अँधेरे से ज़्यादा। काजोल उठकर दीवार से थोड़ी दूर नीम के पेड़ के नीचे आ गई। शाहरुख असमंजस में कुछ देर बेंच पर बैठा रहा, फिर धीरे-से उठा और वह भी उसके पास आ गया। काजोल का चेहरा किसी अजानी आशंका या अँधेरे के एहसास से हल्के-से काँप रहा था।

होंठ हल्के से फड़फड़ा रहे थे। काजोल धीरे-से उसकी ओर पलट गई। उसका चेहरा एकाएक उसके क़रीब आ गया।

—"मैं तुम्हें आज एक उपहार देना चाहती हूँ।" काजोल के चेहरे पर एकाएक पहले वाली स्निग्ध मुस्कराहट आ गई।

गली-मोहल्ले के उस अबोध और दुनियादारी से नावाकिफ़ लड़के को कुछ समझाना नहीं पड़ा। प्रेम से बड़ा शिक्षक कोई नहीं। उसने एक हाथ काजोल के कन्धे पर रखा दूसरे हाथ से उसके सिर को धीरे-से थामा और उसके चेहरे पर झुक गया। उसके होंठ जैसे ही काजोल के होंठों पर जाकर टिके तो काजोल पतली, कोमल टहनी-सी काँप गई। हल्की-सी आँच में तपे से होंठों का थरथराना थम गया। काजोल ने भी अपने दोनों हाथ उसके कन्धे पर धर दिए। दोनों की आँखें आसक्ति के अतिरेक में बन्द हो गईं। क्षण बीता या एक भरा-पूरा कालखंड, दोनों को पता नहीं चला। प्रेम की अभिव्यक्ति के लिए देह भी एक बड़ा माध्यम है। दोनों के होंठ अलग हुए। फिर आसक्ति या आसक्ति और आशंका के सम्मिश्रण में काजोल ने अपना सिर शाहरुख के सीने पर धर दिया। दोनों हाथ पीठ पर चले गए। शाहरुख का हाथ भी काजोल की पीठ पर चला गया। दोनों इस तरह से बँधे थे जैसे अब उनका अलग होना मुश्किल है। दोनों इतने क़रीब थे कि दोनों के बीच अँधेरे की हल्की-सी परत भी नहीं थी। आसक्ति की आभा की एक कौंध थी जो धड़कनों पर सवार होकर एक दूसरे के दिलों में दाख़िल हो रही थी। अपने मौन में, एक दूसरे की पीठ पर किसी अजान लिपि में कोई ऐसा वाक्य लिख रहे थे, जिसे दोनों पढ़ नहीं सकते थे, लेकिन समझ रहे थे। जाने उस लिपि में क्या लिखा था कि दोनों की देह एक पुलक से भर गई थी। उन दोनों के मन से ज़्यादा उनकी देह उस लिपि को समझ रही थी जो पुलक से काँप-काँप जा रही थी। दरगाह की अगरबत्ती और लोबान से ज़्यादा तेज़ ख़ुशबू उस लिपि से उठ रही थी जो दोनों की देह को बेसुध कर रही थी। दोनों की हथेलियों का दबाव एक दूसरे की पीठ पर बढ़ रहा था।

एकाएक दोनों अलग हुए। शाहरुख के चेहरे पर थोड़ी-सी घबराहट आई, लेकिन काजोल का चेहरा बिल्कुल शान्त था। एकदम शान्त। उसके चेहरे पर शांति के अलावा कुछ नहीं था, आवेग, घबराहट और न आसक्ति, कुछ भी नहीं। शान्त स्थिर झील के जल की तरह मौन और अपारदर्शी। उसकी बड़ी-बड़ी आँखें एकाएक सूनी और गतिहीन हो गईं। उस जगह का सारा अँधेरा और उजाड़ जैसे उसकी आँखों में ठहर गया था। फिर एकाएक वह धीरे से हँसी।

शाहरुख पूछना चाहता था कि कुछ ग़लत हो गया क्या? लेकिन उसकी हिम्मत नहीं पड़ी।

—"मन में कोई पछतावा मत रखो। मैंने तुम्हें इसलिए चुम्बन दिया कि मैं जा रही हूँ।" उसके चेहरे पर एक बेहद कोमल और भरी-भरी मुस्कान आ गई—"मेरे

होंठों में बन्द हँसी मैंने तुम्हें सौंप दी है। यह हँसी, यह मुस्कान तुम्हारे भीतर उतर कर ठहर जाए। यही चाहती हूँ। अब हम जब भी मिलें, तुम मुझे हँसते-मुस्कराते मिलना। मेरी हँसी सँभालकर रखना।''

माहौल कुछ ऐसा भावुक और प्रेमिल हो गया कि शाहरुख जैसे अबोध लड़के के लिए तो बस रोने की ही कसर रह गई। काजोल बहुत आहिस्ता-आहिस्ता चलते हुए आगे बढ़ी। पीछे से शाहरुख ने पूछा—''भीतर दरगाह पर नहीं जाएगी?''

—''क्यों?'' उसने अपनी जगह रुककर पूछा।

—''कुछ बोल दे, कुछ माँग ले।'' शाहरुख असमंजस में बोला।

—''मैंने बोला है, ख़ुदा ने उसे सुन लिया होगा। और क्या माँगू? कुछ इच्छाएँ तो शायद ख़ुदा के बस में भी नहीं हैं। उनके अधूरेपन में ही सबका भला छिपा रहता है।'' कहकर वह हँसी। एक स्वादहीन हँसी, क्योंकि हँसी उसके बाहर आई तो अर्थहीन थी। वह उस हँसी का मतलब नहीं समझ पाया।

शाहरुख कुछ नहीं बोला। बात उसके ज़रा भी पल्ले नहीं पड़ी। फिर वह वापस पलटकर उस तरफ़ चली गई, जहाँ ताँगे खड़े थे।

वापस लौटकर शाहरुख आंटी के कमरे पर नहीं गया। अपने घर आया। चुपचाप भीतर के कमरे में जाकर दरी पर लेट गया। माँ ने देखा तो पूछा—''सरी-संजा क्यों आड़ा पड़ा है? दीया-बत्ती का टैम है। उठकर बैठ जा।''

वह कुछ नहीं बोला, उठकर बैठ गया। माँ ने कुछ देर अचरज से देखा और अपने काम में लग गई। कुछ देर बाद माँ वापस लौटी और उसे वैसे ही चुप बैठे देखा तो उसके पास आ गई।

—''क्या हुआ? तबीअत ठीक है, बुखार तो नहीं?'' माँ किंचित् घबरा गई। उसका उद्दंड बेटा एकदम गुमसुम है। उद्दंडता का एकाएक चले जाना भी चिन्ता पैदा करता है। उनके लिए भी जो उद्दंडता पर रोज़-रोज़ टोकते हैं। —''कुछ नहीं हुआ ऐसे ही जी उचाट है।'' शाहरुख ने जबरन मुस्कराने की कोशिश की। वह माँ थी। जबरन की मुस्कराहट भाँप गई। वह ज़्यादा चिन्तित हो गई। पास बैठकर सिर पर हाथ फेरने लगी।

—''चाय बना दूँ?'' माँ ने लाड़ से पूछा।

—''हाँ बना दे।'' उसने टालने के लिए कह दिया। माँ तुरन्त उठकर भीतर के कमरे में चली गई। वह अधलेटा हो गया। तभी बाहर हल्का-सा शोर उठा। उसने कमरे से झाँककर देखा, उसके दोस्त थे। आगे राजू उस्ताद खड़े थे। उसे देखकर सभी भीतर आए। प्रायः एक दूसरे के यहाँ कोई दोस्त आते-जाते नहीं, लेकिन गाहे-

ब-गाहे चले जाते हैं तो रुक भी जाते हैं। वर्ना तो बाहर से आवाज़ लगाकर बुला लेते हैं। सभी आगे की बैठक में खड़े हो गए।

—"माटसाब हैं?" असलम भंगार ने धीरे-से पूछा।

शाहरुख ने इशारे से इनकार में सिर हिलाया तो सभी इत्मीनान की साँस लेकर बैठक में बैठ गए। माँ चाय लेकर आई और भीड़ देखी तो पहली बार ग़ुस्सा नहीं हुई। बोली—"देखो, इसको क्या हो गया है। बहुत गुमसुम है। मुझे तो बताता नहीं, तुम लोग पूछो। मैं तुम सभी के लिए चाय बनाती हूँ।

—"रहने दो मौसी।" रमेश ने रोका। वह जानता था। माटसाब पक्के पूजा-पाठी हैं। असलम को बाहर कोने में छप्पर में टँगे कप में चाय पीनी पड़ेगी। हालाँकि इसका कोई बुरा नहीं मानता, ख़ुद असलम भी नहीं लेकिन आजकल शाहरुख को एतराज होने लगा है।

—"जैसी तुम लोगों की मर्जी।" कहकर माँ भीतर चली गई। उसने भी शायद इसीलिए ज़ोर नहीं दिया।

—"क्या हुआ फरहाद प्यारे?" हरि ने पूछा।

—"कुछ नहीं यार।" शाहरुख ने बात रखी—"तुम लोग आज यहाँ कैसे आ गए।"

—"काका की जीप पुलिस ने पकड़ ली। थाने से छुड़ाकर लाए हैं। नक़द कमीशन भी मिला है और आज काका ने पार्टी भी रखी है।" राजू उस्ताद ने जानकारी दी।

—"कहाँ?" उसने पूछा।

—"काका के गोदाम पर।" रमेश ने बताया। शाहरुख का मन जाने का नहीं था। वह टालना चाहता था, लेकिन जानता था कि ये लोग मानेंगे नहीं इसलिए मुँह पर हाँ बोल देने में भलाई समझी।

—"आ जाऊँगा।"

—"आ जाऊँगा, क्या मतलब? असलम बोला—"अभी चल। आंटी के कमरे पर बैठेंगे। फिर उधर रात को चलेंगे।" वह कुछ कहता तभी उसके पिताजी ने घर में प्रवेश किया। साथ में उनके साथी शिक्षक त्रिपाठीजी भी थे। इन सबको देखकर वे दोनों चौंक पड़े। कुछ बोलते उसके पहले ही कमरे में दाख़िल हो रही माँ बोल पड़ी—"जगदीश की ज़रा तबीअत ख़राब है। ये लोग देखने आए हैं।"

मास्टरनी ने जो लड़कों की हिमायत की, उसको तो मास्टर साहब समझ गए लेकिन बेटे के बीमार होने की ख़बर को उन्होंने अचरज से सुना। फिर उन्होंने शाहरुख को ऊपर से नीचे तक देखा और अपनी व्यंग्य मुद्रा को उपस्थित लोगों को भी दिखाया। शाहरुख की मंडली पर तो इसका कोई असर नहीं हुआ, लेकिन त्रिपाठीजी ने अपने साथी शिक्षक के समर्थन में शाहरुख को घूरा। तब तक मास्टर

साहब और त्रिपाठीजी के लिए भीतर से चाय आ गई। मास्टर साहब और त्रिपाठीजी ने औपचारिकतावश भी इन लोगों से चाय का नहीं पूछा और ये लोग भी नि:स्पृह बैठे रहे।

तभी त्रिपाठीजी को जाने क्या सूझा।

—"शर्माजी, आप बेटे की शादी क्यों नहीं कर देते? अब घर में बहू आनी चाहिए।"

मास्टर साहब एकदम चौंक पड़े। उन्होंने दुबारा शाहरुख को देखा। फिर तिक्त स्वर में बोले—"निकम्मा है, कुछ करता नहीं।"

—"तुम शादी करोगे तब तो कुछ करेगा।" रमेश धीरे-से हरि के कान में फुसफुसाया जैसे मास्टर साहब से सम्बोधित हो।

—"बिल्कुल...और इतनी-इतनी बार करेगा कि बीबी से लेकर पूरा घर परेशान रहेगा।" हरि भी वैसे ही फुसफुसाया।

—"शादी नहीं करेंगे तो वह ख़ुद कुछ करेगा, फिर ये लोग कहेंगे इसने क्या कर लिया। इसलिए वह कहीं और कुछ करे उससे पहले उसको घर में कुछ करने का सामान ला दो। काम की फ़िक्र छोड़ो। शादी करो। यह भी एक काम है।" रमेश फिर फुसफुसाया।

—"क्या है? क्या फुसफुसाहट चल रही है?" मास्टर साहब रमेश की ओर पलटे।

—"कुछ नहीं, हम लोग यही कह रहे थे कि अब इसे कुछ करना चाहिए।"

—"ज़िम्मेदारी आएगी तो करेगा।" त्रिपाठीजी मुलायम स्वर में बोले—"कहीं कोशिश करो बेटा।" शाहरुख के बोलने से पहले मास्टरजी बोले—"क्या करेंगे? छोटी-मोटी नौकरी करना नहीं चाहते और कलेक्टरी मिलती नहीं।"

तभी माँ भीतर आ गई।

—"अभी पढ़ रहा है। पढ़ाई पूरी होते ही शादी भी करेंगे।" वह बेटे की आज की दशा से थोड़ी घबराई हुई थी इसलिए उसका पक्ष लेते हुए बोली।

तभी राजू उस्ताद ने शाहरुख को आँख से संकेत किया। शाहरुख माँ की ओर पलटा—"माँ मैं बाहर जा रहा हूँ।" माँ कुछ जवाब देती उसके पहले ही सभी कमरे से बाहर हो गए। माँ पुकारने की मुद्रा में चिन्तित खड़ी रह गई।

—"देखा! साहबज़ादे को? इन लोगों के साथ रहेगा तो क्या करेगा?" मास्टर साहब ग़ुस्से में चाय का प्याला नीचे रखते हुए बोले।

काजोल घर पहुँची तो उसे महसूस हो गया कि घर में रात के अँधेरे के साथ एक तनाव भी घुला हुआ है। वह भीतर दाख़िल हुई तो अब्बा बैठक में कुर्सी पर बैठे थे। उसने एक नज़र दोनों को देखा और भीतर जाने लगी।

—"नरगिस, कुछ देर तुम यहाँ बैठ सकती हो?" अब्बा ने कहा तो वह चौंक पड़ी। अब्बा की आवाज़ में गुज़ारिश भी हक़ की भाँति मौजूद थी। ऐसी आवाज़ में अब्बा कभी बात नहीं करते हैं। वह कुछ नहीं बोली, चुपचाप क़रीब की कुर्सी पर बैठ गई। कुछ देर कमरे में ख़ामोशी रही। वह समझ गई कि अब्बा और अम्मी मुख्य विषय पर बोलने के लिए मुनासिब शुरुआती वाक्य खोज रहे हैं।

—"कहाँ गई थी?" अब्बा ने कुछ बोलने के लिए निरर्थक-सा सवाल किया।
—"अम्मी ने बताया नहीं? दरगाह तक गई थी।" उसने बहुत इत्मीनान से जवाब दिया और अब्बा की ओर देखने लगी। आख़िरकार अम्मी के सब्र का बाँध टूटा।

—"नरगिस, हम सच्चाई जानना चाहते हैं।"

—"कैसी सच्चाई?" वह ठंडे स्वर में बोली।

—"तू जानती है। कौन है वह?" अम्मी अधीर होकर बोली।

कुछ क्षण वह चुप रही, फिर धीरे-से बोली—"वही, जिसे सरफू ने पीटा था।" एकबारगी तो कमरे में सन्नाटा छा गया। फिर अम्मी उतावले स्वर में बोली—"वो हिन्दू...? ब्राह्मण?" अम्मी की साँस तेज़ चलने लगी।

—"हाँ।" वह गम्भीर स्वर में बोली। प्रोफेसर साहब एकाएक बहुत थके नज़र आने लगे।

—"नरगिस तुझसे ऐसी उम्मीद नहीं थी।" अम्मी रुआँसी आवाज़ में बोली।

—"मुझे ख़ुद अपने से ऐसी उम्मीद नहीं थी।" वह बुझे स्वर में बोली।

—"फिर ऐसा क्यों किया? एक हिन्दू, काफ़िर, सरफू बता रहा था कि गुंडा-मवालीनुमा लड़का है। हमारी परवरिश में ऐसी क्या ख़ामी रह गई?" अम्मी ने उलाहना देना चाहा, लेकिन आवाज़ इतनी गीली हो गई कि वह एक अव्यक्त दुःख में घुलने लगी।

—"आपकी परवरिश में कोई ख़ामी नहीं अम्मी। सच पूछा जाए तो आपकी परवरिश से ही मुझे ऐसी हिम्मत मिली।" वह उँगली की अँगूठी से खेलते हुए बोली।

—"क्या?" अम्मी का मुँह खुला का खुला रह गया।

—"हाँ अम्मी! मेरे मन में सही-ग़लत का ख़ौफ़ है। मज़हब के नम्बरदारों का नहीं।" वह उसी तरह गरदन झुकाए बोली।

—"तुझे सही लगा?" गीली आवाज़ में अब अचरज भी था।

—"दरअसल अम्मी, सही-ग़लत के सोचने का वक़्त ही नहीं मिला।"

—"तुम जानती हो, इसका अंजाम क्या होगा? जो लोग हमारी क़ौम के मुखिया हैं, वो पहले उस लड़के को मार कर फेंक देंगे, फिर तुम्हें।" पहली बार प्रोफेसर साहब बोले।

—"शहर में दंगा हो जाएगा।" अम्मी थोड़ी घबराकर बोली। नरगिस चुप रही।

—"मध्य प्रदेश के सबसे ज़्यादा सेंसिटिव शहरों में से एक है हमारा शहर। हिन्दू तो पहले से दुश्मन हैं, कौम के लोग बेग़ाने हो जाएँगे।" प्रोफेसर साहब सिर झुकाए गम्भीरता से बोले।

—"बाबरी मस्जिद गिराने के समय शहर में कितना बड़ा दंगा हुआ था। हमने, हमारी क़ौम के लोगों ने कितना कुछ खोया है।" अम्मी दुःखी हो गई।

—"दुःख दोनों तरफ़ है, अम्मी। उस लड़के की बहन मीरा उसी दंगे में गायब हो गई। आज तक नहीं मिली। ज़िन्दा है या मर गई, यह तक पता नहीं। उसके घर के लोग उसके मरने की बात सोचकर रोज़ मातम मनाते हैं और ज़िन्दा होने की उम्मीद पर रोज़ दीया जलाते हैं।" लड़की ने अपनी आवाज़ के भारीपन को रोका।

—"तू किसकी तरफ़ है?" अम्मी सहसा घबरा गई।

—"मैं अमन की तरफ़ हूँ। आप लोगों की तरफ़ हूँ। पर आप लोग भी तो तय करो कि आप किस तरफ़ हैं?" वह कुर्सी पर थोड़ा सीधे होकर बैठ गई।

—"बेटी, हम भी अमन की तरफ़ हैं। लेकिन अमन की तरफ़ होने का मतलब कौम के ख़िलाफ़ होना नहीं होता है। तू दिल पर हाथ रखकर बता, कल को दंगा हुआ तो कोई हिन्दू हमें बचाएगा या क़ौम पनाह देगी?" प्रोफेसर साहब सिर उठाकर बेटी को देखने लगे।

—"अरे, हम बच भी पाएँगे।" अम्मी कलपने लगी—"उन दंगों में हमारे मुहल्ले के मुहल्ले उजड़ गए।"

—"अम्मी, अभी मैंने कहा है कि ऐसे हिसाब दोनों तरफ़ लिखे हैं और फिर अब्बा।" वह अब्बा से मुखातिब हुई—"आप ही तो कहते हो रिश्तों में ज़ख़्मों का हिसाब दंगों में बहे आँसुओं से गीले हुए बही-खातों में नहीं लिखा जाता है।"

—"बेटी, तुम्हारी वजह से दंगे हुए तो क़ौम हमारी लाशों को क़ब्र की जगह भी नसीब नहीं होने देगी।" प्रोफेसर साहब थकी आवाज़ में बोले—"तुम बताओ, क्या चाहती हो तुम? इतनी समझदारी की बातें कर रही हो तो कुछ सोच कर भी बैठी होगी?"

नरगिस एकाएक चुप हो गई। अब उसे पता चला कि बहस करना और बात है और फ़ैसला लेना जुदा मामला है। उसे उम्मीद डाँट-फटकार की या रोने-पीटने की थी, लेकिन ऐसी उम्मीद नहीं थी। भीतर जैसे सोचने की शक्ति ख़त्म हो गई। एकाएक सारा दारोमदार उसी पर आ टिका तो वह स्तब्ध रह गई। उसे लगा, ऐसे फ़ैसले लेना ज़्यादा बड़ा आग का दरिया है जिसे डूबकर पार करना है। क्या बोले वह? उसने तो ऐसा सोचा भी नहीं था बल्कि चल रही बहस से उसके भीतर एक दिशाहीन ज़िद पैदा हो रही थी। अब ज़िद ख़त्म। बहस ख़त्म। अम्मी हकबकाई उसकी ओर देख रही है। प्रोफेसर साहब सिर झुकाए ग़मग़ीन बैठे हैं। एक लम्बी तनाव-भरी ख़ामोशी कमरे में फैल गई। काफ़ी देर बाद वह धीरे-से बोली—"मैंने

किसी से रिश्ता जोड़ने के बारे में सोचा, यह कोई लम्बे सोच-विचार का नतीजा नहीं था।'' फिर बहुत ही संकोच और दबे स्वर में अम्मी की ओर देखते हुए बोली—''इश्क़ में पल का फ़ैसला होता है। कुछ सोचने का मौक़ा नहीं मिलता है। बस, हो जाता है। लेकिन...लेकिन इसका यह मतलब नहीं कि मैंने आपको अपने माँ-बाप होने के हक़ से महरूम कर दिया है। फ़ैसला आख़िरकार आपको ही लेना है। जो मुझे सुने बग़ैर मंजूर है।'' कहकर वह उठी और भीतर के कमरे की ओर चलते हुए रुक गई। फिर बोली—''और अम्मी, वह गुंडा-मवाली नहीं है। उसके दोस्त भी गुंडे-मवाली नहीं हैं। वे लोग नकारे हैं। बेरोज़गारी ने उद्दंड बना दिया है। थोड़े इनोसेंट और उजबक हैं, लेकिन अपराध के रास्ते नहीं गए हैं। बहरहाल...।'' कहकर वह पलटी और भीतर के कमरे में चली गई।

उसके जाने के बाद एक बोझिल सन्नाटा कमरे में फैल गया। प्रोफेसर साहब से अनहोनी होते-होते टल गई। अम्मी सोच रही थी कि आख़िर अनहोनी हो गई। बेटी के ख़िलाफ़ फ़ैसला लेते हैं तो बेटी की ख़ुशी आज ही दम तोड़ देगी। बेटी की ख़ुशी की हिफ़ाज़त करते हैं तो पूरे परिवार को ख़तरे में डालते हैं। क्या करें ? पत्नी की ओर देखा, वह कमरे की चुप्पी में स्तब्ध बैठी है।

वह क्या बोलती ? वह जानती है, इश्क़ को मुल्तवी कर सकते हैं। उसकी राह बन्द कर सकते हैं, लेकिन इश्क़ कभी मरता नहीं है। समय के गर्भ में किसी अँधेरे कोने में बैठा रहता है और फिर किसी चाहे-अनचाहे समय सतह पर आ जाता है। उसने प्रोफेसर साहब की ओर देखा। बेटी ने फ़ैसला लेकर फ़ैसले का हक़ उन्हें दे दिया है। अब उन्हें फ़ैसला लेना है। फ़ैसला तो उनका भी तय है बस, उसे अंजाम देने के तरीक़े पर सोचने लगे। वह उठकर प्रोफेसर साहब के क़रीब की कुर्सी पर आकर बैठ गई। प्रोफेसर साहब ने बहुत दयनीय दृष्टि से उसे देखा।

—''कितनी मेहनत, कितनी हसरत से यह घर बनाया था। मुहाविरे में कहें तो एक-एक तिनका जोड़कर।'' प्रोफेसर साहब दर्द में लिथड़ी आवाज़ में बोले।

—''इसी को पुरखे नसीब कह गए हैं।'' पत्नी ने अफ़सोस को दिलासे की शक्ल में प्रकट किया।

दिन गुज़रने लगे।

फिर शाहरुख की काजोल से दुबारा मुलाक़ात नहीं हुई। किताबों में भी कोई सूखे फूल नहीं थे जो मुलाक़ात का असर देते। स्मृतियाँ थीं, जो तकलीफ़देह थीं। दोस्त थे जो उसकी तकलीफ़ को समझते थे और उसका जी बहलाने की कोशिश करते थे।

सालाना इम्तहान के दिन थे। हरि भाषाविज्ञान का पेपर देकर आया था। शाहरुख और रमेश अर्थशास्त्र का पेपर देकर लौटे थे। आंटी का कमरा अभी मौजूद था।

—"काहे का पेपर था शाहरुख?" लच्छू ने पूछा।

—"अर्थशास्त्र का।" शाहरुख ने बहुत संक्षिप्त जवाब दिया। उसके संक्षिप्त जवाब में उसकी लम्बी उदासी ढँकी थी।

—"और तेरा?" लच्छू ने रमेश से पूछा।

—"संस्कृत का पेपर था। बहुत सरल पेपर था।" उसने अपनी ओर से जोड़ा।

—"क्या सरल था?" राजू उस्ताद ने यूँ ही बातों के क्रम को चलाए रखने के लिए पूछा ताकि शाहरुख की चुप्पी भी टूटे।

—"विभक्ति पूछी थी। मैं हरि की चला कर आया!"

रमेश इस बात से अनभिज्ञ उत्साह में बताने लगा—

—"हरिः — हरी — हरयः।
हरिम् — हरी —हरीन्।
हरिणा — हरिभ्याम् — हरिभिः।"

वह आगे भी कुछ बोलता तो राजू उस्ताद ने टोका—"यार हरि, ये तेरी क्या चला कर आया कि तुझे चालू कर दिया।"

हरि रमेश को धौल जमाकर बोला—"स्साले यूनिवर्सिटी वाले आज भी नहीं सुधरे। दस साल पहले भी यही विभक्ति पूछते थे। आज भी वहीं अटके हैं। इस तरह शिक्षा का स्तर बढ़ाएँगे? मिडिल से लेकर कॉलेज तक एक ही चीज़ को दोहराते हैं। कैसे-कैसे लोग ऊपर बैठे हैं? चूतिये स्साले!"

—"चूतिया की भी विभक्ति चलाऊँ?" रमेश हँसकर बोला, तो सुन—

—"चूतिया — चूतियों — चूतियाः।
चूतियाम् — चूतियौ — चूतियान्।
चूतियेण — चूतियाभ्याम् — चूतियेः।
चूतियाय — चूतियाभ्याम् — चूतियेभ्य।
चूतियात — चूतियाभ्याम् — चूतियेभ्यः।
चूतियास्य — चूतियायोः — चूतियाणाम्।
चूतिये — चूतियायो — चूतियेषु।
हे चूतियाः — हे चूतियों — हे चुतियाः।"

हरि ने उसे टोका—"अबे स्साले, ये तूने अकारान्त पुल्लिग में चलाया जब कि चूतिया में आ की मात्रा लगी है।

रमेश थोड़ा हड़बड़ा गया—"यार इतना ज़्यादा नहीं मालूम है। ये तो रट्टा मारकर जानना पड़ता है। जो जैसा याद था, बता दिया।"

लच्छू, शाहरुख और राजू उस्ताद इनको हक्के-बक्के होकर देख रहे थे।

—"अबे स्साले, ये क्या चूतिया स्याही लगा रखी है। क्या मतलब इसका?" राजू उस्ताद ने घबराकर पूछा।

—"मतलब भी बताता हूँ।" रमेश जैसे मौज में आ गया था। उसे अब मज़ा आने लगा था—"कर्ता ने, कर्म को, करण से, सम्प्रदान कारक के लिए, अपादान से, सम्बन्धकारक, का, की, के और अधिकरण कारक में, पर और सम्बोधन कारक हे, हो, अरे!" कहकर वह ताली बजाने लगा। उसे यह जानकर ख़ुशी हुई कि उसे सबक़ अभी तक याद है।

—"अबे क्या बक़वास कर रहा है?" लच्छू ने पूछा।

—"तो पूरा समझ!" रमेश उसे समझाने पर तुल गया—"चूतिया ने, चूतिया को, चूतिया के द्वारा, चूतिया के लिए, चूतिया से, चूतिया का, चूतिया पर, हे चूतिया!, हो चूतियों!, अरे चूतियों!" कहकर वह ख़ुशी से झूमने लगा, जैसे कोई बड़ी और अद्‌भुत बात कह दी हो! फिर बोला—"देखा, अभी तक पूरा याद है।"

राजू उस्ताद उसको घूरते हुए बोले—"कॉलेज में इतनी चूतियागिरी होती है? ज़्यादा पढ़ाई से स्साले का दिमाग हिल गया है।" फिर हरि की ओर पलटकर कहा—"हरि तू बता तेरा पेपर कौन-सा था?"

—"भाषाविज्ञान का ।" हरि ने बताया।

रमेश और शाहरुख भी क़रीब बैठ गए। शाम ढली नहीं थी। चाय का दौर चल रहा था। काँच के छोटे से गिलास को उँगलियों में थामे राजू उस्ताद ने पूछा—"भाषाविज्ञान में क्या पूछते हैं? अब तू कोई चूतिया चक्कर मत चलाना।"

—"नहीं।" हरि ने कहा। —"मेरे पेपर में कोई चूतियापंथी नहीं हुई। जो कुछ हुआ परीक्षा हॉल में हुआ।"

—"हॉल में क्या हुआ, ये भी बताना पण पहले ये बता कि ये भाषाविज्ञान क्या बला है?" राजू उस्ताद ने निरर्थक उत्सुकता दिखाई।

—"इसके बताने से समझ में आ जाएगा?" असलम भंगार बोला तो राजू उस्ताद हँसने लगा।

—"भाषाविज्ञान में शब्द-व्युत्पत्ति के बारे में पूछा था। बड़ी मज़ेदार घटना हुई आज।" हरि याद करते हुए हँसने लगा।

—"क्या हुआ?" रमेश ने पूछा।

—"पहले तो समझो शब्द व्युत्पत्ति क्या है जैसे घोड़े या हाथी को संस्कृत में क्या कहते हैं? प्राकृत या पालि में क्या कहते हैं?" हरि ने बताया।

—"क्या कहते हैं?" शाहरुख पहली बार बोला।

—"अबी बोले तो...परीक्षा मत ले।" रमेश ने समझाया, फिर हरि से कहा—"तो आगे बता।"

—"यार, परीक्षा हॉल में मेरे पीछे की कुर्सी पर शुक्ला तहसीलदार की छोरी बैठी थी।"

—"तो?"

—''तो क्या, घड़ी-घड़ी मेरी पीठ पर पेन गड़ाकर जवाब पूछती रहती थी।''

—''क्या?''

—''कहती थी, हाथी का बता।'' हरि मुस्कराकर बोला।

—''तो तू हाथी का कैसे बताएगा? तेरे पास है क्या?'' असलम भंगार आँख मारकर वाक्य में छिपे अश्लील अर्थ को उजागर कर हँसता हुआ बोला।

—''वही तो मैंने भी कहा।''

—''तब?''

—''तब क्या? भड़क गई। गाली देने लगी।''

सभी ज़ोर से हँस पड़े। हँसी में शाहरुख भी शामिल हुआ तो राजू उस्ताद को मज़ा आ गया।

—''बस ऐसे ख़ुश रहा कर। उदास रहने से क्या मिलेगा। बाबाजी का घंटा?'' राजू उस्ताद ने बायें हाथ से दायें हाथ की कोहनी पकड़कर हिलाते हुए कहा। शाहरुख मुस्करा दिया।

दरअसल, शुरुआत के एक-दो महीने तो शाहरुख को पता ही नहीं चला कि नरगिस शहर छोड़कर चली गई है। रश्मि ने बताया कि पहले नरगिस और उसके भाई किसी रिश्तेदार के घर दूसरे शहर चले गए हैं। बाद में पता चला कि उसके अम्मी-अब्बा भी चले गए। कोई बताता था कि अम्मी-अब्बा भोपाल में हैं, बच्चे किसी दूसरे शहर में। कोई कहता, उसके अम्मी-अब्बा किसी दूसरे शहर में बच्चों के साथ बस गए हैं। कोई ठीक-ठीक ख़बर नहीं थी।

असमंजस, आशंका और उदासी का अजीब-सा माहौल था। इतना ज़रूर था कि तमाम उदासी के बावजूद शाहरुख पढ़ाई कर रहा था। जैसे किताबों में उदासी से छूटने को कोई मंत्र छिपा था। इस बीच उसके घर भी किसी ने नरगिस के बारे में बता दिया था। सम्भवत: रश्मि ने। मास्टर साहब और मास्टरानी दोनों ने घर में ख़ूब हल्ला मचाया था। ख़ूब रोना-धोना हुआ। मास्टरजी के रोने में मुसलमानों को कोसना भी जारी था। घर की बेटी को भी मुसल्टे मार गए। अब छोरे को छीनना चाहते हैं। बेटी मीरा का पता आज तक नहीं चला। —''माटी मिले बाण्डे, मेरी छोरी को मारकर खा गए होंगे, राक्षस कहीं के।'' ग़ुस्से में मास्टरनी चिल्लाती तो मास्टर साहब उसको शान्त करते। बेटे की बात सुनकर तो वे भी हतप्रभ थे। फिर धीरे-से मास्टरनी से कहते—''ज़माने का चलन बदल गया है। मानता हूँ। पर प्रेम करने के लिए पचासों धर्म और हज़ारों जातियों में उसे मुसल्टी ही मिली?'' फिर कुढ़ने लगते—''ये तो पुरबले पाप हैं हमारे, भुगतना पड़ेगा। क्या यही संस्कार दिए थे हमने इसको?''

—''अरे, अपनी जात की लड़की से प्रेम कर लेता, हम क्या रोकते उसे? अपनी जात में लड़कियाँ मर गई हैं क्या? मैं एक से एक लड़की ढूँढ़ देती और कहती ले मर, कर प्यार।'' मास्टरनी कुढ़कर थोड़े रोष से कहती। ये सारी बातें मास्टरनी ख़ुद कहती

तो कभी-कभी घर में भाई-बहन भी उसे लताड़ते। कभी वह चुप रह जाता, कभी ग़ुस्से में कुछ बोल भी देता। पिता के सामने तो वह नहीं बोलता, लेकिन अपनी माँ को ज़रूर कह दिया था कि—''बाबूजी बार-बार संस्कार की दुहाई न दिया करें। उनको अपने पिता से जो संस्कार मिले हैं वो अपनी जगह हैं। बाद में जो उन्होंने हमारे लिए संस्कार इकट्ठे कर लिए हैं वो सिर्फ़ अभ्यास है। आदत है।''

इसी कुढ़ने-कलपने, लड़ाई-झगड़े, कलह और उदासी के बीच दिन बीत रहे थे। तभी एक दिन इन दोस्तों की मंडली का जीवित अजूबा डॉक्टर कोफ्ता प्रकट हुआ। उसने बताया कि वह दिल्ली गया था, उसने वहाँ काजोल को देखा।

शाहरुख ख़ुशी और अचरज से स्तब्ध रह गया। इस ख़ुशी और अचरज के आवेग में उसने यह तक नहीं पूछा कि तू दिल्ली किस काम से गया था?

—''कहाँ देखा?'' शाहरुख ने विकल होकर पूछा।

—''अबी बोला तो...दिल्ली में।''

—''अबे ढक्कन, दिल्ली में कहाँ? दिल्ली कोई छोटी-मोटी जगह है?'' असलम भंगार ने उसे सिर पर पीछे से चपत लगाई।

—''एक कॉलेज में।'' वह सिर सहलाता बोला।

—''वहाँ पढ़ती है?'' शाहरुख उतावला हो गया—''चलो, यार दिल्ली चलते हैं।''

—''वहाँ पढ़ती है या किसी से मिलने आई या पढ़ाती है, भगवान जाने, पण मैंने उसको उदर देखा।'' डॉक्टर कोफ्ता चपत के डर से असलम भंगार से थोड़ा परे खिसक गया।

—''चलो, दिल्ली चलते हैं।'' शाहरुख फिर बोला।

—''दिल्ली में कहाँ?'' रमेश ने पूछा।

—''कॉलेज में, अभी इस कोफ्ते ने बताया न।'' शाहरुख ने कहा। तब राजू उस्ताद को ख़याल आया कि कॉलेज का नाम किसी ने नहीं पूछा।

—''ओय, डॉक्टर ख़ूनी! कॉलेज का नाम तो बता?''

—''यार, अजीब-सा नाम है, जामिया मील्लिया इस्लामिया।''

—''स्साले, तीन कॉलेज हैं।''

—''अरे मरदूदों, गँवारों, एक ही कॉलेज का इतना बड़ा नाम है। जामिया मील्लिया इस्लामिया...।''

—''रुक...रुक...पहले तो यह तू एक काग़ज़ पर कॉलेज का नाम लिख कर दे। स्साला नाम ही ऐसा है कि हममें से तो कोई इसका नाम बोल भी नहीं पाएगा।'' राजू उस्ताद ने कहा और समर्थन में दोस्तों को देखा। सभी के सिर सहमति में हिले।

—''क्यों रे फड़तूस, तू वहाँ इस कनी क्या कॉलेज में क्या कर रहा था?'' असलम भंगार को सहसा सूझा।

—"अरे, मैं तो अपने गाँव के नासिर भाई के साथ गया था। उनके लड़के के दाख़िले के लिए।"

—"तो फिर नासिर भाई के लौंडे से पूछते हैं। वह काजोल का पता लगाकर बताएगा।" शाहरुख ख़ुश होकर बोला।

—"लेकिन उसको दाख़िला मिला नहीं तो वापस आ गए।" डॉक्टर कोफ्ता थोड़ा अचकचाकर बोला।

—"तू तो किसी काम का नहीं। बिल्ली का गूँ। लीपने का न छाबने का...।" रमेश ने उसे लताड़ा।

—"अबे, नासिर भाई के लौंडे का दाख़िला नहीं हुआ तो मैं क्या करूँ?" वह बनावटी रुआँसा हुआ।

—"तेरे तो पेट में दाँत हैं। तुझे क्या हम जानते नहीं।" शाहरुख ने कहा तो वह नाटकीय ढंग से गिड़गिड़ाने लगा।

—"देखो मैंने तुम लोगों को इतनी शानदार ख़बर सुनाई तो आज ज़रा दारू-वारू पिला दो।"

—"अधूरी ख़बर लाया है कमीने। घोड़े का मूत पी ले...।" शाहरुख कलप के बोला। शाहरुख की मायूसी देखकर डॉक्टर कोफ्ता चुप हो गया। माहौल थोड़ा गम्भीर हो गया। अन्त में तय हुआ कि दारू पी जाय। दारू पीने के प्रोग्राम में थोड़ा संशोधन किया गया। तय किया गया कि दारू तो पी जाएगी लेकिन आधे पैसे डॉक्टर कोफ्ता देगा और आधे पैसे बाक़ी लोग मिलकर देंगे। डॉक्टर कोफ्ता ख़ूब छटपटाया कि यह बेईमानी है। मैं तुम लोगों की तरफ़ से पीने आया हूँ। अरे, तुम लोग मुझसे पैसे ले रहे हो?"

—"तू हमसे दारू पियेगा, ऐसा किसने तय किया?" राजू उस्ताद ने पूछा।

डॉक्टर कोफ्ता सिटपिटाया, फिर बोला—"मैं ख़ुद ही गाँव से तय कर के चला था।"

—"तू कौन होता है?" रमेश ने हड़काया—"तय तो यहीं होता है।"

पेग जैसी कोई चीज़ वे लोग समझते भी नहीं और समझना भी नहीं चाहते थे। एक बार में पूरा गिलास भरकर दारू पीते थे। दो-दो गिलास पीने के बाद सभी अपनी-अपनी जगह पर थोड़ा पसर गए। डॉक्टर कोफ्ता आँखें मिचमिचाकर बोला—"और पढ़ाई कैसे चल रही है, ज्ञानी-ध्यानी?"

बात चूँकि रमेश को देखकर कही गई थी इसलिए उसी ने जवाब दिया—"एकदम टन्न फोर! झन्नाट!" फिर सिर झुकाकर थोड़े अफ़सोस के साथ बोला—"बस एक दिक्कत आने वाली है।"

—"क्या?" डॉक्टर कोफ्ता का सिर डोलने लगा था।

—"पास हो गया तो आफ़त है।"

—"क्यों?" पूछा डॉक्टर कोफ्ता ने लेकिन प्रश्नसूचक दृष्टि से सभी ने उसको देखा।

—"बाप कहता है आगे भी पढ़ाऊँगा।"

—"तो क्या दिक्कत है?"

—"अबे गण्डमरे, नौकरी लग गई है। शादी होने वाली है। आगे पढ़कर और क्या उखाड़ लूँगा। पढ़ता ही रहूँगा तो शादी के मज़े कब लूँगा?" वह थोड़ा झुँझलाया।

—"तो कॉलेज तो दिन में लगता है। स्साले मज़े का पोरिग्राम दिन-रात का है क्या?" इस बार असलम भंगार को उत्सुकता हुई।

—"पढ़ाई तो स्साली रात में भी करनी पड़ती है। बुड्ढा तो पीछे ही पड़ गया है कि पढ़ाई जारी रखो, घंटा जारी रखो बाबाजी का।" नशे की अधिकता में रमेश का भी सिर हिलने लगा।

—"पढ़-लिख ले चूतिया सल्फेट, तेरे भले के लिए बोल रहे हैं। पढ़ाई मत छोड़।" डॉक्टर कोफ्ता बुजुर्गों की तरह गम्भीर आवाज़ में बोला।

—"मैं तो समझ गया हूँ। मेरा बाप तो मुझे कलेक्टर बनाकर मानेगा। पीछे ही पड़ गया है।" रमेश पूर्ववत् डोलता रहा।

—"तू तो ऐसे कह रहा जैसे कलेक्टरी कोई बुरी बात है। जैसे तेरा बाप तुझे कोठे पर बिठा रहा है?" इस बार हरि बोला।

—"कोठा? कोठे की बात मत पूछ। कॉलेज जैसा नहीं होता कोठा। कॉलेज में तो रोज़ वही चेहरे, वही लोग। कोठे पर तो हर रोज़ नए लोग, नयी महफ़िल ।" अगला गिलास ख़ाली करके रमेश झूमने लगा। सभी हँसने लगे। शाहरुख भी हँसने लगा। शाहरुख को हँसता देखकर सभी दोस्त ख़ुश हो गए। ऐसी ख़ुशी, ऐसी महफ़िलें स्थायी कब रहने वाली थीं? समय आगे बढ़ता है तो ऐसी ही चीज़ों पर डाके डालते हुए चलता है।

परीक्षाओं के नतीजे आ गए। थोड़ी-बहुत कमी-बेशी के साथ सभी पास हो गए। हालात बदलने लगे। शाहरुख का छोटा भाई जो कॉलेज में उससे आगे की क्लास में था। पढ़ाई पूरी करके निकला और हायर सेकंडरी स्कूल में व्याख्याता हो गया। घर में ऐसी खुशियाँ मनाई गईं जैसे दिवाली आ गई हो। रमेश नौकरी में व्यस्त रहने लगा। असलम के बाप ने उसे किसी गैराज पर डाल दिया। फिर भी वक़्त को धोखा देकर कभी-कभी वे मिलते थे। पर मिलना कम होने लगा। इसी बीच बग़ैर किसी को बताए, पूछे शाहरुख ने शहर छोड़ने का निर्णय ले लिया।

—"क्यों, कहाँ जा रहा है?" दोस्तों ने पूछा।

—"बस इस शहर में मन नहीं लगता। शहर छोड़कर जा रहा हूँ। जहाँ कहीं भी मन लगेगा। ख़बर करूँगा।"

—"तूने तो हमको किसी को बताया तक नहीं?"

—"बस यार, ऐसे ही।"

—"कब जा रहा है?"

—"एक महीने बाद। यहाँ की पढ़ाई तो पूरी हो गई है।"

लेकिन वह एक महीने बाद नहीं, अगले ही दिन चला गया। पहली बार हरि, राजू उस्ताद, असलम भंगार और रमेश को लगा कि जीवन सूना हो गया है। ख़ाली-ख़ाली-सा। जैसे जीवन से कोई बड़ा हिस्सा कटकर अलग हो गया। शहर से एक आदमी नहीं, जनसंख्या का बड़ा हिस्सा ख़ाली हो गया हो।

—"एक दोस्त के जाने से इतना दर्द हो रहा है तो शाहरुख को काजोल के जाने के बाद कितना दर्द हुआ होगा?" राजू उस्ताद को शाहरुख के दर्द का अब अनुमान हुआ।

—"दर्द तो इतना ही हुआ होगा। प्यार का कोई पैमाना तो होता नहीं है, लेकिन हमारी दोस्ती का प्यार भी उसके प्यार से कोई कम नहीं था।" हरि ने कहा था।

जिस कॉलेज में शाहरुख पढ़ रहा था। वहीं प्रतिदिन के हिसाब से पढ़ा रहे एक अस्थायी व्याख्याता से शाहरुख की दोस्ती हो गई थी। वह किसी दूसरी नौकरी के सिलसिले में भोपाल जा रहा था। उसने शाहरुख से भी भोपाल चलने को कहा। शहर से बाहर जाने की बेचैनी ने उसे भोपाल जाने के लिए तैयार कर लिया। वह भोपाल आ गया। एम.ए. में एडमिशन ले लिया। उसी दोस्त के साथ जो अकेला था, वह एक कमरा शेयर करके रहने लगा। उसका दोस्त जिसका नाम नकुल था, एक कोचिंग क्लास में पढ़ाता था। नकुल ने ज़ोर दिया कि वह भी कोई कोचिंग क्लास जाकर अंग्रेजी सीख ले। ख़र्चे के लिए कहीं नौकरी कर ले। उसने एक निजी स्कूल में नौकरी कर ली। इतना मिलने लगा कि घर का ख़र्च चल सके। शहर की बसावट और बोली उसे कभी रास नहीं आई, लेकिन यह समय निजी पसन्द-नापसन्द का नहीं था। वक़्त इतना सख़्त था कि उसे काटने के लिए ऐसी तकलीफ़ें उठानी थीं। दोस्त पीछे छूट गए थे। चाहकर भी उनको अपना पता नहीं बताना चाहता था। जीवन में एक नियमित दिनचर्या थी, लेकिन अजीब-सा उजाड़ था। सन्नाटा था जो शहर का भारी शोर भी तोड़ नहीं पाता था। लाचारी थी, जिसे वह भुगत रहा था। साल गुज़रते गए।

भीतर के ऐसे उजाड़ के साथ एक बिराने शहर में रफ़्तार-भरी ज़िन्दगी में उसने एम.ए. कर लिया। किसी दूसरे स्कूल में नौकरी खोजने निकला तो पता चला अब अर्थशास्त्र या हिन्दी पढ़ने में बच्चों की रुचि कम हो गई है। बच्चों से ज़्यादा माँ-

बाप की रुचि ख़त्म हो गई है। एक अजीब-सी होड़ शुरू हो चुकी थी। हर माँ-बाप अपने बच्चों को सिर्फ़ इंजीनियर या डॉक्टर बनाना चाहता था। इससे कम पर वह समझौता नहीं करना चाहता था। महत्त्वाकांक्षा का बोझ बच्चों की पीठ पर टँगे बस्ते का बोझ बढ़ा रहा था। माँ-बाप नहीं समझ रहे थे कि वे बेहद क्रूर हो चुके हैं और उनकी क्रूरता का शिकार बच्चे हो रहे हैं। शहर में कोचिंग क्लासेस की बाढ़ आ गई थी। हर गली-मुहल्ले और नुक्कड़ पर स्कूल खुल गए। लगभग प्रत्येक स्कूल पर 'इंग्लिश मीडियम स्कूल' का बोर्ड टँगा था। सँकरी गलियों और बजबजाते नाले के किनारे के टीन-टप्पर वाले 'इंग्लिश मीडियम स्कूल' से लेकर बड़े ख़ूबसूरत बग़ीचे और चारदीवारी वाले आलीशान स्कूलों की माँग तेज़ी से बढ़ी। हर हैसियत के पालक के लिए स्कूल था। वह कई दिनों तक नहीं समझ पाया कि इन गली-मुहल्ले के टीन-टापरों में कैसी शिक्षा व्यवस्था होगी ? फिर धीरे-धीरे उसे सब कुछ साफ़ होने लगा। हर माँ-बाप बच्चे को इंजीनियर, डॉक्टर की महत्त्वाकांक्षा से भरा देखना चाहता है और जाने कैसे षड्यंत्रकारी अफ़वाह जड़ पकड़ती गई कि उसके लिए हिन्दी या अपनी मातृभाषा छोड़कर सिर्फ़ अंग्रेजी माध्यम में पढ़ना पड़ेगा। अब हर माँ-बाप अपने बच्चे को सिर्फ़ अंग्रेजी माध्यम के स्कूल में दाख़िला दिलाना चाहता था। अंग्रेजी के लिए ऐसी होड़, ऐसी आसक्ति थी कि जाने-अनजाने उसने हिन्दी के प्रति गहरी अवहेलना लगभग घृणा की हद तक पैदा कर दी। दूसरी भाषाएँ, लेकिन ख़ासकर हिन्दी को जिस तरह से अपदस्थ करने की कोशिश हो रही थी, उससे वह आहत हो गया। अंग्रेजी पढ़ाई से सफलता मिलेगी, इस षड्यंत्र ने स्कूलों में हिन्दी की लगभग हत्या करने की इच्छा के साथ अंग्रेजी की पक्षधरता शुरू की। शासकीय स्कूलों से लोगों का मोहभंग हो गया। शासकीय स्कूलों का इतनी जल्दी इतना बुरा अंजाम होगा, किसने सोचा था। शिक्षा में एक नयी अर्थव्यवस्था दाख़िल हुई और शासकीय स्कूल पिछड़े माने जाने लगे और सिर्फ़ ग़रीब लोगों के कमजोर बच्चों की शरणस्थली के रूप में बदनाम होकर रह गए।

इसी हल्ले में, लेकिन उसे सफलता भी मिली। नाममात्र के लिए सरकारी शिक्षा नीति के दबाव में हिन्दी पढ़ाने की अनिवार्यता में हिन्दी शिक्षक खोजे जाने लगे। उसे एक बड़े नामी निजी स्कूल में नौकरी मिल गई। जहाँ वह शिक्षक हिन्दी का था, लेकिन हायर सेकेंडरी के बच्चों को जो आगे जाकर एम.बी.ए. करना चाहते थे, अर्थशास्त्र भी पढ़ाया करता था।

उसने जिस कॉलेज से एम.ए. किया था, उसी कॉलेज की प्रोफेसर के इसरार पर वह अर्थशास्त्र में पी-एच.डी. करने के लिए राज़ी हो गया। स्कूल में पढ़ाने सुबह जाता था। कभी-कभी दोपहर तक लेकिन शेष समय वह पी-एच.डी. की तैयारी में लगाता था। डॉ. करुणा शास्त्री, यह थी उसकी अर्थशास्त्र की प्रोफेसर। कुछ साल लंदन में रही थी। फिर भारत लौटकर उसने दो काम किए। पहला तो कॉलेज में

नौकरी कर ली और दूसरा शादी कर ली। दो साल पहले प्रसव के समय उसकी बच्ची की मौत हो गई। हाल ही में वह उस दुःख से उबर पाई थी। अंग्रेजी के अख़बारों में वह भारतीय अर्थव्यवस्था को लेकर कभी-कभी लिखती थी। उसी तरह के लेख जो आमतौर पर दूसरे चार लेख पढ़कर अंग्रेजी अख़बारों में लोग लिख लेते हैं। कम से कम शाहरुख की तो यही धारणा थी। उसी ने डॉ. करुणा शास्त्री से कहा था कि—"आपको भारतीय ग्रामीण अर्थव्यवस्था को लेकर लिखना चाहिए। वह भारतीय अर्थव्यवस्था की धुरी है।"

—"तुम क्यों नहीं लिखते?" डॉ. शास्त्री ने पूछा था।

—"अरे बाप रे? लिखना मेरे बस की बात कहाँ।" कहकर वह हँस पड़ा था। उसने डॉ. करुणा शास्त्री को भारतीय गाँवों की न सिर्फ़ प्रारम्भिक जानकारी दी बल्कि ढेरों ऐसे क़िस्से बताए जो कहीं-कहीं उसके जीवन से भी जुड़े थे। वह बताना चाहता था भारतीय ग्रामीण अर्थव्यवस्था के बारे में, लेकिन बातों के दौर में गाँव की और छोटे शहरों की राजनीति, साम्प्रदायिकता और जाने क्या-क्या बातें होती रहतीं। उसने अपने शहर के दोस्तों के क़िस्से सुनाए लेकिन ख़ुद के नाम की जगह एक तीसरे व्यक्ति की भाँति ज़िक्र किया। जैसे किसी अजनबी का ज़िक्र कर रहा हो। उसने यह कभी नहीं बताया कि वह चरित्र मैं ही हूँ। डॉ. करुणा शास्त्री हँसते हुए क़िस्से सुनती थी और अचरज प्रकट करती थी।

समय आगे बढ़ रहा था। आदमी सोचता है वह समय को बदल देगा, लेकिन समय कब चुपचाप आदमी को बदलता चलता है, उसे पता नहीं चलता।

वे जाड़ों के दिन थे। रविवार की सुबह थी। उसने सोचा था, दोपहर होने तक नहा लूँगा।

—"नकुल, आज देर से नहाने का मन है। गीज़र बन्द कर देना।" कहकर वह रजाई लपेटकर लेट गया।

—"बिस्तर से निकलने का मन नहीं कर रहा है?" नकुल ने दरवाज़े पर खड़े होकर पूछा।

—"नहीं, आज सोए रहने का मन कर रहा है।" उसने नकुल की ओर करवट लिए बग़ैर कहा।

—"ठीक है। मैं दस या ज़्यादा हुआ तो ग्यारह बजे तक लौट आऊँगा। खाना बनाने वाली बाई आए तो कुछ भी बोल देना। जो तू ठीक समझे।" कहकर नकुल चला गया।

उसने नकुल से यह तक नहीं पूछा कि कहाँ जा रहा है। देह पर रजाई डाले सो गया। दरवाज़े की साँकल बजी तो वह उठा। खाना बनाने वाली बाई थी। उसने घड़ी देखी। दस बज रहे थे। यानी आज बाई को देर हो गई।

—"फ्रिज में सब्जी रखी है और रोटी, पराठे जो तुम्हारा मन करे बना देना।" कहकर वापस बिस्तर पर आ गया, लेकिन इस बार सोया नहीं। टीवी चलाया तो

समाचार चैनल पर न्यूज़ चल रही थी। कोई केन्द्रीय मंत्री था। संचार क्रांति के लिए सेल फ़ोन की पैरवी कर रहा था। पिछले एकाध बरस से वह महसूस कर रहा था कि मेट्रोसिटीज़ के बाद अब सेल फ़ोन का राजधानी या दूसरे शहरों में दाख़िला होगा। अभी बड़े शहरों में इस्तेमाल के विज्ञापनों में वह जादू की तरह नज़र आ रहा है। उसने भी अचरज से देखा और मंत्री की घोषणा को दिलचस्पी से सुना कि क्रांति का अगला पड़ाव दूसरे शहर होंगे।

सेल फ़ोन आ जाएँगे, लेकिन ख़रीदने की कूवत? उसने सोचा। निश्चित रूप से भारत में यह सफल नहीं होगा। बड़े शहरों में लोगों की हैसियत है, लेकिन भारत में बड़े शहर कितने हैं? भारत तो छोटे गाँव और क़स्बों से भरा पड़ा है। जहाँ की ज़रूरत सेल फ़ोन नहीं, रोटी है। घर में नहीं दाने, अम्मा चली भुनाने। वह हँसा। तभी पड़ोस के खन्ना साहब का बच्चा आया और बताया कि आपका फ़ोन है। वह समझ गया, डॉ. करुणा शास्त्री का होगा। पड़ोस का नम्बर उन्हीं को दिया है। खन्ना साहब मकान मालिक हैं। इतना कष्ट वे उठाते हैं। उठकर वह पड़ोस में गया।

—"हलो!"

—"मैं करुणा!"

—"यस मैम!"

—"क्या कर रहे हो?"

—"कुछ विशेष नहीं।"

—"इंडियन कॉफ़ी हाउस आ जाओ।"

—"अभी?"

—"क्यों?"

—"बिस्तर में हूँ मतलब था। बिस्तर से निकलकर फ़ोन सुनने आया हूँ।" वह झिझककर बोला।

—"संडे एंजॉय कर रहे हो?" उधर से हँसी में डूबी आवाज़ आई।

—"जी बस, वैसे ही।" वह संकोच से बोला।

—"आधे घंटे में?"

—"यस मैम।"

—"ओ.के.।" कहकर उधर से फ़ोन रख दिया।

वह वापस लौटा और पहले टी.वी. बन्द किया, फिर कपड़े उठाकर बाथरूम में घुस गया।

इंडियन कॉफ़ी हाउस पहुँचा तो ग्यारह से ऊपर का समय हो गया था। डॉ. करुणा शास्त्री कोने की टेबल पर थीं। वह पहुँचा तो मुस्करा दीं। उनके साथ प्रोफेसर मेहरा भी थे।

—"कोई विशेष?" वह बैठते हुए बोला।

—''ऐसा कोई विशेष तो नहीं। एक आर्टिकल पूरा किया है। रूरल डेव्हलपमेण्ट और इंडियन इकानॉमिक्स को लेकर। तुमसे लम्बी-लम्बी बहस के बाद लिखा है, सोचती हूँ तुम भी एक बार पढ़ लो।'' कहकर वह अपने हैंडबैग से पेपर्स निकालने लगी। उसने आर्टिकल हाथ में लिया, तब तक टेबल पर कॉफ़ी आ गई। वह आर्टिकल पढ़ता रहा और बीच-बीच में कॉफ़ी भी पीता रहा। आर्टिकल पूरा होते-होते उसने कॉफ़ी भी ख़त्म कर दी। वह कुछ बोलने लगा तो डॉ. शास्त्री तुरन्त बोलीं—''झूठी तारीफ़ मत करना। मैं सच सुन सकती हूँ।''

इसी बीच प्रोफेसर मेहरा जो शायद आर्टिकल पढ़ चुके थे, लगातार डॉ. शास्त्री की तारीफ़ कर रहे थे जिससे डॉ. शास्त्री अब ऊब रही थीं। कई बार प्रोफेसर मेहरा बात करते-करते जैसे ख़याल न रहा हो, डॉ. करुणा के कन्धे पर हाथ रख देते थे, जिसे वह तुरन्त झटक देती थीं। ऐसा दूसरी बार हुआ तो डॉ. शास्त्री उठकर उसके पास की कुर्सी पर आ बैठी। प्रोफेसर मेहरा को बुरा लगा और उन्होंने शाहरुख को घूरा। शाहरुख सिटपिटा गया।

फिर बातें आर्टिकल पर होने लगीं और इस तरह कि प्रोफेसर मेहरा बातचीत से बाहर हो गए। वे समझ गए कि उनकी अवहेलना हो रही है। पर आदमी बेशरम था फिर भी बैठा रहा। आख़िर डॉ. करुणा ने पूछा—''प्रोफेसर मेहरा आपको बुक डिपो जाना था। आपने बताया था।''

यह उसे चले जाने के लिए स्पष्ट संकेत था। इतना तो समझदार था, सो उठ खड़ा हुआ। तब तक वेटर बिल ले आया तो प्रोफेसर मेहरा बिल का पेमेंट देने लगे। डॉ. करुणा शास्त्री ने तनिक कठोर होकर स्पष्ट रूप से मना कर दिया।

—''हम अभी बैठेंगे। कॉफ़ी और पियेंगे। बिल मैं चुका दूँगी।'' प्रोफेसर मेहरा सिर हिलाकर चुपचाप चले गए।

—''बेचारे दुःखी हो गए। पेमेंट के लिए ज़ेब में हाथ डाल दिया था।'' शाहरुख ने हँसकर माहौल हल्का किया—''पेमेंट कर देता तो ख़ुश हो जाता। व्यर्थ रोका आपने।''

—''इस तरह के लोग पहले औरत के लिए पर्स में हाथ डालते हैं, बाद में उसके ब्लाउज में हाथ डालते हैं।'' वह घृणा से बोली। फिर उसकी ओर देखकर उसने भी माहौल का तनाव ख़त्म किया और बोली—''चलो छोड़ो ये बातें, तुम आर्टिकल की बात करो।''

फिर बात आर्टिकल पर होती रही। उसका मन कॉफ़ी पीने का नहीं था, लेकिन वह डॉ. शास्त्री को मना भी नहीं कर सकता था। वह जानता था कि अभी एक कॉफ़ी पी लेगा तो भूख मर जाएगी। पूरी दोपहर भूख नहीं लगेगी, लेकिन वह ऐसा कह नहीं सकता था। तकलीफ़ और बढ़ गई जब बातों के दौरान डॉ. शास्त्री ने कॉफ़ी का दूसरा दौर शुरू कर दिया। वेटर कॉफ़ी के नये प्याले रख गया। किसी समय

उजड्ड, बोलने में बेहद बिन्दास शाहरुख के लिए एक कॉफ़ी के लिए आज मना करना भारी पड़ गया।

आधी दोपहर के बाद वह लौटा तो दुःखी था। हर शनिवार को वह सोचता था कि इस रविवार को भविष्य के लिए कुछ नया करना है, शनिवार को रविवार की उम्मीद में सोचकर वह सोता था। लेकिन हर रविवार की तरह यह रविवार भी व्यर्थ बीत रहा था।

दिन गुज़र रहे थे। व्यर्थताबोध का साप्ताहिक अफ़सोस मनाकर वह अगले दिन ही भूलकर रोज़ के काम में लग जाता।

डॉ. करुणा शास्त्री घर लौटीं तो देखा पति बेडरूम में हैं और टी.वी. चालू है। वह ड्राइंगरूम में चुपचाप बैठ गईं। उनके पति दिवाकर शास्त्री भी प्रोफेसर हैं। दोनों अलग-अलग कॉलेज में पढ़ाते हैं। करुणा सुबह पढ़ाने जाती हैं तो दिवाकर दोपहर को कॉलेज जाते हैं। दिवाकर फिजिक्स के प्रोफेसर हैं और कॉलेज टाइम के अतिरिक्त शहर की एक कोचिंग-क्लास में पढ़ाने भी जाते हैं। उनका कहना है कि पैसा कमाने का उन्हें शौक़ है। हालाँकि यह शौक़ धीरे-धीरे लत में बदल रहा था। लेकिन दिवाकर को ख़बर नहीं थी और वह कहना नहीं चाहती थीं। कहना व्यर्थ था। उनके कहे बग़ैर भी उसने अपना तर्क बताया था कि, उसके पास काबिलियत है, अवसर है तो आती हुई लक्ष्मी को क्यों रोकूँ? दिवाकर आती हुई लक्ष्मी को रोकना नहीं चाहता था। वह दिवाकर को नहीं रोकती थी। व्यर्थ था। जो लक्ष्मी के आगमन के उत्साह और सत्कार में व्यस्त हो जाते हैं, फिर दूसरी चीज़ों से उनका ध्यान हट जाता है। फिर पैसा अपने साथ नयी अनचाही ज़रूरतें और इच्छाएँ लेकर आता है। कहते हैं आती हुई लक्ष्मी अपने आने के साथ जाने का रास्ता खोजकर लाती है। दिवाकर के रहन-सहन में फ़र्क़ आ गया। फिर धीरे-धीरे व्यवहार में फ़र्क़ आ गया। अपने बदले हुए स्वभाव से दिवाकर अनभिज्ञ था। व्यक्ति का बदलाव दूसरे लोग, साथ रहने वाले लोग जितनी जल्दी ताड़ जाते हैं वैसा ख़ुद व्यक्ति कभी नहीं जान पाता है। ऐसा नहीं था कि करुणा को पैसा और उससे हासिल सुख-सुविधाओं से एतराज था, लेकिन उसे पैसे की ऐसी आवक से एतराज था जो सुख को तिलांजलि देकर हासिल हो। पैसे की कीमत पर सुख मिले तो कोई बुरी बात नहीं, लेकिन सुख की कीमत पर पैसा किस काम का?

दिवाकर पूरी दोपहर कॉलेज में रहता है, फिर शाम से रात तक कोचिंग क्लास में। अब तो सुबह से जल्दी तैयार होकर निकल जाता है। सुबह की शिफ्ट में भी एक कोचिंग पकड़ ली है। शुरू में करुणा ने समझाया था कि हम दोनों को भारी वेतन मिलता है। एक परिवार को चलाने के लिए पर्याप्त है, लेकिन जब पैसा कमाने की

लत लग जाती है तो सारी समझाइश व्यर्थ हो जाती है। पुरुष तो कम से कम समझना नहीं चाहता है। उसे लगता है स्त्री उससे ज़्यादा समझदार कब से हो गई? स्त्री जितना अधिक समझाने की कोशिश करती है, पुरुष का इरादा ज़िद में बदलता जाता है। फिर धीरे-धीरे उसे स्त्री की अवहेलना में सुख मिलने लगता है। करुणा ने यह स्थिति नहीं आने दी।

प्रसव के समय बेटी के मर जाने के बाद उसने सास से बहुत आग्रह किया था कि उसके पास रुक जाए। उसका मन लगा रहेगा, लेकिन सास अपने पति के साथ रहना चाहती थी, जो कि स्वाभाविक है। उसके ससुर भोपाल में नहीं रहना चाहते थे। वे बड़े बेटे के साथ देहरादून में रहते हैं। प्रसव की तैयारी के लिए आई उसकी सास मृत बेटी के पैदा होने के कुछ दिनों बाद ही चली गई। ससुर ने कह दिया कि अब रुकने का कोई कारण नहीं है। सास विवश थी, चली गई।

करुणा कैसे बताती कि मृत बच्ची को दफ़नाने के बाद भी बहुत-सी बातें शेष रह जाती हैं। नौ माह का दर्द, उम्मीदें, इच्छाएँ, ममता और मृत बेटी का स्मृतियों में ठहरा चेहरा, बेटी के मरने का दुःख, अकेलापन, यह सब नहीं दफ़नाया जा सकता है। वह कुछ नहीं बोली थी। सास चली गई। दिवाकर ने भी उसे दिलासा दी। बहुत ही अजीब और विशेष ढंग से।

—"करुणा तुम्हारी तकलीफ़ समझता हूँ। तुम अपने आप को सँभालो। वह सन्तान हमारे भाग्य में नहीं थी। एक तरह से ठीक ही हुआ। लड़का पैदा होता और मर जाता तो हम सबको दुःख होता, लेकिन लड़की की मौत के लिए इतना दुःख मत मनाओ। कई बार ईश्वर जो करता है, अच्छा करता है।" दिवाकर ने अपने मन के किसी कोने में दबी परम्परागत पुरुष इच्छा को प्रकट कर दिया। उस इच्छा को ईश्वर की इच्छा से जोड़कर वह ख़ुद को दोषमुक्त भी कर रहा था। तब वह समझ गई कि पुरुष मानसिकता का उसकी शिक्षा से कोई लेना-देना नहीं। जाने-अनजाने ही उसके स्वभाव में एक किस्म की चुप्पी शामिल हो गई। अब उसे बात-बेबात ग़ुस्सा करना अच्छा नहीं लगता था। बहस भी नहीं करती थी। खाने-पीने और कपड़ों के लिए उसकी पसन्द-नापसन्द में अवज्ञा भाव आ गया। कामवाली बाई ने जो पका दिया, खा लिया। जो साड़ी सामने आई, पहन ली। मात्र बत्तीस-तैंतीस की उम्र है उसकी। कॉलेज में दूसरी प्रोफेसर उसे अक़सर कहती हैं कि वह पच्चीस से ज़्यादा की नहीं लगती है। हाय! कैसे मेंटेन किया यह फीगर? वह हँस देती है। जब कि अपनी देह की साज-सँभाल के लिए वह कुछ भी नहीं करती है। एक खिन्नता और उदासी ने उसे ख़ुद और यहाँ तक कि आसपास के प्रति लापरवाह बना दिया है। घर लौटने में उसे मन पर भार लगता है। कॉलेज में उसका मन लगा रहता है। लेकिन यह भी था कि कॉलेज का समय ख़त्म होते ही वह घर का रुख करती है। घर लौटकर उसे अपने घर के कोने के कमरे में बन्द हो जाना अच्छा लगता है।

बावजूद इसके ऐसा नहीं था कि दोनों में संवाद ख़त्म हो गया था। दोनों एक दूसरे का ख़याल रखते थे। चूँकि करुणा ने कभी अपनी अरुचि या असहमति दिवाकर के सामने प्रकट नहीं की थी इसलिए दिवाकर को कभी भान भी नहीं हुआ कि दाम्पत्य में अरुचि की एक महीन लकीर खिंच चुकी है।

दोनों स्वाभाविक रूप से रोज़ साथ में चाय पीते, खाना खाते, साथ में सोते और अपने-अपने काम पर जाते। छोटी-मोटी चीज़ों या ज़रूरतों को लेकर बातें होतीं। यही कारण था कि दाम्पत्य में तकरार की कोई नौबत नहीं आई। करुणा में बदलाव का कारण दिवाकर ने मृत बेटी के जन्म को माना और उसको कोई महत्त्व न देकर अपनी स्वाभाविक दिनचर्या में लगा रहा। दिवाकर में आते मामूली से बदलाव को भी करुणा पकड़ लेती। उसके पास कारण था। बेटी के जन्म को लेकर की गई अस्वाभाविक टिप्पणी की स्मृति करुणा के मन में अमिट हो गई। ऐसी घटनाओं के बाद स्त्री के पास पुरुष को पढ़ने की एक पैनी दृष्टि आ जाती है।

दिल्ली टूर से लौटने पर दिवाकर के बैग से परफ्यूम की एक ऐसी छोटी-सी बोतल मिली जो सिर्फ़ स्त्रियाँ इस्तेमाल करती हैं तो दिवाकर ने हँसकर कहा—"लो, जल्दी में दिल्ली से ख़रीदी है। भूल ही गया कि लेडीज़ परफ्यूम है।" बात सामान्य थी। उसने भी हँसकर वहीं ख़त्म कर दी। उसके कुछ दिनों बाद दिवाकर की कोट की ज़ेब में उसने कानों के सोने के बुंदे देखे। पारदर्शी गिफ्ट पैक में। उसने पैकेट बन्द करके कोट की ज़ेब में वापस रख दिया। लगभग तीन दिनों के बाद उसने दिवाकर से पूछा इतने स्वाभाविक ढंग से गोया कोई सामान्य-सी बात हो। एक क्षण के लिए दिवाकर सिटपिटा गया। तत्काल उसका चेहरा स्वाभाविक हो गया। मुस्कराकर बोला—"अरे हाँ! मैं तुम्हें बताना भूल गया। तुम्हारे लिए लाया था। कल ही ख़रीदे हैं।"

—"तो लाओ, मुझे दो।" वह मुस्कराकर बोली।

—"अरे वो मुझे पसंद नहीं आए तो कल शाम ही वापस कर आया। लेकिन दूसरे लाऊँगा। उससे भी अच्छे।" वह हँसकर बोला और स्वाभाविक अभिनय के उत्साह में उसके पास आकर उसे गले लगा लिया। करुणा जानती है कि इस अभिनय के उत्साह के साथ ही वह अपराध-बोध भी है जो उसके लाड़ के रूप में प्रकट हो रहा है। उसे ग़ुस्सा नहीं आया बस, दु:ख की एक खाई थी जो और चौड़ी हो गई। वह ग़ुस्सा करके अलग हो सकती थी। उसका अच्छा-ख़ासा वेतन था, लेकिन वह घर छोड़कर नहीं गई। उसने यह भी पता लगाने की कोशिश नहीं की, कि वह स्त्री कौन है जिसके लिए दिवाकर उसे धोखा दे रहा है। पता लग भी जाए तो क्या करेगी वह? उस स्त्री से झगड़ा करने से तो रही। एक ठंडी उदासी उसके भीतर घर कर गई। उस दिन उसे लगा कि जैसे उसके भीतर ख़ुशी के कारण का एक कोना मृत हो गया है।

सोचते हुए वह शीशे के सामने खड़ी हो गई। गुलाबी साड़ी में उसका गोरा रंग दमक रहा था। माथे पर एक छोटी-सी बिन्दी। कॉलेज में उसकी साथी प्रोफेसर संगीता पाठक अक़सर कहती है कि तुम्हारा रूप तो किसी श्रृंगार का मोहताज नहीं है। श्रृंगार करके निकलना भी मत, भोपाल में दंगे हो जाएँगे। वह भी उसके साथ हँस देती है।

—''सच कहती हूँ।'' वह उसकी हँसी को रोककर कहती—''ईश्वर ने तुमको जैसे फुरसत में बनाया है। नाक-नक़्श, रूप-रंग, क़द जैसे नाप-तौलकर दिया है। कुछ मुझे दे दे यार, इतना रूप कहाँ सँभालकर रखेगी। और करेगी क्या? अब तो तेरी शादी भी हो गई है।'' कहकर वह ज़ोर से हँसती और अपनी ईर्ष्या को छिपाती। वह एक फीकी हँसी हँसकर रह जाती।

इतने असीम रूप के बाद भी कुछ तो कमी है, कोई तो बात रह गई उसमें। वर्ना क्या कारण है कि उसका पति एक दूसरी स्त्री के पास चला गया, वह सोचती है।

शीशे के सामने से हटकर किचन में आ गई। कॉफ़ी निकालकर ख़ुद के लिए एक ब्लैक कॉफ़ी बनाई और सोफ़े पर बैठ गई। आहट पाकर दिवाकर ने बेडरूम से देखा। उसे देखकर टी.वी. बन्द करके वह भी ड्राइंग रूम में आ गया।

—''अरे, तुम कब आ गईं?''

—''अभी कुछ देर पहले।''

—''मुझे बताया नहीं। अकेली बैठी हो।''

—''तुम टी.वी. देख रहे थे। मैंने सोचा कॉफ़ी पी लूँ।'' फिर दिवाकर की ओर देखते हुए पूछा—''तुम पियोगे, बनाऊँ?''

दिवाकर ने स्वीकृति में सिर हिलाया तो उसने अपना कॉफ़ी का मग वहीं टेबल पर रखा और किचन में आ गई। थोड़ी देर बाद कॉफ़ी बनाकर एक दूसरा मग दिवाकर को दे दिया। दिवाकर ने कॉफ़ी का मग सेंटर टेबल पर रख दिया और उठ खड़ा हुआ। कुछ देर तक वह करुणा को देखता रहा और मुस्कराया। फिर आगे बढ़कर उसने दोनों हाथ करुणा के कन्धों पर रख दिए। कुछ क्षण बाद एक हाथ कन्धे से फिसलता हुआ कमर पर फिरने लगा और आगे बढ़ता हुआ नितम्बों को सहलाने लगा। दूसरा हाथ थोड़ा नीचे खिसका और उँगलियाँ करुणा की छातियों पर फिरने लगीं।

वह कुछ नहीं बोली। चुपचाप खड़ी रही। आँखें उठाकर देखा, दिवाकर की आँखों में एक बेचैन आमंत्रण था। दिवाकर ने देखा, करुणा की आँखें एकदम ख़ाली हैं। उसके आमंत्रण के प्रति कोई उत्साह है, न कोई पुलक। यहाँ तक कि कोई प्रतिकार भी नहीं है। वह एकदम निश्चेष्ट खड़ी थी। दिवाकर का हाथ उसकी छातियों से हटकर वापस कन्धे पर चला गया। नितम्बों पर फिसला हाथ भी रुक गया। फिर वह उससे अलग हट गया। वह कुछ देर वैसे ही खड़ी रही, फिर सोफ़े

पर बैठ गई और अपना कॉफ़ी का मग उठा लिया। दिवाकर भी बैठ गया और अपना मग उठाकर एक छोटा-सा घूँट लिया। दोनों के बीच कॉफ़ी जैसी गाढ़ी और काली चुप्पी ठहरी रही।

—"मुझे एक सेमिनार में दिल्ली जाना है।" कुछ देर की चुप्पी के बाद दिवाकर ने कहा। करुणा कुछ नहीं बोली, सिर्फ़ सिर उठाकर उसकी ओर देखा।

—"आज रात को जाऊँगा। कल शाम की फ्लाइट से लौट आऊँगा।" दिवाकर की आवाज़ में सूचना से ज़्यादा एक तरह की याचना थी कि चला जाऊँ। हालाँकि वह अनुमति माँग नहीं रहा था, अनुमति लेने की जैसे सूचना दे रहा था। जब कि वह सामान्य सूचना देकर भी जा सकता था जैसे पहले भी जाता था।

—"ठीक है।" करुणा सिर्फ़ इतना ही बोली। उसने सोचा, इसके अलावा और कुछ बोला भी नहीं जा सकता था।

दिवाकर चुपचाप कॉफ़ी पीता रहा और कनखियों से उसे देखता रहा। वह कोई कशिश नहीं थी। वह अपने दिल्ली जाने की ख़बर की प्रतिक्रिया उसके चेहरे पर देखना चाहता था। एक ऐसी प्रतिक्रिया जो उसे आश्वस्त कर सके। उसकी यात्रा को निश्चिंत कर सके। दिवाकर को रात को जाना था, लेकिन वह शाम को ही घर से चल दिया। रात का खाना बनाकर बाई जा चुकी थी। करुणा का मन खाना खाने का नहीं हो रहा था। वह बिस्तर पर चित लेटे छत को घूर रही थी। कुछ देर बाद वह उठी और किचन में आई। मन नहीं था, फिर भी खाना खाया। लौटकर बेडरूम में आई और टी.वी. ऑन किया। कुछ देर तक थोड़े-बहुत चैनलों में भटककर ऊब गई। उसने टी.वी. बन्द कर दिया। बहुत रात गए तक उसे नींद नहीं आई।

सुबह नींद खुली तो सिर भारी था। उसने उठकर अपने लिए कॉफ़ी बनाई और अख़बार उठा लिया। कुछ देर पन्ने पलटने के बाद उसने अख़बार रख दिया। कपड़े समेटे और बाथरूम में दाख़िल हो गई। नहाकर निकली तो रोज़ की दिनचर्या में वह किचन के कोने में रखे उस लकड़ी के छोटे-से पटिये तक आ गई जिस पर ईश्वर की कुछ मूर्तियाँ और साईंबाबा की तस्वीर रखी थी। उसने अगरबत्ती जलाकर आँखें बन्द कर लीं। काफ़ी देर तक ऐसी ही खड़ी रही। उसके मन का भारीपन थोड़ा कम हुआ। उसने सोचा, नास्तिक लोग नहीं जानते कि आस्तिक के पास ईश्वर के रूप में कितना बड़ा सहारा होता है। चाहे मन की दिलासा ही हो, लेकिन बड़ी दिलासा है कि अब ईश्वर सब कुछ ठीक कर देगा।

नास्तिक आदमी अकेला ही कुढ़ता-कलपता रहता है। डिप्रेशन में चला जाता है। अस्थायी रूप से ही सही कोई ऐसा माध्यम तो होना चाहिए, उसने सोचा।

वापस ड्राइंग रूम में लौटी तो मन काफ़ी कुछ हल्का था। तभी फ़ोन की घंटी बजी। उसने आकर फ़ोन उठाया।

—"दिवाकर बोल रहा हूँ।" उधर से आवाज़ आई।

—"कहो।" उसने कहा।

—"बेडरूम में टेबल पर, टेबल-लैम्प के पास फिजिक्स के कुछ नोट्स रखे हैं। सक्सेस कोचिंग से कोई लेने आएगा, अरोरा नाम का लड़का। उसे दे देना।"

—"ओ.के.।"

—"ओ.के.।" फ़ोन कट गया। उसने फ़ोन रख दिया। उसने टेबल-लैम्प के पास रखे पेपर्स उठाए और पलटी और न जाने क्या सोचकर वह वापस टेलीफ़ोन के पास आई। टेलीफ़ोन की स्क्रीन पर अब नम्बर नहीं था। उसने मेमोरी का बटन दबाया। कुछ देर पहले आई कॉल का नम्बर स्क्रीन पर आ गया। उसने री-डायल कर दिया। उधर से घंटी बजने की आवाज़ सुनाई दी।

—"हलो।"

—"हलो, कौन है?" उधर से आवाज़ आई।

—"आप कौन बोल रहे हैं?" करुणा ने पूछा।

—"आपको किससे बात करनी है? मैं चन्द्रकान्त बोल रहा हूँ। आनन्द रिसोर्ट से।"

—"आनन्द रिसोर्ट? दिल्ली से?" करुणा ने अचरज से पूछा।

—"नहीं जी...सिहोर से...। आनन्द रिसोर्ट...आपको किससे बात करनी है? आपकी बुकिंग है?" उधर से व्यवसाय-सुलभ विनम्र आवाज़ आई।

करुणा ने फ़ोन रख दिया। मन खिन्न हो गया। भारी मन से चलती हुई वह ड्राइंग रूम में आई और पेपर्स सेंटर टेबल पर रख दिए। ख़ुद भी धम्म से सोफ़े पर बैठ गई। तो दिवाकर दिल्ली में नहीं! सिर्फ़ पचास किलोमीटर दूर सिहोर में है। एक रिसोर्ट में। बहुत देर तक वह सोफ़े पर बैठी रही। उसकी साँसें इतनी तेज़ चल रही थीं जैसे वह लम्बी दौड़ लगाकर आई हो। उस पर थकान सवार होने लगी। उसने सोफ़े से अपनी पीठ टिका दी और आँखें बद कर लीं।

पुरुष को क्षमा करने के लिए स्त्री के मन में हमेशा से एक सन्देह-कोना होता है जब वह सन्देह का लाभ देकर पुरुष को क्षमा करती है। उसने भी यही सोचा, कोई ज़रूरी नहीं कि दिवाकर किसी स्त्री के साथ हो। एकाएक प्रोग्राम बदल गया होगा। उसने ख़ुद के साथ छल करने की कोशिश की। मन इतना भोला नहीं था। मन आहत था इसलिए तर्क सुनने को तैयार नहीं था। वह उठी और वापस टेलीफ़ोन के क़रीब आई। उसने दुबारा री-डायल किया।

—"हलो।" उधर से आवाज़ आई।

—"आनन्द रिसोर्ट से बोल रहे हैं?" करुणा ने पूछा।

—"जी हाँ बोल रहा हूँ।"

—"जी हमारे गेस्ट मिस्टर दिवाकर के लिए बुकिंग थी, वे पहुँच गए?" करुणा ने तत्काल पूछा।

—"जी हाँ, पहुँच गए।"

—"उनके साथ कौन है?" करुणा ने झिझकते हुए पूछा।

—"उनकी पत्नी है।"

—"ठीक है, थैंक्यू।" कहकर उसने फ़ोन रख दिया।

मन को सम्भालने को एक बहाना था, इस तहकीकात से वह भी ख़त्म हो गया। इस बार वह ड्राइंग-रूम में नहीं लौटी, वहीं बेडरूम में पलंग पर गिर गई। ज़रा-सी कोशिश करती तो रुलाई आ सकती थी, लेकिन भारी मन और इच्छा के बावजूद उसने ख़ुद को रोका। छल दिवाकर करता है और रोना मुझे पड़े, ऐसा क्यों? उसने ख़ुद को समझाया। हालाँकि यही होता आया है कि जिसके साथ छल होता है रुलाई उसी के हिस्से में आती है। उसने पूरी कोशिश करके अपने आँसुओं को रोका। फिर ख़ुद पर झल्लाहट आई। व्यर्थ में फ़ोन करके तस्दीक़ की। जब बेवफ़ाई के बारे में मालूम था तो फ़ोन करने तस्दीक़ करने की क्या ज़रूरत थी? वह लेटी रही। कुढ़न, उदासी और ग़ुस्से में उसका बदन जलने लगा। कुछ देर बाद उसने महसूस किया, उसे सचमुच बुखार है। उसने कॉलेज फ़ोन किया और बताया कि बीमार हूँ। आज छुट्टी चाहिए। अर्जी भेज दूँगी। फ़ोन रखकर वह वापस लेट गई। इतने सालों में पहली बार उसे लगा कि दिवाकर के अलावा दुनिया में उसका कोई नहीं है। माँ-बाप मर चुके हैं। एक भाई है जो दिल्ली में इंजीनियर है। वार-त्योहार कभी मुलाक़ात होती है। कभी-कभी तो साल निकल जाता है। दोनों में कोई अलगाव भी नहीं है, तो ऐसा प्रेम भी नहीं कि भाई हर सप्ताह या महीने में बहन के पास दौड़ा चला आए। दिल्ली जाती थी तो झूमकर मिलता था। ख़ुश हो जाता था। कभी-कभी छुट्टी भी ले लेता था। ऐसा भी नहीं कि यह सब दिखावा था। वह सचमुच ख़ुश हो जाता था, लेकिन उसके लौटते ही अपनी नौकरी और गृहस्थी में व्यस्त हो जाता था।

आज अपने अकेलेपन में उसे माँ याद आई। इस शहर तो क्या इस दुनिया में ऐसा कोई नहीं जिसे अपना दुःख बताकर वह कुछ रो सके। रोकर मन हल्का कर सके। खाना बनाने वाली बाई आकर खाना बनाने लगी। उसके पास आकर थोड़ी चिन्ता से पूछा भी—"तबीअत ख़राब है बाइसाब?"

—"कोई विशेष नहीं" वह जबरन हँसकर बोली—"बस, थोड़ा सोने का मन है। तुम खाना बनाकर, दरवाज़ा लगाकर चली जाना।"

वह फिर करवट लेकर लेट गई।

दोपहर का समय था। दरवाज़े की घंटी बजी। कौन होगा इस समय? थोड़ी देर वह लेटी रही, घंटी फिर बजी। बहुत थोड़ी देर संक्षिप्त-सी। जैसे किसी ने संकोच से हल्के से घंटी दबाकर छोड़ दिया। वह उठी और दरवाज़ा खोला। वह चकित रह गई।

—"अरे, जगदीश तुम?" उसने अपने अचरज को छिपाया नहीं।

दरवाज़े पर शाहरुख था। बहुत संकोच से खड़ा था।

—"कॉलेज गया था। बताया कि आप बीमार हैं तो देखने चला आया।" वह झिझककर इस तरह बोला जैसे वहाँ आने की सफ़ाई दे रहा हो।

—"भीतर तो आओ। दरवाज़े पर क्यों खड़े हो।" कहकर वह पलट गई। वह भी पीछे-पीछे ड्राइंग रूम में आ गया।

—"डॉक्टर को दिखाया मैम?" वह खड़ा रहा। वह बैठ चुकी थी।

—"डॉक्टर को दिखाने जैसी बीमार नहीं हूँ। तुम बैठो तो...।" कहकर उसने अपने बिखरे बाल सिर पर पीछे किए। वह हल्के-से संकोच के साथ बैठ गया।

—"घर किसने बताया?" वह मुस्कराई।

—"लोग तो पूछते-पूछते गंगाजी चले जाते हैं। फिर कॉलोनी और मकान नम्बर के सहारे मकान खोजना कौन-सा कठिन था?" वह भी मुस्कराया।

—"बात तो ठीक कही तुमने, लेकिन कॉलोनी और मकान नम्बर किसने बताया?" वह हँसकर बोली।

—"जी, कॉलेज से पूछा।"

—"ओह।" कहकर उसने एक लम्बी साँस ली और सोफ़े के हत्थे पर हाथ टिकाकर हथेली पर ठोढ़ी टिका दी।

—"बीमार तो लग रही हैं आप।" उसने हालत देखते हुए कहा।

—"ऐसा कुछ नहीं। हल्का-सा बुखार है। थकान है।" कहकर वह उठी और बाथरूम में दाख़िल हो गई।

वापस लौटी तो चेहरा धुला हुआ था और बाल सँवारे हुए थे। चेहरे पर हल्का-सा गीलापन था। शाहरुख ने देखा, डॉ. शास्त्री के चेहरे पर हल्की-सी गीली मुस्कान है। डॉ. करुणा शास्त्री को देखकर वह सोचने लगा कि क्या कोई स्त्री इतनी गोरी हो सकती है? इतनी गोरी कि सिर्फ़ हँसने के श्रम में उसका चेहरा गुलाबी हो जाता है। नाजुक पतले होंठ ऐसे लग रहे थे कि वह कंपन गालों से बहकर कानों तक जा रहा था। कहना मुश्किल था कि साड़ी का रंग ज़्यादा गुलाबी है या उसके चेहरे का! जैसे किसी फूल को बरसात के पानी में भिगोकर छोड़ दिया हो। अपूर्व और अनिंद्य सुन्दरी है वो... ! अभी जैसी धुले चेहरे के साथ बग़ैर मेकअप के बाद बैठी हैं, इस हालत में भी दर्जनों विदेशी सौन्दर्य प्रसाधनों से लिपी-पुती बड़ी से बड़ी मॉडल को परास्त कर सकती हैं। खुले, घने लम्बे बाल इतने लम्बे कि कमर से भी नीचे आ रहे थे।

—"आप आराम करें, मैं फिर आऊँगा। आपको नींद से उठा दिया।" उसने मुलायम आवाज़ में कहा।

—"सच पूछो तो मुझे तुम्हारे आने से ख़ुशी हुई है। बीमार तो मैं अकेलेपन से हो गई थी।" फिर उसे लगा कि उसे इसके सामने ऐसा शायद नहीं कहना चाहिए था—"मेरा मतलब है, कॉफ़ी पीने का मन था। अकेले कॉफ़ी पीने का क्या मज़ा? तुम आ गए तो अच्छा लगा।" वह उठकर किचन में गई और कॉफ़ी बनाने लगी। वह भी उठकर किचन के दरवाज़े तक आ गया और अपने स्थायी संकोच के साथ बोला—"मेरे लिए ब्लैक कॉफ़ी मत बनाना। मुझे नहीं पसन्द।"

—"बिल्कुल...बिल्कुल। तुम्हें दूध के साथ कॉफ़ी बना दूँगी। शकर भी तुम्हारे पसन्द के हिसाब से...दो चम्मच, ठीक?" वह कॉफ़ी के मग धोते हुए बोली।

—"तीन चम्मच शकर डाल देंगी तो ज़्यादा मेहरबानी होगी।" कहकर वह हँसा। वह भी हँस पड़ी।

दोनों वापस ड्राइंगरूम में आ गए। शाहरुख को घर में अजीब-सा सन्नाटा लगा। ख़ूबसूरत और सजे घर के बावजूद एक उजाड़-सा। पूरे घर में एक ठंडी उदासी घुली हुई थी। ऐसी उदासी को वह ख़ूब पहचानता है। इतने दिनों के परिचय में वह डॉ. करुणा शास्त्री से कॉलेज के अलावा भी बातें कर लेता था। हालाँकि दोनों ने कभी अपनी निजी बातें एक दूसरे की नहीं बताई थीं। ऐसा कोई अवसर भी नहीं आया था। डॉ. शास्त्री की चुप्पी उसे चुभने लगी तो वह धीरे-से बोला—"मैम, घर में किसी को बुला क्यों नहीं लेतीं? ससुराल से, मैके से। आपका मन लगा रहेगा। घर थोड़ा भरा-भरा लगेगा। आप ठीक कहती हैं, अकेलापन भी आदमी को बीमार कर देता है।" कहकर वह चुप हुआ तो उसने देखा, डॉ. करुणा की आँखों में उदासी गाढ़ी हो गई।

—"मैके से कोई नहीं है। ससुराल में हैं, लेकिन यहाँ कोई रहना नहीं चाहता?" कहकर वह कॉफ़ी पीने लगी।

—"एक बात कहूँ...थोड़ी निजी है, आप अन्यथा न लें तो?" उसने कॉफ़ी का मग नीचे सेंटर टेबल पर रख दिया।

—"कहो...निःसंकोच होकर कहो। मैंने तुमसे पहले भी कहा है। तुम इतना संकोच मत पाला करो। मैं तुम्हारी गाइड हूँ। गार्जियन नहीं। और फिर वह मुहावरा है या पता नहीं क्या... ? गाइड, फ्रेंड, फिलास्फर वाला! गाइड तो फिर दोस्त भी हो सकता है, नहीं?" उसने शाहरुख का संकोच तोड़ने के लिए हँसकर कहा।

—"जी बिल्कुल...।"

—"तो कहो, क्या कहना चाहते थे।"

—"ईश्वर ने एक बार आपसे ममता का अवसर छीन लिया। कोई ज़रूरी नहीं कि ऐसा हादसा दुबारा भी हो।" शाहरुख ने डॉ. शास्त्री की ओर देखा। इतने निजी सवाल में क्या प्रतिक्रिया होगी, यह देखना चाहता था। कुछ देर चुप्पी रही, फिर वह बोली—"तुम ईश्वर को मानते हो?"

—''बिल्कुल।'' फिर जाने क्या सोचकर—''और अल्लाह को भी।'' डॉ. करुणा शास्त्री ने सिर हिलाया—''एक ही बात है। लेकिन कब तक ईश्वर को हर बात के लिए ज़िम्मेदार ठहराया जाए? ईश्वर को ज़िम्मेदार ठहराएँगे, तो हम अपने अपराध छिपा लेंगे। अच्छे-बुरे जैसे भी अवसर आते या जाते हैं, उसमें ज़िम्मेदार हम ही होते हैं।'' वह कुछ समझा, कुछ नहीं। वह दर्शन में नहीं उलझना चाहता था। वह उन्हें दिलासा देना चाहता था।

—''दो लोग हैं आप घर में। हैप्पी होम! नसीब वालों को मिलता है।'' यह एक सामान्य बात थी। उसे समझ में नहीं आया कि उसने ऐसा क्या कह दिया।

वह फूट-फूटकर रोने लगी।

वह घबरा गया। उस दिलासे में, उस वाक्य में कौन-सी ऐसी फाँस थी जिसने उसके भीतर के आँसुओं के सोते को खरोंच दिया। उसने अपनी घबराहट पर काबू पाया और उठकर डॉ. शास्त्री के क़रीब गया और हल्के-से उनके सिर पर हाथ फिराने लगा।

—''मैंने कोई ग़लत बात कह दी हो तो माफ़ी चाहता हूँ।'' उसका मन अपराधी हो गया। वह सोफ़े पर क़रीब बैठ गया। डॉ. शास्त्री ने सिर उठाया, फिर उसके कन्धे पर सिर रखा और हिचकियाँ लेकर रोने लगी। उसने अपना हाथ डॉ. शास्त्री के कन्धे पर रखकर दिलासे के लिए थपथपाया तो उसने उसके गले में बाँहें डालीं और हिचकियाँ तेज़ हो गईं। अब उसके सीने की धड़कन सीधे उसके सीने में उतर रही थीं। वह उसके सीने के उभार का दबाव अपने सीने पर महसूस कर रहा था। आँसू बहकर उसे सीने पर क़मीज़ को गीला कर रहे थे। उसके होंठों का कम्पन वह अपने सीने पर महसूस कर रहा था। शाहरुख का हाथ अभी भी उसकी पीठ पर था।

धीरे-धीरे उसकी हिचकियाँ थमने लगीं। डॉ. करुणा शास्त्री ने अपना आँसुओं से भीगा चेहरा उठाया तो रक्ताभ था, दु:ख के अतिरेक में। शाहरुख का मन भी दु:ख से भर गया। वह अपनी हथेली से उसके गालों पर बहते आँसुओं को पोंछने लगा। उसके हाथ के स्पर्श से डॉ. करुणा शास्त्री को अजीब-सा कम्पन महसूस हुआ। उसे लगा, जैसे शाहरुख उसके आँसू नहीं, बरसों से संचित उसका दु:ख, उसका अकेलापन पोंछकर दूर कर रहा है। उसके हाथ उसके गालों पर नहीं, उसकी दु:ख की गीली ज़मीन पर फिर रहे थे। इस बार आँसुओं की लम्बी धार बही और उसने शाहरुख का सिर खींचकर अपने सीने पर धर लिया। शाहरुख का सिर उसके सीने पर टिकते ही जैसे उसके भीतर दु:ख के पहाड़ टूटने लगे। भीतर इच्छाओं की नयी और कोमल ज़मीन निकल आई। शाहरुख को उसके सीने में सिर दबा होने के कारण साँस लेने में कठिनाई हो रही थी, लेकिन वह अपना सिर हटाना भी नहीं चाहता था। उसने सिर के सन्तुलन के लिए, सिर को थोड़ा उठाने की कोशिश में दूसरे हाथ को उसके सीने पर रखा और सिर उठाना चाहा, लेकिन जैसे उसके हाथ

रखते ही दोनों के भीतर एक साथ विस्फोट हुआ। उसने शाहरुख को कसकर पकड़ लिया। आलिंगन इतना प्रगाढ़ था कि साँसों को चलने में कठिनाई आ रही थी। उसने धीरे-से शाहरुख का सिर उठाया। अब दोनों के चेहरे इतने क़रीब थे कि साँसों की तपन चेहरे की नमी को जला रही थी। उसने शाहरुख का सिर दोनों हाथों से थाम लिया। शाहरुख धीरे-से उसके चेहरे पर झुका और अपने होंठ उसके होंठों पर टिका दिए। शाहरुख के हाथ उसकी साड़ी के भीतर से उसकी पीठ पर चले गए जहाँ से उसने पीठ को घेरा बनाकर जकड़ लिया। शाहरुख के सीने से लगते ही हाथ चेहरे से हटाकर उसके बालों को जकड़ लिया। शाहरुख को उसके सीने का दबाव महसूस होने लगा। जैसे दो पहाड़ अपने भीतर असंख्य नदियों का पानी भरे हुए उसके सीने से टिके हुए हैं। कठोर भी, तरल भी। अजीब-सा एहसास था। उसके गुलाबी और कोमल होंठ शाहरुख के होंठों की जकड़ में थे। जैसे उन पहाड़ों का पानी पीने के लिए उसने होंठों को वहीं टिका दिया था। साँसों का तूफ़ान इतना तेज़ था कि शाहरुख को लगा उसकी साड़ी के ब्लाउज के बटन उस तूफ़ान से टूट जाएँगे। साड़ी तो फिसलकर सोफ़े के नीचे लटक रही थी।

एक क्षण सिर्फ़ एक क्षण ऐसा आया। आवेग के बीच क्षण-भर का जाने कैसा अवकाश आया। उसे लगा, यह ग़लत हो रहा है। उसने एक झटके से ख़ुद को अलग किया। ग़लत किसके साथ? डॉ. करुणा के साथ या फिर...काजोल के साथ। उसे लगा वह काजोल को धोखा दे रहा है। सिर्फ़ काजोल को ही नहीं ठीक उसी धोखे के पल में वह डॉ. करुणा को भी धोखा दे रहा है।

उसने नज़रें उठाकर देखा। डॉ. करुणा सोफ़े पर ढुलक गई थीं। साँसें बहुत तेज़ी से चल रही थीं। आवेग में आँखें बन्द थीं। दोनों हाथ याचना में या आमंत्रण के लिए फैले हुए थे।

वह किचन में गया और फ्रिज से पानी की बोतल निकालकर लगभग आधी पी गया और शेष बोतल वह ड्राइंगरूम में लेकर आ गया! उसने सहारा देकर डॉ. करुणा को उठाया। उसकी साड़ी उठाकर उसके कन्धे पर डाली। डॉ. करुणा ने पहले अपनी साँसें व्यवस्थित कीं फिर अपनी साड़ी। फिर उसने गरदन उठाई तो देखा, शाहरुख अपराधी की भाँति खड़ा है। उसने उसका हाथ पकड़कर सोफ़े पर क़रीब बैठा लिया।

—"अपने आपको अपराधी मत समझो।" वह उसका कन्धा थपथपाकर बोली।

—"मैं किसी को धोखा दे रहा था।" उसकी आवाज़ काँप रही थी। डॉ. करुणा समझी वह उसके लिए ख़ुद को अपराधी समझ रहा है। उसने उसके हाथ से पानी की बोतल लेकर पानी पिया और ख़ाली बोतल टेबल पर रख दी।

—"यदि तुम ख़ुद को अपराधी समझते हो तो मैं भी अपराधी हूँ।" उसने कहा, लेकिन स्वर में अफ़सोस नहीं था।

—''दरअसल, मैंने किसी को वचन दिया है। किसी का इन्तज़ार कर रहा हूँ।'' उसने सिर झुका लिया।

—''किसे वचन दिया है?'' जवाब में इतने बरसों की चुप्पी उसने तोड़ी और धीरे-धीरे सारी कहानी सुनाने लगा।

दोपहर ढलने लगी थी। वह उठकर फिर से कॉफ़ी बना लाई थी। इस बार शाहरुख को एतराज नहीं हुआ। उसका ख़ुद का मन कॉफ़ी पीने को था।

—''तो यह बात है। तो क्या वचन दिया था?'' वह सोफ़े पर इत्मीनान से बैठ गई। वह कुछ बोलना ही चाहता था कि उसने सोचा, उसने क्या वचन दिया है और किसे? काजोल को? पर ऐसा कोई वचन उसने नहीं दिया था। ऐसी कोई बात ही उन दोनों के बीच नहीं हुई। वियोग की व्यग्रता ने उसके भीतर ख़ुद ही रिश्तों की और देह की पवित्रता की रक्षा का वचन गढ़ लिया था।

डॉ. करुणा ने भी उसे ज़्यादा कुरेदा नहीं फिर कृतज्ञ स्वर में बोली—''एक तरह से तुमने ख़ुद को ही नहीं मुझे भी बचा लिया।''

—''कैसे?''

—''कोई दूसरा अपराधी हो तो ख़ुद को वही काम करने की छूट नहीं मिल जाती है जिसे हम ग़लत समझ रहे हैं।'' वह खोई हुई आवाज़ में बोली।

—''आप इसे ग़लत समझती हैं?''

—''तुम भी तो समझ रहे हो।'' वह उसे देखते हुए बोली—''मेरे लिए कम-से-कम आज की अधूरी घटना जिसमें कुछ हो भी जाता तो मैं ग़लत नहीं समझती।'' वह चुप रहा तो वह कुछ देर उसके बोलने की प्रतीक्षा करती रही, फिर ख़ुद बोली—''बात सिर्फ़ देह की नहीं थी। उसमें आगे भी कुछ हमारे-तुम्हारे बीच रिश्ता बन गया है। एक अपरिभाषित, एक अनकहा। और इसके लिए मेरे मन में कोई अपराध-बोध नहीं है। यह मेरे लिए मूल्यवान है।''

—''इसका अपराधी कौन है? हालाँकि मैं समझ रहा हूँ और मुझे इस तरह पूछना भी नहीं चाहिए, ख़ासकर इसलिए कि आपको ऐसा न लगे मैंने आपको अपना अतीत बताया तो बदले में आपको भी बताना चाहिए।'' वह कॉफ़ी के मग से खेलने लगा।

—''मैंने अभी तुम से कहा न? एक अनाम रिश्ता है हमारे बीच। उसी की रक्षा के लिए तुम्हें बताया जा सकता है।'' वह खुले बालों को समेटकर बाँधने लगी। कुछ देर वह चुप रही। शायद कोई एक सिरा पकड़ने के लिए जहाँ से बात शुरू की जा सके। फिर उसने धीरे-धीरे बोलना शुरू किया।

शाम को जब घर लौटा तो मन में एक अजीब-सा द्वन्द्व था। बिस्तर पर गिरते ही नींद उचट गई। समय अपने गर्भ में जाने कितने जाने-अनजाने लोग और घटनाएँ छिपाए बैठा है। नकुल ने पूछा भी क्या बात है? वह टाल गया। उसने भी ज़ोर नहीं दिया।

कई दिनों तक वह कॉलज नहीं जा पाया। पी-एच.डी. के लिए वैसे भी कॉलेज जाना ज़रूरी नहीं था। लेकिन वह जाता था। जब कई दिनों तक नहीं गया तो ख़बर आई, उसी तरह फ़ोन के ज़रिये।

कॉफ़ी हाउस आ जाओ। वह पहुँचा।

डॉ. करुणा शास्त्री कोने की टेबल पर बैठी थीं। उसके पहुँचते ही बोली—''तुम्हारी कॉफ़ी का ऑर्डर कर दिया है।''

वह हँसा—''लेकिन मैं तो आज ब्लैक कॉफ़ी पीना चाहता हूँ।''

वह भी हँसने लगी।

—''कोई बात नहीं। अगले दौर में ब्लैक कॉफ़ी।''

—''कोई विशेष बात?'' उसने कुर्सी पर बैठकर टेबल पर कोहनियाँ टिका दीं। उसने अपना चमड़े का हैंडबैग खोल कर एक पैकेट निकाला और उसे देकर बोली—''आज न भी हो, तब भी हैप्पी बर्थ डे टू यू।''

वह हँसने लगा।

—''मुझे तो अपना बर्थ डे याद भी नहीं है।''

—''तो फिर ठीक है। यह तो और भी अच्छा है। समझो आज ही तुम्हारा जन्मदिन है।''

उसने पैकेट खोला। उसके भीतर से एक सेल फ़ोन निकला। वह अचरज से देखने लगा—''मैं क्या करूँगा इसका?''

—''बातें करना।''

—''मगर किससे? मुझे तो टेलीफ़ोन तक की ज़रूरत नहीं पड़ती है। मैं किससे बात करूँगा। कौन है मेरा इस शहर में?'' वह सेल फ़ोन को उलटते-पलटते बोला।

—''एक तो मैं ही हूँ।'' वह आँखें फैलाकर बोली—''मेरे पास भी एक ऐसा ही फ़ोन है।''

—''मुझे तो हैण्डल करना भी नहीं आता है।'' वह फ़ोन को घूरने लगा।

—''बहुत सिम्पल। एक छोटी-सी चिप जैसी कुछ होती है। सिम कहते हैं। किसी भी टेलीकॉम कम्पनी की ले सकते हो। उसे कुछ रकम से रीचार्ज करना होगा। बस।'' उसके समझाने में इतना विनम्र आग्रह था कि वह मना नहीं कर पाया।

—''थैंक्स के अलावा फ़िलहाल मेरे पास कुछ नहीं है।''

—''दोस्तों से तो थैंक्स भी नहीं लिया जाता है। फिर यह तो गिफ्ट है।'' उसने अपने हैंडबैग को बन्द करते हुए कहा।

शाहरुख ने सेल फ़ोन ले लिया। हालाँकि कई दिनों तक उसने इस्तेमाल नहीं किया। उसे चालू करने का दबाव भी डॉ. करुणा ने दिया। फिर धीरे-धीरे-सेल फ़ोन का इस्तेमाल उसने शुरू किया। उसे ख़ुद ख़बर नहीं थी कि डॉ. करुणा से मिले जिस उपहार को उसने ज़रूरत की वजह से नहीं, उपहार की औपचारिकता में स्वीकार किया है वह एक दिन उसकी आदत बन जाएगा।

साल-डेढ़ साल नहीं बीता कि उसने शहर में इतने लोगों के पास सेल फ़ोन देखा कि वह चकित रह गया। सारा कुछ इतनी सहज गति से हुआ कि लोगों की स्वाभाविक दिनचर्या को प्रभावित नहीं कर सका। उसने देखा कि सेल फ़ोन ही नहीं ऐसी कई चीज़ें दिनचर्या में इतने धीमे और सहजता से शामिल हो रही हैं, जैसे वह जीवन की अनिवार्य ज़रूरत हों। नकुल ही एक दिन ज़िद पर अड़ गया कि मकान छोटा है थोड़ा बड़ा मकान किराये पर लें। घर में कोई सदस्य नहीं बढ़ा था। लेकिन सामान बढ़ रहा था। बड़ा मकान लिया तो सोफ़े आए। डायनिंग टेबल आई। शाहरुख ने समझाया भी, इन सब चीज़ों के बग़ैर भी हमारा काम चल रहा था। चार कुर्सियाँ थीं जो सोफ़े के आने के बाद अच्छी और सलामत होने के बावजूद छत पर कबाड़ में चली गईं। गीजर आया। पानी गरम करने की रॉड अनुपयोगी हो गई। नकुल ए.सी. के लिए ज़िद करने लगा तो शाहरुख अड़ गया। ए.सी. के बग़ैर हमारा काम चल रहा है। नकुल अनिच्छा से मान गया।

इसी बीच उसकी पी-एच.डी. पूरी हो गई। अलबत्ता डॉ. करुणा शास्त्री से उसका मिलना जारी रहा। मुलाक़ातें कम होती थीं, लेकिन होती थीं। शहर में एक नयी भव्य इमारत तैयार हुई। डॉ. करुणा शास्त्री ने ही बताया कि यह शॉपिंग मॉल है। सारी ज़रूरत का सामान एक ही इमारत में मिल जाएगा। समझो, सुई से लेकर कार तक। शॉपिंग मॉल विधिवत् शुरू हुआ तो वह कुछेक बार गया था। एकाध बार नकुल के साथ कुछेक बार डॉ. करुणा शास्त्री के साथ। वह चकित था, लेकिन ट्रॉली को धकेलते हुए सामान उस पर लादे जा रहा था। ढेरों ऑफर, ढेरों सामान। उसे लगा, लोग इतने सामान का करते क्या होंगे? डॉ. करुणा शास्त्री ने बताया कि ये ग्लोबलाइजेशन है। विश्व बाज़ार की शुरुआत। अगली दस्तक। यहाँ असंख्य सामग्री है। आकर्षक और लुभावनी। यहाँ पहले वाले किराना दुकान जैसी स्थिति नहीं है कि जो तुम घर से लिस्ट बनाकर लाए हो वही मिलेगा। घर से लिस्ट बनाना यानी जिसकी ज़रूरत है वही सामान। यहाँ तो इतना सामान, इतना आकर्षण नज़र आता है कि ये असंख्य सामान इच्छा को ज़रूरत में बदलने लगता है। लोग चाहे-अनचाहे सामान ट्रॉली पर रखते जाते हैं। यहाँ घर में बनाई गई लिस्ट की पाबन्दी नहीं है।

ऐसी अनेक बहसें और तर्क-वितर्क उन दोनों के बीच होते रहते थे, लेकिन शाहरुख ने मार्क किया कि डॉ. करुणा शास्त्री ऐसी तमाम बातें उसे समझाती थीं, लेकिन बावजूद इसके ख़ुद भी ढेरों सामान, अनावश्यक सामान ख़रीदती रहती थीं।

अब वे कॉफ़ी हाउस की अपेक्षा शॉपिंग मॉल बुलाती थीं। शाहरुख को लगा बाज़ार की चतुराई को पूरी तरह समझने के बावजूद उसका शिकार होना बाज़ार की कितनी बड़ी सफलता है?।

समय की रफ़्तार में अब बाज़ार की रफ़्तार शामिल थी। एक दिन नकुल ने कहा—''यार तुझे दिक्कत न हो तो मैं प्रियंका के साथ रहना चाहता हूँ।

—''शादी कर रहा है?'' शाहरुख ने अचरज से पूछा।

—''नहीं, 'लिव इन रिलेशन'।''

—''क्या?''

—''तू छोड़ यह सब। तुझे दिक्कत है क्या?'' वह एक बरमूडा पहने था और टी-शर्ट पहना नहीं था सिर्फ़ कन्धे पर रखा था।

—''इसका मतलब है तू कहीं और रहने जा रहा है?'' शाहरुख मायूस हो गया।

—''मैं कहीं नहीं जा रहा हूँ। तुझे भी कहीं जाने के लिए नहीं कह रहा हूँ। प्रियंका हमारे साथ आकर रहेगी।'' उसने टी-शर्ट सोफ़े पर उछाल दी।

—''मुझे तो कोई दिक्कत नहीं, लेकिन प्रियंका को दिक्कत नहीं होगी?'' शाहरुख ने पूछा।

''उससे मेरी बात हो चुकी है। उसे कोई दिक्कत नहीं। वह मेरा रूम शेअर करेगी?'' उसने अख़बार उठा लिया और उसे रोल करके पीठ खुजाने लगा। शाहरुख कुछ नहीं बोला। सिर्फ़ सिर हिला दिया।

प्रियंका अपने सामान सहित उनके घर में आ गई। सामान क्या बस दो ट्राली बैग। एक गत्ते के डिब्बे में कुछ सामान। हाथ में दो टेडी-बीयर, बस।

एतराज कौन करता? मकान मालिक बैंगलौर में बैठा था। वह आता नहीं था। मकान किराया उसके पास पहुँच जाता था। आता भी तो क्या कहता? सुना है कि वह ख़ुद ऐसी स्थिति में रहता है। 'लिव इन रिलेशन'। आसपास मकान दूरियों पर थे। शहरी मिज़ाज के अनुकूल। किसी को किसी से कोई मतलब नहीं।

थोड़े दिनों में ही शाहरुख को अटपटा लगने लगा। वह लड़की भी शार्ट्स और टी-शर्ट पहनकर घर में घूमती रहती थी। दोनों एक ही बेड शेअर करते थे। शाहरुख को लगा कि वह सिर्फ़ पढ़ाई-लिखाई से शहरी हुआ है। शहर में रहने से शहरी हुआ है, लेकिन उसके सोच का एक हिस्सा आज भी उसके क़स्बे में घर की पुरानी खूँटी पर टँगा है। वह मुस्लिम लड़की से प्रेम करने का साहस कर सकता था, लेकिन प्रेम को ऐसी आधुनिकता के साथ बिस्तर पर स्वीकार नहीं कर सकता था। वह ख़ुद कई बार सोचता था कि क्या वह ज़माने की रफ़्तार में पिछड़ा हुआ आदमी है? या ज़माना ही कुछ ज़्यादा तेज़ भाग रहा है? तेज़ भाग रहा है तो ठीक है, लेकिन दिशा कैसी है? क्या वह आधुनिकता को सीढ़ी-दर-सीढ़ी ही स्वीकारने के पक्ष में है। उसके पिता ने गाँव और ब्राह्मणत्व के संस्कार का इतना-भर हिस्सा छोड़ा कि एक क़स्बे

में आकर नौकरी कर ली और जात-कुजात के लोगों के साथ एक ही स्कूल में पढ़ाने लगे। इससे ज़्यादा बड़े समझौते या स्वतन्त्रता की वह कल्पना नहीं कर सकते थे।

उसने ख़ुद भी एक क़दम आगे जाकर एक दूसरे धर्म की लड़की से प्रेम कर लिया। कर क्या लिया, बस हो गया। यह उसके समय की बड़ी घटना थी, जो वह समझता आया था कि एक क़स्बाई क्रान्ति है। लेकिन अब सीमाएँ क्रम से नहीं टूट रही थीं। सीढ़ी-दर-सीढ़ी कथित स्वतन्त्रता की ओर नहीं बढ़ा जा रहा था। एक छलाँग थी एक ही बार में सब कुछ हासिल के लिए। क्या यह एक अँधेरे में छलाँग है? कुछेक महीने में ही उसने अपने लिए अलग मकान खोज लिया। नकुल ने भी ज़्यादा रोकने की कोशिश नहीं की। अब दोनों के बीच मुलाक़ातें कम होती थीं। कभी-कभी सेल फ़ोन पर बातें हो जाया करती थीं। शाहरुख ने इस बीच एक निजी कॉलेज में नौकरी कर ली और एक कोचिंग क्लास में भी पढ़ाने लगा। सब कुछ ठौर-ठिकाने पर होने के बावजूद कुछ ऐसा था जिससे लगता था कि जीवन में एक अनिश्चितता है। इसी अनिश्चितता में समय भाग रहा था। कई महीने, कई बरस। एक दिन अचानक डॉ. करुणा का फ़ोन आया।

—"शॉपिंग मॉल के मैग्डी में मिलो।"

वह पहुँचा तो डॉ. शास्त्री ने बर्गर और कोक लाकर कोने की टेबल पर रख लिए। भारी भीड़ थी। शोर-ही-शोर। नयी उम्र के लड़के-लड़कियाँ थीं। ब्राण्डेड जींस। ब्राण्डेड शर्ट। ब्राण्डेड जूते। ज़ोर-ज़ोर से बातें कर रहे थे। किसी को पास की टेबल वाले की बातें सुनने की उत्सुकता नहीं, इच्छा नहीं। हर कोई अपनी ही बातों में मस्त। भीड़ का भी एक अकेलापन था जो इंडियन कॉफ़ी हाउस के शांति और इत्मीनान के माहौल से जुदा था।

—"क्या बात है?" उसने कोक का घूँट लिया।

—"यहाँ की मुस्लिम बस्ती में एक सर्वे रखा है। एक एन.जी.ओ. को काम मिला है। मेरी भी भागीदारी है। मैं चाहती हूँ तुम भी साथ चलो।" उसने बर्गर का टुकड़ा दाँतों से तोड़ा।

—"मुझे तो दो जगहों पर पढ़ाने से ही फ़ुर्सत नहीं मिलती है।" उसने मना करने के लिए भूमिका तैयार की।

—"...तो तुम भी रेस में शामिल हो गए हो। सारे मर्द पैसे के मामले में एक जैसे होते हैं।" उसने हिकारत से नहीं, व्यंग्य से कहा।

—"मेरी तुलना आप दिवाकर से न करें।" शाहरुख को थोड़ा बुरा लगा—"मेरे पास वक़्त बहुत है। बाँटने वाला कोई नहीं। वक़्त कोई पूँजी नहीं है जो घर में ढेर लगाता जाऊँ। कहीं तो वक़्त ख़र्च करना है।"

—"तो फिर ठीक है। यदि ऐसा है तो वक़्त मेरे साथ ख़र्च करो। तुम मेरे साथ रहोगे तो मेरा वक़्त भी थोड़ा खुले-हाथ ख़र्च होगा।" वह मुस्कराई।

—"मुझे कोचिंग क्लास वाले को बोलना पड़ेगा।" वह परास्त होने लगा था।

—"यह कौन-सी बात है। अभी मोबाइल करो। कहो बीमार हूँ।" कहकर वह फिर हँसी और बोली—"मर्दों को तो आदत होती है झूठ बोलने की।"

—"अच्छा झूठ बोलने के लिए आप उकसा रही हैं और आरोप मर्दों पर?" उसने कोक की ठंडी बोतल पर बह आई बूँदों को हटाया।

—"चलो यही सही।" फिर उसने थोड़ी शरारती नज़रों से उसकी ओर देखा—"क्या पता इसी मुस्लिम जनसंख्या सर्वे में तुम्हें तुम्हारी काजोल मिल जाए। जीवन में फ़िल्मी घटनाएँ भी घटती हैं।" उसने खिन्नता से असहमति में सिर हिलाया, लेकिन चेहरे पर मुस्कान आ गई।

—"सर्वे क्या जनसंख्या का है?" उसने पूछा।

—"आर्थिक भी। तुम साथ चलो, सब पता चल जाएगा।" उसने बोतल में बचा कोक छोड़ दिया और पेपर नैपकिन से हाथ पोंछने लगी। शाहरुख ने ऐसा नहीं किया। उसने बर्गर ख़त्म किया। कोक पूरा ख़त्म किया।

सर्वे दो दिन बाद शुरू हुआ। डॉ. करुणा शास्त्री उसे उसके घर लेने आती थी। इस बीच डॉ. करुणा शास्त्री ने कार ख़रीद ली थी। ख़ुद ड्राइव करते हुए उसे साथ ले जाती थी।

घटना घटी सर्वे के चौथे दिन। डॉ. करुणा शास्त्री गली के पहले मकान पर थीं। वह आख़िरी मकान पर था जो दूसरी गली का पहला मकान था। उसने दस्तक दी तो दरवाज़ा एक महिला ने खोला। महिला ने बुर्का पहन रखा था। बुर्के का नकाब उठाकर उसने सिर पर डाल रखा था। चेहरा खुला था। शाहरुख का चेहरा काग़ज़ पर झुका था। उसने सिर उठाया तो दोनों ने एक दूसरे को देखा। थोड़ी देर तक दोनों अवाक् एक दूसरे को देखते रहे। फिर वह सहसा पलटी और भीतर भागना चाहा, लेकिन तब तक देर हो चुकी थी।

—"मीरा।" शाहरुख ने ज़ोर से पुकारा। वह भीतर जाते हुए रुक गई।

—"कौन है, रुखसार?" भीतर से एक बूढ़ी आवाज़ आई।

—"कोई नहीं अम्मी। सर्वे करने वाला आया है। आप बीमार हो, उठना मत।" उसने ताकीद की। फिर पलटकर उसकी ओर देखने लगी—"बोलो, क्या है?"

—"मैं पहचान गया हूँ, मीरा?" शाहरुख ने मीरा की उस बनावटी अजनबी निगाहों की अवज्ञा की।

—"तुमने शायद सुना नहीं, भीतर से पुकारा नाम सुना नहीं है। मेरा नाम मीरा नहीं, रुखसार है।" वह बेचैन आवाज़ में बोली।

—"भीतर से तुम्हें कोई क्या बुलाता है, मैं नहीं जानता। तुम क्या हो, मैं जानता हूँ।" उसने देहरी के भीतर क़दम रखा।

वह थोड़ी पस्त हो गई। तब तक एक छोटा-सा बच्चा जो जालीदार मुस्लिम टोपी लगाए था, आकर मीरा से चिपक कर खड़ा हो गया।

—"भीतर मत आओ। मेरे भीतर आने के बाद तुम लोगों के भीतर आने के दरवाज़े बन्द हो गए हैं।" अब उसके स्वर में कराह थी।

शाहरुख ने बहन को देखा। वह अभी पूरे तीस बरस की भी नहीं थी, लेकिन चेहरे और देह से बूढ़ी लग रही थी।

हज़ारों मिन्नतें और गिड़गिड़ाने के बाद इतना भर बताया कि दंगों में उसे उठाकर जो लोग ले गए उन्होंने खण्डवा किसी और के हाथों सौंप दिया। उन्होंने किसी और को बेच दिया। आख़िरकार यहाँ पहुँची।

—"तुम...तुम।" वह पूछना चाहता था कि तुम ब्याहता नहीं हो क्या? लेकिन बहन से ऐसा सवाल चाहकर भी नहीं पूछ पाया, लेकिन बहन बग़ैर पूछे भी सवाल समझ गई।

—"निकाह किया है मुझसे। मेरे शौहर बीस साल बड़े हैं मुझसे। तीसरी बीवी हूँ।" उसने भाई को पास रखी कुर्सी पर बैठने के लिए भी नहीं कहा।

—"कैसी हालत हो गई है तेरी।" वह दुःख से भर गया।

—"अब ठीक हूँ। चार बच्चे हैं मेरे। तीन लड़कियाँ और यह छोटा बेटा। बेटा होने के बाद अब शौहर और घर के दूसरे लोग मारपीट ज़रा कम करते हैं।" उसकी आवाज़ में अजीब-सी तल्ख़ी थी।

बहुत देर तक दोनों के बीच ख़ामोशी रही। फिर बहुत मुश्किल से वह बोल पाया—"चल, चल, घर चल।"

मीरा की आँखें छलछला आईं।

—"कौन-से घर? किसके घर?"

वह सिटपिटा गया। उसे तो ख़ुद घर छोड़े बरसों हो गए हैं और एक बेगाने शहर में अजनबी की तरह रहता है। और अब तो ख़ुद उसका अपना शहर अथवा घर उसके लिए बेगाना है। वह जानता था कि यह बात मीरा कहाँ जानती है। वह अटकते हुए बोला—"अपने घर। अपने घर चल।"

—"मैं मीरा नहीं, रुखसार हूँ। रुखसार का घर यही है।" वह बोली तो उसकी आवाज़ मीलों की दूरी तय करके आई। बरसों पुराने दर्द की कोई अनुगूँज उसमें शामिल थी।

—"इस नरक में तुझे कैसे छोड़ दूँ?" वह गिड़गिड़ाया।

—"धरम बदलकर मुसलमान बना दिया है। पर ये लोग मुसलमान नहीं मानते। घर भी जाऊँगी तो कोई हिन्दू नहीं मानेगा। जब वहाँ भी जिल्लत की ज़िन्दगी है तो यहीं सही। इन बच्चों का मुँह देखकर ज़िन्दा तो हूँ। अब तो इस नरक की आदत हो गई। तू अपना जी मत जला।" मीरा ने उसके सिर पर हाथ फिराया। मीरा

के उसके सिर पर हाथ रखते ही शाहरुख की आँखों से आँसू टपकने लगे जिस पर उसने जल्दी ही काबू पाया, लेकिन इतनी जल्दी मीरा अपने आँसुओं पर काबू नहीं कर पाई। वह लगभग चीखते हुए रोई। फिर उसकी रुलाई छोटी हिचकियों में बदली और थोड़ी देर बाद चुप हुई।

तब तक डॉ. करुणा भी वहाँ पहुँच गई। दोनों को रोते देखकर वह स्तब्ध रह गई। काग़ज़ की खाना-पूर्ति उसी ने की। उसका लौटने का मन नहीं था। मीरा उसे लेकर दरवाज़े तक आई।

—"अब तू जा...। घर किसी को मत बताना कि मैं मिली थी। अब तक तो मरी मान बैठे होंगे। वही ठीक है।" उसके गले की कोई बची हिचकी बाहर निकली—"और एक बात और...।"

उसने सिर उठाकर बहन की ओर देखा।

—"अब दुबारा कभी लौटकर यहाँ मत आना। यदि तू इसे नरक कहता है तो यह रौरव नरक हो जाएगा। मेरा बीते हुए कल का कोई टुकड़ा यहाँ तक आ जाए कोई बर्दाश्त नहीं करेगा।" मीरा ने दुबारा उसके सिर पर हाथ फिराया।

वह डॉ. करुणा के साथ दरवाज़े से बाहर निकला और चार क़दम भी नहीं आगे चला कि मीरा ने पीछे दरवाज़ा बन्द कर लिया। वह भारी मन और थके क़दमों से कार तक आया। डॉ. करुणा को यह कहने की ज़रूरत नहीं पड़ी कि अब आगे सर्वे नहीं करेंगे।

दोनों चलकर डॉ. करुणा के घर पहुँचे। दिवाकर कॉलेज गया था। डॉ. करुणा ने घर का दरवाज़ा खोला और दोनों सोफ़े पर आकर बैठ गए। फिर डॉ. करुणा उठकर किचन में गईं और कॉफ़ी बनाकर लाईं। उसने कॉफ़ी टेबल पर रखी और शाहरुख को पानी का गिलास थमाया। पानी पीकर उसने चुपचाप कॉफ़ी का मग उठा लिया। दोनों ने चुपचाप कॉफ़ी ख़त्म की। काफ़ी देर चुप्पी रही फिर शाहरुख ने डॉ. करुणा को सारी कहानी बताई।

देर तक कमरे में सन्नाटा रहा। फिर वह उठ खड़ा हुआ। दरवाज़े तक आया और डॉ. करुणा ने उसका हाथ अपने हाथ में लेकर थपथपाया। उस हल्के से दिलासे में जाने ऐसा क्या था कि शाहरुख की ज़ोर से रुलाई फूटी। वह पलटा और डॉ. करुणा के गले में बाँहें डालकर फूट-फूटकर रोने लगा। डॉ. करुणा चुपचाप उसकी पीठ पर ममता से हाथ फिराती रही। काफ़ी देर बाद वह सामान्य हुआ। और घर से बाहर आ गया। डॉ. करुणा ने भी उसे रोकने की कोशिश नहीं की। वह जानती थी, अकेलापन भी कभी-कभी दुःख से छुटकारा दिलाता है।

वह सूनी सड़क पर चल दिया।

अभी तक उसके मन में, परिवार के मन में यह सोच ज़्यादा मज़बूत हो रही थी कि मीरा दंगों में मर गई। उसके गुम हो जाने को उसकी मृत्यु से जोड़ने पर समय

धीरे-धीरे दुःख को कम कर रहा था। अब यदि वह घर पर बताता है तो दुःख की गठरी नये सिरे से खुल जाएगी, और यह दुःख उसकी मौत से बड़ा होगा।

मीरा तू न मिलती तो अच्छा था।

उसके मन में कराह उठी। अब यह दुःख रोज़ का दुःख हो गया है। मर जाने का दुःख धीरे-धीरे कम होता है, लेकिन कोई जीते-जी मर रहा है—यह दुःख रोज़ सालता रहेगा। उसने तय किया कि वह घर नहीं बताएगा। सभी के हिस्से का दुःख वह अकेला उठाएगा।

वह लौटा और चादर ओढ़कर लेट गया। शाम तक लेटा रहा। किसी काम में मन नहीं लगा। मोबाइल बजता रहा, उसने उठाया नहीं। शाम को देखा, डॉ. करुणा थी। उसने अपनी ओर से फ़ोन लगाया।

—"माफ़ करना, मैं फ़ोन नहीं उठा पाया। सो गया था।"

—"सो गए थे?"

—"नींद तो नहीं आई, लेकिन चादर ओढ़कर लेटा रहा।"

—"मैं जानती हूँ तुम्हारा दुःख बड़ा है। दिलासे के कितने भी शब्द तुम्हारे दुःख के आगे छोटे रहेंगे। लेकिन बस इतना कहूँगी कि दुःख को पूँजी मत बनाओ।" डॉ. करुणा की आवाज़ भी लरज रही थी।

—"मैं कहाँ पूँजी बना रहा हूँ।" वह डूबे स्वर में बोला—"मुझे तो दुःख की एक बड़ी पूँजी तैयार मिली है। क्या करूँ?"

—"कुछ मत करो। कुछ दिनों के लिए कहीं हो आओ। कॉलेज और कोचिंग से छुट्टी ले लो।" उसने सुझाया। यह सुझाव शाहरुख को पसन्द आया। हालाँकि वह एकाएक नहीं चल दिया। बहुत सोचा, कहाँ जाऊँ? कई दिनों तक सोचता रहा। उसने अन्तिम शरणस्थली अपना ही क़स्बा याद आया।

अपना क़स्बा, अपना शहर छोड़े बरसों हो गए हैं। वापस लौटने की सोची तो मन में एक हूक-सी उठी। एक-एक करके सारे लोग याद आने लगे। तब उसने सोचा कि यदि उसके पास दुःख की पूँजी है तो स्मृतियों का अकूत भंडार भी है।

रात की बस से चलकर वह सुबह-सुबह अपने शहर में उतरा। सुबह ठीक से हुई नहीं थी। शहर में बदलाव को देखकर वह दंग रह गया। बस्ती आगे बढ़ते हुए शहर के बाहर जाती हुई सड़क पर बहुत दूर तक फैल गई थी। शहर के सारे चुंगी-नाके अब बस्ती के भीतर हो गए थे। शहर में दूर सुनसान में खड़ा शासकीय अस्पताल शहर के क़रीब हो गया था। कुछ तो उसने बस में बैठे हुए देख लिया, कुछ उस होटल वाले ने बताया जहाँ उतरते ही उसने चाय पी।

बैग उठाकर वह बस स्टैंड से बाहर आया और देखा, जहाँ कभी ताँगे खड़े रहते थे वहाँ अब ऑटो-रिक्शा खड़े हैं, और अतीत के खँडहर की भाँति एक ताँगा भी खड़ा था।

रिक्शा वाले को पता बताया और रिक्शे में बैठ गया। गली के मुहाने पर उतर कर वह गली में दाख़िल हुआ। गली के कोने पर सब्जी की दुकान हटकर एक जनरल स्टोर खुल गया था जिसने एक सूचना बोर्ड जैसा कुछ लगा रखा था कि उसके यहाँ बेक समोसा और बर्गर भी मिलता है। अनेक टेलीकॉम कम्पनियों के नाम कम्प्यूटर से टाइप करके उनकी सिम री-चार्ज की कीमतें लिख रखी थीं। उसने एक लम्बी साँस ली और भीतर दाख़िल हुआ। अधिकांश मकान टूटकर नये बन चुके थे। कुछेक परिचित चेहरे नज़र आए। नमस्कार, ख़ैरियत और अचरज के जवाब देता हुआ वह आगे बढ़ा। जिस जगह उसका छोटा-सा घर हुआ करता था वहाँ एक दो-मंजिला मकान था। दरवाज़े पर किसी श्रीवास्तव की नेमप्लेट लगी थी। वह असमंजस में पड़ गया। फिर भी उसने घंटी बजाई। दरवाज़ा एक साँवली-सी मोटी औरत ने खोला—"क्या बात है? किससे मिलना है?" वह दरवाज़े को पकड़कर खड़ी हो गई थी।

—"जी शर्माजी, शर्माजी रहते हैं यहाँ?" उसने झिझकते हुए नाम दोहराया।

—"कौन शर्माजी?" वह औरत घूरते हुए बोली।

—"डी.सी. शर्मा...दुर्गेशचन्द्र शर्मा।" उसने बताया—"टीचर हैं, मतलब थे।"

—"यहाँ तो कोई शर्मा नहीं रहते।" औरत ने कहा और उसके पीछे देखा, जहाँ गली के कुछ बच्चे और बड़े आकर खड़े हो गए थे।

एक बूढ़े आदमी ने कान की लौ को खींचते हुए कहा—"तुम शर्मा माटसाब की बात कर रहे हो? बामणदाजी?"

—"जी...जी उन्हीं की बात कर रहा हूँ।" वह पलटकर अब उस बूढ़े आदमी के क़रीब आ गया।

—"उनको मोहल्ला छोड़े तो बरसों हो गए। उधर नयी बस्ती में रहने चले गए।" फिर उसको ध्यान से देखते हुए बोले—"उनके बेटे हो, जगदीश?"

वह सिर्फ़ उस बूढ़े को देखता ही रह गया। फिर धीरे-से सिर हिलाया। उसके सिर हिलाने के जवाब में बूढ़े ने भी अजीब ढंग से सिर हिलाया—"नसीब ही ख़राब थे माटसाब के। तुम तो शहर छोड़कर भाग गए।" उसने अपनी हिकारत को ज़रा भी छिपाने की कोशिश नहीं की—"बाक़ी औलादों की शादी कर दी थी। छोटा लड़का अच्छी नौकरी में है। इसी शहर में है पर साथ नहीं रखता है।" फिर नयी पीढ़ी के प्रति अपनी घृणा को स्पष्ट रूप से प्रकट करते हुए बोला—"ज़माना ही ख़राब आ गया है। ऐसी औलाद से तो दारी औलाद न होना अच्छा है।"

वह बैग उठाकर वापस पलटा। चार क़दम चला होगा कि वह बूढ़ा उसके क़रीब आया—"मास्टरनी तो अब रही नहीं। मर गई बिचारी...। ऐसी नालायक औलाद हो तो कोई जी कर क्या करेगा?"

धक्क से रह गया वह। माँ मर गई और उसे ख़बर भी नहीं। उसे ख़बर कहाँ करते? उसने तो अपना पता-ठिकाना किसी को बताया नहीं। वह भारी क़दमों से गली के बाहर आ गया। चलते हुए उसने उस बूढ़े से नयी बस्ती का पता पूछ लिया।

रिक्शे से नयी बस्ती आया। नयी बस्ती क्या थी, ग़रीबों के लिए शासकीय मदद से बनाई गई एक साधारण-सी बस्ती। झुग्गी-झोपड़ियों से थोड़ी बेहतर स्थिति। मकान खोजने में उसे थोड़ी मुश्किल आई, लेकिन वह तो तय करके निकला था। मकान मिला बस्ती के दूसरे कोने पर। छोटा-सा आँगन और दो कमरे का मकान। वह दरवाज़े पर पहुँचा तो देखा बाबूजी तुलसी में पानी डाल रहे थे। आँगन के बाहर उसे खड़ा देखकर आँखें मिचमिचाते रहे।

—"कौन है भाई?" उन्होंने आँखों के आगे हथेली का छज्जा बनाकर आँखें मिचमिचाईं—"रुको ज़रा, चश्मा लाता हूँ।" कहकर वह लोटे को तुलसी के चौरे पर रखकर भीतर चले गए। वापस लौटे तो चश्मे को आँखों पर जमाते हुए बोले—"बग़ैर चश्मे ठीक से दिखता नहीं है भाई।"

उसने बैग नीचे रखा और आगे बढ़कर पिता के पैर छुए। वे एकदम घबराकर दो क़दम पीछे हट गए—"अरे भाई क्या करते हो। मेरी पूजा का टाइम था। छू लिया। फिर नहाना पड़ेगा।"

चश्मे को ठीक से नाक पर जमाया और अपनी झुँझलाहट को काबू किया और ध्यान से उसे देखा। वात्सल्य की नज़र तो कमजोर हुई नहीं थी। पहचान गए।

—"जगदीश...।" ख़ुशी के आवेश में इतना ही बोल पाए। फिर आगे बढ़कर गले से लगा लिया।

—"कहाँ था तू बच्चे?" फिर आवाज़ भर्रा गई। चुप हो गए। ख़ुशी के अतिरेक में उसका बैग ख़ुद उठाने लगे। उसने पिता को रोका।

—"रहने दो बाबूजी, मैं उठा लूँगा।"

—"अरे, मैं भी उठा लूँगा तो क्या हुआ?" वह एक फीकी हँसी हँसे—"अब दुबारा नहाना तो है ही, चल भीतर चल।"

घर क्या था! दो छोटी कोठरियाँ थीं। शाहरुख का मन दुःख और हताशा से भर गया। पिता के जीवन में ऐसे दिन भी शेष थे! उसे भी ऐसे दिन देखना था?

—"आप नहाकर पूजा कर लो।" उसने पिता से कहा।

—"कर लूँगा। तेरे साथ घड़ी भर बैठ तो लूँ।" वह अकारण हँसने लगे। घर में बमुश्किल दो टोकनी भर सामान भी नहीं था। एक गैस चूल्हा, दो-तीन तपेलियाँ। दो-तीन गिलास। दो थाली, दो कटोरी, एक चम्मच, एक सरिया, तवा, एक दरी,

एक फटी गुदड़ी, एक मैली गादी और एक मैली रजाई। एक खूँटी पर क़मीज़-पाजामा टँगा था। कपड़ों से ज़्यादा फटेहाल घर की हालत थी।

यह दो कमाऊ बेटों का बाप है। उसने ख़ुद को धिक्कारा। पिता उसके क़रीब बैठ गए। बहुत देर तक उससे बातें करते रहे, लेकिन भूलवश भी एक बार भी उन्होंने उसके घर से भाग जाने का उलाहना नहीं दिया। बस, माँ की मृत्यु की सूचना बोझिल स्वर में दी।

—"अब तेरी माँ नहीं रही...। मर गई जगदीश।" उन्होंने कितनी देर बाद उसे नाम से पुकारा। कुछ ऐसी आवाज़ में कहा जैसे सिर्फ़ सूचना दे रहे हों लेकिन उस आवाज़ में गहरी हताशा और दुःख था।

बहुत देर तक बातें करते रहे। फिर पिता दुबारा नहाकर पूजा करने लगे। वह दरी पर लेट गया। पिता पूजा से फारिग हुए तो उससे कहने लगे कि—"खाना बनाता हूँ तेरे लिए।"

उसने पिता को रोका—"आप रहने दो। मैं बनाता हूँ।" और पिता के असमंजस को तोड़ते हुए आँगन के खुले पत्थर पर नहाने बैठ गया। वह जानता था, बग़ैर नहाए उसे पिता खाना नहीं बनाने देंगे। भोपाल में नकुल के साथ रहते हुए वह खाना बनाना तो सीख ही गया था। उसने देखा, तब तक पिता आँगन से दीवार पर चढ़ी बेल से गिल्की तोड़ लाए थे। उसे गिल्की काटकर दे दी। मसालों की पुड़ियाएँ निकालकर दे दीं। उसे याद आया, माँ मसालों का एक पूरा बड़ा डिब्बा रखती थी जिसके भीतर मसालों के छोटे-छोटे कटोरे रखे रहते थे और एक छोटा चम्मच। उसने खाना बनाकर पहले पिता को खिलाया फिर ख़ुद खाया। बर्तन साफ़ किए। पिता दरी पर लेट गए। उसे देखकर बोले तुम गादी बिछाकर थोड़ा आराम कर लो।

—"नहीं, मैं थोड़ा बाहर निकलूँगा।" वह बोला और अनुमति की प्रत्याशा में दरवाज़े पर खड़ा रहा।

उन्होंने स्वीकृति के संकेत के लिए करवट बदल ली।

घर से निकलकर वह सड़क पर आया। उसने पुराने दोस्तों को खोजने का तय किया। उसे अपने पुराने से क़स्बेनुमा छोटे-से शहर को देखकर अचरज हो रहा था। किसी भी चीज़ को लम्बे अरसे के बाद देखो तो उसकी तब्दीली नज़र आती है। बाज़ार में कम्प्यूटर की अनेक दुकानें और प्रशिक्षण संस्थान खुल गए थे। इतनी अधिक संख्या में कि उसे लगा जैसे पूरा शहर ही कम्प्यूटर सीखने पर उतारू है। रही-सही कसर मोबाइल की दुकानों ने पूरी कर दी थी। उसे लगा जैसे असंख्य लोग बातें करने के लिए तरस गए हैं। एक दूसरे की आवाज़ सुनने के लिए बेचैन हैं। अजीब-सी बेचैनी है। मोबाइल के बग़ैर जैसे गूँगे-बहरे हो जाएँगे। क्या इसी का नाम तरक्की है? वह दुकानों को देखते हुए आगे बढ़ता रहा। उसने शहर में मोटर-गैराज खोजे। तीसरे क्रम में ही उसे सफलता मिली। बाहर बोर्ड पर लिखा था—

'एवन मोटर गैरेज सभी तरह की कारों, मोटरों का काम गारंटी से किया जाता है।' एक बड़े से प्लाट में दो कारों की मरम्मत का कार्य हो रहा था। एक कार की प्रेशर पम्प से धुलाई हो रही थी। नीली मारुति पर झुके एक युवक से उसने असलम के बारे में पूछा। लड़का नीली जींस और जालीदार बनियान पहने हुए था। कपड़े तेल और चीकट से भरे थे। गले में एक तावीज लटक रहा था। उसने इशारा किया। उसने उँगली की दिशा में देखा, कोने की जगह पर एक छोटा-सा केबिन बना था। वह उधर ही चल दिया।

केबिन में असलम भंगार बैठा था। सिर पर आगे के बाल उड़ गए थे। चौखाने वाली लुंगी पर एक खाकी क़मीज़ पहने हुए था। दाँत पान खाते रहने की आदत से लाल और भद्दे हो गए थे। ऊपर का एक दाँत गिर चुका था। आँखों में सुरमा आज भी लगाता है। इतने बदलाव के बावजूद वह असलम को पहचान गया।

—''कहिये जनाब?'' उसने सामने टी.वी. पर निगाहें गड़ाए पूछा।

—''असलम?'' उसने पूछा।

—''बिल्कुल।'' अभी भी असलम की नज़रें टी.वी. पर थीं, जहाँ क्रिकेट मैच चल रहा था।

—''असलम भंगार?'' उसने दुबारा पूछा।

अब वह चौंक पड़ा। टी.वी. से नज़रें हटाकर उसे देखा तो फिर देखता ही रह गया। उछलकर खड़ा हो गया।

—''अबे तू एकदम से किदर से टपका?'' वह आगे बढ़ा और शाहरुख को खींचकर गले से लगा लिया! देर तक यूँ ही भींच कर खड़ा रहा, फिर उसको आगे जाकर अपनी चेअर पर बैठाया और ख़ुद सामने स्टूल पर बैठ गया।

—''अबी बोले तो...अल्लाह मुझसे कुछ भी माँग ले। खुसी-खुसी दे दूँ। तेरे को देखकर कितनी खुसी हुई बोल नहीं सकता।'' असलम की आँखें भर आईं।

—''तू तो बुड्ढा हो गया रे।'' शाहरुख जैसे बहुत दिनों के बाद मुस्कराया।

—''अबी तेरे से थोड़ा बड़ा भी तो था। पण ये दाँत तो हथौड़ा फिसलने से टूटा है। बाल तो तेरे को मालूम मेरे अब्बा के भी कम उमर में उड़ गए थे।'' वह खिसियाकर हँसता हुआ बोला।

—''और क्या चल रहा है?'' शाहरुख ने पूछा।

—''फसकिलास। गिराज है। दो वक़्त की रोटी मिल जाती है।'' फिर थोड़ा रुका और अजीब ढंग से मुस्कराया—''सादी भी किया। चार औलादें हैं। दो छोरी, दो छोरा। छोरियों को तो गोरमेंट इस्कूल में भेजता हूँ पण...।'' कहता हुआ वह उत्साहित हो गया—''लौंडे तो दोनों अंगरेजी इस्कूल में जाते हैं।''

शाहरुख ने एक ठंडी आह ली। सभी दूर यही हाल है। फिर उसने बात बदल दी।

—''बाक़ी दोस्तों के क्या हाल हैं?''

—"बोले तो राजू उस्ताद इदर एक मील में चौकीदार है। हरि भी उदर ही मनीजर था। फिर नौकरी छोड़ दी है। उदर मज़दूरों के साथ आन्दोलन करता है। बोले तो उनका नेता हो गया है। और रमेश तो तभी दवाख़ाने में वार्ड बॉय था, अभी भी है।" वह बोला और उठकर केबिन के खुले दरवाज़े पर खड़ा होकर किसी जुम्मा को चाय के लिए ज़ोर से बोला। फिर वापस आकर कुर्सी पर बैठ गया।

—"और ?"

—"और ?" असलम ने भी प्रतिप्रश्न किया, फिर उसका मंतव्य समझकर आगे बोला—"लच्छू अपना साधू हो गया है।"

—"क्या ?" वह चौंका।

—"उधर टेकड़ी पर उसका आसरम है। उसका नाम कनी क्या राम बाबा हो गया है।" वह याद करने लगा।

—"आसाराम बाबा।" शाहरुख ने मज़ाक़ किया।

—"अरे, नहीं यार! पण ऐसा ही कुछ है। हाँ, दयाराम बाबा...। बड़े-बड़े लोग उदर जाते हैं। वो भी ख़ूब परवचन फटकारता है। बड़ी-सी कार है। और ख़ूब पैसा है। बड़े-बड़े शहरों में, बड़ी-बड़ी जगों में जाता है।" उसने बताया तो शाहरुख चकित होकर सुनने लगा।

—"जाएगा उदर ?"

—"मिलेगा वो ?"

—"उसका बाप बी मिलेगा। हालाँकि मैं तो आज तक गया नहीं। मेरा उदर जाना ठीक नहीं। पण जाने का तेरा बन्दोबस्त कर दूँगा।" वह कुछ कहता तभी चाय आ गई।

—"ये मत समझना, चाय पर टरका रहा हूँ। रात को खाना इदर ही रहेगा। पीने का पोरोगराम भी। पीना तो इदर गिराज में पड़ेगा, पण खाना खाने घर चलेंगे। तेरी भाबी एकदम फसकिलास चिकन बिरयानी बनाती है, अभी खाता है या छोड़ दिया ?" वह रुककर उसे देखने लगा, फिर मुट्ठी बाँधकर अँगूठे को बाहर निकालकर पीने का इशारा करता हुआ बोला—"ये तो नहीं छोड़ी ?"

—"मैंने कुछ भी नहीं छोड़ा। और छोड़ भी दिया हो तो दोस्तों के साथ फिर से शुरू करना पड़ेगा।" वह उसके कन्धे पर धौल मारकर बोला।

—"ये बात हुई न।" वह ख़ुश हो गया—"तू बिल्कुल नहीं बदला यार।" फिर आवाज़ का रुआँसापन मिटाने के लिए हँसकर बोला—"स्साले तुझे देखकर पुराने दिन याद आ गए।"

—"यार, रात को खाने पर आने के लिए बाबूजी का खाना बनाकर आना पड़ेगा।" शाहरुख चाय का गिलास उठाकर बोला। असलम गम्भीर हो गया।

—"बाबूजी के साथ बुरा हुआ। माँ भी चली गई।" फिर जैसे उसको ख़बर न कर पाने का अफ़सोस हो, एकाएक बोला—"पण तेरे को किदर ख़बर करता ?

तेरा कोई पता-ठिकाना नहीं था। बाबूजी ने बहुत मुश्किल में लड़कियों की शादी की। तूझे तो बहनों की शादी की ख़बर भी नहीं होगी। उदर तेरे छोटे भाई ने बी बुरा किया। बाप को तकलीफ़ में अकेला छोड़ गया।''

—''तूने दो लाफे नहीं लगाए? उसको ठीक कर देता। अपनी स्टाइल में।'' शाहरुख थोड़े रोष से बोला।

—''यार कल को तुझे पता चलता तो तू क्या कहता? और सच पूछे तो ऐसा किसी को ख़याल भी नहीं आया। माफ़ करना यार।'' असलम दुःखी हो गया।

—''नहीं यार, अभी कहाँ मियाँ मर गए और रोज़े टल गए। तेरे गराज पर इतने छोकरे हैं किसी को भी भेज देना। छोटे को ठीक कर देंगे। लाइन पर आ जाएगा।''

—''नहीं यार, ये काम मैं नहीं कर पाऊँगा।

—''क्यों?''

—''यार, हिन्दू मुसलमान वाला मामला हो जाएगा। बाबरी मस्जिद गिराने के बाद हुए दंगों का ग़ुस्सा और दुःख कम नहीं हुआ था कि गोधरा कांड हो गया। अब हालात पहले जैसे नहीं रहे यार। तुझे मालूम नहीं, इतने सालों में यह शहर बहुत बदल गया है।'' असलम ज़्यादा दुःखी हो गया। फिर तत्काल सहज होकर बोला—''पण तू चिन्ता मत कर। ये काम कोई बड़ा नहीं। लच्छू को बोलना, वह बड़ा सन्त है, महात्मा है। उसने बहुत गुंडे पाल रखे हैं। अपने छोटे की तबीअत से ठुकाई करा देगा।'' वह ख़ुश हो गया। फिर थोड़ा रुककर बोला—''ये बता, तेरा भाई तो नालायक है जो उसने बाप को बेघर कर दिया। तुझे पता नहीं था। पण अब तो पता है न? यहीं रुक जा।'' शाहरुख कोई जवाब नहीं दे पाया।

चाय पीकर वह खड़ा हुआ। असलम ने भी ज़्यादा कुरेदा नहीं। असलम ने उसके साथ घर जाने के लिए गैराज में एक रफ़ीक नाम के छोकरे को बुलाया।

—''यार रिक्शा भी बुला दे।'' शाहरुख बोला।

—''यार, मेरी नाक मोरी में मत रगड़।''

—''क्यों?''

—''शर्मिंदा करता है। अब तो मेरे पास एक 'फोरविलर' है। टाप की तो नहीं है, पण कार बढ़िया है।'' उसने टेबल पर से कार की चाभी उठाई और उसके साथ बाहर आ गया। कार की चाभी रफ़ीक को देकर उसके साथ जाने को कहा।

आश्रम शहर से बाहर एक छोटी-सी पहाड़ी पर था। आश्रम क्या था एक दो-मंजिला आलीशान कोठी थी। वहाँ पहुँचकर दूर गेट के पास ही कार रोक दी गई। उसने रफ़ीक को बहुत कहा कि वह लौट जाए। वह लौट आएगा, लेकिन रफ़ीक नहीं माना।

—''उस्तादजी चमड़ी उधेड़ देंगे।'' वह असहमति में मुण्डी हिलाकर बोला।

वह पैदल कोठी तक पहुँचा। भीतर एक बड़ा-सा हॉल था जिसमें महँगा-सा कॉरपेट बिछा था। हॉल के दूसरे सिरे पर एक संगमरमर का स्थायी मंच-सा बना था। मंच पर रेशमी गादी तकिए रखे थे।

एक गेरुए वस्त्रों वाला सेवकनुमा आदमी उसके क़रीब आया।

—"कहिए श्रीमान्! मैं आपकी क्या सेवा कर सकता हूँ।" बहुत नक़ली विनम्रता से बोला।

—"मुझे सन्तजी से मिलना है।" उसने कहा।

—"प्रभु, इस समय किसी से नहीं मिलते। विश्राम का समय है। संध्याकाल को आना। संध्या के समय दर्शन-लाभ हो जाएगा।" उसने उसे समझाया जैसे किसी बहुत नादान से पाला पड़ गया हो।

—"लेकिन मुझे अभी मिलना है।" उसने ज़िद की।

—"अभी नहीं।" सेवक के स्वर की विनम्रता लुप्त हो गई और उसे लगभग धक्का देते हुए दरवाज़े तक ले आया—"चलो शाम को आना।" अब उसकी भाषा भी बदल गई। शाहरुख को वह कोई ढँका-छिपा गुंडा नज़र आया। उनकी बहस देखकर उसी जैसे दो मुसटण्डे और आ गए। दोनों उसके आजू-बाजू खड़े होकर उसे घूरने लगे।

शाहरुख समझ गया। वह शान्त हो गया। वह भी इतने दिनों भोपाल में कई घिसे हुए लोगों के सम्पर्क में आया था। एक-से-एक राजनीतिज्ञों को देखा था। उसने तुरन्त टोन और भाषा बदली।

—"दरअसल, मैं दिल्ली से आया हूँ। सन्तश्री के प्रवचन लाल क़िले पर रखना है। अभी तुरन्त बात करके वापस लौटना है। शाम को इंदौर से फ्लाइट बुक है।" उसने पहले वाले को देखा जिसके चेहरे का रंग बदल रहा था। कुछ देर वह सोचता रहा, फिर बोला—"देखो साहब फिर तो पहले आपको मिश्रजी से मिलना पड़ेगा। बुलाता हूँ।" कहकर वह भीतर चला गया। वह अपने साथ एक सफ़ेद-धोती-कुर्ता पहने चंदन का टीका लगाए आदमी के साथ लौटा।

—"गंगारामजी बता रहे थे आप दिल्ली में प्रभु के प्रवचन की कोई बात कर रहे थे?" वह बहुत विनम्रता से मुस्कराया, लेकिन शाहरुख को उसकी मुस्कान दुकान पर बैठे किसी काइयाँ मुनीम की-सी लगी।

—"जी बिल्कुल। लाल क़िले पर रखना चाहते हैं। बाबा रामदेव को बुलाने वाले थे, लेकिन आप तो जानते हैं वो तो आजकल दवाओं के व्यापारी हो गए हैं। स्नो-पाउडर भी बेच रहे हैं।" शाहरुख मुस्कराकर बोला।

—"आप किस संस्था से हैं?" उसने उस व्यंग्य की अनसुनी करते हुए पूछा।

—"जगत नारायण विश्व सहायता केन्द्र।" शाहरुख को इस प्रश्न की उम्मीद थी इसलिए वह जवाब तैयार किए बैठा था और वह आगे कोई प्रश्न करता तभी

उसने ब्रह्मास्त्र फेंका—''सब कुछ समयानुसार हो गया तो पी.एम. भी आएँगे।'' मिश्रजी ढेर हो गए।

—''आप आइए मेरे साथ।'' मुस्कराकर बोले और उसे साथ लेकर भीतर चल दिए। भीतर एक गलियारा था, वहाँ से गुज़रकर बन्द दरवाज़े के आगे खड़े होकर घंटी बजाई। शाहरुख को अचरज हुआ कि घर के भीतरी दरवाज़े पर भी घंटी है। कुछ देर बाद गेरुए रंग की साड़ी पहने एक लड़की दरवाज़े पर प्रकट हुई— ''मिश्रजी, प्रभु शयन कर रहे हैं।''

—''मैं जानता हूँ, भगवती परन्तु कार्य आवश्यक है।'' मिश्रजी सिर झुकाकर बोले। मिश्रजी निश्चित रूप से बाबा के निजी सचिव की हैसियत रखते होंगे, क्योंकि बहुत अनिच्छा के साथ भगवती कही जाने वाली वह लड़की बोली— ''रुकिए, मैं लौटकर बताती हूँ।''

कुछ देर बाद वह लौटी तो दोनों को भीतर आने का संकेत किया। दोनों भीतर दाख़िल हुए।

शयनकक्ष क्या था, एक बड़ा-सा हॉलनुमा कमरा था। एक भव्य डबल बेड पर सन्तश्री लेटी-सी मुद्रा में बैठे थे। किसी फाइव स्टार होटल के कमरे से भी ज़्यादा तरीक़े से सजाकर बनाया कमरा। फ़िल्मी सेट-सा भव्य और चमक-दमक से भरपूर।

—''क्षमा चाहता हूँ प्रभु, विश्राम में व्यवधान आया।'' मिश्रजी सिर झुकाकर बोले।

—''कोई बात नहीं मिश्रजी, ईश्वर के सेवक के लिए विश्राम का कोई निश्चित समय नहीं होता है। आप आगमन का प्रयोजन कहें।'' सन्तश्री बोले, जिनकी नज़रें अभी भी मिश्रजी पर ठहरी थीं।

शाहरुख ने देखा, एकदम श्वेत वस्त्र। श्वेत रेशमी कुर्ता, श्वेत रेशमी धोती। माथे पर श्वेत चंदन का टीका। थोड़ी से ज़्यादा और ज़्यादा से थोड़ी कम बढ़ी हुई श्वेत दाढ़ी। शाहरुख चकित रह गया।

ये अपना लच्छू है?

—''ये महानुभाव दिल्ली से आए हैं। लाल क़िले पर प्रवचन का कार्यक्रम करवाना चाहते हैं।'' मिश्रजी ने बताया।

—''हम तो अगले हफ़्ते देश से बाहर रहेंगे।'' सन्तश्री बोले।

शाहरुख समझ गया। कोरी गप्प है। माहौल बनाने का प्रचलित तरीक़ा। प्रभावित करने का बाबाओं का प्रिय वाक्य।

—''प्रभु, ये प्रधानमंत्रीजी से भी समय ले चुके हैं।'' मिश्रजी बोले।

अब सन्तश्री की नज़रें शाहरुख पर पड़ीं। काफ़ी देर तक देखने के बाद चेहरे पर तो कोई भाव प्रकट नहीं हुआ, लेकिन आँखों में पहचान और गहरे विस्मय का

भाव आया। तत्काल उसने मुख-मुद्रा को स्वाभाविक किया और मुस्करा कर कहा—''मिश्रजी आप पधारें। मैं महानुभाव से एकान्त में कुछ चर्चा करूँगा। आवश्यक हुआ तो आपको आने के लिए कष्ट दूँगा।''

—''जी प्रभु।'' कहकर मिश्रजी विदा हुए।

—''देवी आप भी पधारें।'' लच्छू ने उस लड़की से कहा। सुनते ही लड़की के चेहरे पर अचरज और नाराज़गी के भाव आए, जैसे बेडरूम में उपस्थित रहना अपना एकाधिकार समझती हो। बहुत अनिच्छा के साथ वह कमरे से बाहर हुई। जाते-जाते उसे बहुत हिकारत से घूरते हुए गई।

लच्छू उठा और उसने दरवाज़ा ख़ुद बन्द किया और पलटकर उसकी ओर देखा।

—''क्या बात है, भाग खुल गए मेरे। एकाएक कहाँ से प्रकट हुआ। और मुझसे मिलने का ख़ूब तरीक़ा निकाला। मिश्रजी तो ढेर हो गए।''

शाहरुख हँसा। लच्छू और ज़ोर से हँसा। शाहरुख ने उसे सुबह से अभी तक की कहानी बताई।

शाहरुख ने एक धौल जमाई उसको और कहा—''ये क्या हरामीपन फैला रखा है?''

—''मत पूछ यार। लम्बी कहानी है। बस ये समझ ले, तेरे जाने के बाद से सब कुछ बिखर गया। समय ऐसा बदलने लगा कि किसी को सँभलने का मौक़ा ही नहीं मिला। रोज़ी-रोटी का सवाल सबके सामने खड़ा हो गया। जिसको जहाँ जैसा काम मिला करने लगा। असलम का गैराज है। बाक़ी का भी तू बता रहा है कि तुझे पता चल ही गया।''

—''और अपना वो डॉक्टर कोफ्ता? अभी वहीं उसी गाँव में डॉक्टरी कर रहा है?'' शाहरुख हँसकर बोला।

—''डॉ. कोफ्ता को जेल हो गई है। गाँव में एक मरीज मर गया उसके हाथ।'' लच्छू अफ़सोस के साथ बोला—''स्साले ने मामला सँभाला नहीं। पहले जैसा ज़माना तो रहा नहीं कि डॉक्टर की इज़्ज़त थी। सरपंच ने मामला दबाने के लिए पैसे माँगे। इसने दिए नहीं। शिकायत हो गई। केस चला। जेल हो गई।''

लच्छू ऐसी सहजता से बोला जैसे कोई अख़बारी घटना सुनाई हो। शाहरुख ने एक गहरी साँस ली। इस बीच कितना कुछ हो गया?

—''तू इस चक्कर में कैसे पड़ा?'' शाहरुख ने दुबारा पूछा।

—''यार, मैं गुज़रात में एक साधू के आश्रम में नौकर था। सारा काम-काज करना पड़ता था। खाने-पीने को मिलता था, आराम था। साधु-सन्तों के क्या चोंचले हैं। क्या कारनामे हैं। कितनी बदमाशियाँ हैं, सब पता चलीं। अथाह पैसा,

दारू, औरत क्या कुछ नहीं हासिल था उस साधु को। लोग थे कि पैरों में गिरे जाते हैं। पैसा देकर ख़ुद को धन्य समझते हैं। और स्साले साधु-सन्त क्या करते हैं। मुझे सब पता चल रहा था। हथियार से लेकर ड्रग्स तक सप्लाई करते हैं। सोना से लेकर औरतें तक, बड़े पैमाने पर धन्धा है।'' कहते हुए वह बेड पर बैठ गया तो शाहरुख भी बेड पर अधलेटा हो गया। लच्छू कुछ देर सोचता रहा, फिर बोला—''एक दिन मुझे आश्रम के एक सेवक से पता चला कि बाबा तो सिर्फ़ मिडिल फेल है। मेरी आँखें फटी-की-फटी रह गईं। मैंने सोचा, ऐसा हरामीपन तो मैं भी कर सकता हूँ। आश्रम में रहकर ढंग से बोलना-चलना तो सीख ही गया था। फिर उसी ने बताया कि आजकल तो अच्छे-से बोलना-चलना सिखाने वाले लोग भी हैं। बस, इस धन्धे में आ गया।'' फिर एक लम्बी साँस लेकर बोला—''कुछ तो समय भी सिखा देता है।''

—''कभी किसी ने बातचीत में तेरी शिक्षा या तेरे ज्ञान के बारे में जान लिया होता तो। थोड़ी-सी बहस में ही पता चल जाता है कि आदमी को कितना ज्ञान है?'' शाहरुख ने जिज्ञासा प्रकट की।

—''यार इस धन्धे में सबसे अच्छी बात यही है कि यदि आप धर्म की, ईश्वर की बातें कर रहे हैं तो कोई बहस नहीं करता है। कोई ज़्यादा होशियारी दिखाता है तो पब्लिक ही उसे नास्तिक कहकर हड़का देती है। धर्म या ईश्वर की रटी-रटायी बातों से हटकर कुछ मत बोलो। मैंने ऐसा ही किया। धन्धा शानदार चल रहा है।'' वह सन्तों वाले अभ्यास में मुस्कराया, फिर दोस्तों वाली हँसी हँसा। शाहरुख का मन ख़ुश हो गया।

फिर सहसा उसे याद आया।

—''वो टैक्सी कहाँ से पकड़ लाया? चालू चकरी लग रही थी।'' शाहरुख ने उस लड़की के बारे में पूछा जिसे कुछ देर पहले लच्छू देवी के सम्बोधन के साथ कमरे से विदा कर चुका था।

—''साधु-सन्तों को क्या कमी? बड़ौदा से लाया हूँ। प्रवचन सिखा रहा हूँ।'' लच्छू बोला।

—''ये क्या करेगी प्रवचन सीखकर?'' शाहरुख को अचरज हुआ।

—''आजकल इस धन्धे में बहुत फ़ायदा है। तूझे शायद मालूम नहीं होगा, बाबाओं का बाज़ार लगभग बीस हज़ार करोड़ से भी ऊपर का है। इनकम टैक्स का चक्कर भी नहीं है। लोग चूतिये हैं स्साले! पैसों की कमी रहती है तो सन्तों के चरणों में गिरते हैं। अमीर हो जाते हैं तो सन्तों के चक्कर में पड़ते हैं। सन्त के बग़ैर छुटकारा नहीं।'' कहकर वह हँसने लगा। फिर बोला—''यह साध्वी बनना चाहती है। अभी ट्रेनिंग पर है।''

—''तू सिखा रहा है?'' शाहरुख ने उसे घूरा।

—''बिल्कुल। मैं उसे प्रवचन देना सिखा रहा हूँ। वह मुझे योग सिखा रही है।'' वह मुदित स्वर में बोला।

—''योग?'' शाहरुख ने पूछा।

—''हाँ, योग! अबे बिस्तर में। स्साली ऐसे-ऐसे आसन बताती है कि पूछ मत।'' लच्छू उसे आँख मारकर धूर्तता से हँसा।

—''स्साले हरामी!'' शाहरुख भी हँसा।

—''हाँ, हरामीपन वह पहले से सीखकर आई है।'' कहकर लच्छू फिर हँसा। दोनों हँसने लगे।

फिर उसके बाद बातें दूसरी होती रहीं। काफ़ी देर बाद वह उठने लगा तो लच्छू बोला—''अब रुकने के लिए लौटा है या फिर शहर छोड़ेगा?''

—''देखते हैं यार। अपने बस में क्या है?'' वह दार्शनिकों की भाँति बोला। उसने लच्छू को बताया कि रात असलम के यहाँ खाने पर बुलाया है तो वह मायूस हो गया।

—''मैं कैसे जा सकता हूँ? स्साला इस चोले में क़ैद हूँ।'' लच्छू ने हँसना चाहा पर हँस नहीं पाया।

शाहरुख ने ज़ोर नहीं दिया। वापस लौट आया। गेट पर खड़ी कार में आकर चुपचाप बैठ गया। लड़के से उसने कहा कि उसे नयी बस्ती उसके घर पर छोड़ दे। घर पर उतर कर उसने लड़के से कहा—''गाड़ी ले जाओ। शाम को मैं आ जाऊँगा।''

शाम को वह बाबूजी का खाना बनाकर, उनका बिस्तर लगाकर घर से निकला। बाबूजी ने भी नहीं पूछा और उसने भी नहीं बताया कि कहाँ जा रहा है। बस वह इतना बोला कि—''शायद रात को नहीं लौट पाऊँगा।''

असलम के कार वर्कशॉप पर पहुँचा तो उसे अचरज हुआ, केबिन में कोने की स्टूल पर उसका छोटा भाई बैठा था। उसे देखकर एकाएक खड़ा हो गया। बग़ैर किसी औपचारिकता या अभिवादन या उसे देखकर कोई ख़ुशी प्रकट किए बग़ैर कुढ़कर बोला—''देखो भाई, इन लोगों ने दोपहर से मुझे यहाँ बैठा रखा है। स्कूल में पढ़ा रहा था। जबरदस्ती उठा लाए हैं। दो झापड़ भी मारे। अजीब गुंडागर्दी है?''

वह सिर्फ़ छोटे को घूरता रहा। उसे घूरता देखकर वह सिटपिटा गया। तभी असलम भी आ गया।

—''इसको मैं नहीं, बाबा के आदमी बिठाकर गए हैं। एक तो अभी भी खड़ा है।'' उसने इशारा किया तो उसने देखा धोती-कुर्ते में एक आदमी केबिन के बाहर खड़ा था। उसको देखकर दो उँगली उठाकर अभिवादन किया। सफ़ेद धोती-कुर्ता भी उसके गुंडे होने की पहचान को छिपा नहीं पा रहे थे। उसके माथे पर लिखा था कि वह पक्का गुंडा है और जेल जाना उसकी मजबूरी नहीं शौक़ होगा।

—"बाप को अकेला छोड़कर बीबी के साथ ऐश कर रहा है?" उसने छोटे को डपटा।

—"मैंने कहाँ अकेला छोड़ा?" वह हल्के से भड़का—"बाबूजी साथ रहना नहीं चाहते हैं।"

—"तू साथ क्यों नहीं ले गया?" उसका ग़ुस्सा बढ़ने लगा। उसका ग़ुस्सा देखकर छोटे थोड़ा सहम गया, बोला—"मैं तो साथ भी ले गया था। फिर वह ख़ुद लौट आए।"

वह चुप रहा जिसका अर्थ था कि वह पूरी बात सुनना चाहता है। छोटा भाई समझ गया।

—"साथ रहने में हमको परेशानी थी। हमारा पूरा घर परेशान था।" फिर जल्दी से बोला—"मतलब वो भी बहुत परेशान थे।"

—"क्यों?" वह पूर्ववत् घूरता रहा।

—"क्यों क्या? आज के ज़माने में ऐसी चतरई कोई करता है क्या? बग़ैर नहाए किचन में मत जाआ। बग़ैर नहाए कुछ खाओ-पियो मत। बग़ैर नहाए कोई उनको छू दे तो घर में हंगामा। सुबह चार बजे से उठकर नहा लेते थे और रसोईघर से लेकर आँगन तक पानी छिड़क देते थे। अपने कपड़े ख़ुद धोकर सूखने डालते थे। बग़ैर नहाए उनके कपड़े कोई रस्सी से निकाल नहीं सकता था। खाना खाते हुए हाथ से नमकदानी को या पानी के गिलास को हाथ हल्के से छू भी जाए तो डाँट-फटकार। खाना बनाते हुए, खाना खाते हुए, मटके को, फ्रिज को किसी चीज़ को हाथ धोए बग़ैर हाथ मत लगाओ। पत्नी एम.सी. में हो गई तो सात दिनों तक मुझसे खाना बनवाते थे या ख़ुद बनाते थे। पत्नी घर के एक कोने में बैठी रहती थी। किचन तो दूर की बात है किसी दूसरे कमरे में भी झाँक नहीं सकती। भूल से छू जाए तो नहाना पड़े। एक बार तो पूरे बिस्तर धुलवाए...। मैं क्या बताऊँ, आप ख़ुद नहीं जानते यह सब?" छोटा भाई ग़ुस्सा भी कर रहा था और कलप भी रहा था।

—"तो क्या हुआ?" वह उसकी अवहेलना करते हुए बोला—"जब तू जानता है बाबूजी शुरू से ऐसे हैं तो इस उमर में बदल जाएँगे क्या? हमें-तुम्हें ख़ुद को बदलना पड़ेगा। कम-से-कम उनकी ख़ुशी के लिए तो उनकी मर्जी से रहना ही पड़ेगा। इतनी उम्र में बदलने का दबाव डालोगे उन पर तो उम्र से पहले ही मर जाएँगे।"

छोटे कुछ नहीं बोला। बड़े भाई को सहम कर देखता रहा। भाई आज कुछ बदला हुआ, कुछ संभ्रान्त नज़र आ रहा है, लेकिन भाई का अतीत क्या है, वह जानता है। शाहरुख कुछ और बोलता तभी रमेश, हरि और राजू उस्ताद आ गए। उसने छोटे को एक नज़र देखा फिर कहा—"चल अब जा...। बाप को बाप समझ। पैदा किया है तुझे। तेरी औलाद क्या सबक़ लेगी? यही करेगी तेरे साथ।" पता नहीं किस बात की स्वीकृति में सिर हिलाता हुआ छोटे चल दिया। दोस्त आ गए तो

शाहरुख ग़ुस्सा और निराशा से बाहर आ गया। सभी से गले मिला। धौल-धप्पी हुई। गिले-शिकवे सब कुछ। रमेश के बाल कम उम्र में सफ़ेद होने लगे थे। राजू उस्ताद के बाल भी काफ़ी हद तक सफ़ेद हो गए थे। दाढ़ी रख ली थी। सफ़ेद-काले बालों की खिचड़ी दाढ़ी। हरि लगभग वैसा ही था। बस, रंग थोड़ा साँवला हो गया था। एक पैर में कोई चोट थी या कोई और बात थोड़ी लँगड़ाहट थी। बाद में असलम ने बताया कि किसी आन्दोलन में पुलिस की लाठी पड़ी थी। दर्द आज तक नहीं गया। शाहरुख ने हरि को ज़्यादा पूछा नहीं। उसने हरि या किसी को नहीं बताया कि उसे लच्छू ने हरि के बारे में बहुत कुछ बताया है। लच्छू की राजनीति से लेकर आम आदमी तक पैठ थी। उसे मज़दूर आन्दोलन की हकीकत भी मालूम थी। उसी ने बताया था कि हरि आन्दोलन में आने वाले लोगों में ज़्यादा समझदार, ज़्यादा ईमानदार है इसलिए हाशिए पर डाल दिया गया है। मज़दूर आन्दोलन से लेकर बाँध विरोधी आन्दोलनों तक में बहुत घालमेल हो गया है। आन्दोलन का मूल स्वर ही बदल गया है। इन्दौर-भोपाल के महत्त्वाकांक्षी लोगों का दखल बढ़ गया है। कई लोगों ने तो इसे कैरियर की भाँति अपना लिया है। कई ऐसे लोग हैं जो मैनेजमेंट में भी हैं। आन्दोलन में भी हैं। वह एन.जी.ओ. से लेकर मज़दूर संगठनों में भी घुस गए हैं। देश-विदेश से पैसा आ रहा है। कई लोग पैसा बनाने में लगे हैं। हरि जानता है, समझता है, लेकिन जैसा कि होता है, ईमानदार लोगों की संख्या हर कहीं कम होती है। पर एक बात है कि उससे जितना भी बन पड़ता है वह पूरी निष्ठा से कर रहा है। शायद उसको इसी में सन्तोष मिलता हो।

उसने हरि को देखा। वह सबके गिलास भर रहा था।

—"छोटे को क्यों बुलाया था?" रमेश को सहसा याद आया।

—"याद दिलाने के लिए कि, उसका बाप ज़िन्दा है।" असलम ने बताया।

—"ओह! स्साला जोरू का ग़ुलाम है। छोटे की घरवाली ने छोटे को पोपट बनाकर रखा है।" रमेश ने क़मीज़ के दो बटन खोल लिए।

फिर काफ़ी देर तक शराब के गिलास को घूरता फिर एक ही साँस में गिलास ख़ाली करके बोला—"यार हरि, घरवाली को एक गिफ्ट देता हूँ तो दो माँगती है। स्साली को ख़रीदारी का बहुत शौक़ है। बाज़ार में छुट्टा छोड़ दूँ तो पूरा बाज़ार ख़रीद लाए। क़र्ज़े से भी नहीं डरती है। उसका बस चले तो मुझे गिरवी रख दे। कपड़े-लत्ते, सिंगार-पटार, गहने जाने क्या-क्या माँगती रहती है।" फिर गिलास को उँगली से ठकठकाते हुए बोला—"यार यह बता, रुपये के आविष्कार के पहले औरत को आदमी में ऐसा क्या आकर्षण नज़र आता था? क्या ख़ास दिखाई देता था?"

हरि ने उसे घूरा—"स्साले पहले गिलास में ही चढ़ गई।" वह बदमाशी से हँसने लगा।

—"और बता, तेरे बड़े शहर के क्या हाल हैं?" रमेश ने उससे पूछा।

—"बड़ा शहर बड़े शहर जैसा ही है। वह किसी के जैसा नहीं होता, सबको अपने जैसा बनाना चाहता है।" उसने हँसकर कहा।

रमेश कुछ समझा कुछ नहीं भी समझा, लेकिन वह भी हँसने लगा।

—"तू बता, तेरी गृहस्थी कैसे चल रही है?" उसने रमेश से पूछा।

—"एकदम बढ़िया। तीन बच्चे हैं। दो बेटे एक बेटी। सभी को अंग्रेजी स्कूल में पढ़ा रहा हूँ।" उसके स्वर में भी वही गँवई गुरूर आ गया जो कुछ देर पहले असलम के मुँह से सुन चुका था। लेकिन उसने ध्यान नहीं दिया।

—"तीन बच्चे कैसे हो गए? सरकारी दवाख़ाने में काम करता है। मुफ़्त के कंडोम भी काम नहीं आए?" उसने ठहाका लगाया।

सभी हँस पड़े।

—"अरे नहीं, बाद के दो लौंडे तो स्साले जुड़वाँ हैं। फिर तो दवाख़ाने वाले माने नहीं। उधर डिलेवरी के बाद घर आने ही नहीं दिया, वहीं ऑपरेशन कर दिया। नाका बन्द। रास्ता बन्द। काम खलास।" वह भी हँसने लगा। फिर उसने गिलास उठा लिया।

—"राजू उस्ताद अपनी सुनाओ।" वह राजू उस्ताद से मुख़ातिब हुआ।

—"अपना क्या भैया, मील में चौकीदार हैं। एक बन्दूक़ दे रखी है। दारी को कभी चलाने का मौक़ा ही नहीं आया।" वह शराब का घूँट भरते हुए बोला।

—"नहीं, घर-बार के क्या हाल हैं?" उसने पूछा।

—"शादी के लफड़े में पड़ा नहीं। न जोरू न जाँता। अल्लाह मियाँ से नाता । जैसा, पहले काम चलता था आज भी चल रहा है। मिली तो मारी, नहीं तो ब्रह्मचारी।" वह असलम को कोहनी का टहोका देकर बोला।

—"वर्ना एक बात और भी तो है।" असलम ने भी उसे कोहनी मारी।

—"क्या?" उसने गिलास ख़ाली करके नीचे रख दिया।

—"अपना हाथ जगन्नाथ।" असलम बोला।

—"एच.पी. हैण्ड पिरेकटिस।" रमेश ने उसका खुलासा किया। सभी ज़ोर से हँस पड़े।

सभी ख़ुश हो गए। लगा, पुराने दिन लौट आए।

एक बोतल ख़त्म हुई। दूसरी आ गई। इसी बीच शाहरुख के छोटे भाई की बात निकल आई।

—"तू चिन्ता मत कर।" रमेश की जबान लड़खड़ाने लगी—"स्साले की मैं ठुकाई कर दूँगा। ठुकाई करने में चैम्पियन हूँ।"

—"यह अपनी बीवी की अक़सर ठुकाई करता है।" हरि ने रमेश के सिर पर चपत लगाई।

—"क्यों रे?" शाहरुख ने भी उसे धौल जमाई।

—"बिल्कुल। घरवाली की सप्ताह में एक बार मार-ठुकाई ज़रूरी। इससे उसको ग़लतफेमिली नहीं होती।" वह गिलास ख़ाली करते हुए बोला।

—"कैसी ग़लतफ़हमी?" शाहरुख ने पूछा।

—"यही कि घरवाला एकदम लल्लू नहीं है। मर्द है।" नशे में रमेश की आँखें झपक रही थीं।

—"स्मार्ट होने के लिए, मर्द होने के लिए बीबी की ठुकाई ज़रूरी?" हरि ने सफ़ाई माँगी।

—"बिल्कुल। बस नवरात्रि में नौ दिन की पाबन्दी रखनी है।" वह संजीदगी से सिर हिलाकर बोला।

—"क्यों?" शाहरुख ने उसका गिलास फिर से भर दिया।

—"बाप बोलता है, नवरात्रि में औरत देवी जैसी हो जाती है। मारो-पीटो तो पाप पड़ता है।" वह डोलता हुआ बोला—"इसकी भैन मरे, नौ दिन नवरात्रि में घरवाली को झापट मारना तो दूर डाँट भी नहीं पाता हूँ।"

—"ओह।" हरि ने व्यंग्य में अफ़सोस जताया।

—"और नहीं तो क्या? जब कि दारी को देखते ही झापट मारने का मन करता है। तू सोच...।" वह शाहरुख का कन्धा हिलाते हुए बोला—"नहीं, तू ही सोच, कैसे मन मारकर रह जाता हूँ। कैसे काटता हूँ मैं नौ दिन, बता?"

—"हरामी।" हरि बोला—"होना तो यह चाहिए कि पूरे नौ दिन तेरी ठुकाई होनी चाहिए।"

—"कमीने। तुझे तो रोज़ मिर्ची की धूनी देनी चाहिए। रोज़, नियमित तेरे पिछवाड़े पर हंटर पड़ना चाहिए।" शाहरुख ने उसे लताड़ा।

—"लो, इतने दिनों बाद मिला, लेकिन औरतों की तरफ़दारी का रोग नहीं गया।" कहकर रमेश नशे की अधिकता में हँसा। फिर हँसता ही रहा।

—"यार, इसका भी इलाज कर।" शाहरुख ने असलम से कहा—"जैसे मेरे छोटे भाई की ठुकाई तय की है। उससे पहले इसकी ठुकाई ज़रूरी है। इसको सबक़ मिलना चाहिए।"

—"दोस्त है। ठुकाई से नहीं समझाइश से मान जाएगा। अभी नशे में है तो बात को बढ़ा-चढ़ाकर बोल रहा है।" असलम ने कहा—"वर्ना इसका इलाज तेरे भाई से पहले करेंगे।"

शाहरुख ने हरि को देखा।

—"तू चिन्ता मत कर। हगती की जणती धरता है यह वार्डबॉय। एक-की-दो लगाता है। तिल का ताड़ बनाता है। फिर भी निश्चिंत रह, ठीक कर देंगे स्साले को।" उसने शाहरुख को आश्वस्त करना चाहा।

शराब पीने का दौर काफ़ी देर तक चलता रहा। हरि और शाहरुख ने पहले ही तय कर लिया कि शराब पीने के बाद असलम के घर खाना खाने नहीं जाएँगे। असलम को बताया। बड़ी मुश्किल से माना। असलम ने वर्कशॉप के लड़कों को भेजा और घर से खाना बुला लिया।

वहीं नीचे ज़मीन पर बैठकर एक दरी बिछाकर खाना खाया गया। खाना खाने के बाद असलम के वर्कशॉप के लड़के उस समय भी वहीं मौजूद थे। जूठी प्लेटें समेटीं और सफ़ाई की। असलम ने उनको घर जाने का बोल दिया। ये सारे दोस्त बातें करते रहे। बातें और बातें...अन्तहीन सिलसिला।

शाहरुख के पास भी पूछने के लिए ढेरों बातें थीं। दोस्तों के पास भी बताने और पूछने के लिए ढेरों बातें थीं। शाहरुख ने अपनी ओर से कुछ नहीं बताया। यह तक नहीं बताया कि यहाँ से जाने के बाद वह किस शहर में रहता है। चुप्पी साध ली, लेकिन उनकी बातों में शामिल रहा। अचरज इस बात का हुआ कि दोस्तों ने भी उससे नहीं पूछा कि वह किस शहर में रहने चला गया है। बातें करते हुए वहीं जिसको जहाँ जैसी जगह मिली सो गए।

सुबह उठकर वहीं मुँह-हाथ धोए। असलम ने चाय बुलाई तो सभी ने चाय पी और तय किया कि नाश्ता बाज़ार चलकर करेंगे। सभी साथ ही पैदल निकले। पोस्ट ऑफिस चौराहे पर आकर शाहरुख ठिठका—"यहाँ करीम सब्जी वाला बैठता था। कहाँ गई उसकी दुकान?"

—"दुकान बन्द हो गई। करीम ठेला चलाता है। दो दिनों में सब्जी बासी हो जाती है तो लोग लेते नहीं, क्योंकि अब रिलायंस फ्रेश की तरह दूसरी दुकानें आ गई हैं। बड़े-बड़े फ्रिज में सब्जी रखी रहती हैं। लोग वहीं से लेते हैं।" रमेश ने बताया।

—"अब समस्या पैसे की नहीं, ताज़ी सामग्री है। लोग पैसा ख़र्च करने को तैयार हैं। सामान मन-पसन्द चाहिए।" हरि दुकानों को घूरता हुआ बोला।

—"तो फिर हम कहाँ जा रहे हैं। मैं तो नारायण सेठ की कोने की होटल के पोहे, कचौरी और समोसे खाना चाहता था। वह भी है या नहीं?" शाहरुख सशंकित हो गया।

—"नहीं है। कैसे होगा? वो कोई स्पेशल आदमी है? ऊपर से उतरा है? अवतार लिया है क्या? समोसा, पोहे घंटे-भर में ठंडे हुए तो कौन ख़रीदेगा? आज के लौंडे उसी समय गरम होने वाला बेक समोसा, बर्गर, पिज्जा माँगते हैं। नारायण सेठ कहाँ से लाता?"

—"तो फिर उसकी दुकान कहाँ है।"

—"कहीं नहीं। बन्द। जमा-पूँजी रही तब तक घर का ख़र्च चला। परिवार तो था नहीं।"

—"तो अब?"

—"बस स्टैंड पर भीख माँगता है।" राजू उस्ताद ने सपाट स्वर में कहा।

—"ऐसे कई नारायण सेठ हैं। कई करीम हैं। अनेक किराना दुकानवाले। छोटी-मोटी चूड़ी-दुकान, टेलर्स, कटलरी और कोने नुक्कड़ की कपड़ा दुकानें बन्द हो गईं। कोई मज़दूरी करता है। कोई नये खुल गए शॉपिंग मॉल में नौकर हो गया। कोई भीख माँगता है। तो कुछ लोग इज़्ज़त बचाने के लिए शहर छोड़ गए हैं।" हरि ने सड़क किनारे थूकते हुए कहा।

शाहरुख कुछ नहीं बोला। इन छोटे-मोटे दुकानदारों के बीच अभी नुक्कड़ पर बैठने वाले मोची, छोटे-मोटे टेलर, रेहड़ीवाले इन सबका क्या हुआ होगा या आने वाले समय में क्या होगा? एक दिन यह तो होना ही था, शाहरुख ने सोचा। यह है हमारे प्रधानमंत्री की नयी आर्थिक नीति। आर्थिक उदारीकरण का जादू!

सभी लोग बस स्टैण्ड पर आए। वहाँ अभी पुराने किस्म की कचोरी-पोहे वाली होटलें बची हैं। पुराने शहर की असली पहचान। नाश्ता करके सभी वापस लौटे। हरि रास्ते से ही पलट गया। मिल में जाना था। रमेश को दवाख़ाने। असलम और राजू उस्ताद के साथ वह वर्कशॉप लौटा। कुछ देर तक बातें होती रहीं फिर असलम वर्कशॉप में व्यस्त हो गया।

कुछ देर बाद बारह-चौदह साल का वर्कशॉप का एक मज़दूर लड़का उनके लिए चाय लाया। वे चाय पीने लगे, तभी मोबाइल की घंटी बजी। शाहरुख अपनी ज़ेब टटोलने लगा। घंटी शाहरुख के मोबाइल की नहीं बजी थी। तभी उसने देखा वह मज़दूर लड़का ज़ेब से मोबाइल निकालकर सुनने लगा। मोबाइल सुनने के लिए वह थोड़ा अलग हट गया।

—"इस वर्कशॉप में इसे क्या मज़दूरी मिलती होगी?" शाहरुख ने कहा—"फिर भी मोबाइल रखना ज़रूरी समझता है।"

—"इन लौंडों को तो रोटी न मिले तो चल जाए, लेकिन मोबाइल ज़रूरी है। राजू उस्ताद तिक्त स्वर में बोला—"लत लग गई है स्सालों को। अब छुटकारा मुश्किल है।"

कुछ देर बाद शाहरुख ने कहा कि उसे घर जाना है तो राजू उस्ताद भी उठ खड़ा हुआ।

असलम भंगार ने तुरन्त रफ़ीक को बुलाया और कहा—"दोनों को छोड़ आओ।"

राजू उस्ताद ने मना कर दिया। बोला—"मैं चला जाऊँगा। ज़्यादा दूर नहीं जाना है।" वह चला गया। शाहरुख चलने लगा तो असलम ने उसके कन्धे पर हाथ रखा—"कब तक रुकेगा? अब तो छोड़कर नहीं जाएगा?" उसके स्वर में इतनी दयनीय याचना थी कि शाहरुख का मन लरज गया।

—"देखो क्या होता है?" उसने हाथ को उठाकर असमंजस में कहा।

—"शाम को तो आ रहा है न?" उसने फिर पूछा।

—"हाँ शाम को मिलते हैं।" कहकर वह चल दिया।

उसी शाम नहीं, ऐसी अनेक शामें गुज़रने लगीं। वह भूल गया कि भोपाल में उसकी नौकरी है, घर है। दोस्त भी उससे जाने के बारे में नहीं पूछते थे। डर था कहीं याद आते ही न चल दे। दोस्तों का भय, उसमें छिपा प्रेम शाहरुख समझता था। दिन गुज़र रहे थे। ख़ूबसूरत दिन। लेकिन कभी तो उसे सब कुछ याद करना ही था। एक दोपहर घर में ख़ाली बैठा तो उसे लगा कि ज़िन्दगी यहाँ ख़ूबसूरत है, लेकिन सपना है। जाना तो पड़ेगा ही।

उसे तो ऐसा देसनिकाला मिला है कि इस छोटे से समय के लिए लौटने को मिल गया, समझो बड़ा भाग्य। एक बड़ा वरदान।

एक दिन उसने पिता को तैयार किया। सामान जो जैसा था वैसा ही छोड़ा और एक छोटा-सा ख़त और घर की चाभी असलम के वर्कशॉप पर भेजकर पिता के साथ भोपाल चल दिया।

सारे दोस्त उदास हो गए। खत में कुछ ख़ास नहीं लिखा था। कुछ दिन दोस्तों के साथ अच्छे से जी लेने के लिए उपकार जताया था दोस्तों का। उसने यह भी लिखा कि उसकी जान तो हमेशा दोस्तों में बसती है, लेकिन वह शापित है। शहर तो उसे छोड़ना ही है। लेकिन एक वादा है कि मरने के लिए बिराना शहर नहीं देखूँगा। मरने के लिए अपने ही शहर वापस लौटूँगा। मरने का सुख अपने ही शहर में दोस्तों के बीच है। बस, कमबख़्तों, मुझसे पहले मत मर जाना।

इस बार भी हमेशा की भाँति उसने अपना पता किसी को नहीं दिया।

सुबह नींद देर से खुली। रात को बहुत कोशिश के बावजूद उसे नींद नहीं आई थी। नींद आई सुबह और खुली देर सुबह। उसने नये सिरे से याद किया। भोपाल लौटकर वह कई दिनों से कॉलेज नहीं गया है। बाबूजी को नये शहर में अटपटा न लगे, इसलिए वह उनकी सेवा-टहल में कोई कमी नहीं रहने देता है।

पिताजी अपने नये देवी-देवताओं के साथ पूजा-पाठ में मगन थे। वह चाय का प्याला लेकर कमरे में आ गया। कितनी अजीब बात थी कि इतने दिनों तक वह दोस्तों के साथ रहा, लेकिन किसी ने एक बार भी काजोल का ज़िक्र नहीं किया। किसी ने कुछ नहीं पूछा। बताने को तो ख़ैर उसके पास कुछ नहीं था। शायद वे लोग पुरानी बातें कुरेदना नहीं चाहते थे। वे लोग उससे ख़ुशी बाँटना चाहते थे, दुःख नहीं।

उसने अपने मोबाइल की बैटरी चार्ज करने के लिए चार्जर तलाशा। कई दिनों से उसने मोबाइल इस्तेमाल नहीं किया था। उसके शहर पहुँचने के कुछ दिनों बाद तो एक पूरे दिन अनेक बार डॉ. करुणा शास्त्री का फ़ोन आता रहा, लेकिन उसने उठाया नहीं था। फिर उसने मोबाइल बैग में डाल दिया था। दोस्तों को अपना मोबाइल दिखाता तो वे नम्बर माँगते तो उनके सामने मोबाइल लेकर नहीं गया।

बैटरी कुछ चार्ज हुई तो उसने डॉ. करुणा शास्त्री को फ़ोन लगाया। नहीं लगा। घंटी भी नहीं गई। पहुँच से बाहर की आवाज़ आती रही। दो बार कोशिश करके उसने फ़ोन रख दिया। वह पलंग पर लेट गया। रात को वह काफ़ी देर तक छत पर टहलता रहा था। पिताजी भी मन्दिर से आकर प्रसन्न थे। उसे लगा था कि वे प्रियंका की देह पर विवाहित होने के आभूषण नहीं होने का ज़िक्र करेंगे, लेकिन उन्होंने ऐसा किया नहीं। नकुल और प्रियंका से मिलकर वे ख़ुश दिखाई दिए थे। वे धीरे-धीरे नये शहर के हिसाब से ख़ुद को तैयार कर रहे हैं। देवी-देवताओं की नयी मूर्तियाँ कल लाकर दी थीं, वे आज उन्हें घर में एक कोने में रख तल्लीन होकर पूजा कर रहे हैं।

उस दिन भारत-भवन में देखे नाटक की उसे याद आई। फिर उसे यह भी याद आया कि वह भारत भवन से न्यू मार्केट तक पैदल आया था। उसे नीम अँधेरे या गहरे अँधेरे में चहलकदमी करना अच्छा लगता है।

एकाएक उसके चेहरे पर मुस्कान आ गई। पिताजी ज़ोर-ज़ोर से अपने स्वाभाविक लहजे में श्लोक बोल रहे हैं। वह इतनी जल्दी सहज क्यों नहीं हो पाता है, वह सोचता है। हर आदमी का अतीत हर एक के साथ अलग-अलग सुलूक करता है। सोचता हुआ वह उठा और कपड़े लेकर बाथरूम में दाख़िल हो गया। वह तैयार होकर बाथरूम से बाहर निकला। उसने पिताजी को बताया कि वह आज कॉलेज जाएगा।

दोपहर को कॉलेज पहुँचा तो पता चला, डॉ. करुणा शास्त्री नौकरी छोड़कर, पति से तलाक लेकर कहीं चली गई है। कहाँ? किसी को कुछ पता नहीं। शायद दिल्ली। शायद लंदन। शायद कहीं और...। कितने ही शायद थे।

यानी उस दिन वह जाने से पहले उसे दिन-भर फ़ोन लगाती रही। जाने क्या बात करना चाहती थी। इस शहर में उसके गिने-चुने अच्छे दोस्तों में से वह एक था। शायद एकमात्र क़रीबी दोस्त। और वह क़रीबी दोस्त से ही बात नहीं कर पाई। सचमुच उसने बड़ा अपराध किया था। उसने ऐसे कई अपराध किए हैं। ऐसे अपराधों से उपजे दुःख की एक बड़ी गठरी है उसके पास। दूसरे तमाम दुःखों के साथ इस दुःख को भी उसी गठरी में रख लिया उसने।

कॉलेज में फर्स्ट सेमेस्टर का रिजल्ट आ गया था। बच्चे नोटिस-बोर्ड पर रिजल्ट तलाश रहे थे। कोई लाइब्रेरी में कम्प्यूटर के आगे बैठा नेट पर रिजल्ट तलाश रहा था।

रिजल्ट अच्छा आया था। अधिकांश बच्चे ख़ुश थे। बहुत सारे बच्चे उसे भी आकर अपनी ख़ुशी जता रहे थे। बी.एस-सी और बी.बी.ए. वाले छात्र भी थे जिनका एक पर्चा इकोनॉमिक्स का भी था। बच्चों को ख़ुश देखकर वह भी ख़ुश हो गया।

तभी फर्स्ट इयर की एक लड़की उसके पास आई।

—"सर! मेरा फर्स्ट डिविजन रहा।" लड़की का गोरा चेहरा ख़ुशी से दमक रहा था।

—"कांग्रेट्स...!" उसने रस्मी तौर पर कहा।

—"थैंक्यू सर!" वह चहककर बोली तो वह मुस्करा-भर दिया। लड़की उसी के कॉलेज में पढ़ती है, लेकिन वह उसे ठीक से जानता नहीं था। इतने बच्चों के बीच अब हर किसी को नाम सहित पहचानना मुश्किल भरा काम है।

—"वैसे आजकल इकोनॉमिक्स कम ही बच्चे पढ़ते हैं।" उसने पूछा, —"तुमने क्यों लिया?"

—"जी, मैं आगे चलकर एम.बी.ए. करूँगी।" वह उत्साहित होकर बोली।

—"ओह! क्या नाम है तुम्हारा।" उसने यूँ ही पूछ लिया।

—"नीलोफर।" लड़की की बड़ी-बड़ी आँखों में ख़ुशी चमक रही थी।

वह देखता ही रह गया। वह कहीं से भी मुस्लिम नहीं लग रही थी। ख़ासकर इसलिए कि उसने माथे पर बिन्दी लगा रखी थी जब कि हिन्दू लड़कियाँ भी आजकल इसे पुराना फैशन मानती हैं। उससे रहा नहीं गया।—"तुम्हें यह बिन्दी अच्छी लगती है। नाइस।"

—"थैंक्यू सर। मैं नहीं लगाना चाहती थी, लेकिन मेरी मॉम नहीं मानती। अक़सर लगा देती है।" वह अपना रिजल्ट का पेपर निकालकर उसे दिखाते हुए बोली।

—"ओह।" उसने रिजल्ट पेपर लिया और सिर झुकाकर पढ़ने लगा।

—"मॉम भी आई है। दूसरे टीचर्स से मिल रही है। मुझे लाइब्रेरी भी जाना है। ख़ास तो मैं मॉम को करुणा मैम से मिलाने लाई थी, बट वो...।" कहते-कहते लड़की रुक गई।

—"आपने मेरी बेटी को इकोनॉमिक्स बहुत अच्छा पढ़ाया है। सबसे ज़्यादा मार्क्स हैं उसके इकोनॉमिक्स में। थैंक्यू वेरी मच।" इस बीच उसकी माँ आ गई थी।

—"नहीं, ऐसी कोई बात नहीं। पढ़ाना तो हमारा काम है।" वह अपने स्थायी संकोच के साथ बोला और गरदन उठाई तो चौंक पड़ा। ऐसे संयोग सिर्फ़ फ़िल्मों में होते हैं। सामने काजोल खड़ी थी। वह भी स्तब्ध रह गई। बच्ची इसी बीच चलते हुए बोली—"मॉम आप बात करो। मैं लाइब्रेरी से अभी आई।"

वह भी नहीं सुन पाया और काजोल भी नहीं। लेकिन काजोल जल्दी सामान्य अवस्था में लौटी।

—"मेरे मन में कहीं भरोसा था कि तुम एक बेहतर जगह बनाओगे।" उसके स्वर में ख़ुशी थी। वह देखता रहा। कुछ नहीं बोला। काजोल में कुछ भी बदलाव नहीं आया था। शायद यही उसके प्रेम की पराकाष्ठा थी। उसे काजोल आज भी वैसे ही लग रही थी। उतनी ही ख़ूबसूरत, उतनी ही मोहक। उसकी बड़ी-बड़ी आँखों में वैसे ही ख़ुशी थी। नीले सलवार-कुर्ते में वह पहले की तरह कॉलेज जाने वाली लड़की की तरह मासूम और कमसिन लग रही थी।

—"तुम बिल्कुल नहीं बदलीं?" वह कहकर उदास हो गया।

—"तुम तो बहुत बदल गए।" वह मुस्कराई।

—"कैसे?"

—"बोले तो...।" कहकर वह हँसी, फिर बोली—"देखो भाषा बदल गई। पहनावा बदल गया। ख़ास बात तो यह कि तुम पढ़ाने लगे हो और वह भी अर्थशास्त्र।"

—"इससे आदमी बदल जाता है?"

—"बिल्कुल। अर्थशास्त्र में बहुत ताकत है।" उसने शायद मज़ाक़ किया। वह गम्भीर हो गया—"मैं तो समझता था हमारे प्रेम के बीच अर्थशास्त्र आएगा, लेकिन मज़हब आ गया।"

—"मज़हब आदमी को कमजोर बना देता है।" काजोल उदास हो गई।

—"और कायर भी...।" कहकर वह भी उदास हो गया।

एक गहरी उदासी हल्की धूप के साथ फैल गई। वह पूछना चाहता था कि शहर छोड़कर कहाँ गई, लेकिन पूछा नहीं। पूछने का कोई अर्थ नहीं रह गया था। व्यर्थ में उसे दुःखी करने से क्या मतलब? पुरानी बातें जितनी पूछेगा, हर बात अतीत का दुःख उसके वर्तमान पर लाद देगी। वह उसे कोई सुख तो दे नहीं पाया, दुःख देना भी ठीक नहीं। चेहरे पर बनावटी मुस्कान के बावजूद पता लग रहा था कि उसके जीवन में भी दुःखों की कोई कमी नहीं है। चाहे वह कितनी भी अमीर घराने में ब्याही गई हो, लेकिन अमीरी दुःख दूर करने का साधन आज तक नहीं बन पाई है।

उदासी के बोझ से काजोल का चेहरा झुक गया। वह भी चुप था। सहसा वह सिर उठाकर बोली—"तुमने मेरे लिए बहुत कुछ किया है। मेरी बेटी को पढ़ाया, उसका फर्स्ट डिविजन सिर्फ़ तुम्हारे कारण बना। यही नहीं मुझे भी जीवन के अँधेरे कोनों से निकालकर रोशनी में खड़ा किया। दुःख में हँसने का तरीक़ा तुमसे सीखा। बिन्दास होकर जीवन जीना तुमने सिखाया। इनोसेंस ख़ुदा की नेमत है, यह तुमसे मिलकर मालूम हुआ। यह लो...।" कहकर उसने एक फूल उसके हाथ में थमा दिया।

वह गुलाबी रंग का एक बड़ा-सा फूल था, जिस पर सफ़ेद रंग की धारियाँ थीं। फूल बहुत ही ख़ूबसूरत था। उसने आज तक ऐसा फूल नहीं देखा था। कॉलेज परिसर में तो क्या कहीं और भी नहीं।

—"क्या है यह?" उसने पूछा।

—"जस का फूल।" उसने बेहद गम्भीर और उदास आवाज़ में कहा, जैसे वह किसी अंधे कुएँ के तल से बोल रही हो—"तुम हमेशा कहते थे कि तुम्हें कभी किसी बात का जस नहीं मिला।"

—"तो...।" उसके मुँह से सिर्फ़ इतना निकला।

—"आज मैं तुम्हारे हर किए का उपकार मानती हूँ। स्वीकार करती हूँ। मेरे जीवन में जो कुछ भी अच्छा हुआ उसका सिला देती हूँ।"

वह कुछ और बोलता, तभी वह पलट गई और चल दी।

वह हाथ में फूल पकड़े स्तब्ध खड़ा रहा। वह जा रही थी और उधर से वापस लौट रही उसकी बेटी जो उन्हीं की ओर आ रही थी, वह भी वापस लौट पड़ी।

उसने आगे बढ़कर रोकना चाहा। एक क़दम उठाया तो लगा पैर इतने भारी हो चुके हैं कि उठाना मुश्किल है। वह लड़खड़ाया। तब तक वह अपनी बेटी के साथ कार में बैठ चुकी थी।

उसने आवाज़ देनी चाही। वह कहना चाहता था कि ऐसा ही एक फूल मैं भी तुम्हें देना चाहता हूँ, लेकिन ज़ुबान सूख चुकी थी। आवाज़ भीतर कहीं अँधेरे कोनों में बन्द हो गई थी।

उसने देखा, कार लम्बे रास्ते से होकर गेट की ओर जा रही है। खिड़की से उसे देखकर किसी ने हाथ निकालकर हिलाया या शायद उसे सिर्फ़ ऐसा लगा।

कार जा चुकी थी।

कॉलेज में छात्रों का शोर भी उसे सुनाई नहीं दे रहा था। कुछ दिखाई भी नहीं दे रहा था। सिवा हाथ में पकड़े उस फूल के। वह वहीं घास पर बैठ गया। घास में नमी थी। वह चित लेट गया। ऊपर खुला आसमान दूर तक फैला हुआ था। आसमान के पार कुछ दिखाई नहीं दे रहा था।